脑中之魔

罗夏 著

NEWSTAR PRESS
新星出版社

没有任何一种觉醒是不带着痛苦的。

——荣格

目 录

《序 章》 1

《上 篇》 19

《下 篇》 255

本故事纯属虚构,与现实中的人物、事件、团体均无关。
如有雷同,纯属巧合。

 A1

```
>>Load Prologue...
  <name>
    Demons in the Mind
  <question>
    Can games really change lives?
```

从云南出境，经缅甸北部的掸邦，沿着一条无名公路往南几十公里，就到了那重山遍布、密林合围的地方。

一辆黑色的丰田SUV沿着盘山公路飞驰，车内坐着三个人。司机是典型的东南亚人长相，高眉大眼，黑皮肤，厚嘴唇。他身上斜挎着一支自动步枪，那是AK47的仿制品，为了适应山地和丛林作战，这枪用的是折叠式枪托。

SUV宽敞的后排上，坐着一个年轻男人和一名少年。年轻男人二十来岁，身材精瘦，皮肤因常年风吹日晒而黑里透红，炯炯有神的目光逼视前方，仿佛虚无的空气中藏着什么危险的东西。尽管背后是舒适的真皮座椅，他却并未靠上去，而是笔直端坐，身体绷得很紧。

那少年则松弛许多，脸上一副似笑非笑的表情。他看着车窗外，远处是大片紫红色的罂粟花，长着绿色的萼片，瘦长的梗上撑着硕大的球形花蕾，在风中飘摇。近处是三三两两种植罂粟的当地农民，他们没精打采地走在路上，多数都被毒贩砍掉了双臂，袖管空荡荡地甩在空中。望着眼前疾驰而过的这一幕，少年的眼中没有惊讶，也毫无恐惧，反而透露出了一种隐含悲悯的沉静。

明明只是一个少年，眼神却像古井不波的老僧。

丰田车继续往前行驶，穿过前方一个垭口，远远就能看见山巅别墅的白色外墙。少年扭过头，看向身旁的年轻男人，指着那山巅别墅问道："老师，我会死在那里吧？"

年轻男人不喜欢别人叫他"老板"或者"老大"，他最爱的称呼是"老师"。

他摸了摸少年的头，脸上露出父亲般的笑容："多吉，死并不可怕，可怕的是不曾真正活过。"

多吉摇了摇头："我不是怕死，如果把生命定义为经历和体验，那我已经体验得够多了，早就没有遗憾。我唯一怕的，是老师的理想无法实现。"

年轻男人拍了拍多吉的肩膀，沉声说道："我们努力了这么久，不是为了失败而来的。你听说过《度亡经》吧？"

多吉点了点头。

"那本书里说，死亡不是生命的终结，而是生命转换到下一个阶段的关键时刻。人死后的状态称为'中阴身'，在中阴状态中仍然可以保持清醒的意识，如果能在死后四十九天内按照《度亡经》中的方法，在黄泉中找到归来的路，就能获得大解脱，这就叫'中阴得度'。

"这次的事，就当我为你度亡吧。你死之后，我会用一种方法强行维持住你的意识，守住你的'中阴身'，用不了四十九天那么久，如果我们的方法是正确的，只需要你坚持很短的时间，就能让你中阴得度。那时，我的理想自然也实现了。"

终于，丰田车稳稳地停在了那栋别墅前。

三人下车，中南半岛潮热的空气扑面而来。司机从后备厢中拎出两个大皮箱，上面镀着繁复的花纹。他们抬头看着那栋别墅，墙体纯白，三层楼高，整体的建筑风格偏西式，这样一栋建筑坐落在东南亚的茫茫丛林中，凸显出一种违和感。

他们刚要走向别墅大门，两名持手枪的白人男性立刻从门内冲出来将枪口对准他们。"滚！"其中一人用英语呵斥道。

丰田车上的年轻男人微笑道："我叫程浩，中国人。我们来见米勒医生，有预约。"他的英语发音不是很标准，但说得流利而自信。

白人男子的眼中流露出一丝识破谎言的轻蔑："如果你听过米勒医生这个名字，那你就该知道，他从不接见生客。据我所知，今天并没有任何预约。"

程浩笑了笑，从身上掏出两沓美钞："预约函在这里，只需要你们告诉米勒医生，我在泰国军方有些朋友，知道他在研究什么，而我有他需要的东西。"

两名守卫对视了一眼，有些犹豫地收下了美钞，其中一人转身返回别墅，另一人继续拿枪对准他们："你们就在这儿等着，别乱跑。"

几分钟后，那人出来挥手示意三人可以进去。守在外面的白人指着司机身上挎着的自动步枪说："人进去，枪留下。"

程浩给司机使了个眼色，司机转身把枪放回了车上。三人跟随两名守卫缓步进入别墅。穿过中庭，他们直接进到了楼体内，眼前是一道幽深的走廊，而空气中弥漫着浓浓的消毒水味。走廊两侧是一个个房间，程浩仔细观察着，大多数房间里都摆放着深绿色的病床，还有几个房间明显是手术室。手术无影灯、X光机，甚至连核磁共振仪这样的大型医疗设备都能见到。

坐落在山巅的别墅，实际上是一家医院。

那两名守卫领着三人上了二楼，来到一间敞亮的办公室。程浩首先注意到一幅油画，就挂在正对着门的墙上，画面是破碎的人体残肢，色彩阴暗而浓烈。他认识这幅画，这是法国画家蒂奥道热里科创作的《解剖肢体》，这幅画最有名的地方在于，它是根据从巴黎某医院太平间买来的真人遗体创作的。

程浩强迫自己把视线从油画上移开，这才注意到坐在那幅画下方的男人。那人有着典型的西方人长相，亚麻色的头发很茂密，梳成一丝不苟的油头，眼睛蓝中带灰，英俊冷漠的面容仿佛出自佛罗伦萨艺术家的雕刻刀下。他穿着戗驳领双排扣西装，硬朗的线条如同铠甲，用温莎结打着英式斜纹领带，脚上是一双大地色牛津鞋，像是从英国庄园剧里走出来的某位爵士，看起来三十多岁，不过也许实际年龄更大。

不用任何人介绍,程浩知道这个人就是米勒医生。

看着米勒,程浩脑海里浮现出《沉默的羔羊》里汉尼拔的形象。即便是在吃人的时候,也要恪守餐桌礼仪——这就是米勒身上所散发出的气质。

根据情报,米勒原本毕业于哈佛医学院,年纪轻轻就拿到了医学博士学位,不仅医术高超,在科研上也硕果累累,他在顶级学术期刊《细胞》和《柳叶刀》上都以第一作者的身份发过论文,是美国脑科学研究领域的青年翘楚。

然而,前途无量的米勒,在为美国政府的一位高官做手术时,居然像个疯子一样抽干了那人全身的血液!没人知道米勒为什么要亲手断送自己的大好前途。直到很久以后,才有小道消息曝出,那位官员早年曾批准一项新型细菌武器试验,没想到试验气球脱离控制,飘飞到米勒一家居住的岛屿上后意外炸裂。

那场事故导致多位岛民惨死,其中就包括米勒的所有家人。年幼的米勒侥幸逃过一劫,长大后他终于找到机会完成了复仇。

杀死那位高官后,米勒被联邦调查局通缉。但他从美国消失了,辗转来到东南亚,在这崇山峻岭的法外之地,建起了一家外表酷似教堂的医院。

米勒医生一言不发,只是静静地看着三人。沉默也是一种语言,仿佛在说:"按规矩,不速之客应该先发言。"

程浩微笑着上前一步,说道:"谁能想到,在这片贫瘠混乱的土地上,竟有着全世界顶尖的医疗资源。"

"这里的确混乱,但并不贫瘠。各个国家的有钱人都来这里找我提供医疗服务,代孕、人体器官移植,甚至人造子宫……我什么都做,除了合法的医疗生意。"米勒说道。

程浩满意地点了点头:"我来这里,是想让你做一台手术,别的地方做不了的那种。"

米勒扬起头:"我很贵的。"

下一秒,司机打开两个皮箱中的一个,里面是满满当当的美钞。"这里是两百万美元,"程浩故意停顿了半秒,观察米勒的反应,"预付款。"

米勒的表情毫无波澜。

"手术成功之后,你会得到另外两百万美元。不放心的话,我可以把尾款打给你信得过的第三方来托管。"

"你先说要我做什么手术,有些问题不是钱能解决的。"

程浩抬手指向一直默默跟在他身侧的多吉,说:"为他做脑组织切除术。"

"他得了癫痫?"米勒问道,"大脑半球切除术在中国已经非常成熟了,你随便找家大医院都能做。"

在临床上,大脑半球切除术是一种公认的癫痫根治疗法,患者会被切除一半的大脑,之后脑髓液会慢慢填充手术形成的大脑空腔。神奇的是,切除一半的大脑并不会对患者的健康造成严重伤害,很多接受了这种手术的人,术后完全能够正常生活,甚至外表看起来都没什么变化。医学上对此还没有很确切的解释,一种比较流行的说法是,被切掉那一半大脑的功能代偿到了另一半上面。

程浩盯着米勒,一字一顿地说:"你误会了,我说的是,全,脑,切,除。"

米勒的嘴角轻微抽动,目光流露出一丝警惕,他控制得很好,转瞬又恢复成若无其事的样子。不过,这细微的表情变化还是被程浩捕捉到了。

"我看最该做手术的是你,你这里可能有点问题。"米勒用食指敲了敲自己的脑袋,"你想让他死,有简便得多的方法。"

"米勒医生,你说到重点了,我要你做的,恰恰是切除掉多吉全部的脑组织后,还能让他活下来。"程浩严肃地说道,"这就是这台手术价值四百万美元的原因。"

米勒嗤笑道:"如果你有最基本的生理学或医学常识,就不会提出这样荒诞的要求。"

程浩冷冷地盯着米勒:"荒诞吗?既然荒诞,你这位鼎鼎大名的脑科学家,为什么要一直秘密进行全脑切除实验?"

米勒没有说话,但眼神比刚才还要冰冷,程浩知道,那是互掀底牌前的表情。

"最近半年,泰国的某位将军一直在给你提供死囚。那些人来的时候生龙活虎,出去的时候却变成了一具具尸体,而且无一例外,他们都被人用外科手术刀精准地摘掉了脑子。"

说完,程浩将手伸进上衣的内口袋,像是要拔出枪械或匕首。这时,门外突然冲进来好几个持枪的守卫,激光瞄准器射出的红色激光束斑点在程浩身上跳动。

程浩并不惊慌,只是笑着掏出几张照片递了出去。照片很清晰,全是裹着黑色塑料袋的头部有手术伤口的死尸。

米勒站起身来,不知道是为了看清照片,还是震惊之下的本能反应。

"这帮人果然靠不住……"米勒缓缓摇着头,"既然你查得这么清楚,那你也该知道结果:实验全部失败,那些人都死了。"

米勒继续往下说着,语气不像跟程浩交流,倒像是自言自语:"人类的大脑是很神奇的东西,但我们完全不了解它。神经医学史上有很多令人震惊的病例,比如1848年9月13日,美国铁路工人菲尼亚斯·盖奇在一场工伤事故中,头颅被一整根铁棒穿透,左前额叶完全被破坏,那部分脑组织永久损失,无法再生。但他居然没死,并且行走和语言能力几乎没受到影响,只是性情大变,变得像是另一个人。

"更神奇的是另一个病例:2007年,《新科学家》杂志报道,一名四十四岁的法国男子,因为左脚无力,到法国马赛的地中海大学附属医院求医。医生给他做了颅脑CT和核磁共振扫描，结果惊讶地发现他的颅内空间基本被脑脊液占满，大脑灰质和白质被完全挤压至颅内两侧。医生的原话是'他的大脑几乎不存在'。就是这样一个'无脑人'，居然正常生活了很多年，娶妻生子、工作社交都没有问题。智力测验显示，他的智商是75，虽得分不高，但远远算不上智力低下。

"正是这些真实的病例吸引了我，我觉得人体一定有一套机制，能够让人在失去大脑的情况下维持生命，甚至保留意识！如果弄清楚了这背后的奥秘，那一定会是脑科学甚至整个人类医学最伟大的发现！为了达到这个目的，我必须进行人体试验，人为制造出很多无脑人来。但你知道，道德总是阻碍我们做正确的事，世界上没有一个国家会允许这样的试验。这也是我要在这个无政府地带自己办一家医院的原因。"

米勒长长地吐出一口气，耸耸肩又继续说道："你来找我是对的，我的确在研究这个，但我失败了，我至今都没找到全脑切除后维持受术者生命的办法。很遗憾，我帮不了你。"

程浩突然问道："你一直觉得是你帮我，有没有想过，我也能帮你？"

米勒眼中充满迷惑，笼罩了一片阴云。

程浩向站在身旁的司机示意，对方随即打开了另一只皮箱，里面是一个方形的黑色匣子，大概有盒式录音机大小，从匣子里伸出几十根长长短短的电极。

"这是我们努力了很久的成果……神经假体不是什么新鲜东西，把人的神经系统接入机械设备，人类已经研究了半个世纪。在二十一世纪初，用神经假体替换掉部分神经或感觉器官已经是非常成熟的技术，比如人工耳蜗、人工视网膜等，科学家甚至给一只猴子装上了机械手，猴子可以直接用脑电波操控机械手吃香蕉。基于这样的先决条件，我的科学家团队提出了一个疯狂的技术构想：用基于类器官技术的人工设备替换掉整个大脑！"程浩说道。

"原来你们想做一个人工大脑。"米勒指着那个黑色的匣子，嘲讽似的笑了，"你不会告诉我这东西就是吧？"

"它的确是。"

"没有任何计算机能够真的模拟出意识，即便是量子计算机也不行，你不可能模拟出与真的人脑一样的替代品。"

"谁说我要做一样的了？"

"那就是……等等，你的意思是……"米勒医生瞳孔震动，似乎想到了什么，他的嘴缓缓翕张，迟迟没有合上。

"我不需要模拟得和真的大脑一样，只需要让身体'以为'它是真的就可以了。"

"做一颗假的大脑，它不需要真的有意识，不需要会思考，只要能模拟大脑稳定地向身体发出神经信号……"米勒医生开始喃喃自语，看起来就像丢了魂魄一样，"这颗假脑，它的作用是欺骗身体，在大脑被切除后让身体以为大脑还在……"

程浩说："和聪明人对话真的很省力。"

米勒医生终于开始认真审视眼前这个看着平平无奇的黑色匣子，那是一种纯粹的黑，不掺任何杂质，上面也没有纹理或装饰，就像一个诡异的骨灰盒。

他捏住匣子里伸出的电极，仔细观察端口处。

"蚕丝蛋白[1]。看来你们是认真的。"

"拿这种事情开玩笑未免成本太高。"

"你们试验过吗？这东西真的有用？"米勒问。

程浩摇头："除了你，我想不出还有谁能完成这样的手术。"程浩

---

1. 基于蚕丝蛋白的可控降解特性，将电极浸涂蚕丝蛋白实现暂时的硬质化，植入过程中可自动避开血管，避免创伤。植入后蚕丝蛋白溶解，电极恢复柔性，无须外加引导装置，实现电极微创植入。

的语气听不出恭维的意味。

那些电极上都有简要的英文标注,米勒仔细分辨着:"嗅神经、三叉神经、迷走神经……我们需要把取代这些神经的电极分别接入对应的位置,这需要十分精准的手术过程。大脑控制内脏、四肢和躯干肌肉,主要是通过脊髓来传递神经信号。所以我们要做的第一步,就是把这颗假脑接入实验者的脊髓,让它把真正的神经信号'截和'。等身体完全接纳这颗假脑后,实验者实际上已经达到了一种脑和身体分离的状态,这个时候我们就可以进行脑组织切除术了。但还有一个问题……"

程浩静静地盯着米勒,等他继续说。

"我们假设,就算你这台设备真的有用,实验者也只会变成一具没有意识、只能勉强维持心跳的躯壳罢了,面对这样一具行尸走肉,我们能做什么呢?"

"等待。"程浩轻声说,"我们只能等待,等待我们共同相信的人体那套未知的神奇机制起作用,就像法国那个无脑人病例一样。也许到最后,我们发现根本就没有那样的一套机制,那我们就彻底失败了,但科学有时候就是需要一点运气的。"

米勒的手轻轻抚过黑色匣子的表面,他的手其实并未触及匣身,却仿佛感到一种透骨的冰凉。他想,在神话中,人类见到的第一只魔鬼,也是从一个匣子里释放出来的。而现在,他就要做那个打开匣子的人了。

"准备手术吧,我们还有很多活儿要干。"他用庄严的语调说道,仿佛牧师在宣读《圣经》。

全脑切除手术定在三天后举行,这是一台极为复杂的手术,米勒医生和他的助手们都需要精心准备。他们参考程浩给的技术图纸,仔细研究"假脑"与脊髓神经系统进行接驳的种种细节。除非对整台手术彻底了然于心，否则米勒是不会动手的。

他们讨论的时候，并不回避多吉，多吉也只是静静地听着，眼里看不出情绪，仿佛要上手术台的是一个不相干的人，而非他自己。

在手术正式开始的前一夜，程浩和多吉心照不宣地出门散步。他们之间总是有着这样的默契，并不需要过多的言语就知道对方要做什么。他们沿着盘山公路一直走，热风吹拂树叶发出簌簌的响声，在稀疏的灯光下，世间一切仿佛就此隐去，只剩下眼前的山与林。

"你害怕吗？如果后悔，现在还来得及，上手术台的本来应该是我。"程浩边走边说，他的声音被夜风撕扯着，几近破碎。

多吉不言，只是摇了摇头。

他们寻找全脑切除后人体还能存活的办法已经很多年了，这是来自命运的指引。程浩原本的计划，一直是自己亲自上手术台。除了不想伤害无辜的人，他还有一重顾虑：手术失败也就罢了，如果手术成功，他预感那将给世界带来巨大的变化。

他不信任其他人，直面那种变化的，必须是他自己。

但多吉温和却不容辩驳地说："这台手术失败的风险很高。如果我死了，老师你还可以带领大家继续前进；如果你死了，我们将彻底失败。"

这几乎是唯一能说服程浩的理由，多吉了解他。

他不禁感叹：多吉啊，你一直叫我老师，但我何尝不是也在被你指引。

第二天一早，手术正式开始。

程浩在手术室外等待，但他很讨厌自己什么也做不了、无能为力的感觉。于是，他向外走去，强迫自己动起来，以缓解内心的焦躁。转眼他便来到了外面的庭院，眺望那如蟒蛇般缠绕山峦的公路，他有些感慨：我们走过了多少路，才走到今天？后世的人们会怎么评价我？我会被描述成一位先驱，还是一个恶魔？不管怎样，既然命运把他推到这里，多年的追寻总该有个结果。

程浩低头看向手腕上的那块机械腕表，伸出手指拔出了表芯，让时间定格在表盘上。

现在是2032年9月23日，早上7点57分，如果手术成功，后世的人们就会知道：人类的历史就是从这一刻改变的。

为了严守这个秘密和整台手术的细节，整个医院里只有米勒、精简后的手术团队、程浩和多吉这些人，就连他们唯一的司机护卫也只能待在庭院里，那两名守卫控制着唯一通向手术台的通道，不允许其他任何人靠近一步。

多吉躺在一张深蓝色的手术台上，采用侧卧位，为了方便手术，他的头发已经提前被剃光。手术室内还有六个人。米勒是主刀，这种大型手术他需要至少两名助手。此外就是一名麻醉师、一名器械护士、一名巡回护士这套常规配置。

神经医学史上从未有过如此复杂的手术，预计需要十三个小时。一般人没办法这么长时间保持专注度，所以米勒需要两名助手，在他长时间工作的间歇阶段顶上，令他得以恢复精力。

最先开始操作的是麻醉师，采用静脉全麻加口腔吸入相结合的方式。静脉注射之后，麻醉师将一根管子接入多吉的口腔，麻醉气体从里面涌出，几分钟后，多吉完全失去了意识。

正式的手术一共分为三大环节，首先是接驳，即把假脑的电极接驳进多吉的整个神经系统，并使假脑开始运作，模拟出各种神经脉冲，"劫持"多吉的身体。这个部分是整台手术最难的一步，假脑接驳成功，手术不一定成功；假脑接驳失败，手术一定会失败。这一点，米勒之前已经反复验证过了。

确认多吉进入全麻状态后，米勒动手开始接驳神经。在医学影像设备的引导下，米勒小心翼翼地在多吉的脊柱上开了一个小骨窗，将电极植入脊髓硬膜外间隙的特定节段,之后就是在不同的脊髓节段复制这一过程。黑匣子假脑的一端伸出许多接驳神经的电极,另一端则连接着一个示波器,上面会显示各条神经的接驳状况,相应的神经系统接驳成功后,示波器上对应的指示灯就会亮起。米勒先接驳的是视神经和听神经等感官系统,这样可以给受术者身体一个逐渐接受的过程,之后再接驳性命攸关的内脏系统。

七个小时过去了,示波器上所有的神经系统指示灯一一被点亮,这一步成功了,至少表面看起来是这样。理论上说,多吉的大脑现在已经独立于他的身体了。

米勒长长地呼出一口气,终于让紧绷的神经暂时放松了下来。此时由他的一助顶上,开始进行常规开颅手术的操作:先是用钻头在多吉的颅骨上打下六个骨孔,接着用铣刀锯开颅骨——因为涉及全脑切除,所以创口比一般的开颅手术要大一些——颅骨锯开后,剪开硬脑膜,红白交杂的脑组织开始显露出来了。这时米勒恢复了些精力,便又上来亲自操作——这个手术最直观的部分,脑组织切除开始了。

米勒用手术显微镜放大血管和神经,然后开始精细操作。他先做了一个脑室穿刺,放出脑脊液,使脑塌陷。这是为了方便后续的操作。接着用银夹暂时夹闭大脑前动脉和中动脉以减少手术区域的出血,然后逐步切除胼胝体、脑中央白质、颞叶、海马沟,最后是基底节和丘脑。这个过程必须进行得非常缓慢,每次只能切除很小一块脑组织,并且随时止血。

终于,十二个小时过去,多吉的脑组织被全部切除,外面的天已经快黑了。这台手术,从清早做到了晚上。

米勒瘫坐在椅子上,整个人的身体负荷已达极限。剩下的工作由二助接手,主要是收尾善后:用钛合金重新固定颅骨,最后缝合头皮。

自从脑切除开始，米勒随时关注着多吉的心电图，如果多吉的心脏停搏，那手术就失败了。而现在，多吉的心脏还在稳稳地跳动着，心率保持在八十次/分钟左右。

他很健康。米勒告诉自己，一个脑组织被全部切除的人类，仍然保持着平稳的心跳，光是做到这些，就已经是人类医学的奇迹了。如果不考虑伦理问题，诺贝尔生理学或医学奖已经是自己的囊中之物了。当然他也知道，没有程浩带来的那个假脑，这一切都是不可能的。

手术结束，米勒推开手术室的门走了出来。此刻，程浩已经从花园回到了走廊，下意识地往手术室内张望，只见多吉躺在手术台上，一动不动，双眼紧闭。

"怎么样？"程浩的语气很冷静，但周围的人都能感受到他周身散发的急迫气息。

"人力所能做到的极限，我已经做到了，剩下的只有交给上帝，我也不知道会怎么样。"米勒耸耸肩，"只能说，按严格的生理学定义来看，他目前还活着。一旦我们关掉假脑，我不知道会发生什么，也许他的心脏马上就会停跳。"

"我们给多吉一些时间，让他在中阴状态里修行吧，之后我们再撤出假脑，到时就知道，他是否找到了从'黄泉'归来的路。"

米勒转向他："程，虽然你隐藏得很好，但我还是看出来了……那孩子对你很重要吧，你是个魔鬼。"

程浩低下头："这是他自己的选择。我们最终都要面对自己的命运。"

米勒问道："为什么冒着生命危险也要来做这件事？"

程浩瞥他一眼："我付过钱了，你不该打听客户的隐私。"

米勒不再多说什么，转身往走廊外走去。

就在这时，外面传来了枪声。

走廊门被猛然推开，米勒立刻看到那两名持枪护卫的安保躺在一片血泊中。程浩的那个东南亚司机，拎着自动步枪轻蔑地看着米勒。他的脸上溅到了几滴血，但迅速用两根手指抹掉，快步朝米勒和程浩走来。

"怎么回事？"米勒厉声质问，既是在问司机，又是在问程浩。

程浩刚要答话，话到嘴边却变成了："卧倒！"

话音刚落，司机提着自动步枪就开始扫射，手术室的门瞬间被击碎，木屑和玻璃碴横飞。因为程浩提醒得及时，两人一齐卧倒，并没有受伤，接着顺势滚进了手术室，然后连忙站起来靠在墙后。

"班猜，你要干什么！"程浩用泰语怒喝道。

回答他的是一梭子枪声。

程浩和米勒被堵在手术室内，不敢冒头。司机班猜的沉重脚步一点点逼近。转眼，班猜走进了手术室，用枪指着米勒和程浩，这次他没有直接开枪。

"班猜，你跟了我这么久——"

班猜不理睬程浩，而是凶狠地瞪着米勒，用简单的英语喝令道："去，拔掉电极。"然后他转向程浩，用泰语说："正因为我跟了你那么多年我才知道，谁放出了魔鬼并且掌控它，谁就是新世界的皇帝！那为什么不能是我呢？"

"你快去，愣着干什么！"班猜直接踹了米勒一脚，米勒只好向手术台走去。

"你知道拔掉电极会有什么后果吗？"米勒问班猜。

班猜听得懂英文，却依旧不管不顾地拿枪指着米勒，逼他赶紧去拔电极。

毫无疑问，班猜知道闹了这么大的动静，被支开的守卫们一定会很快赶来，他必须速战速决。

"我只知道我会获得这台假脑，从此大富大贵。"

米勒无奈，只好再次走向手术台，他没有选择拔掉电极，那需要重新拿起手术刀做复杂的操作，他直接关掉了假脑的开关。两者是等效的。

班猜牢牢注视着手术台上的多吉，眼中燃起无限的狂热，像淘金者发现了黄金。

但多吉的心电图变成了一条直线，心电仪也传来"哔——"的长音，如一曲挽歌。

一时间，程浩完全不顾班猜手中的步枪，像疯了一样冲向手术台，握住多吉的手。"多吉……"他已然说不出更多的话来，随即转向班猜，怒吼道，"多吉死了，这是你想要的结果吗！你太蠢了！"

班猜和米勒都愣住了，生命果然没有奇迹……

现在多吉的大脑已经是个空壳，一旦心脏停搏，就满足了脑死亡和心脏死亡的双重定义，在医学上，可以绝对地宣告死亡了。

多吉死了。

程浩的脑海中没来由地浮现出那一年的场景，在那个阴暗的地下室里，他第一次遇到多吉。小男孩儿明明虚弱得仿佛马上就要死去，却还是对他傻笑，那时他产生了一种错觉：他们已经认识很多年了。多吉，没有任何人告诉他，他脑海里闪过了这个男孩儿的名字。

他问："你是多吉？"

小男孩儿点点头，并不疑心他怎么知道的。

"这个名字听起来好奇怪，是什么意思？"

"金刚[1]。"小男孩儿说。

程浩像一头发狂的野兽，愤怒地撞向班猜，班猜刚才也被多吉

---

1. 密宗术语，一种神话中的武器，一切无能截断者，不可毁灭之物。

的死弄得一时失神，没留意到程浩的突然袭击，当即被程浩直接撞倒在地。程浩的拳头像暴雨一样砸向班猜的脸。数拳下去，班猜有点发蒙，不过片刻后他就回过神来。他直接攥住程浩的拳头，一个娴熟的擒拿动作，攻守瞬间易势，程浩被他擒住，若强行挣脱，手会脱臼。虽然程浩这些年过惯了刀口舔血的生活，但论肉搏还是比不过班猜。

"你不会放过我的，对不对？背叛你的人，你都不会放过。"班猜像是在问程浩，又像是自言自语。

班猜咬紧牙关，默默举枪，对准程浩的额头。程浩没有说话，只是冰冷地看着他，逼视着对方——他是一个不会求饶的人。

在极度危险中，时间的流速仿佛慢了下来，他看到班猜的手指肌肉抽动了，即将扣动扳机。

一切就要结束了？我已经失败了吗？这是程浩即将死去前最后的念头。

可是，枪声没有响起。

程浩睁开眼睛，看到班猜嘴巴张大，眼里充满了无限惊恐，像是见到了什么恐怖至极的东西。

米勒抓住班猜愣神的瞬间，抄起手术刀，直刺入他的脖颈！鲜血喷涌，班猜整个人委顿下来，缓缓倒下。

班猜看到了什么，吓成这样？顺着班猜的目光，程浩也缓缓转头，看向了自己背后，那里有什么？

手术台。

他看到多吉在手术台上坐了起来。多吉的双眼一片空茫，皮肤是死尸般的青灰色。即便外表并没有什么太大变化，但程浩有种感觉，仿佛这已经不是他认识的多吉了，而是某位来自另一个世界的人。

多吉的头轻轻转动，黑洞似的双眼直勾勾地盯着程浩。

◀ 上 篇 ▶
　　　　　■■■□□ 50%

A2

```
>>Load Part One...
  <name>
     Demons in the Mind
  <question>
     Can games really change lives?
```

邀　请

　　八年前，2024年。
　　中国南方的一个县城，一切故事的源头。
　　这一年，程浩十六岁。中考结束了，他迎来一个漫长燥热的暑假。那天是公布成绩的日子，程浩用他充话费送的手机登录招考系统查了一下成绩，他考了237分，满分700，远远没有达到普高线。他小声地跟父亲报告了成绩，父亲虎着脸，坐在破藤椅上一言不发地抽烟。
　　程浩的家在县城边缘地带，一个废弃的加油站旁边。他们自己搭建了一间平房，不，甚至算不上平房，最多就是个窝棚。面积总共十来平方米，放着两张脏污得看不出本来颜色的行军床，那就是程浩和父亲程建宏平时睡觉的地方。房间内其余的空处都堆满了程建宏收来的废品。前些年程建宏在工地做力工，干活儿偷奸耍滑，被经理开了，加上本来年纪渐长，就再也找不到稳定的工作，只好零碎地收些废品为生。
　　而程浩的母亲，在程浩六岁的时候就和他父亲离婚，嫁到北方去了。最开始母子俩还勉强保持着联系，她一年会打一两个电话过来。后来，也许是新家庭里有了新的小孩儿，电话也不打了，渐渐就断了联系。程浩也从不打听母亲之后的生活，就在这促狭逼仄的陋室里，跟父亲混到了初中毕业。
　　沉默的气氛像火焰一样炙烤着程浩，他终于绷不住了，小着声说道："老师说，国家在教育改革，要分流，学德国模式，只有一半的人能上高中……"

"你少跟我扯淡,不改革你就能考上高中了?"父亲用力把烟头扔在地上,碾了两脚。

确实考不上,他离普高线差得太远。就算在考不上高中的那一半人里,他也是倒数的那一批。

"老师说,职高也还不错,学门手艺,以后出来饿不死。"程浩嗫嚅道,声音越来越小。

"老师说!老师说!老师叫你好好学习的时候你怎么不听?"父亲的声调越来越高,"你就知道打那些个破游戏,不然怎么可能高中都考不上!都是自找的。"

打游戏,又怪打游戏。他想,以前电子游戏还没发明出来的时候,就没有成绩差的学生了吗?他知道自己不是读书那块料,但考不上真不能怪游戏。没有游戏,他也会荒废在别的事情上。有时候程浩甚至觉得,他并不是真正喜欢打游戏,他沉迷游戏是因为那是他唯一有成就感的事。从小到大,不管玩什么游戏,他都能在很短的时间内成为最强的那部分玩家。如果高考是考打游戏的话,他随便上清华北大。只有在游戏里,他才能找到现实中找不到的……荣耀与尊严。

"反正,我不供你读职高,我没钱。"程建宏的语气斩钉截铁。义务教育阶段基本花不了什么钱,读职高就另说了,是一笔不小的开支。"我十三岁的时候,家里困难得饭都快吃不饱了,你爷爷说大难临头各自飞,我听不懂,还以为他说的是'鸽子飞'。然后他就把我赶出了家门。我供你到十六岁,很可以了。打工吧,自己出去打工!苏州、昆山、东莞……随便你!反正读完职高也是进厂,不如早点进!"

进厂。

程浩在心里默念这两个字。他认识一个高年级的学生,比他早一年毕业,去了东莞一家服装厂,三班倒,夜班的时候太困打瞌睡,一不留神手被卷进印染机，成了残废。厂里赔了几万块钱了事，钱他自己一分没拿到，全进了他爸的口袋。后来听说没过多久，他爸就要了二胎。程浩不想进厂，其实他也不想读职高，事实上，他不知道自己想做什么。

他只是模糊地觉得，相比打工，读职高是一个没那么坏的选择。他早就猜到了，父亲不愿意出钱——从小，每次找父亲要钱，不是挨打就是挨骂，不管理由多正当。就算是学校交伙食费，父亲为防他多要，都会让他问学校开发票。

"我妈找你要钱的时候你也这样吧？我现在知道她为什么要跟别的男人跑了。"程浩说。

他知道说这句话会是什么后果，但他还是说了。

"你他妈说什么？"程建宏的脸迅速从阴沉变得扭曲，他的下巴不住地颤动，那是狂怒导致的肌肉痉挛。他猛地站起来，一巴掌狠狠地抽在儿子脸上。

程浩捂着脸，眼眶红了，但没有泪水流出来。

"翅膀硬了，是不是！"反手又一耳光。

程浩默默后退两步，冷冷地和父亲对视。

"怎么，想还手？"程建宏一脚踹在程浩身上，"来，有本事打老子！"

程浩没有还手，甚至没有还嘴，这些年的挨打经历告诉他，争辩只会被打得更惨。等父亲一拳一脚地发泄完，他颤巍巍地站起身来，拍了拍身上的尘土，扔下一句："今天我不做饭了，你自己吃吧。"

他沉默着走出窝棚，沿着门前阴暗潮湿的小巷往外走去。

"走，走了有种别回来！"程建宏气得跳脚，待程浩走远，他的肩膀还在因为愤怒而剧烈颤动。下一刻，他像是想起了什么似的，快步转身回到屋内，从褥子底下掏出一个白塑料袋，里面是一包散钱。

"让你横！我让你横！"

他坐到行军床上，开始一张一张地清点家当。

这是一个出租车都不打表的小县城，一共就那么点大，程浩熟悉这里的每一条街道，可他现在却像一个迷路的异乡人，不知道该往哪里走。

手机轻轻振动了一下，响起了微信提示音。他想，是张亦行吧，他的微信通讯录里只有很少的几个人，班级群也屏蔽了，除了张亦行，他想不出还有谁会主动给他发微信。

他拿出手机，果然是张亦行。

"考了多少？"张亦行问。刚刚开放中考查分，这个时候应该很多人都在讨论成绩。

"两百多。"他甚至已经忘了具体是两百多少，"你呢？"

"不重要。"张亦行回道。

估计接近七百分吧，以他的成绩肯定可以去省城读全省最好的高中。张亦行成绩一直是年级第一，虽然他和自己一样沉迷游戏。

程浩输入"恭喜"两个字，然后又删掉了。他想，张亦行暑假结束就会去省城读书，在那里结交比自己优秀得多的朋友，然后考上名牌大学。而他自己则要去一个遥远的地方打工，在流水线上打螺丝，每天工作十二个小时。两个人一起打游戏的时间会越来越少，逐渐生疏，直到变成两个世界的人，最后再不联系。他想了很多，双手在下意识地输入和删掉，微信状态栏一直显示"正在输入中"。

过了一会儿，张亦行又发来一句："腾飞？"

"腾飞"是菜市场旁边一家网吧的名字，这是他们之间的暗号，更是他们的默契，不用多说一个字就知道是让他去腾飞网吧开黑[1]。

"没钱。"程浩回道。父亲从不给他零用钱，他的零用钱都是放假时打零工挣来的。

"我请你。"张亦行说。

---

1. 和朋友语音连麦组队进行游戏。

在程浩认识的所有人中，张亦行的零花钱总是最多的。程浩曾经问过他，他爸是从什么时候开始给他那么多零花钱的，张亦行回答："自打我知道钱这东西很重要。"

对少年来说，"我请你"三个字象征着一段友谊的最高规格，谁能拒绝这样的邀请呢？程浩飞快回了个"1"，这在游戏里表示"收到"。

程浩没走出多远，便来到家附近的菜市场，再穿过稀稀拉拉的菜摊，就走到了腾飞网吧门口，他刚站定，张亦行也正好赶到。不过，张亦行是坐车来的，那是一辆白色大众，张亦行坐在副驾，驾驶席上坐着张亦行的爸爸张弛——今天是周末，张弛不上班。

在程浩的印象里，张亦行的爸爸是个怪人。别人的父亲都唯恐子女沉迷游戏，但张弛从来不反对儿子打游戏，因为他自己也爱打游戏，当然这也跟张亦行成绩一直很好有关。不忙的时候，如果儿子要去网吧上网，张弛会亲自开车接送。甚至，他偶尔还会和儿子一起在网吧打游戏。

作为一个中年人，张弛在同龄人中显得格格不入。别人在这个年纪，要么忙事业，要么顾家庭，他却像个闲云野鹤，常常和年轻人玩到一块儿，就连程浩都跟张弛一起上过几次黑。听说张亦行的妈妈因为这事没少和张弛吵架，不过也没见他改。按他自己的说法，和儿子一起打游戏，是他教育手段的一部分，可以更好地和儿子交流。

不得不说，和他儿子比起来，张弛的游戏水平真的很菜。但程浩拿张弛和自己的父亲一对比，心里只有羡慕。想起每次父亲发现自己去网吧都会打骂自己，程浩心里就特别不是滋味。

车停在了网吧外的空地上。张亦行从车上下来了，他读书早，年龄比程浩小一岁，今年十五岁。他留着一个略带韩风的二八分发型，身形修长，面部轮廓清晰，五官虽然算不上多帅气，但看着比较清爽，皮肤也白净。即便是大夏天，他也穿着一件牛仔衬衣，内搭白色T恤。

和万年不变地留着寸头、对外貌毫不在意的程浩相比，张亦行明显精致多了。

张弛也下了车，他已经快四十岁，看起来却完全不属于那个年龄段，像是才三十出头。他那一头茂密的头发，做了一个纹理烫，宝蓝色的衬衣，熨得整整齐齐。衬衣下是硬朗挺拔的身形，显露出长期健身的痕迹。脸上的皮肤虽然已经没有年轻人的光泽感，但依旧干净、紧致，显然保养得不错。随着他的靠近，程浩甚至闻到了淡淡的古龙水的气味。

张弛笑着主动和程浩打了招呼："程浩，张叔叔又来坑你了。"

程浩苦笑了一下，看来这次张弛又要跟他们一起玩了。和朋友的爸爸开黑，总觉得怪怪的，不过他还是礼貌地跟张弛打了招呼。

三个人一起走进网吧，一股熟悉的味道扑面而来，那是烟味、方便面以及汗味混杂而成的气味，潮湿、憋闷，但程浩一闻到这股味道就觉得浑身舒坦，就像快断气的病人吸到了氧，快渴死的鱼回到了海洋。

这是属于程浩的领域了。

三人来到网吧前台，今天网管不在，是女老板亲自收银。女老板姓高，面容姣好，九头身、大波浪，虽然才二十来岁，但已经是离过婚的人了。她常常自嘲是离异带娃的单亲妈妈，实际上她的"娃"是一只英短金渐层，她经常抱着这只胖胖的大猫在网吧里走来走去。因为程浩和张亦行是腾飞的常客，一来二去大家也熟了，眼见三人进来，她热情地招呼道："哟，来啦？"话是对三个人讲的，不过她的眼睛却只看着张亦行。

程浩熟练地招呼高老板："开两张临时卡。"

按国家规定，未成年人不能去网吧上网，但是在这个小县城，目前对网吧的检查力度并不大，网吧里通常一大半顾客都是未成年人，只要让网管开"临时卡"，也就是用某些成年人的身份证号登录网管系统，就可以上网了。

张弛则不需要临时卡，他递上自己的身份证，对高老板说："三张身份证各充三十块钱，然后来三杯可乐，加冰。"说完便用微信付了款。

只要有张亦行的爸爸在，程浩上网就不需要自己掏钱，想到这里，他的内心还是隐隐开心了一下。很快三人就坐在了电脑前，打开了他们日夜奋战、最熟悉的那个游戏——《峡谷战争》[1]。这是当下最火爆的MOBA[2]类电子竞技游戏。

电子竞技的起源最早可以追溯到1974年，日本游戏公司世嘉在东京举办了日本电视游戏锦标赛。后来，随着《星际争霸》《魔兽争霸》《反恐精英》《DOTA》等游戏的爆火，电竞的全民关注度越来越高。2003年11月，国家体育总局正式将电子竞技列为"第99号运动"，官方的认可将电竞带上了一个新的台阶。

庞大的玩家数量以及高度的竞技性和观赏性，催生了一条繁荣的电竞产业链，职业比赛和职业选手得以出现。最顶尖的职业选手不仅可以拿到上千万元的年薪，还可以成为万众瞩目的明星，做直播、接代言。这行业越来越繁荣，依靠名气而身价破亿的职业选手大有人在。

不过，那些纸醉金迷的故事和程浩没什么关系，虽然他游戏打得很好，但此刻他只是一名混迹网吧的普通少年，身上的零用钱捉襟见肘，点杯可乐都要犹豫很久。

他们找到三个连在一起的座位，并排坐下。短暂读条后，程浩进入了游戏。

---

1. 虚构的游戏。
2. 多人在线战术竞技游戏。玩家通常被分为两队，在分散的游戏地图中互相对抗竞争。

一条红色的巨龙飞过天空，游戏开始。MOBA类游戏通常是5v5对战，程浩这队的五个英雄[1]站在基地的泉水里，面前出现了一条长而幽深、雾气弥漫的峡谷。他们和对手的厮杀就要在这条峡谷里展开了。

峡谷有三条路，每条路上都有几座防御塔，不断发射炮弹。只要一路前进，一座一座拆掉那些防御塔，最后哪一方先拆掉对方的基地，哪一方就获得了这一局游戏的胜利。但敌方不会放任对手拆塔，于是就会爆发激烈的战斗。

程浩默默操控着他的英雄往上路走去。他想，游戏里的道路，多简单，只有一个方向；而人生的道路就难了，因为不知该去向何方。

就像打篮球要分前锋、中锋、后卫一样，这游戏中的五名玩家也有各自的分工。独自走上路的玩家叫上单，独自走中路的玩家叫中单，走下路的两人分别是射手和辅助。而在三条道路中间，分布着广袤的荒野地带，名为野区，其间有丛林、山峦、河流。游走在野区中的那名玩家叫打野。

程浩打上单，张亦行本来是打野的，因为要给老爸让位置，于是跑去打辅助了。另外两个队友，是系统随机匹配过来的。

因为张弛的水平比较低，为了照顾他的游戏体验，张亦行和程浩都登录了自己的小号进行游戏。这样匹配到的对手会比较弱，不会让张弛过于挫败。

三个人愉快地开了几把。因为打的是低端局，赢得很轻松。刚玩了不到两小时，张弛就接到一个电话，他应答了几声，言语里透着几分不敢违抗，然后挂了电话说："领导让我去单位加班，赶个大材料。你们玩吧。"走的时候，他还到吧台给程浩和张亦行多充了些钱，又给两人各点了一杯可乐，这才丧着一张脸加班去了。

---

1. MOBA类游戏玩家操控的角色一般被称为"英雄"。

但少年人并没有为父亲感到"心酸",张弛前脚刚走,程浩和张亦行就着急忙慌地登录了自己的大号。程浩的大号ID叫"莫欺少年穷",这是他从网络小说里学来的句子,他觉得很带感,而张亦行的ID叫"人生如逆旅"。

程浩问过张亦行这个ID是什么意思,张亦行则说爸爸给他取名时用了"人生如逆旅,我亦是行人"这句诗,他就取了上半句当网名。

"那这句诗是什么意思?"

这句诗的意思是,人生本就是一趟艰难的旅程,你我都是匆匆过客,就像在不同的客栈停了又走,走了又停。但程浩是个不怎么读书的人,张亦行不知道如何跟他解释,只好说:"你可以理解为,做人嘛,最重要的是开心。"

两人的账号登录成功,吧台的语音广播开始播报:"欢迎111号机、112号机的玩家,他们是来自电信一区的'王者'!"

王者!还同时来了两个?!网吧里不少客人纷纷侧目,向程浩和张亦行这边投来好奇又钦佩的目光。

网吧的系统会自动检测玩家的段位,如果段位达到钻石以上,说明是很厉害的高水平玩家,网吧系统就会用语音向全网吧播报,以此满足了不少高段位玩家的虚荣心。而拥有王者段位的玩家,意味着在整个游戏里技术排名位于前万分之一,数量很稀少。

回归到真实水平的对局,两人都谨慎起来。王者局可不比他们刚才用小号"虐菜",两人立刻选择了自己最擅长的位置。程浩上单,张亦行打野。

上单是一个很孤独的位置,经常脱离其他四位队友,一个人吸引火力,起到战术上的牵制作用。程浩不喜欢团队协作,也不喜欢和人交流,所以他很爱玩上单——上单可以独自完成自己的职责。而张亦行玩的打野位，是一个需要到处游走，突然从野区钻出来偷袭包抄，形成以多打少的位置。所以，打野位需要玩家具备高度的灵活性和出色的游戏意识，要精明地计算和算计，时刻观察全局的动向，并且让自己行踪莫测。

上单孤注一掷，打野运筹帷幄，老玩家说的"玩游戏看性格"，大概就是这个意思。

读条界面过后，游戏开始。

程浩盯着屏幕，身边的一切嘈杂喧嚣瞬间消失，他只觉自己完全投入了游戏。程浩本来想选自己最擅长的英雄"独狼"，但实在玩得太多有些腻了，于是换成了"断剑骑士"。断剑骑士傲立峡谷，手中拿着一把锈迹斑斑的断剑。在背景故事里，这个英雄曾是国王的骑士，却被不义之人陷害，流落街头，剑也在战斗中被折断，但他依然用这把断剑守护着骑士的信条。

而张亦行选的英雄是"欺诈师"。欺诈师身穿华服，浓妆艳抹，看不出是男是女，但有一种独特的美感。两个英雄的定位不同，断剑骑士是一名正面冲锋的战士，而欺诈师同时拥有隐身和分身技能，非常灵活，擅长游斗。

冲锋的号角吹响，无数小兵从基地涌出，分成三路分别往上、中、下开去。程浩跟着一队小兵往上路走，而张亦行的欺诈师则一头钻进野区。

到了上路正中间的位置，双方的小兵在这里相遇，隔着兵线，程浩看到了敌方的上单英雄——血魔。血魔身形高大，如同一座小山丘，浑身红中带紫，手提一柄巨大的斧钺，每次命中敌人就会给自己回复大量生命值，这就是血魔这个名称的由来。在血魔背后不远处，对方在上路的第一座防御塔高耸入云。

王者局，程浩和对手都比较谨慎，没有贸然进攻。这个游戏并非要一直战斗，更多的时候是在击杀小兵和野怪，以获得经验值用于升级，获得金币来购买装备。这个过程，被称为"发育"。上路目前就处于和平发育的状态。

就在这时，中路传来了击杀的声音，程浩看了一眼计分板，己方的中单被对面击杀了。这才开局两分钟，怎么这么快？程浩心里隐隐觉得有点不妙。果然，十几秒后己方中单复活了，但没过多久，他再次被击杀。

程浩在聊天框里打出一个问号。张亦行也注意到了中路的情况，他低声说："中单在送人头，多半是演员，这把难了。"

当一个游戏高度商业化之后，各种丑恶的现象就开始出现，演员就是其中之一。通俗来说就是被钱收买的玩家，故意送死输掉比赛。《峡谷战争》的高段位是非常值钱的，一个高段位的号不仅是社交场上出风头的硬通货，对于某些以此为生的电竞主播，也是他们职业生涯的竞争砝码，所以为了让自己的段位提升，花钱买演员成了高分局的一种常见现象。

演员通常受雇于一些网店，当有顾客下单后，这家网店会组织多位演员和下单的客人在同一时间开游戏，因为高分段的人很少，所以很容易就匹配进同一局里，演员如果匹配到下单顾客的对面，就开始疯狂送人头。对于演员来说，送一局人头就可以拿到不少钱，是很划算的买卖。但对于不幸匹配到演员的其他队友，这局游戏就成了噩梦，无论他们再怎么努力操作，还是会输。

程浩有点生气，想教训一下对面，他操控着断剑骑士果断发动了攻击。断剑在空中划出华丽的曲线，动作如同舞蹈一样优雅。他的剑锋斩在血魔身上，对方的血条很快下降。血魔开始反击，斧钺从天而降往下斩击，一共会斩击三次，但程浩凭借自己灵活的走位，躲掉了前两次斩击，第三次斩击的范围会扩大，靠走位无法躲避，程浩便硬扛下了这次伤害。

这时，程浩却突然停止攻击血魔，转而扭头开始攻击小兵。血魔气急败坏地追了上来。程浩正好击杀掉一个残血的小兵，经验槽满了，瞬间从一级升到了二级，升级后，英雄的生命值、攻击力都得到了提升，并且可以学习一个新的技能。断剑骑士剑指苍天，右腿猛地在地上一跺，发出一声愤怒的战吼，一圈气浪荡开。血魔被强烈的剑气震得眩晕在原地，动弹不得。趁此机会，断剑骑士连挥几剑，将血魔击杀。

程浩故意卡在即将升级的临界点发动攻击，等对面反应过来时，已经来不及逃跑了。

开局不到三分钟，程浩凭借自己过硬的操作扳回一城。他开始公屏打字嘲讽对手："接着送啊，请演员你们也赢不了！"

这时，对面下路的射手也打字回了一句："哦，是吗？"

紧接着下路也传来了击杀声，己方的射手被击杀。怎么回事？程浩的目光看向下路。己方辅助孤零零地站在防御塔下，打字说："我们的射手也是演员。"

整队五个人，竟有两个演员，这还怎么打？

辅助打字说："点了吧，这把没了。"

当游戏进行到十分钟的时候，可以点投降按钮。程浩心里有气，打字安慰辅助："可以打的，别惯着这帮人。"其实稍微有点常识的人都知道，遇到两个演员，在王者局是不可能赢的。

程浩不是不懂，他只是不甘心。

更何况，他还有一丝小小的侥幸心理：要是他能再次进入"那种状态"，也许这局就有赢的可能。

他以前看过一部日本动画《黑子的篮球》，里面的篮球选手在极度专注的时候，会进入一种名为zone的特殊状态，选手进入zone以后实力倍增，能做出各种平时做不出的高难度动作。但zone很难进入，而且持续的时间也很短，有点类似网上说的"心流状态"。在这种状态下，人的注意力高度集中，自我意识降低，感知和行动流畅自如，甚至感觉时间在减慢或不再存在,竞技时能发挥出最佳水平。

几个月前,他发现自己打游戏的时候偶然进入过几次类似zone的状态,居然打出了职业选手都打不出的逆天操作,那些操作甚至被人录屏发到网上,引起过热烈的讨论,甚至有网友评论:不相信这是人类能完成的操作。

其实程浩自己也不信。

因为那些操作不是他打出来的,而是他的"手"打出来的。

回想起第一次进入那种状态时的场景,程浩既兴奋,又有些后怕。那一局游戏,敌方五人气势汹汹、兵临城下,己方所有的防御塔都被推掉,四个队友全部战死,离他们复活还有几十秒。程浩一人守孤城,如果能以一敌五,拖到队友复活,或许还有一线生机。但那几乎是想都不敢想的事。

就在程浩想要放弃的时候,他的手突然动了。不是他在动,是手自己在动!他感觉自己的手蓦地脱离了大脑的控制,自行操控着英雄,飞身冲入敌阵,在敌方人群中闪展腾挪,每次快被敌方致命的技能命中时,自己竟都通过灵活的走位躲开了。经过一阵眼花缭乱的操作,自己竟将敌方五人尽数斩杀!这一切迅疾如电,直到那番操作完成,大脑才意识到手做了什么。

程浩呆呆地看着屏幕,刚才那些华丽的操作,哪怕是职业选手都打不出来。这是怎么回事?电竞之神附身了吗?

那偶然降临的状态,后来当他刻意想触发时,却无论如何都做不到。现在他只能祈祷,万一这次运气好又触发了呢?

程浩抛开杂念,注意力重新回到游戏里。很快,他抓到对面上单一个走位失误,又一次单杀了对面,两次击杀让他的等级和装备都遥遥领先。但此时己方中单和射手已经送了很多个人头,与敌方的团队等级和金币的差距不断扩大。可怜的辅助只好站在己方防御塔下,一步也不敢踏出防御塔的保护范围。

游戏进行到五分四十秒左右，程浩因为优势很大，所以不断把兵线往前推进，眼看己方小兵就要进入敌方防御塔的范围了，自己则可以趁机消耗防御塔的血量。但这一行为伴随着很大的危险，因为孤军深入，很容易被敌方的打野绕后包抄。

果然，一道光波从岩石后飞出，击中了程浩——这是敌方打野"天行者"的技能，只要被这道光波命中，天行者就可以直接飞过来。血魔也气势汹汹冲了上来，瞬间形成了二打一的包夹态势。

可程浩不但没有逃跑，反而选择直接上前跟血魔近身肉搏，在挺身而出的瞬间，释放出一道剑气让血魔陷入眩晕。

这时，隐身的欺诈师从空气中现身——张亦行早已守株待兔，他像一名耐心的猎手，计算好敌方打野的每一步动向，提前埋伏在这里。

优秀的打野，总能在队友最需要的时刻出现。

此时，程浩的断剑骑士已经习得了英雄的终极技能，俗称大招。程浩果断开大，骑士的残破断剑瞬间注入一股强大的能量，刹那间，断剑被这股能量修复，变成了一把完整而巨大的利刃，刀锋寒芒闪耀。从屏幕上看，剑身比英雄都要长出不少，极具威慑力。

大招虽然只能维持十几秒，但在此期间，断剑骑士的攻击力和攻击距离都将获得大幅提升。

巨刃舞出剑花，斩在血魔身上，血魔慌忙挥动斧钺反击，眼看斧钺即将击中断剑骑士，骑士催动体内能量，一个厚实的护盾涌现，完美地扛下了血魔的伤害，程浩一丝血都没掉就将血魔秒杀。而张亦行的欺诈师也和敌方打野天行者战了起来，在近乎眼花缭乱的走位下，两人的生命值都已经很低，天行者见势不妙，试图逃跑。

断剑骑士利刃横扫，一道巨大的剑风激射而出，宛若一只嗜血猛虎瞬间扑到残血的天行者身上，凶狠地将其击杀。

"双杀！"系统发出提示。

下路的辅助本来都已经打算放弃游戏了，此刻看到上路这波精彩的操作，忍不住打字称赞："帅呀！"程浩看了一眼辅助的ID，叫"小脚踝"。他怀疑这是个女生，因为这ID实在不像男生取的。系统可以显示玩家性别，程浩查看了一下，果然是女生。

他有些得意地回道："我说能打吧，别放弃，我能C^1。"

在程浩的鼓励下，辅助也开始认真作战。她果断忽视一直在送人头的射手，离开了下路，径直朝上路走来。程浩继续孤军深入，接着把兵线往前推到了敌方上路第二座防御塔的位置，这里已经是敌方阵营的腹地，所以更加危机四伏，险象环生。

小脚踝玩的辅助英雄是"幽冥猎手"。幽冥猎手从地狱来，手持一把镰刀，镰刀挂在一条很长的锁链上，作战时，它可以用锁链把镰刀扔出去，钩中远处的敌人，敌人被钩中时，动弹不得，也放不出技能。判断一个幽冥猎手玩得好不好，就是看它钩得准不准。

小脚踝的幽冥猎手小心地从野区绕过来，没有被敌方发现，它躲进了程浩身边的那处草丛。草丛有屏蔽敌人视野的功能，这是一个用于埋伏的绝佳位置。小脚踝耐心等待着，程浩也很配合地表演起来，旁若无人地开始拆对面的防御塔。

没过多久，那道熟悉的光波又一次命中了程浩，天行者又来了。但这次，他还没飞到程浩身边，一把镰刀就从草丛里飞出，直接将天行者从空中钩了下来。

"好钩。"程浩忍不住赞道。他见过很多很强的幽冥猎手，钩人百发百中，但很少见到这种能从空中把人钩下来的。这不仅需要钩得准，还需要很快的手速和完美的预判，出手的时机只有零点零几秒。

幽冥猎手钩中人后，可以将自己瞬间拉到被钩者的身边，原地释放大招。一个墨绿色的诡异囚牢从地上升起，将天行者关在里面。程

---

1. Carry的缩写，指凭借个人实力带领团队走向胜利。

浩也开启大招,再次将天行者狠狠击杀。

虽然小脚踝挽回了一点局势,但程浩三人在屏幕前并不轻松,这对于他们最终获胜起到的作用几乎是微乎其微的,毕竟两个演员造成的劣势太大了。随着游戏进行到中期,敌方开始在中路抱团推塔。排除那两个演员,己方实际上只有三个人,龟缩在塔下毫无办法。三个人就算再厉害,也没办法正面对抗敌方五个人,只能眼睁睁地看着防御塔轰然倒塌。

一时间,小兵大军压境,三人不得不回头清理。可就在这个间隙,对方立刻去击杀大龙、小龙,获得宝贵的战略资源。大龙和小龙是峡谷里两头最大的中立怪物,对方抱团击杀大龙和小龙后,不仅会获得很多金币,还会获得攻击力提升、回血效果提升等增益效果。

敌方显然意识到三人都是技术逆天的操作怪,于是避其锋芒,不和他们硬碰硬,转而玩起了战术运营,疯狂蚕食峡谷里的资源——你操作再强,我不给你操作的机会,你能奈我何?

很快,敌方将三条路的防御塔都推掉了,带着新诞生的黑压压的小兵朝己方基地冲来。最无耻的是,对面居然还开始分带——四个人抱团推一路,剩下那个人单独推另外一路,这就可以最大程度牵制对手。现在两条路都面临进攻压力,而程浩这边只有三个人,怎么守得住?

"是不是玩不起?请演员还玩得这么脏!"辅助小脚踝直接打字给对面。

对面的射手回复道:"老子就是请演员怎么了?我有钱,这个世界有钱就是爷!"

"这个世界有钱就是爷"这句话撞进程浩的双眸,他瞬间有些失神,联想起自己马上就要进厂打工了,难道以后的人生都要被这种"有钱就是爷"的人支配吗?他心里泛起一阵酸楚。手从键盘上离开了,但只持续了一瞬间,他紧接着又攥成拳头,心中涌起怒火:我不管真实的世界是什么垃圾场，至少在这局游戏里，我不相信！

程浩开始打字指挥："辅助跟我。"然后他又在语音里跟张亦行说："我和辅助守上路四个，你去管下路单带的那一个。这把必须赢！"

张亦行点了点头，操控欺诈师往下路走去。其实他知道，这把已经输了，他们的劣势太大，程浩和辅助两个人不可能防守得住对面四人。张亦行没什么胜负心，如果是别的对局，他早就点投降了，还可以早点开下一把。遇到两个演员的局还不投降，纯属浪费时间。

话虽如此，但看到程浩专注努力的样子，张亦行有些于心不忍。既然这样，那就好好操作一波吧，输也要输得漂亮。

张亦行的欺诈师来到下路，远远看到敌方在下路单带的中单，那是一个魔法输出英雄"奥术魔王"，因为中单一直送人头，奥术魔王发育得巨肥无比，汹涌澎湃的魔法能量环绕着他，带着毁天灭地的强大威压感。

张亦行鼠标点到奥术魔王身上，看了看他的装备，他确信，只要有一个技能命中自己，都会将自己秒杀。要打赢他，只有一个办法：躲掉他的所有技能。

是时候展现真正的技术了。

张亦行不再犹豫，径直朝奥术魔王走去，一边走一边开启了大招。欺诈师的大招是召唤一个分身，地图上瞬间出现两个欺诈师，一真一假，玩家可以同时操控真身和假身移动和攻击。不过，假身的行动范围有限，超过一定距离会自动回到真身身边。如果敌方英雄击杀了假身，假身就会爆炸，杀伤力极强。

张亦行操控着其中一个分身往远处跑，而另一个分身则接着往奥术魔王脸上冲。往远处跑的分身行动流畅，而近处的分身则动作呆滞。孰真孰假？敌方中单需要做出判断。就像电影里的拆弹专家，剪断红色的电线还是蓝色的电线？选错的后果就是爆炸。

但欺诈师的大招有一个致命的缺陷，那就是有经验的玩家可以用一些小技巧分辨出真假身，比如真身的装备栏会有一道金边。这也是王者局中很少有人玩这个英雄的原因，分身这种小把戏骗骗低端局的新手还行，遇到高手，就显得有些拙劣了。

一般的玩家凭直觉玩游戏，会本能地觉得那个行动流畅、跑向远处的是真身，近在眼前、行动呆滞的是假身，于是使出各种技能去追远处的那个，最后假身爆炸被秀一脸。但现在，对面中单可是一位王者，应该不会这么容易被骗。

魔法的风暴开始潮涌，奥术魔王直接将所有技能如同机枪一样打在近处的欺诈师身上。他的操作如此自信，毫无保留，显然已经用那个小技巧验过分身的真假了。

然而，砰！一声爆炸后，奥术魔王的血量瞬间被炸空。

这时，真正的欺诈师从奥术魔王身后的草丛中闲庭信步地走出来，将残血的奥术魔王轻松击杀。

怎么可能，明明已经验过真假了，怎么还会被骗？敌方中单在公屏打出一个问号。

张亦行嘴角露出一个得意的笑容，轻飘飘地回了几个字："拉回机制。"

当欺诈师的分身走到极限距离时，会自动回到本体身边。这个拉回机制本来是一种限制，是为了不让假身的活动范围太大，但这种限制被张亦行巧妙利用，反倒成了优势。

张亦行完全吃透了对方的心理。

他先故意操控假身走远，用真身贴近敌人，让对方验真假，就在敌人验定完毕的一瞬间，假身走到极限距离，自动拉回真身旁边，而这时真身瞬间开启隐身躲进草丛，眨眼之间，完成了真假互换。

就像新闻里的假钞骗局，骗子知道你会验钞，就故意拿一张真钞让你验，验完之后再神不知鬼不觉地调包成假钞，让你防不胜防。

程浩见张亦行在下路用一波神操作制裁了对手，忍不住喜出望外。然而，他这边的情况并不乐观。敌方四个人对塔下的程浩和辅助虎视眈眈，他们在等待，等待小兵来到防御塔下，等防御塔的火力被小兵吸引，他们就会一齐冲进来。届时，等级和装备落后的程浩和小脚踝将被当场击杀。游戏进行到这个时间点，复活所需的时间将会很长，而对手足以利用这段时间势如破竹地推掉基地，结束游戏。

敌方的射手直接在塔外按下嘲讽键，他的英雄发出嘲笑声，开始在原地跳舞。这是一种赤裸裸的羞辱，程浩的双肩因为愤怒而颤抖。

他打字道："辅助看我信号，直接闪现进人群开大。"闪现技能，可以让英雄瞬间位移一小段距离，用于发起突袭或者逃跑。

辅助回道："好，游戏可以输，对面射手必须死。"

看来她以为程浩只是想杀了对面请演员的射手泄愤，而不是真的想赢。

下一秒，程浩发出了进攻信号。小脚踝的幽冥猎手没有任何犹豫，直接闪现进人堆里开出大招。这个大招开得很完美，地上升起的牢笼直接关住了四个人。

程浩下意识想要跟上。然而，就在这时，他愣愣地看着自己的手，感到了一种失控的异样，没错，他的手已经不听使唤了，难道是——

"那种状态"降临了吗？

一时间，他的手开始自行操作，以眼花缭乱的速度点击着鼠标，断剑骑士开启大招，残破的剑再度变成巨刃，开大的一瞬间，断剑骑士将大招的剑风和闪现一并甩出，人跟着剑风一齐飞了过去。飞到人群正中，一个晕眩技能降临，直接控制住四个人。

接着，骑士手中的利刃朝对面的射手直刺过去！

这个游戏里，每次施放技能和普通攻击之后，英雄都会有短暂的僵直动作，但高手可以通过快速地反复左右点击鼠标发出移动指令来取消这个僵直动作，让自己在最短的时间内打出更多伤害。

现在，程浩，不对，程浩的手就是如此。

每一次技能和每一次普通攻击的僵直动作都被"点地板"的方式完美取消，英雄的攻击动画行云流水，没有任何一丝卡顿。如果有人看到他的操作，甚至会怀疑这游戏视频是不是开了加速，因为他的动作比正常人快了太多，正常人打出一次攻击的时间，他已经通过取消僵直动作打出了两次攻击。敌方射手甚至还没来得及看清发生了什么，就被程浩秒杀了。

剩下的三个人反应过来，试图反扑，一堆技能朝程浩猛砸而来。但程浩就像《黑客帝国》里的尼奥一样，在枪林弹雨中灵活地跳跃扭动，无数技能贴着他的身体飞过，就是不能伤他分毫。

辅助小脚踝被程浩的操作彻底惊到了，她本来以为杀掉射手就可以安心放弃了，没想到那只是个开始。她很快回过神来，努力跟上程浩的操作，无情的钩锁命中一名敌人，程浩的剑锋紧接着就将其斩杀。而当敌人使用突进技能企图接近程浩时，她总能挥动钩锁将敌方推开。

真不愧是幽冥猎手！攻防一体，太全面了！程浩在心里盛赞道。

敌方看出这幽冥猎手的厉害，马上转变围攻目标，打算先解决她，残余两人的火力顿时集中到她身上。幽冥猎手躲避不及，瞬间被击杀。

现在只剩程浩了，他独自面对两名残血的对手，准备近身肉搏。而此时的程浩，也残血了，他能靠完美的走位躲掉技能，但普通攻击是无法避开的。只要对方一人打中他一下，他就没血了。显然，对方也意识到了这一点，如狼似虎的两名对手直接扑了过来。

就在伤害触及程浩的一瞬间，一个白色的能量护盾再次涌现，这个护盾让对面两人绝望了。

明明程浩只剩一丝血，他们就是杀不死他！

下一瞬间，两人被程浩施展技能眩晕住，断剑骑士一刀刀筋疲力尽的劈砍划过长空。骑士拄着他的断剑半跪于地，鲜血顺着刀锋流下，染红了地上的枯草。

"四杀！"系统洪亮的提示音响起。

骑士拖着残躯想往回走，然而他已经做不到了，他的身上燃烧着一团敌人临死前施放的魔法火焰。

骑士最后的生命被魔法火焰灼烧殆尽，倒在了回家的路上。

"太强了！"辅助小脚踝打字感叹。作为一个常年打王者局的玩家，她每天都会见识很多强者，然而没有一个能有程浩带给她的这种感觉，就算是职业比赛上那些世界顶级上单，也无法打出刚刚那一波操作。那真是人类能做到的吗？

程浩吐了一口长长的气，结束了，他的战斗已经结束了……他和对方四名玩家都在等待复活时，张亦行已经在推对面的基地。

张亦行在下路击杀对面中单之后，根本就没过来支援，而是第一时间往对面基地赶。趁着敌人被程浩击杀，尚未复活的间隙，张亦行推掉了敌方基地。

他们赢了，创造了在王者局三打五取胜的历史纪录！从这个游戏上线第一天起，从来没有人做到过！

程浩和张亦行累得瘫倒在电竞椅上。

这时，程浩同时收到了两个好友申请。一个是辅助小脚踝发来的，他快速点了通过。也许是这把游戏让程浩玩嗨了，面对异性一向腼腆的他，竟然大着胆子邀请小脚踝继续一起玩。小脚踝进了语音房间，一个甜美的女声从耳机里传来："不好意思啊，临时有点事，我得下了，改天再一起玩儿啊。"

程浩手足无措地说道："哦哦，好的，没事，你忙。"

他又看向另一个好友申请，竟然是敌方的上单，刚才使用血魔的那位玩家。他加自己好友干什么？程浩狐疑地通过了申请。

敌方上单迅即发来一条消息："你好,我是'晨星战队'的经理王凯,我查了你的战绩,你和打野是一起的吧,你们俩都很强,有兴趣来打职业吗?"

异　手

"不会是骗子吧?"程浩摘下耳机,小声嘀咕。

晨星战队他听说过,那是《峡谷战争》职业联赛里一支中游队伍,实力不算顶尖,但绝对不弱。这样的战队真的能看上自己吗?程浩知道自己很强,但不知为什么,他从没想过可以去打职业电竞。

见程浩没有立马回复,对方又发来一句:"你们可以先来上海试训,试训通过之后,每个月五万的基本工资。成绩好,奖金另算。至于选手的经纪约,具体条款可以谈。"

五万……这个数字让程浩有些蒙了。进厂才多少钱?他跟进过厂的人大概了解过,算上夜班,一个月才五千多块钱。如果把职业电竞也看成一种"打工"的话,每月五万的工资无疑是让他心动的,别的地方哪儿挣得到这么多钱?

但程浩没有立马表现出很感兴趣的样子,而是不咸不淡地回了句:"微信聊。"对方可能是看出了程浩的犹疑,马上把微信号发了过来。程浩添加了好友,顺手把王凯的微信也推给了张亦行,张亦行的态度也比较谨慎:"你先跟他聊聊,探探虚实。"

程浩点开王凯的朋友圈,对方没有设置三天可见,往下拉看到了很多他发的战队相关的照片。他上网查了一下晨星战队经理王凯的照片,和微信头像以及朋友圈照片比对了一下,能对上号,应该是他本人。随即程浩又自嘲地想：我又有什么值得他骗的呢？

于是他给王凯回道："我有兴趣，但我没有去上海的路费。"

王凯发了个捂脸的表情："我既然邀请你，肯定会安排好，试训一周的路费和吃住我管，如果试训没通过，我包你们回去的高铁票。"

程浩满意地笑了笑，打字回道："什么时候试训？"

"越快越好，我们正缺人。"

"那就明天吧。我把身份证号发你，你帮我买明天的高铁票，我们这里有高铁站，我记得可以直达上海的。"出于谨慎虽然程浩一开始很犹豫，可一旦做了决定，他就会非常果断。

"你就直接答应他了？"一旁的张亦行看傻了，明明上一刻程浩还在怀疑别人是骗子。

程浩点了点头："有什么好犹豫的？到哪儿不是打工，如果能打职业，那肯定是我能找到的最好的工作了。你怎么说？和我一起去吗？"

张亦行思考了半分钟。"我等会儿回去和我爸商量一下，你跟王凯说，我今晚回复他。"

"好。"程浩虽然很希望张亦行能和自己一起去，但如果最后张亦行不去上海，他也不会很沮丧。毕竟，张亦行的路比他宽很多。

突然遇到这么重要的变化，两个人也无心继续玩游戏了。这时已到了晚饭时间，张亦行便提议请程浩吃炸串。他想，今天出中考成绩，程浩考得很差，多半和他爸又吵架了，自己正好可以安慰下好友。

两人来到一家叫"冰点"的奶茶店，这是一对老夫妻开的，十几年了，既卖奶茶又卖炸串，两人放学的时候常来。

他们点了牛肉串、鱼排、火腿肠、鸡柳，一边吃着，张亦行像是想起了什么似的，说："你去上海也是好事。你要不要顺便去医院检查一下，大城市的医生水平还是高一些。"

检查什么？程浩一愣，随即明白了，张亦行说的是自己的手。几个月前玩游戏第一次失控时,他就跟张亦行说起过这事儿。

"你刚刚,又发作了吧?"张亦行看出了最后那波团战程浩的操作有问题,那不是人类能完成的操作,"如果不是我就在你旁边,我甚至会怀疑你开了脚本[1]。"

"别说你,我自己都觉得我开了脚本。"程浩抬起自己的右手,仔细打量着,回忆起刚才手完全失控自行操作的情况,他突然有点后怕。到底是怎么回事?感觉……就好像自己的身体里还住了一个人,刚刚自己的手就是被那个人控制了一样。

"我查过了,你可能是得了一种罕见病,叫异手症。就是手不听大脑指挥,自行做出一些动作。2005年,南京脑科医院接诊过一个异手症病例,一位六十多岁的老太太,她用右手开门的时候,左手会不由自主地把门关上。如果没人帮忙,她甚至没法从房间里出来。"张亦行边说边拿出手机,把他查到的资料划给程浩看,"这个病的致病机理,目前比较可靠的说法是,连接左脑和右脑的胼胝体受损,导致右脑无法读取左脑获得的信息……"

"我听不太懂。"程浩说。

"反正这是病,你最好上点儿心,可能现在没什么严重的症状,但以后说不好。你这次去上海,最好顺便检查一下。"

"我没钱检查。"

"如果你试训通过就会有钱的。"张亦行觉得自己就像程浩的妈,对他有操不完的心。

"到时候再说吧。"

其实程浩之前不是没想过这事,但他打心眼里觉得不能去医院检查,除了钱的原因,还有一重顾虑:万一医院真给治好了,他不就失去了那外挂般的能力了吗?而且,听了张亦行的描述,他并不觉得自

---

1. 即外挂,游戏作弊软件。

己得的是异手症。

"也许,我这个根本就不是什么异手症。电竞圈其实很早以前就有过类似的情况了。"程浩说道,"我在一个电竞论坛里看过一个考古帖,你知道Herimto吗,韩国《星际争霸》项目的职业选手,他是世界最高APM纪录的保持者,他创造的APM纪录是577,也就是说,那局游戏里,他每分钟完成了577次有效操作,这是人类电竞手速的极限了,被称为'抽筋流'。当时就有网友提出了一个很有意思的问题:按科学家对人类大脑的测算,人类大脑能承受的每分钟操作量的极限是四百下左右,Herimto多出来的那一百多次操作,是谁完成的?"

张亦行点了点头:"你说得有道理。正常来说,异手症患者不受控制的那只手,只能做一些简单的动作,像你这样能靠异手完成复杂游戏操作的,还从来没听说过。也许你的状况确实不是异手症,可能是某种类似肌肉记忆的神经反应吧。"

"嗯,有可能。"程浩说,"其实我刚才还在想怎么触发那种状态,要是可以让它想来就来,我不就无敌了?"

也许是幻想着未来在职业赛场上大杀四方的缘故,程浩有些兴奋,常年冰冷的脸上难得地露出了笑容。张亦行也不再多说什么,至少目前来看,这所谓的"异手"没给程浩造成什么麻烦,反倒是得了些好处。能去打职业,程浩的经济状况会好很多,张亦行也由衷为好友高兴,于是举起听装可乐,要和程浩碰杯——却见程浩脸上的笑容突然凝固了。

程浩死死地盯着自己的右手。

"我刚刚说什么来着,我说这几个月来它只在打游戏的时候发作过……"程浩用幽幽的语气说,"现在不是了……"

他刚才正要举起可乐和张亦行碰杯,右手却死死地定在那里,无论他的意识怎么发出指令,都动不了。

"看来情况变严重了……"张亦行意识到发生了什么:异手在游

戏之外也开始不受控制。张亦行试着去拉了一下程浩的右手，发现完全拉不动，他感受到了巨大的阻力。他以前和程浩掰过手腕，明明没这么大力气啊。

突然，程浩的异手动了。那只手伸出食指，自顾自地在桌上画出一些痕迹。张亦行看着程浩的眼睛，那惊恐的眼神分明在说：它自己动的，我控制不了它。

程浩尝试着用左手去制住右手，但右手的力气竟比左手大得多，完全制不住。

张亦行仔细观察着异手的动作，对程浩说："你先别管它，让它动。"张亦行又观察了一会儿，然后深吸了口气，用有些颤抖的声音说："它在……写字。"

程浩愣住了，仔细观察自己的手在桌面画下的轨迹，的确是有规律的，它在不断重复地画出一些轨迹。

"你在写什么？不对，'它'在写什么？"张亦行问道。

程浩也有点慌了。他看过一些关于笔仙的恐怖电影，鬼附在人身上，操控人的手自行写下文字，那些文字里，可能藏着天机。

但现在的情况可比电影要恐怖多了。

张亦行瞅见桌上有他们吃炸串配的干碟蘸料，那是由花生粉、芝麻和辣椒面制作而成的，他直接将干碟蘸料倒在桌上，程浩的异手在蘸料中不断划过，慢慢地，两个字开始显形：

醒来

程浩颤声读出那两个字。他想，如果不是张亦行早就见识过他的症状，一定会觉得自己在装神弄鬼吧。这样的事情说出去谁信呢？

"谁醒来？"程浩下意识地问，问完他才意识到是在和自己的手说话。

异手又动了,很快在桌面上写下一个新的字:

我

"你是谁?!"程浩心态有点崩溃了,几乎是吼了出来。正在一旁忙碌的店主夫妻霎时都怔住了,愣愣地看着他,脸上的表情有些微妙。

异手停下不动了,就好像是被程浩问住了一样。几个人就这样僵在那里,仿佛游戏陷入了卡顿。然后,异手再一次动了,它没有继续回答程浩的问题,而是快速地从桌上弹起,狠狠地掐住了程浩的脖子!

程浩下意识地想要用左手掰开自己的右手,但看样子完全无法做到,右手的力气表现得比左手大很多。人是无法掐死自己的,因为窒息到一定程度就会因为缺氧而脱力,但程浩此时的情况仿佛不受这条生理规律的影响,他嘴里发出嗬嗬的憋气声,脸色涨红进而发紫,腿在地上奋力踢蹬,眼看就要不行了。

张亦行迅速起身,拼尽全力想要掰开程浩的右手,但那只手的力气实在太大,不能移动分毫。

那一对店主老夫妻经营了十几年,从没有见过这样的怪事,他们本以为两个少年在恶作剧,但看起来程浩真要被自己掐死了,一点不像演的,男店主也赶忙冲上来,和张亦行一起掰程浩的右手。

僵持了半分钟左右,程浩的右手终于渐渐脱力,从脖子上放下,筛糠般地剧烈抖动,像一条过电的虫子。抖动了好一会儿,那只手终于安静了下来,软绵绵地耷拉着。

程浩猛烈咳嗽了几声,大口大口地呼吸着,如同一个刚被救起的溺水之人。

"赶紧去医院,必须检查一下,你这手绝对有问题!"张亦行也因惊慌和脱力而止不住地喘气。

程浩虚弱地回道："你觉得医生会信我们的话吗？"

"那完全不管它也不是办法，刚才幸好有我在，如果你独自一个人的时候，它又发作了怎么办？"

程浩沉默了一会儿，他也害怕，心里对这只不受控制的手满是恐惧，可现在去医院很可能要耽误职业电竞的事儿，那他就只能进厂打工了，于是答道："不至于总这样吧……今晚我回家之后，就找条绳子把两只手绑在一起。明天到了上海再说吧，这怪毛病，估计小地方的医生也没办法。"

张亦行点了点头，目前看来也只能这样了。

一天之内接二连三发生重大变故，让两个少年都有些疲累。他们约好，等张亦行和他爸商量好之后，就微信联系，如果要一起走，明早就在高铁站碰头。

之后，两人就各自回家去了。

张弛从单位加完班回到家，已经过了晚上九点。他没有随便在外面吃一口应付了事，而是认认真真给自己炒了两个菜，就着一瓶威士忌慢慢喝起来。

望着空荡荡的房间，他有些唏嘘：妻子在省城一家大型民企已经做到了人力总监，管着几十号人，账面工资是他的十倍；而他在县城的档案馆，人到中年还是个没有实职的副科，科长比自己小几岁。现在搞干部年轻化，过了三十五岁还没有"进步"，按同事的话讲，就是得了"副科病"，这辈子也就这样了。

妻子每个月回来一次，待两天就走，有时候忙，当月就可能不回来了。虽然两个人并没有什么争吵与矛盾，但是夫妻之间越来越大的差距，还是让他觉得和妻子疏远了。过年去亲戚家拜年，妻子把自己买的宝马让给他开，他知道这是在给自己撑场面，但这样的体贴反倒让他心里有些不是滋味。

还好,他有个值得骄傲的儿子。有了张亦行这个儿子,他才认识到,这个世界人和人的差距可能是天生的。有一回他们一家三口去省城一个广场游玩时,因为人流量太大,张亦行走丢了,那时他才五岁。夫妻俩心急如焚,报了警,自己也到处找,找了一圈回到酒店的时候,张亦行已经安安静静地坐在大堂等他们了。一问才知道,张亦行坐车有认路的习惯,走丢之后,他自己对照着公交线路图坐公交回酒店了。全程不哭不闹,一直保持着冷静,在这么大一个城市走丢,竟自己找回来,不要说五岁,就是很多大孩子都未必做得到。

他这辈子碌碌无为,如果能把儿子培养成人中之龙,那也算没白活吧。这算是他苦闷生活的一点安慰。

正兀自想着,门开了,张亦行回来了。今天还真是奇怪,节假日儿子去网吧上网,经常都是凌晨才回家,有时候甚至通宵,今天怎么这么早就回来了?

只见张亦行进门后走到桌边坐下,直视爸爸的眼睛,用平静的口吻说:"爸,我接到一个电竞战队的邀请,让我去打职业。"

张弛的筷子停在了空中。他也玩《峡谷战争》,他知道打职业是什么意思。

看出爸爸的犹疑,张亦行补充道:"我们加了那个战队经理的微信,看起来应该不是骗子。他让我们去上海试训一周,所有费用他全包。如果试训通过,每个月五万的基本工资。"

张弛沉默了一分钟左右,说:"你想去,对不对?"

他太了解自己这个儿子了,张亦行什么事情都会自己拿主意,但同时也会征求他的意见,不过这种征求更多的只是对他这个父亲的一种尊重,而非真的要他提供什么意见。如果张亦行决定不去,回家压根儿就不会提这茬。现在既然说出来,那就代表儿子心里已经有了答案。

有些话仿佛要脱口而出了——

"人还是应该有个稳定的工作,摇滚歌手不都还托人买社保吗?"

"职业选手固然风光,但如果拿不到冠军,没有人会记得第二名。"

"你和别的小孩儿不一样,他们没得选。你认真读书,就会有一个很好的前途。"

张弛想说好多话,但最终还是忍住了。他不允许自己变成一个好为人师、热衷说教的"爹"。本性里,他对这些陈词滥调感到厌烦。他选择过循规蹈矩的生活,但内心深处,他对打破世俗清规仍充满渴望。

"能说说你具体是怎么打算的吗?"张弛喝了口酒,恢复了一些淡定,继续吃菜。

"先去试训,通不过就回来,反正也没什么损失,就当免费旅游一趟。如果通过了,就留在上海打职业。我打算给自己两年时间,目标是拿到世界冠军。如果实现,那基本上一辈子衣食无忧。如果失败了,就回来继续念书,用一年的时间自学,然后参加高考。这样算下来总共耗时三年,和正常读高中花的时间是一样的。从流程上来说,不会有什么大问题。"

"你老师说你是清北复交的苗子,用三年时间准备高考,和用一年时间还是不一样吧?"

"那肯定有些区别,需要调整自己的预期。用一年时间备考,考个中游985还是问题不大。冒险总是有成本的,只要成本在可接受的范围内就可以了。"

"没有高中学历可以参加高考吗?"

"每个省政策不一样,咱们省是可以的,以同等学力社会考生的身份参考,到县招办开个证明就行了。"

"你连这个都打听好了……"张弛有些哭笑不得。

其实,张亦行小学毕业的时候,他妈妈就提出来要把他接到省城去读最好的初中，是张亦行自己决定要留在小县城的。都说儿子和妈妈，在他们家却是反过来的，也许是和父亲一起生活更自在吧。张弛教育张亦行只有一个原则：再小的孩子，都把他当成一个独立的人来对待。

不过，拒绝爹味儿不代表张弛真的对张亦行没有期许，对孩子完全没有期待的父母大概是不存在的吧。

张弛从小是个文弱的人，他喜欢读书，喜欢独处和思考，但他内心深处对暴力有一种隐秘的渴望。他最想从事的职业是军人或者警察，可惜体检的时候查出眼睛有色弱而梦想落空。这种人生遗憾最终投射到了儿子身上，如果允许张弛独断专行一回的话，他希望儿子能考军校或者当警察，算是对自己失败人生的一种弥补。但凭什么儿子要用他的人生来弥补自己这个做父亲的遗憾呢？他知道这是不合理的，所以从来没有将这种期许表达出口。他想的是，也许可以潜移默化地影响或者暗示一下，万一儿子不反感呢？

而现在，这种期许终究是要落空了。他看过一些相关的资讯，电竞选手的职业生命是很短暂的，一般只有三到四年，生涯巅峰期是十七八岁，超过二十岁都算高龄选手了，因为职业电竞对神经反应速度要求极高，随着年龄的增长，反应速度肯定是会下降的，当不能满足高强度的比赛需求时，选手只能退役。退役之后，没有学历，没有一技之长，瞬间就跌入社会底层了。张弛想起曾经看到过的新闻，退役的奥运冠军沦落到去澡堂给人搓澡。奥运冠军尚且如此，出不了头的电竞选手说不定更惨。哪个父亲愿意孩子面对这样的未来呢？

张弛感觉自己正面临着人生最艰难的抉择。如果抛弃他一贯坚持的尊重孩子的原则，以父亲的身份强硬地要求张亦行不要去上海，他相信儿子会留下来的。但那样做真的好吗？如果职业电竞真是适合儿子的道路呢？错过了黄金年龄，再想去打就不可能了。

最终，他用十分严肃郑重的语气说："你去吧。但你要记得你今晚说过的话，两年时间，如果不能夺冠，必须回来参加高考。这不仅是父亲和儿子之间的对话，我会把它当成一个男人的承诺。你已经长大了，要信守诺言。"

张亦行也郑重地点了点头，就像骑士执剑于胸前。

"那……妈妈那边……"张亦行突然没头没脑地冒出一句。

张弛想了想说："先不告诉她。等东窗事发了，咱俩一起挨骂呗。"

父子俩默契地苦笑了一下，凝重的气氛松快下来。

"什么时候走？"

"明天一早的高铁。"

"好。"张弛看了看表，"新世纪应该还没关门，我们抓紧时间。"

"抓紧时间？"

"去给你买身衣服。爸爸教你一句话，这个社会是'先敬罗裳后敬人'，出门在外要穿好一点，不然别人容易看不起你，很多机会也就失去了。"

新世纪是县城最高档的商场，平时张弛自己都舍不得去逛。他今晚带着儿子，花了一个月的工资，从头到脚给张亦行置办了一身新的行头。看着试衣镜里英姿飒爽的儿子，张弛笑道："比我年轻的时候帅。"

回家路上，张弛终归还是没克制住，婆婆妈妈地指导了一些社会经验给张亦行，毕竟这是十五岁的孩子第一次出远门。"俗话说，吃得了亏，才打得拢堆。但是也要有原则，不要事事忍让，六面玲珑，两面带刺，不卑不亢就好。到了那边，每天都要给我打个电话说一下情况，不然我会以为你真被别人骗了……"

张亦行耐心地听着，将父亲的嘱托记在心里。

当晚回到家后，张亦行就给程浩发了微信，说自己已经和父亲沟通好了，会去上海参加试训。程浩很罕见地发了个大笑的表情，显然很开心。然后张亦行又将自己的身份信息发给了王凯请他买票，约定好了明天在上海虹桥站碰头，随即简单收拾了一下行李，这才沉沉睡去。

第二天，张弛开车将张亦行送到高铁站后就去上班了。张亦行独自在站台等待程浩。他们的那趟高铁是八点零五分发车，但到了七点五十，程浩却迟迟没到约定的地点。

程浩从不在关键的事情上掉链子啊。想到这里，张亦行心里有些不安，连忙给程浩打电话——关机了！

此刻，他只想直接去程浩家里找人，但那样的话，肯定赶不上车了。就这么干等到八点零三分，眼看站台上的乘客都上得差不多了，发车铃声急促地响起，车门即将关闭，程浩却仍没有出现。

一定是出了什么事，张亦行想。怎么办？是独自去上海逐梦电竞圈，还是去找程浩？

他看了一眼列车，只思考了半秒钟，就转身走出了站台。这时手机一振，战队经理王凯发来一条信息："你们上车了吗？你朋友程浩怎么不回消息，电话也打不通。"

张亦行回道："王经理，我们这边出了点状况，今天暂时去不了上海了，我回头联系您，非常抱歉。"

他朝着程浩家的方向走去。在他身后，高铁发车了，很快消失不见。

困　兽

昨天晚上，程浩从奶茶店离开后，回家就躺下了，在床上辗转反侧。他收到了张亦行的微信，果然，张弛很支持儿子去打职业电竞。

而程浩根本没打算跟自己父亲说这件事，他不需要谁同意，反正王凯出路费，明早醒了直接走。

屋子很小，父亲粗重的鼾声很吵，加上接到职业战队的邀请颇有些兴奋，程浩迟迟睡不着。他在脑海里有一搭没一搭地幻想着去上海后的生活。

如果他能试训通过，就能赚很多的钱，他要买最新款的苹果手机，再也不用这充话费送的破手机了。他还要送自己一台配置很高的电脑，显卡怎么也得4090往上吧，散热必须是水冷的，机箱要有炫酷的灯效，不仅能玩《峡谷战争》，还可以玩steam[1]上那些3A大作。他还想买一辆摩托车。哦，对了，还有房子，他再也不用蜷在这窝棚里了，上海的房子是不可能买得起的，不过他也许能在省城买一套大房子……

他的脑子里出现了一张白纸，他用意识在白纸上写下两行字，给自己的胡思乱想做了个总结——人生目标：1、挣到很多的钱。2、找一个特别漂亮的女朋友。他又想了想，把"特别"两个字划掉了。

十六岁的男孩脑子里能想些什么呢？无非就是这些东西。无论现在过得多么糟糕，总觉得更好的日子在后头等着自己。

就这么有一搭没一搭地幻想着，他终于睡着了。

不知过了多久，程浩隐隐约约听到响动，然后自己的被子就被掀开了。程浩用手挡住脸，此时外面天光大亮，应该是到了早晨。他在困倦中睁开眼，看见窝棚内站着好几名青壮年男子，被子掉在脏污的地上。他昨晚回来得比较晚，没脱衣服就躺下了。

"都不用我们动手，你倒自己给绑上了。"其中一个像是领头的男人穿着迷彩服，看见程浩绑着的双手，有些惊讶地讥笑道。那是程浩为了防止异手在睡梦中再度发作故意绑上的。

---

1. 目前全球最大的综合性数字发行平台，玩家可以在上面购买和下载游戏。

"走吧!"迷彩男对程浩说。

"去哪里?"大清早被人从被窝里拽出来,程浩又怒又怕,但更多是迷惑。这些人是谁?他一个也不认识,而且他现在要去高铁站,哪会跟这些来路不明的陌生人走。

程浩扫了一眼屋内,父亲不在。

"你爸没跟你说?"

程浩摇了摇头。

"去了你就知道了,赶紧把衣服穿好。"迷彩男收起笑意,用命令的口吻喝道。

程浩剜了他一眼:"不去,这是我家,是你们乱闯进来,再不走我报警了!"他边说边侧过身,用身体挡住迷彩男的视线,试着解开绳子,打算一挣脱就往外跑。不管这伙人是来干吗的,肯定不是好人。

"我看你就是欠收拾!"绳子还没解开,程浩听到迷彩男一声吼,然后自己左侧上半身就传来一股巨力,他站立不稳,扑倒在地,待翻过身来,才意识到刚才被迷彩男踹了一脚。

这是遭了贼?照理说,贼也看不上我这家庭啊……他胡乱想着。

迷彩男欺身向前,又是一脚蹬在程浩胸口。剧痛传来,他感觉肋骨都快散架了。这时绳子终于解开了,程浩哪里受得了这种委屈?他颤巍巍撑起来,一拳就往迷彩男脸上招呼。屋内其余几个男人,见程浩想反抗,冲过来架住他,又是一顿拳脚相加。程浩虽然平时经常锻炼,但仍是敌不过这么多人,没几下就被制伏了,头被按在地上,大口喘着粗气。

"爸! 爸!"他认定这伙人是贼,也顾不得和父亲的矛盾,下意识地大声呼救。房门虚掩着,如果父亲在屋外,至少可以搭把手。但喊了几声,并无回应。

"带走!"迷彩男揉了揉被程浩打了一拳的腮帮子,啐了一口,"小兔崽子劲儿还挺大！"

几个人押着程浩往屋外走。到了门外，被摁着脑袋的程浩看见父亲正一脸冷漠地抽着烟。程浩本来还在挣扎，看见父亲，他突然就不挣扎了。

很明显，父亲知道发生了什么，这些人进来是父亲允许的，甚至，这些人可能就是他找来的。

"他们要带我去哪儿？"程浩问父亲。

"他们不会害你的，你要听话，好好改造。"父亲没有看他，低着头说道。

一辆白色面包车停在门口的马路上，七座的，程浩被按着头推进了车里，几个男人随后也上来，迷彩男开着车，很快驶出了小巷。

因为刚才事发突然，程浩匆忙中顾不上拿手机，也不知道现在几点了。他想，高铁是肯定赶不上了，要是手机在身上多好，至少能给王经理发个微信，告诉他自己今天去不了了。

从车窗向外望去，柏油马路逐渐过渡到乡间土路，道旁还出现了树和野草。程浩心里的惊惶更甚。显然，这是出城的方向，越走越荒凉了。他想逃，但看了一眼车里，一圈的彪形大汉，知道自己打不过，只好忍住。他在心中安慰着自己，既然父亲放任这伙人抓走他，那应该不会有什么真正的危险，于是心下稍安。那就走一步看一步吧，至少先弄清楚这伙人什么来头。

汽车又行进了约莫半个小时，终于停了下来。程浩被那群人押着下车，抬头看见一块牌匾，上面有"正心书院"四个大字。他瞬间明白自己来到了什么地方。这是一处有着高耸围墙的建筑，墙体上没有任何装饰，就是纯水泥墙面，某几处还间杂有白灰。高墙的上缘缠着丛生的铁丝网，铁丝网上有三角形的倒刺。站在墙边，除了高墙，再看不见别的事物。

程浩被人押着进了门，打眼看去，整个地方不算大，和自己之前的初中学校差不多。有一个小操场,但是没有铺塑胶,而是长草的干硬泥地。另外,零星地分布几处楼房,都不高,最高也才三层楼。

"救我。"

恍惚之间,程浩听见了一个声音。

他以为是自己精神受到刺激出现了幻听,没想到那声音接着又重复了一遍:

"救我。"

这次程浩听清了,不是幻听。那是一个男孩的声音,还有些稚嫩。程浩说不上来那声音是从哪个方位传来的,准确地说,那声音并非来自某一个方位,而像是直接从他脑海里传来的。虽然是在求救,但那声音里并没有多少急切感,更像是一种幽深绵长的呼唤——来自灵魂深处的呼唤。

经历了异手这样的奇异事件,程浩的心理承受能力高了一些,虽然心底依然有无数的迷惑和恐惧,但他不再那么惊慌失措,而是尝试在内心里回应那个声音:"你是谁?你在哪里?"

回应他的是迷彩男的推搡和呵斥。那声音没再响起。

程浩回望了一眼身后缠着带刺铁丝网的高墙,不禁颓然地想:我也被关起来了,谁又来救我呢?

程浩被抓走后,程建宏没有马上去拾荒。他一支接一支地抽烟,心里闷闷的。他想:你现在恨我,以后长大你就懂了。

他是在前段时间看到正心书院的传单的,那上面大大的黑字"叛逆的孩子有救了!"吸引了他的注意,下面的小字介绍道,正心书院独创的"情绪舒缓"教学模式能够帮孩子矫正不良习惯、戒除网瘾、治疗叛逆厌学。"给我三个月,还您一个完美的孩子。"这句广告语让他有些心动。儿子从小就不听话,他打也打过,骂也骂过,完全没用。也许真的只有这些教育专家才有办法让儿子学好吧。但他那时还没有下定决心，只是下意识把传单上的电话号码存了下来。

直到昨天，程浩出了中考成绩，考得差不说，还敢横！他接触过一些同学家长，听他们说起过职高现状，说那里培养的都是些"烟酒生"。程浩如果去读职高，可能学坏不说，钱也浪费了。他说了不支持读职高，没想到程浩还敢给他甩脸子，真的是翅膀硬了，不收拾不行。程浩冲出家门后，程建宏越想越气，清点了一下自己还有多少积蓄，然后拨通了传单上那个电话。

电话里的人很热情地给程建宏介绍了书院的情况，举了很多矫正成功的例子，说其中有一个孩子以前甚至会动手打父母，矫正之后乖得很，每天都会给父母烧水洗脚。程建宏问了下学费大概多少，对方答一万。程建宏没有那么多钱，便要挂电话，对方赶紧说最近暑期有优惠，可以打折，五千块就可以报名，不过学时要稍微缩短一点，只有两个月。

程建宏虽然穷，五千块咬咬牙还是拿得出来，当即给程浩报了名。当天下午，他亲自跑了趟书院，看到接待人员给他展示的满满一墙家长送的锦旗，更加坚定，当场缴了费，并且和书院约好，第二天一早就来家里接孩子。

迷彩男押着程浩，一行人七拐八拐，进了操场旁边的一栋楼。他们来到二楼的一个房间，里面摆放着一排排带电子锁的柜子，看起来就像泳池的更衣室。

其他的人都出去了，房间里只剩下程浩和迷彩男。迷彩男冷冷地打量程浩，从自己身上取出一张卡，拿到背后柜子的某处感应器上刷了一下，其中一个柜子门打开了。迷彩男从柜子里拿出一套衣服，上衣和裤子都是黑的，一点颜色装饰都没有。迷彩男把衣服扔给程浩，程浩手忙脚乱地接住。"穿上。"

见程浩还在犹豫，迷彩男冲过来又是一脚踹在程浩身上，"叫你穿上！聋啦?！"

程浩将上半身的衣服换上，迷彩男直接将他的衣服收走，还翻了翻口袋，检查里面有没有别的什么物品。

"裤子也换了。"

程浩下意识地因羞耻而犹豫。还没等他开口，迷彩男直冲过来，两个耳光又甩在他脸上，一阵火辣辣的痛感传来。

欺人太甚！一股怒火窜上了程浩的脑门。

他在学校里可没少打架，刚刚在自己家是一对多，他没办法，但这里只有迷彩男一个人。

"你他妈的！"程浩大喊一声猛地向前扑过去，死死抓住迷彩男的手，想把对方绊倒后猛砸他的脸，不砸得对方昏死过去决不罢休。但迷彩男显然不是学校里打架斗殴的那些小混混可比的，他力气很大，下盘又稳，根本绊不倒。

"还敢还手！"迷彩男顺势一个膝击，重重地顶在程浩腹部。他觉得好疼，喘不过气，像虾一样佝下身子，感觉五脏六腑都搅到了一块儿，腹中有酸水往上冒，想吐却吐不出来。

"还折腾吗?"迷彩男一脚踩在他的头上，露出满足的笑容。

程浩虚弱地挥了挥手，迷彩男才移开脚，然后踢了踢地上的裤子。"穿上！"

程浩知道自己不可能打得过眼前这个人，如果不就范，一定会吃更大的苦头。于是他缓缓地挪动身子，无力地坐在地上，也顾不上地面有多脏，连忙把裤子扒下来换上已经遍布脚印的新裤子。

迷彩男将程浩的衣服裤子还有随身物品，全部锁进了刚才打开的那个柜子，然后说："记住，不要私藏任何东西……"迷彩男没再说下去，而是给了一个锥子般的眼神让程浩自己体会。

见程浩不再有忤逆的行为，迷彩男伸手拍了拍他的脸，就像奖励一只温顺的好狗。"你爸把你送到我们这儿来戒网瘾，全是为了你好，你要珍惜。"

为了你好。

程浩捂着肚子站起身来，心中默念着这四个字。

他知道这种地方，与其说是学校，不如说是私立的少管所。曾经一起开过黑的网友中，就有人被送进来过。那个人出来之后，再也没上过线。

程浩穿好衣服后，迷彩男说道："我叫王永利，是这里的教官。这里只有一条规矩，就是服从我和校长的命令，叫你做什么你就做什么，可以少吃些苦。你今天运气好，正好赶上了一月一次的感恩大会。我带你去见识一下，你要好好看，好好学。"

说完，王永利转身往更衣室外走去。程浩虽然很抗拒这个什么"感恩大会"，但想着一时半会儿也脱不了身，不如跟去看看，打探一下情况。他跟着王永利走出更衣室，接着又出了楼，沿着操场走了一阵。

程浩突然听到远处传来一声凄惨的号叫声。他停下来，试图寻找声音的来源，却没找到。

"走啊，愣着干什么？"教官不耐烦地催促道。

程浩继续往前走，那惨叫声再次响起，这次程浩听清楚了。听起来像个孩子，声音稚嫩，却显得撕心裂肺，有些瘆人。应该是从那些像教学楼的建筑里传出来的，程浩死死地盯着那几栋楼，它们沉默肃穆，仿佛浓雾中的怪兽。

两人进了另外一栋更加低矮的楼。

进去之后才发现里面是一个类似篮球场的地方，但比正常篮球馆要简陋，地上画着篮球场的白线，但没有球架，应该是球架被撤走了。四周的白墙上布满了污渍，上面通风的玻璃窗有些已经碎了。

程浩还看到了密密麻麻的人。站在"篮球场"上的，是一群年龄和他大差不差的少年，他们身上穿着三种颜色的衣服：一种是和程浩一样的黑色，除此之外，还有白色和红色两种颜色。

"黑色就是和你一样的，刚进来不久，还没改造好。白色就是改造得差不多了，我们叫'洗白'了。"王永利的语气里竟带着一丝自豪。

"那红色呢？"程浩问。

"红色就是改造得很好，思想觉悟高，当管理了。红色的学生被称为'议员'，可以管其他黑色和白色的学生。"

程浩以前听人扯闲篇，据说监狱里也用不同颜色的囚服来区分犯人，只不过在那里，红色囚服代表死刑犯。

黑、白、红三色学生齐齐整整地站在篮球场上，粗略看去可能有上百人。他们没有像正常学校里同学集会时一样交头接耳，只是静静站着，眼神呆滞。王永利带着程浩来到篮球场上，和程浩一起站在那群学生的外围。他对程浩说："待会儿校长上台讲话，他叫你们干啥，你照做，就不会吃苦头。懂？"

程浩点了点头，然后小心环顾四周，开始观察环境。

在篮球馆观众席上，同样密密麻麻地站着很多人。那是一群中年人，男男女女都有。他们有的穿着并不合身、皱皱巴巴的西装；有的脚上穿着胶鞋，胶鞋上沾着泥，像是刚从田里干完农活，没换鞋子就来了。有的交头接耳，有的沉默注视。台上和台下之间，横亘着一道生锈的铁栏杆。看样子，这群人像是家长。

篮球场的边缘居中的位置，有一处不知道是主席台还是领奖台的地方。一个穿着深色西装，戴金丝眼镜，身形消瘦，面色蜡黄的中年人走上台去，拿起话筒开始讲话。王永利对程浩介绍道："谭校长。"

"家长们，同学们，我们现在召开感恩大会。我首先代表学校，向全体家长汇报教学成果。过去一个月，有五名同学，完成了全部学习课程，戒除了网瘾，成功毕业。有三名同学，因为表现优异，晋升为管理。新入学的同学，有七名，希望他们遵守学校的纪律，好好改造。接下来，有请优秀学生代表姜涛上台发言。"

一个梳着分头，身材矮小，戴着"厚瓶底"眼镜的学生走上了台，和谭校长站在一起。程浩注意到，姜涛穿着红色的衣服。按王永利的话来说，这是因改造得很好而晋升为"议员"的学生。

"尊敬的校领导，亲爱的爸爸妈妈们，友爱的同学们……"姜涛开始发言。程浩感到很不适，从外表判断，姜涛年龄不小了，但他语气中那种谄媚、幼态、拖得很长的声音，就像一个在夸张朗诵的小学生。

"经过在正心书院为期三个月的学习，经过谭校长、王教官，以及各位师长的悉心关怀和教育，我获得了生命的洗礼，灵魂的升华，从重度网瘾少年彻底蜕变为一名有思想、有原则、有上进心的学生干部……"姜涛似乎有点怯场，声音发颤。谭校长温和地看着他，拍了拍他的肩膀，这个动作仿佛给了他很大的勇气和力量，他的声音开始变得平稳而自信。

"感谢谭校长、王教官的信任和栽培，让我担任议员这一重要职位。在今后的工作中，我将以身作则，以咬定青山不放松的精神，协助校长和教官狠抓学风、狠抓纪律，深入贯彻落实……"

程浩听不下去，把头埋低，这样就不用看着这群人了。他想起以前看过的一部电影《肖申克的救赎》，里面有个犯人说，一开始你会抵触监狱，当你在里面待久了，你就会爱上那里，最后离不开它了。他以前不明白为什么会这样，现在有点懂了。姜涛的讲话，给人一种感觉，就是他很享受这里的生活。

姜涛足足讲了十分钟。结束后，从观众席上传来热烈的掌声，部分家长看起来有些感动，眼眶都红了，看来他们是真的觉得姜涛讲得很好。观众席上的掌声响起后，站在球场上的学生也开始鼓掌，但掌声明显稀疏很多。

谭校长全程站在姜涛旁边，姜涛讲完后他补充了几句姜涛在改造期间表现多么优异,号召大家向他学习。程浩观察了一下球场上学生的表情,有人不屑,有人向往,但更多的是麻木,显示出对一切都漠不关心的样子。

姜涛下台后,谭校长接着讲道:"好,优秀学生代表发言过后,我们就进行感恩大会最重要的一个环节,跪谢父母养育之恩,时长三分钟,预备,跪。"

球馆的音响里唱起了《感恩的心》,球场上的学生齐刷刷地面朝观众席的父母跪下了,动作很是熟练。

转眼之间,整个球场还站着的学生,就只剩程浩了。

谭校长,还有王永利教官,用惊诧的眼神看着程浩。程浩环视四周,看着那些跪倒的学生,只是冷笑。那些孩子大多埋着头,没有看台上的家长。

在《感恩的心》的音乐声中,王永利教官走到程浩身边说:"你忘了我怎么跟你说的?要想少吃苦,就乖乖听话,我说什么你做什么,跪下!跪到音乐结束才准起来。"

"如果我不跪会怎么样?"程浩平静地反问。

王永利下意识抬脚,又要一脚踹到程浩身上,但又像有所顾忌似的,硬生生收住了动作,抬眼往台上家长群的方向看了一眼。"待会儿收拾你!"他凑近程浩,恶狠狠地说。

谭校长遥遥地注视着这边的情况,朝着场馆大门的方向,给王永利使了个眼色。

王永利朝谭校长点点头,拉着程浩就往外走。程浩也看懂了谭校长那个眼神:不能让王永利当着家长的面收拾自己,但也不能让自己在所有人都跪的时候站着。有一个人这样做,就会有其他人效仿。

走出篮球场馆,程浩听到王永利用阴寒的语气说:"当众挑衅校长,你篓子捅大了。很好,很好,我很久没遇到你这样的学生了,等

63

会儿就让你知道,锅儿是铁打的!"

王永利拉着程浩走过操场,此时已到正午,阳光毒辣,程浩感觉眼前明晃晃的,有点看不清路。沿着操场走了一阵,两人来到另外一栋看着比较低矮的楼前。那栋楼的大门门楣上有三个猩红的大字:"正心楼",不知道是用什么颜料涂写上去的。

王永利拽着程浩进了门。刚一进大楼,程浩就感觉一阵阴冷袭来,明明外面阳光炽烈,一进来仿佛气温骤降。程浩紧了紧衣服,扫了一眼四周,见一楼大厅立着一扇中式屏风。他跟着王永利走进了电梯。电梯一直上到五楼,出了电梯往右,沿着走廊走了一阵。走廊阴暗,采光极差,两人在一间房间前停下,程浩抬头,在昏暗的光线中勉强识别出了"校长办公室"几个字。

"等着,待会儿校长要找你。"王永利掏出手机,看了一眼时间,"我在这儿七八年了,比你还横的,说起来我也见过。以前有个女的,二十出头了,被她妈骗过来戒网瘾。一进来就给了她妈一耳光,骂她妈是贱人,然后直接就被送到校长办公室来了,校长亲自治疗。治疗了半个多小时吧,弄得大小便都失禁了,一股味儿,她出来直接跪下,哭着跟她妈道歉。说实话,我很期待看到过会儿你的表现,希望你比她坚强。"说着,王永利阴恻恻干笑两声。

程浩蓦然想起刚来时,在操场上听到的惨叫声,说不定就是有孩子在这间校长办公室接受"治疗"时发出的。他盘算着,如果自己拼死一搏,能不能摆脱这个王永利,然后逃出去。但王永利比自己高一些,可能有一米八,身材健硕,一身腱子肉,不好对付;再加上校园那一圈高耸的围墙,程浩觉得成功逃跑的可能性很渺茫,不由从心头升起一股悲凉之情——如果不是莫名其妙被这帮人抓过来,此刻他应该已经到达上海开始了试训,大好前途在前面等他。而现在,他站在阴暗的走廊里,等待即将到来的"治疗"。

正这么想着,电梯门开了,听脚步声,来者不止一个人。

谭校长和五个学生从电梯里走出来。那五个学生中，有四个穿着红衣服，一个穿着黑衣服，黑衣那个是被四个红衣学生架过来的。黑衣学生是个很瘦弱的孩子，留着扁塌的西瓜头，眼球里有一种古怪的混浊态，像是眼白和眼球的其他部分融在了一起，如同雨后的一堆石灰，笼罩着蒸腾的雾气。

那孩子看见"校长办公室"几个字，突然开始挣扎，想要摆脱束缚，眼睛瞪大，嘴里大声地叫嚷着："我不进去！我不进去！"

程浩这时才看清谭校长的长相。谭校长给人的第一印象，居然是——和蔼。他看上去四五十岁，身形消瘦，戴细框金丝眼镜，很斯文。他脸上挂着笑，但仔细观察，那笑容是静态的，感觉永不消散，就像一张人皮面具，这么一看，那笑容就有几分瘆人了。

谭校长温柔地拍了拍那孩子的肩膀，嘴里说着："石家豪，没事的，治好了病，你爸爸妈妈就会重新爱你的。"那孩子本来还在挣扎，听到这话就不动了，脑袋耷拉下来。

说着，谭校长掏出钥匙，打开了校长办公室的门，一股潮湿憋闷的味道扑面而来。窗帘是拉上的，程浩见过那种窗帘，是专门的遮光窗帘，拉严实之后，即便外面艳阳高照，屋里也如黑夜一般。办公室里摆放着一张猪肝色的大办公桌，一张真皮沙发，还有一张床。那床是医用床，床面呈深绿色，长宽只能躺一个人，下面还带轮子。床附近有一个黑色的方形盒子一样的仪器，上面有各种旋钮和指示灯，外接两根电极。

四名红衣学生，押着黑衣服的石家豪，让他躺到床上去。两人按手，两人按脚，然后用束缚带把他捆住。只见谭校长调试了一下方形盒子上的旋钮，看着指示灯亮起，然后把电极分别按在石家豪的两侧太阳穴上。

"疼——"

石家豪发出一阵撕心裂肺般的号叫，头左右摆动，极力想甩掉电极。但他手脚都被捆住,挣脱不得。

程浩眼见石家豪遭受非人的折磨,就要冲上去干涉。他并不是喜欢多管闲事的人,类似这样的事,如果只是听闻,那听了也就听了,但真真切切发生在面前,他做不到无动于衷。

还有一个原因,他知道谭校长折磨石家豪的目的就是杀鸡儆猴吓唬他,如果对别人的苦难坐视不理,那么轮到他的时候,也不会有任何人来帮他。但是王永利拉住了程浩,用铁钳似的手肘夹住了他的脖子。程浩试图挣脱,可要害部位被制住,让他无力反抗。

"知道你为什么会来这里吗?"谭校长用柔和的声音问石家豪。

"因为打游戏……"

"以后还打吗?"

"不打了,不打了。"石家豪的声音带着哭腔。

"你恨你的父母吗?"

石家豪愣住了,没有回答。

谭校长微笑着扭动仪器上的按钮,加大了电流。

"不恨!我不恨他们,他们是为我好。"石家豪几乎是吼出了这句话。

"那你爱你的父母吗?"电极从始至终没有离开过那孩子的太阳穴。

"爱,我爱他们!"吼完这一句,他没有力气了,只发出几不可闻的呜咽。

谭校长微笑点头,满意地调整旋钮,关上了仪器。石家豪瘫在病床上,眼神就像死鱼的眼。四个红衣服把他从病床上拉起来,又架着往办公室外面走去。出门之前,石家豪回过头来看了程浩一眼,那个眼神里,情绪复杂。

谭校长满意地点了点头,对红衣服的孩子们说:"这次治疗很成功。你们四个,品行分各加十分。下周继续带他来治疗,再治疗三次就满一个疗程了,可以进入观察期。送他回去吧。"

四名红衣学生送完人之后,没过多久就回来了。他们站成一排,负手而立,显得整齐而有纪律。谭校长走过来拍了拍程浩的肩膀,说道:"到你了。"

程浩几乎是本能反应一般,拔腿就往外跑。

可王永利仿佛早有准备,伸脚一绊,直接将程浩绊倒在地。四名红衣学生见状,冲上来按住程浩的手脚,待他挣扎不动之后,一齐发力,直接将他抬上了病床。他平躺着,一抬眼,正好看见谭校长的脸,因为视角倒错,那张蜡黄的、永远带着笑意的脸,此刻显得越发恐怖。

无数念头瞬间闪过程浩的脑海:我做错了什么?为什么会遭到这样的对待?我和这些人无冤无仇。是父亲送自己来这里的,他真的觉得自己有病需要治疗吗?他明明那么穷,却舍得在这件事上花钱……我会在这里被折磨成什么样子?我会被"治好"吗?治好之后就再也不可能去打职业电竞了吧?晨星战队王凯经理那边怎么样了,手机不在身上,他应该给我打了很多个电话吧?还有张亦行,他去上海了吗?他怎么跟王经理解释我没去这件事?

当知道挣扎也没用之后,程浩反而平静下来。

谭校长扭动了按钮。

程浩的太阳穴上传来一阵强烈的刺痛,这股刺痛很快沿着神经传遍全身,像是有什么东西把他的头狠狠箍住,紧接着,烧灼感开始弥漫,如同火焰滚过皮肤。

程浩不自觉地想要尖叫、呐喊,像刚才那孩子一样。但他强忍着不发出任何声音,紧紧咬着牙齿,腮帮处和太阳穴血管涌现、青筋暴起。

第一次电击只持续了几秒,却仿佛一个世纪那么漫长,谭校长精准地卡着时间,刚好在程浩承受的极限关掉了电流,如果再继续,程浩很可能昏厥。

"一般第一次治疗都是三毫安的电流，不过你的病情比较严重，所以稍微加大了点剂量。重症用猛药嘛。怎么样，有没有感觉好一点？"谭校长用手背轻轻摸了摸程浩的额头，那关切的语气竟不似作伪，仿佛他真的相信自己是在给程浩治病。

"我，没，病。"程浩一字一句地说。

谭校长看着程浩，有些惊讶。这么多年，他经手"治疗"了数百个问题少年，有大吼大叫的，有跪地求饶的，也有吃痛后辱骂自己的，但程浩是唯一一个没发出一点声音，硬生生扛下电击的人。

这是一个需要认真对待的对手，而不是待宰的羔羊——他第一次产生了这种感觉。

谭校长脸上那仿佛凝固的笑容消失了，他上下颚紧紧咬合，目眦欲裂，显出狰狞之色。

接着，谭校长直接将电击治疗仪的电流强度调到了最大。王永利吓了一跳，按住校长的手："不会闹出人命吧？"

"放心，死不了。"

校长再度启动电击仪，强大的电流直冲程浩的天灵盖。那一瞬间，像是数千万根针同时扎进身体。他感到自己体内的某种东西，被彻底地、永久地击碎了，同时，一种新的东西，在磅礴地诞生。在极度的痛苦中，竟生出异样的狂喜。或许痛苦本就意味着觉醒？程浩像一头猛虎一样开始咆哮，不是用喉咙，而是用灵魂发出无声狂啸。

谭校长和王永利同时听到了那无声的啸叫，一股剧痛袭击了他们的大脑，像是一只无形的手在他们脑内搅拌，把他们的脑组织搅得粉碎。他们望向程浩，发现后者那张稚气尚存的脸上，非但没有痛苦，反而露出涅槃似的祥和与喜悦。按住程浩的四个孩子也几乎同时松手，痛苦地抱头蹲在地上。

"谭校，快停手。不对劲……"王永利抱着头，痛苦地喊道。但是谭校长已经停不下来了，他也被剧烈的头痛折磨得失去了行动能力，手却仍然惯性般地按着电极。

王永利趁着意识还算清醒，冲过去强行关掉了电击仪，世界这才安静下来，那来自虚空的啸叫声归于杳然，头也不痛了。站着的众人几乎同时跌坐在地上，惊恐地看着病床上的程浩。

"刚才……是怎么回事？"过了好一会儿，谭校长才缓过劲来，喘着气问道。

"不知道。我感觉一阵头痛，痛得很，电击一停就消失了。"王永利心有余悸地看向程浩那个方向。只见程浩仍紧闭双眼，看起来像是昏过去了。"这小子，有点古怪。"

就在这时，程浩睁开了双眼。他揉了揉眼睛，一副大梦初醒的样子，有些茫然地看着跌坐于地上的众人，问道："怎么了？"

"你不记得刚才发生的事？"王永利将信将疑地试探道。

程浩摇了摇头："刚才你们按住我，然后一阵电击，我就痛昏了过去，不知道后面发生了什么。"

谭校长仔细分辨着程浩的表情，似乎想以此来判断程浩有没有说谎。过了好一会儿，谭校长才说道："刚才我们对你进行了治疗，可能仪器出了点问题……那今天的疗程就到这里，王教官，你先带他走吧，给他分配宿舍，顺便熟悉一下学校的环境。"

王永利点了点头，用手撑着站起身来，示意程浩跟他走。两人一前一后走出了房间。

房间里只剩下谭校长一个人了，他点上一支烟，猛吸一大口，那支烟竟燃掉了三分之一。他瘫靠在办公桌后面的皮椅上，长长地舒了一口气。

他感到不安，不仅是因为刚才程浩的异常反应给他带来的冲击，还因为刚刚那样的场景，令他想起了一些不祥的往事……

王永利带着程浩走出正心楼时已是中午,太阳毒辣。步行几分钟后,他们走进一栋两层楼高的矮方建筑。进到里面,程浩看见穿着三色衣服的孩子有些在窗口排队,有些坐在餐桌上用餐。看来这里是学校的食堂。

王永利带着程浩打了饭,一起坐了下来。午餐十分简陋,炒的丝瓜里没有一点油水,另一个菜是青椒炒肉,几乎全是青椒,仅有的一点肉还是臭的。程浩闻了一下,脸上露出嫌恶的表情。

王永利说:"吃不下?很多人刚来的时候都吃不下,后来我想了个办法,他们就吃得下了。"

"什么办法?"

"拖着他们到后厨,把他们的头按进泔水桶。之后他们就会觉得食堂的饭菜,很香。"

程浩并没有被吓倒,他看了王永利一眼,反问了一个问题:"你们教官是不是有专门的餐厅?"

"你怎么知道?"王永利吃饭的勺子悬在了半空中。

"这里全是学生,只有你一个教官,所以多半你们有自己的食堂。"程浩说出了自己的观察。

王永利:"二楼是教师食堂。我今天是带你熟悉环境,就在一楼吃了。新进来的学生,我都会亲自带一天。"

这时,程浩看着王永利手里的勺子,陷入了沉思。他发现这个食堂不提供筷子,勺子和餐盘都是塑料制的——整个食堂找不到任何东西是金属材质的。见程浩面露疑惑的神情,王永利像是猜到了他心中所思所想:"以前用过铁制餐具,有学生偷走,后来就全换成塑料的了。"

程浩突然站起来,转身往打饭的窗口走去。

"你干吗?"王永利拉住他,经过刚才的事,王永利对程浩有了些许忌惮,没敢再随意打骂他。

"去拿勺子,我刚才忘记拿了。"

王永利狐疑地瞥了他一眼:"你手里不是拿着的吗?"

程浩低头一看,自己手里的确正拿着一把勺子,霎时呆立原地。

他记得特别清楚,刚才自己明明忘记了拿勺子,是因为注意到王永利手里的勺子是塑料做的,感到好奇,才想起自己没拿勺子。难道是记错了?不对,他十分肯定,他一定是确认过自己手里没有勺子才起身的。一两分钟前发生的事,记性再差也不可能记混。

但现在,自己手里分明有勺子,就像是眨眼之间,变魔术般凭空出现的。

"你别是脑子被电坏了吧?"王永利说。

脑子坏了……程浩品味着这句话,一个让他心底发寒的想法窜了出来:会不会真像王永利说的,是自己的大脑出了问题?既然自己的手像脱缰野马般不受控制,耳朵也会产生莫名其妙的幻听,那会不会其他器官都会这样?

也许,他刚刚真的拿了勺子,但自己的手和眼睛联合起来欺骗了大脑,让大脑以为没拿勺子。直到王永利的话点破了手和眼睛的骗局,大脑才清醒过来,恢复了对手和眼睛的控制,这才看到了真实的情况。

一个更可怕的想法涌上程浩心头:会不会自己的手已经瞒着大脑做了很多其他事情,大脑至今都被蒙在鼓里?

程浩在神思恍惚中吃完了饭。他想起来,刚刚在校长办公室,他苏醒过来看到众人全部瘫坐在地,看向自己的眼神中充满迷惑,有诧异,甚至还有……恐惧。难道在自己昏迷失去意识的时候,发生了什么可怕的事情?

程浩食不知味地吃完饭,跟着王永利去了学生宿舍。王永利告诉程浩,每天午饭后有一个小时的午休时间,必须回宿舍休息,不能在外面乱跑。

宿舍是四人寝，一间十平方米左右的屋子，看着和普通的学生宿舍差不多，但条件很简陋，白色的墙面有大面积脱落，露出里面的水泥和砖块，像一块久治不愈的脓疮。

房内倒是有独立卫生间，但卫生间没有门，而且是通厕式的坑道，坑道和其他寝室连在一起。别的寝室用完厕所冲水时，排泄物会从他们的寝室经过，这导致整栋宿舍楼弥漫着一股经久不散的臭气。

此刻，寝室里已有两名学生，好巧不巧，这两人程浩都认识。一个是感恩大会上作为优秀学生代表讲话的姜涛，还有一个则是刚刚被用来杀鸡儆猴的石家豪。另外两个床位是空的，没有床单棉絮，看来是没有住人。算上新加入的程浩，这间寝室只住了三个人。

姜涛对程浩的到来比较热情，主动要握手，程浩没搭理他。石家豪则一直低着头，不敢看程浩。王永利叫来宿舍的管理员，是一名快六十岁的大爷，大爷送来一套床单被套，看上去很廉价，散发着刺鼻的消毒水味道。

王永利看了一眼手机，觉得时间差不多了，于是嘱咐姜涛和石家豪下午到点儿带程浩参加集体学习，又强调了一遍纪律，然后便离开了。寝室里只剩下三名少年。

石家豪脱掉了上衣，爬上床铺，准备午休。程浩注意到他后背上有大片的青紫瘀伤。

程浩自己把床铺好，也打算躺下歇一会儿，自从今早突遭人生变故，他还没有完全接受自己已经失去自由这件事。

躺了没多久，程浩并没有睡着，就听到外面响起了铃声，和初中时学校的上课铃声差不多。然后就听到姜涛喊了一句："全体起床，参加下午的学习。"这道铃声一停，姜涛顿时变了一个人似的，刚才和程浩套近乎的热情劲儿不见了，他穿上红衣服，开始发号施令。

石家豪闻言，也腾的一下从床上坐起来，迅速穿好衣服，整理好床铺,豆腐块叠得比军训大学生还方正。程浩则故意多躺了一会儿,才慢悠悠坐起来,不咸不淡地问了一句:"下午一般学什么啊?"

姜涛看不惯他这样没有纪律的样子:"去了你就知道了,不能缺勤,缺勤会很惨。"

"写日记。"一直没说话的石家豪突然冷不丁地回答了程浩的问题。程浩瞟了他一眼,石家豪还是一副不敢直视他人的样子,低着头,眼神游离,仿佛不知道该看向哪里。他的手还在微微颤抖,可能是刚才电击留下的后遗症。

程浩跳下床:"走,看看去,你们带路。"

石家豪和姜涛走在前面,程浩一路跟着,边走边仔细观察着这里的建筑布局。虽然他也说不清自己接下来要干什么,但多掌握些信息总是好的。

他们来到一间教室,比较大,程浩粗略估计能容纳上百人。此刻已经坐满了大半。他这时才来得及细细观察这些学生,男生女生都有,男生居多,从外貌看,年龄分布从小学到高中阶段都有。他们统一穿着学校发的黑白红三色制服,看着像一摊打翻在地的颜料。

王永利此时正站在讲台上,眼见三人到来,对程浩说道:"你自己随便找位置坐下,找好之后,以后都坐那儿了。"石家豪和姜涛各自落位,程浩看了一眼,石家豪旁边的位置还是空的,于是坐在了他旁边。

教室前方的墙上挂了一个挂钟,时针指向两点的时候,校园里又响起了铃声。王永利招呼一声,一名穿着红衣服的男生抱起讲台上的一沓笔记本,按名字分发给了众学生。程浩瞥了一眼邻座石家豪的笔记本,上面已经写了很多页,每页都有红色笔迹打的分数。程浩领到了一本新的空白笔记本和一支签字笔。他翻开笔记本,只见扉页上用鲜红的大字写着:洗心革面,从头做人。

所有学生都领到笔记本之后,王永利说了声:"写吧。"

"写什么?"程浩下意识地问旁边的石家豪。

"就是自己的想法，脑子里想的什么，写到纸上去。"石家豪说，"但不能乱写，乱写要挨打。"

"怎么才算不乱写?"

石家豪思考片刻说："要写反思，反思自己的错误。"

"我没觉得我有什么错误啊。"

石家豪不说话了，埋头自己写起来。程浩凑过去瞥一眼，石家豪正用稚嫩的笔迹一句句写下：

今天谭校长又给我做了一次治疗，虽然还是很痛，但很有疗效。之前我还会在脑子里想关于游戏的一些画面，现在不想了。只要一想打游戏，身体就会回忆起被电的感觉，然后马上就不想了。谢谢谭校长，您拯救了我。

程浩问他："你是真这么想，还是为了不被电才这么写的?"

石家豪愣住了。"我不知道。"

他又想了想，接着说："我开始也觉得自己不是这么想的，后来写得多了，又觉得这好像就是我的真实想法。我分不清了。"

"在这里一般要待多久才能出去?"程浩问。

"三个月一期，到期了可以续，所以其实没有期限。"石家豪说，"看你家里想让你学多久，这里学费不便宜，如果不接着交钱，自然就出去了，就是想留下来也不可能。一般就是家长看你改造得怎么样，改造得好，可能几个月就出去了。当然，也有出去之后被重新送回来的……比如说我。"

程浩惊诧地看了他一眼，暗想什么样的家长能把孩子送进来两次。接着又想到了自己的处境：是父亲把自己送进来的，父亲没什么钱，想必负担不了多长时间的学费。假装听话，忍一忍，过段时间也就出去了。但自己等得起，自己的未来等不起。他已经错过了试训，谁知道将来会有什么变化？等在这里改造好了，出去还有机会打职业电竞吗？程浩暗下决心，不能就这么坐以待毙，他得想办法逃出去。

"我是今天上午才被抓进来的，进来后我一直在观察，这里的学员有两三百人，而校长加教官，把打杂的工作人员也算上吧，顶多也就十几个人。两三百人为什么会被十几个人控制住？没人想过逃跑吗？"程浩扫了一眼四周，看似漫不经心地问道。

"听说以前有一个人跑过，被抓住打断了一条腿，但家长并没有起诉学校，收了点儿赔偿金就算了。从那以后，再没人跑过。"

程浩沉默了，他看着面前空白的日记本发呆，始终写不出一个字。周围的学员都在刷刷刷地写着忏悔日记，时间一分一秒地过去了。程浩开始闭眼冥想，他从来不写日记，更不知道忏悔为何物。

就这样不知道过了多久，程浩的主观感觉是可能有一个小时，铃声又响起了。程浩睁开眼睛一看，他的笔记本上竟然写满了字。那是整页不断重复的一个词：全脑切除。

看着这密密麻麻的字，程浩心惊肉跳。很明显，这是他自己的笔迹——刚刚闭目养神的时候，他的手又偷偷地自己行动了——而他甚至没有察觉。这是他的手写下的，而不是他写下的。

结合刚才在食堂发生的事，程浩越发觉得自己眼前的一切都不可信了。他的身体正在用各种办法欺骗他的大脑。

所以这个"全脑切除"是什么意思呢？把大脑切掉，人不就死了吗？他感到后背一阵发凉。我的手想告诉我什么？程浩看着这个陌生而诡异的词发呆，如果还能用手机，他还可以上网搜索一下，但现在他只能看着，无可奈何。

铃声再度响起，把程浩从神游中惊醒。王永利开始走下来收走日记本。

程浩把异手写满的整页纸撕下来，胡乱把扉页上的"洗心革面，

75

从头做人"抄了几遍交了上去。

写完日记后,王永利宣布短暂休息十分钟,之后开始下一个科目的学习。趁着这个当口,程浩向石家豪打听到了书院大致的日程安排。早上六点就要起床跑步,做早操。早饭后,整个上午都是国学课。国学课很简单,老师也不教什么,就是让学生背国学课本里的文章,挨个抽查,背错一句挨一戒尺。然后就是中午吃饭、午休。下午两点写日记反思,写完日记之后就是站军姿。这是每天最难熬的时候,因为学校刻意把时间选在了一天最热的时候,下午三点到五点,顶着大夏天的太阳晒两个小时,很多学员中暑晕倒,但校方仍然坚持"磨炼学员意志"。

站完军姿是晚饭时间,饭后集体看新闻联播。然后上晚自习,晚自习就是自学普通初中、高中的文化课程,会有老师布置作业,但并没有人讲课,作业也没有人批改,程浩猜测书院根本就没有配备相应的文化课老师。晚自习到九点结束,之后回寝室,十点熄灯睡觉。每天都是这样过。每个周日的晚上开一次全员总结会,每个月会请学生家长到学校来一次,开感恩大会。

今天程浩就撞上了感恩大会的日子。

知道了这里的大概流程安排,程浩的心稍微定了一点。他按部就班地完成了"站军姿,看新闻联播,上晚自习"的每日例行安排。晚上九点准时回到了寝室。

回到寝室后,石家豪不知道从哪儿掏出来一个带耳机的手机递给程浩:"玩吗?"

程浩一惊,瞥了石家豪一眼,心想这小子看着老实,没想到背地里倒不简单,所有人进来的时候都被没收了手机,这明显是他偷偷藏起来的。

程浩正为联系不上晨星战队王凯经理而发愁,这下大喜过望,说了声谢谢就把手机接了过来。

但那手机里并没有SIM卡,这里也没有无线网可以连。

许是看出程浩的失落,石家豪说:"学生宿舍有信号屏蔽器,插上电话卡也用不了,只能拿来打打游戏或者看电影、听歌啥的。你想玩的话,我可以借给你一晚上。"

一听说没有通信功能,程浩就兴味索然了,但他不想驳石家豪的面子,于是点头接受了好意。毕竟在这个如同监狱的地方,有个娱乐设备也是好事。

洗漱之后,程浩就躺在床上玩手机。256G的内存占得满满的,手机里面存着很多场《峡谷战争》的职业比赛录像,这引起了程浩的极大兴趣,但点开一看,都是一两个月之前的,程浩早就看过了,便索然无味地关掉了视频。显然,这手机里的内容还是石家豪刚进来的时候下载的,进来之后自然没有条件更新。

程浩不怎么听歌,也不玩手游,于是他浏览了一下手机里保存的电影,都是些商业片,新的老的都有。其中有一部甄子丹主演的香港动作片,他有点兴趣,点开看了起来。看着看着宿舍就熄灯了,为了预防有人查寝,程浩把整个人都捂在被子里,窝在里面看完了整部电影,之后在昏昏沉沉中睡去了。

很快,他进入了梦境。

梦中,他站在寝室里,又听到了那个声音——他刚走进正心书院时耳畔响起的声音。那个小男孩说:"你来。"

这梦异常逼真,所有细节都和现实无异。程浩推开寝室的门往外走,他循着声音传来的方向走去,走出宿舍楼,走过操场,走进了正心楼。上次就是在这里,他被押着坐电梯去了楼上的校长办公室,在那里被电击。但这声音不是从楼上传来的。

他在一楼找了好一会儿,终于找到了声音的来源。那是在楼梯的背面,也就是阴暗的楼梯间。程浩走过去,发现那里藏着一道暗门。

那小男孩的声音就是从门后传来的。"进来。"那声音召唤着。

程浩把手搭在门把手上,发现门没锁。他轻轻一推,门就开了。

就在这时,他醒了。

接下来几天,程浩过着按部就班的生活。谭校长和王教官倒是没再找他麻烦。直到一天晚上,石家豪告诉他今天是星期日,要开每周的总结会。

还是在开感恩大会的那个篮球场,只是这次没了家长。所有学生整整齐齐地站在篮球场上。程浩认认真真地算了一下,全校分了四个班,每个班五十人左右,全部学员加起来应该有两百人出头。

为什么有这么多家长把孩子送到这种地方来?他心里隐隐有些恶心。

谭校长站在台上,例行讲了一番话,总结了一周内学校整体状况,然后他宣布,大家开始本周的投票。

程浩问石家豪:"投什么票?"

石家豪说:"每个班投票选出一个本周表现最差的人。"

"被选出来的那个人会怎么样?"

"打龙鞭,就是钢筋。

"而且投票只能投给本班的人,每个人只能投一票,不可以弃权。投票有一分钟的思考时间,但不能和其他人交流。"石家豪好心地给他细讲了一下规则,此外再没多说什么。

但随着投票开始,程浩马上意识到了最可怕的一点:投票是完全公开的,每个人需要当众说出自己觉得本周表现最差的那个人。

于是,平时相安无事的同学开始了互相指名道姓的举报和攻讦。程浩目瞪口呆地看着这一幕,听他们依次说出要举报的人的名字,然后是简单的举报理由:国学课不认真学习,背不出课文,站军姿的时候交头接耳,写日记的时候没有认真反思。程浩听到最多的举报理由是：谈论游戏相关话题。

在这里，你的一言一行都会被别有用心地观察和记录，然后成为举报你的理由。

按照学号，学生轮流投了票，程浩因此记下了很多同学的名字。很快，轮到了程浩自己投票。

"我不知道该投给谁，我新来的。"

"你回忆一下，有谁这周表现不好的，说不出来这一票就投给你自己。"王永利恐吓道。

"那就算在我自己头上吧。"程浩说。

差不多半个小时后，公开投票结束了。让人震惊的是，被票选出来的人，竟然是姜涛——这个上周才被选为优秀学生代表的人。他的得票数在一半以上，就是说，有一半的人挑出了他在平时表现出的各种小毛病，而姜涛脸上充满了诧异和难以置信。

此刻他看着众人，张嘴想说些什么，但什么也说不出来。所有孩子都埋着头，避开姜涛的目光，他们面无表情，看起来是如此人畜无害，完全瞧不出刚刚才做完举报揭发的事。

有意思。

程浩开始明白，仅凭校长和几个教官是如何控制两百多个学生的了。他静静地观察着局面，若有所思。

对于这个票选结果，谭校长和王永利的脸上毫无意外的神色，程浩甚至觉得，他们或许早就预料到了。类似的事情，可能以前也发生过。甚至，这会不会是他们刻意引导的结果？

王永利不知从什么地方掏出了龙鞭。那是一根小拇指粗的钢筋，半米长，上面刻着骇人的螺旋纹路，如果抽打在皮肤上，肯定会留下深深的伤痕。他一个眼神示意，几名红衣学生就急不可耐地抢着冲上前。他们按着姜涛，将他上半身压在篮球场旁边一张乒乓球桌上，姜涛仿佛这才反应过来自己真的要被打龙鞭了，嘴里开始含混哀号。因为脸被紧紧压在桌面上，嘴无法完全张开，根本听不清楚他在说什么。口水顺着他的嘴缝流出，在乒乓球桌上划出清亮的痕迹。

王永利将龙鞭高高举过肩膀，停留了半秒，仿佛故意给学生们展示似的，然后将龙鞭重重挥下，一声沉闷的声音随之响起，那声音并不大，却足以响彻寂静的球场。

"啊！"

姜涛痛叫一声，这是他第一次挨龙鞭。

一鞭，又一鞭，一共打了十鞭。姜涛的叫声却一声小过一声，到最后一下，他发出的声音已接近呜咽。十鞭打完，一周的总结会就结束了。人群如潮水般散去，篮球场很快空了下来。姜涛迟迟没有站起来，他仍旧趴在球桌上，眼神呆滞地不知看向何方。

除了姜涛，还有一个人没走，那就是程浩。程浩走到姜涛身边，把后者扶起来。他注意到姜涛的裤子上隐隐渗出血迹。姜涛慢慢站起来，痛得没法站直，只能用手撑着乒乓球桌。

姜涛看清扶自己起来的人是程浩，有些意外，但还是用虚弱的声音说了声："谢谢。"

程浩说："不客气。我只是替你感到可悲。如果我没猜错的话，下周这个时候，挨龙鞭的人还是你。"

姜涛怔怔地看着程浩，张嘴想反驳，话到嘴边却说不出来。随即脸上显出悲戚的神色。"为什么，我明明有好好表现……"

"我们要做点什么，"程浩拍了拍姜涛的肩膀，"如果你不想下周还挨打的话。"

姜涛疑惑地看着他，问道："怎么做？"

"你在这儿待的时间比我长，认识的人比我多，我要你帮我办件事：每个寝室都会有这么一个人，他说话有人听，大家服他。这个人不一定是所谓的议员，你应该知道找谁。你以寝室为单位，在今晚熄灯以后，把这些人找到我们寝室来。"

"然后呢?"

"然后你就不用管了。我能保证的是,下周你不会挨打了。"

姜涛点了点头。

当晚熄灯之后,十来个人聚集在了程浩的寝室。他们很疑惑,来之前已经互相探过口风,没得到任何有用的消息,只知道是那个新来的学生让他们来的。出于好奇,他们过来看看。

程浩将石家豪的手机借来,用手机照明,将光打在自己脸上,看上去有点恐怖。"你们应该都认识我。"十几个人中大多数点了头,程浩在感恩大会所有人都跪下的时候不跪,他们对这个新来的印象很深。

"我叫程浩。我请大家来,是为了商量一件事。你们中可能有人今天把票投给了姜涛,因为他上周被选为了优秀学生代表,看着他被打,你们可能感觉很解气。但如果下次被票选出来的人是你们自己呢?谁敢保证就不会轮到自己?"

那十来个人面面相觑,纷纷担心起自己会不会被选中。

"我有一个办法,能让你们永远不会被票选出来。"

众人顿时来了兴趣,用期待的眼神看着程浩。

"这是一个恶性循环,必须有人主动站出来,让大家统一把票投给他,这样才能打破循环。"

一个学生不屑道:"大聪明!可谁愿意主动站出来当冤大头呢?"其余人纷纷附和。

"我来当那个人,你们全部把票投给我。"程浩说。

人群陷入死寂。

过了半分钟,终于有人问道:"你为什么要这么做?要我们拿什么东西来换?钱?我们进来的时候,身上的钱已经被没收了。"

"我什么都不要。"程浩说,"只有一个条件,你们立刻停止相互之间的攻击、举报,不管学校方面开出什么样的条件,都不要那么做。"

不仅你们自己要做到,也要尽量让你们身边的人做到。"

众人细细思索着程浩提出的条件,如果有人主动站出来承担惩罚,他们当然可以做到不互相举报,何况自己也能从挨龙鞭的可能风险中解脱出来,他们没有理由不答应,于是纷纷点头。

人群散去之后,姜涛说:"我真没想到,你说的办法竟然是这个。开始我觉得你很笨,不过现在我觉得你很聪明,但说不清聪明在哪儿。"

程浩只是拍了拍姜涛的肩膀说:"你受了这么重的伤,早点休息吧。"

姜涛和石家豪都睡去后,程浩独自站在阳台上,眺望着学校缠着铁丝网的高墙和远方苍茫暮色。

虽然不知道计划是否能奏效,但好歹,他已经迈出了第一步。

灵　犀

制定好计划后,程浩知道他现在需要低调,不要再引起别人的注意。在那一刻到来之前,要忍耐。于是他决定完全配合学校方面的安排,早起跑操、上国学课、吃比猪食还难吃的午饭,下午写日记、站军姿,晚上看新闻联播、上晚自习。他伪装成已被驯服的样子,以免引起不必要的麻烦。

但越不想惹麻烦,麻烦越会找上门来。

就在寝室举行秘密会议的第二天晚上,一伙人堵在了程浩的寝室门口。来的一共有五个人,全都是穿黑衣服的学生。站中间的那个像是领头的,很高,目测有一米九。他剃着光头,手臂上有那种洗过文身但没有完全洗干净的痕迹，留下一片斑驳的青紫色。那人的下巴微微上抬，眼睛却向下看，就这么盯着程浩，足足有半分钟。程浩在学校里会过各式各样的小混混，他能分辨出来哪些外强中干，哪些是真正的狠角色。

很明显，这人属于后者。

"听说我们这儿新来了个老大，我来拜码头。"那光头少年说道。

仅仅一个照面，程浩已经知道这人什么来头了——在程浩到来之前，这人就是另一个程浩。自己想做的事，难道之前就没有别人想做吗？或许别人早就已经开始做了。光头少年穿着在这所学校官方体系里代表最低等级的黑衣服，却有好几个人跟随他，这本就说明了一些问题。我的到来，让他感到了威胁，程浩想。

刚还在床上躺着的姜涛，像猴子一样火急火燎地攀下来，他满脸堆笑地对程浩说："介绍一下，凯哥，武凯。"然后又转向武凯说："昨天开会我可是叫了您的啊，您这不是没空吗……"

武凯直接一口唾沫啐到姜涛脸上。"你叫开会我就开会？你算什么东西？"

"是我让他请你来的。"程浩不动声色地往前挪了半步，把姜涛掩在身后。

"哦？"武凯也走上前来，和程浩几乎快要面对面撞到一起，他一字一顿地说，"那么……你又算什么东西呢？"

这人根本就是来找碴的，这种事情怎么谈呢？没法谈。程浩心里升起一阵不祥的预感。

"我只是想找个办法……"程浩试着解释，但武凯已经劈面一拳砸了过来。

程浩下意识想闪躲，但他发现，自己的身体动不了了！

又来了吗？他已经接连不断地遇到好几次身体失控的情况，但没想到居然在这么关键的时刻发作。眼看那要命的一拳就要打在自己脸上，他却一点办法都没有。

然而，就在下一瞬，他的身体突然行动了，上半身迅速往下一沉，整个人快速半蹲下来，像蛮牛一样抱住武凯的腰。借着武凯本身的力量，顺势一个抱摔，武凯转眼就要头着地猛摔下去。武凯打架斗殴的经验看来也算丰富，下意识地抓住程浩的肩部稳住了身形，不然这一下脖颈可能撞断，后果不堪设想。

两人以一种奇怪的姿势缠在一起，程浩像一条蟒蛇，缠在武凯身上，正在一点一点收紧。武凯见势不妙，使出浑身的力气把程浩推开。

程浩连着后退几步，整个人像断电的机器人一样僵住，肢体扭曲着，一臂高举，虚握如鹰爪，另一臂自然悬垂，一条腿屈膝前弓，另一条腿却飞扬离地，如同一只张牙舞爪的丧尸。众人用古怪的眼神看着他，一时不清楚他在搞什么名堂。程浩自己也不清楚怎么回事，他已经完全失去了身体的控制权。不管是刚才的动作，还是现在的僵直，都不是出于他的意志。

身体像是终于思考清楚了一样，程浩又不受控制地动了，他先是往后疾走，退了很长一段距离，接着飞快地前冲，整个人腾跃而起，横在空中呈现出近乎一百八十度水平的姿态，双脚像剪刀一样夹住武凯的腰部，然后整个人如一条大力拧紧的毛巾一样翻转。这翻转势大力沉，直接将武凯绊倒在地。

"靠，好帅！"石家豪被程浩的动作惊到了，下意识地脱口而出。

姜涛则呆立一旁，嘴里喃喃地念道："这是……飞十字固？"

趁着武凯倒地，程浩直接背身侧躺死压武凯，然后用左臂抱住武凯的右臂夹在左腋下，用右臂从武凯的左肩上插进，环住武凯的颈部，同时右手抓住武凯的后领。那姿势就像是一个卧躺的人正在穿衣。

"袈裟固！"这下姜涛终于像是确定了什么一样，眼里放出亮光，"他练过巴西柔术。"姜涛是个文弱的人，但很喜欢看MMA这样的综合格斗比赛，所以对一些常见的格斗术很了解。刚才程浩的招式他见着眼熟，略一回忆，正是格斗比赛里选手们常用的巴西柔术地面技。那一招卧在对手身上锁住对手的招式，因为很像和尚披袈裟，所以叫"袈裟固"。

"看不出来啊……"姜涛有些纳闷，巴西柔术虽然不是什么贵族运动，但一般也是些富家子弟才有兴趣去学的，穷人的孩子可能听都没听说过。从外表来看，程浩就不像练这个的人。

程浩用袈裟固将武凯牢牢锁住，逐渐收紧。武凯的呼吸声变得十分急促，脸涨得青紫，极力挣扎却完全无法摆脱。

武凯带来的几个小弟刚刚直接蒙了，他们没想到平时很能打的老大被程浩两下就收拾了。眼看老大不行了，再不干涉怕是有生命危险，几个小弟这才反应过来上前拉架。他们一齐用力，将程浩那螃蟹螯一样有力的手臂掰开。武凯挣脱之际，如同呛水一样猛烈干咳起来，咳了好久才平复。

武凯看着程浩，眼中不可一世的桀骜已经散尽，取而代之的是……恐惧。虽然打过很多次架，但这个十来岁的少年生平第一次感受到自己离死亡那么近。

他什么都不愿再说，什么也说不出，只是扔下几个目瞪口呆的小弟，默默走出了程浩的寝室，如同一头在决斗中身负重伤落败的狮子。几个小弟眼见大势已去，也灰溜溜地离开了。

武凯再也不会找自己麻烦了，程浩本能地感觉到。

可是……刚才是怎么回事？那些动作，根本就不是自己能做出来的。如果说玩游戏的时候异手的发作只是手部的问题，那现在失控的情况已经蔓延到全身了。他感觉自己身体出现的谜团越来越多，已经到了无论如何都不能忽视的程度。

那股神秘的力量慢慢散去，程浩逐渐恢复了对身体的控制，他感到肌肉一阵酸痛，他猜这是强行做出那些并不符合他身体强度的动作的后遗症。他强撑着从地上站起来，问姜涛："我刚刚听你说什么……巴西柔术？那是什么？"

姜涛瞪大眼睛，像见了鬼似的。"你没听过巴西柔术？那你刚才是怎么使出那些招式的？"

程浩摊手说道："我不知道。"

这时，刚才一直没说话的石家豪像是想起了什么。他爬上床，从棉絮底下翻出自己私藏的手机，在屏幕上点击几下，然后盯着看了一会儿，接着兴奋地嚷道："我知道了，你是跟甄子丹学的。"

"啊？"程浩和姜涛同时震惊地看着他。

石家豪将手机里的视频画面展示给两人看，那正是程浩那天晚上借石家豪的手机看的香港动作片。画面里，甄子丹做的格斗动作，果然和刚才程浩的动作一模一样。

程浩是从电影里学来这些格斗动作的，看起来这是唯一合理的解释。

"你也太强了吧，这些动作就算是专业的格斗运动员都要练好几年，你看一遍视频就学会了？"姜涛一面露出崇拜的目光，一面又有些难以置信。

程浩摇了摇头："还是说不通。就算我是天才，看一遍就学会了这些动作，那起码我能意识到我是从哪里学的。但你们也看到了，直到石家豪翻出视频，我才想起那是电影里的动作。如果我认真学了，怎么可能意识不到那是电影里的动作？"

三个人同时陷入沉默。

"算了，不去想了，这不重要。"程浩说，自己身上发生的怪事也不止一件两件了，这些问题他之后会慢慢搞清楚的。

当务之急，是活下来，走出去。

下一个星期天很快到来，新一周的总结大会即将开始。程浩选择了他的道路，也要准备好为此付出代价。

　　中午午休的时候，石家豪不知从哪儿又掏出一个东西。程浩定睛一看，哭笑不得——那竟是一片纸尿裤。"你他妈哆啦A梦是吧，怎么藏了这么多奇奇怪怪的东西？"程浩笑骂道。

　　石家豪说："你别笑，晚上挨龙鞭之前，垫屁股上，你会回来感谢我的。我挨过龙鞭，知道那是什么滋味。"

　　姜涛一听这话，揉了揉屁股，附和道："就是，你别逞强。上回疼死我了。"

　　程浩点了点头，把那片纸尿裤折叠一下塞进兜里——石家豪的心意他领了，但他并不打算使用这东西，一会儿出去找个机会偷偷扔掉。

　　夜晚很快到来，所有学生齐聚学校的篮球场，在校长的例行讲话结束后，开始了本周的票选。寝室秘密会议的成果开始展现。程浩所在的班级，绝大多数同学把票投给了程浩。看来上次参会的十几个人，回去的确是做了工作的。

　　谭校长和王永利对视一眼，交换了一个眼神。

　　毫无悬念，程浩作为票选出来的本周表现最差的人，将接受打龙鞭的惩罚。甚至还没等王永利招呼，程浩很自觉地走出人群，走向乒乓球桌，他的步伐从容，像是在散步一样。几个红衣学生冲上来要按住他，程浩摆了摆手："不用，我一下都不会躲。"

　　王永利走过来，剜了程浩一眼："小鬼，别耍花招。"说完，他把龙鞭高高举起，狠狠地挥舞下来。

　　钢筋击打在程浩的血肉之躯上，声音比之前的任何一次都要响亮。程浩竭力忍住不发出任何声音，痛苦像熔岩一样烧灼他的喉咙，意欲喷薄而出。

　　姜涛在一旁干着急，小声嘀咕："程浩你不是会巴西柔术吗？用那两招帅的把王狗干趴下啊！"

那些刚刚把票投给程浩的孩子，脸上再不是一片麻木。丢失了的同理心开始重新回到他们身上。他们渐渐明白：自己能安然无恙地站在这里，是另一个孩子帮他们承受了一切。他们看着程浩，就像看着十字架上的耶稣。程浩的痛苦让他们无法直视，纷纷羞惭地低下头。

一下、两下……中途王永利自己都打累了，还停下来休息了一会儿。

十鞭终于打完，仿佛过去了一个世纪那么长。

程浩挣扎着想要站起来，但身体传来的剧痛让他脚下一软，直要跌坐下去，他死死撑住乒乓球桌，才勉强稳住身体。

这一次大会结束后，人群没有很快散去，有不少人留了下来，其中很多是当时参加寝室会议的成员，不过还多了一些新面孔。有人搀扶着程浩站起来，有人递上矿泉水，有人关切地问他伤势如何。

很好，程浩在心里说，目的达到了。

王永利打龙鞭的手法是有讲究的，鞭打的都是肉厚的地方，避开了脊椎这样可能致死、致残的部位。所以，虽然很痛，但没有伤筋动骨。程浩挺过了一周，虽然被打的地方还有痛感，但对日常生活影响不大。

又一周的总结大会开始前，当初参会的人中有几个找到程浩，说什么也不让他再挨龙鞭了，他们自告奋勇地说可以轮流承担这份重担。程浩只是笑着摆了摆手："我又不是喜欢受虐，相信我，我要的不是有人替我挨打，我要的是所有人都不用挨打。"

按照计划，程浩又一次被票选出来接受龙鞭的洗礼。因为上次的伤还没有痊愈，所以这一次痛感更加剧烈，程浩差点当场痛晕过去。显然，王永利察觉到异常，下手更狠了。但同时，总结大会后留下来的人也更多了。程浩仔细留意着是哪些人留了下来，之后的日子，他开始刻意和这些人走得很近。嘘寒问暖本不是程浩性格中的东西，但为了达到目的，他愿意改变。

在第三次挨龙鞭之后，留下来的人空前多，而且程浩注意到，孩子们眼中的惊惶与麻木消散殆尽，取而代之的是——怒火。尽管他们沉默着，但程浩仿佛听见了所有人的心声：不能让事情这样继续下去了。

一切快要成了。

力量这种东西，并不需要特意去寻求，它就在那里，只需学习如何激发它。

次日，谭校长把王永利叫到了正心楼里的校长办公室。

"永利，这孩子，你怎么看？"谭校长拉开办公室窗帘，遥遥俯瞰操场上的程浩——挨了龙鞭之后，程浩非但没有像其他孩子那样一蹶不振，反而越发精神百倍。仿佛越伤害他，就越增加他的力量。谭校长发现，不知从什么时候开始，无论程浩走到哪里，身后总是有一群人跟着。暗流，在慢慢涌动。

"说实话……"一向快人快语的王永利也字斟句酌起来，"他这号的，这么多年我只见过这一个。我觉得……很危险。"

"没错。"谭校长点了点头，"后生可畏啊。再这么放任下去迟早要出事，你明白我的意思吧？"

王永利沉声道："明白，我这就去安排。"说完，他阴着脸走出了校长办公室。

谭校长最后朝程浩投去复杂的一瞥，那目光中有恼怒、忌惮，又有一丝说不清道不明的惋惜。

当天晚上，程浩被带走了。

王永利很谨慎，没有让红衣学生帮忙，而是带着另外三名教官来到程浩寝室。程浩似乎明白即将发生什么，下意识地想用面对武凯时使用的那种柔术来反抗，然而却失灵了，他无法随心所欲地复刻那些招式。就像异手一样，这些都不是他能主动控制的。

四个教官没有多余的动作，一言不发，架着程浩就往外走。姜涛和石家豪只能眼巴巴看着干着急。程浩不是没有想过校方会采取行动，但没想到来得这么快、这么急。他还是低估了对手的强大。

"你们要带我去哪儿？"

"校长看你辛苦，给你换个舒服点儿的环境，住'总统套房'。"王永利干笑着，目光灼人，如逼近皮肤的火炭。

夜晚学校里没有灯火，漆黑如墨，程浩试图认路，但根本做不到。他只知道他们出了宿舍楼，正沿着操场走。

有一种奇异的感觉，他好像回到了那个梦里，梦中他也是这么走的。他开始将现在的感觉和梦里进行比对。他模糊地感到：这是……去正心楼的方向。

走了几分钟，果然进了正心楼。他想要看清楼里的景象，却是模糊一片，原来黑暗也分等级，这里比黑更黑。

王永利仿佛也觉得需要一点光亮了，他拿出手机照明，一行人继续往前走。很快他们来到楼梯处，然而没有上楼，而是直接拐进了楼梯的背面下方，也就是一楼的楼梯间。随着王永利灯光的照射，那里显出一道暗门。

那道门和程浩梦中所见一模一样。

原来那不是梦。

在现实中，他来过一次正心楼，不过当时是坐的电梯，直接上楼去了校长办公室接受"治疗"。而在上次那个梦里，他也来到了这道暗门前，可正要进去就醒了。

王永利掏出钥匙，打开了暗门。手电光照射进去，显出暗门后的另一道楼梯。这道楼梯是通往地下的，从这个视角看过去，向上和向下两道楼梯是对称的。这个场景显得有些诡异，仿佛这里是阴阳分界，那向下的楼梯直通幽冥。

王永利押着程浩往下走去。下方是一处空间，黑暗中根本看不清这处空间具体什么样，但程浩凭直觉认为这里并不大。面前又出现一道门，王永利打开门，把程浩推了进去。

一股浓烈的恶臭扑面而来。这是一间很狭窄的地下室，大概只有五平方米，模糊中，程浩看见一张窄窄的单人床贴墙摆放着，地上有一个很大的塑料盆，除此之外再无他物。

"怎么样？总统套房，贵宾才能享受的待遇。"王永利得意地笑道，"正心书院有很多惩罚，从最简单的体罚，跑步站军姿，到打龙鞭，再到电击，但我告诉你，那些都不算什么。最恐怖的惩罚，就是这'总统套房'。"

肉体上的痛苦，只要不伤及性命，总归是有限的，但精神折磨，可以是无限的。在极致的黑暗中，完全被剥夺自由。"犯人"快饿死的时候，才会得到一点堪比泔水的食物，勉强维持生存，除此之外没有任何与外界接触的机会。分不清昼夜，感受不到时间的流逝。而上厕所只能用那个塑料盆子，"犯人"将终日与自己的排泄物待在一起。

王永利道："正心书院建校十几年，能让学校动用这项惩罚的学生没几个，在这里关十天半个月，出去差不多就成了废人，我记得有人出来后连话都不会说了。"

在目睹电击的时候，被打龙鞭的时候，程浩都没有多少恐慌，但现在，一丝真正的绝望开始漫上心头。学校知道该怎么精准地对付他——体罚他、殴打他都没用，甚至会助长他的力量。但只要把他和其他学员分隔开，他的力量就失去了。

逃出去，去上海成为职业电竞选手，开启精彩的人生，现在这些东西都和他无关了。要么被彻底驯服，要么发疯，这是摆在他面前仅有的两条路。

程浩颓然地坐到那张单人床上，才发现那床也是塑料做的，稍微硬一点的、有锋利棱角的地方都用柔软的材料做了包边。他站起来，走到四面墙边摸了摸，发现墙体也被类似海绵的东西覆盖。显然，这些都是为了防止自杀而做的设计。

像想起了什么似的，王永利让其他三名教官冲上来架住程浩。接着王永利搜了程浩的身，再一次确保程浩身上没有私藏任何娱乐和通信设备。搜身之后，几个教官扔下程浩离开了，门被重重地关上。

一瞬间，所有的光都消失，程浩感觉整个宇宙只剩自己一人，连星星都已熄灭。

他跌坐在床上，半天缓不过来。

现在怎么办？他没了主意。

事已至此，先睡觉吧。

他上床躺下，那单人床硌得慌，但他还是很快睡着了。他的睡眠一向很好，基本上躺下就是秒睡。很多年后，在枪林弹雨中，他仍然保持着这样的习惯。

他睡着了。然后，他梦见自己醒来。

这似乎是件奇怪的事，刚睡下就醒来了，但他很清楚，这是在梦中醒来。

在梦中，他走下床，试着挥舞了一下手臂，感受重力与空气，似乎与现实世界别无二致。他又在室内走了两步，检查室内的陈设，和他醒着时见到的没有区别，甚至那覆盖墙壁的类似海绵一样的材料，其触感也是相同的。

然后，毫不意外地，他又听到了那个声音，那个小男孩，稚嫩中透露着某种决绝意志的声音。小男孩说："你来。"不知道为什么，这次听到的声音，比之前听到的要清晰得多。

"你在哪里？"程浩听到自己发出疑问，然而他的声带并没有动，声音是从灵魂里发出的，正如那小男孩的声音也是从他灵魂深处传来。

"我在你旁边。"

"旁边?"

"你把门打开,走出去。"

"打不开的,王永利从外面把门反锁了。"

"试一试。"小男孩说道,"这是在你自己的梦里,你才是主宰。"

于是程浩走到门边,伸手摸到了门把手,轻轻一拧,门真的开了。

程浩深吸一口气,走出门去。门外就是他们下来时见到的那处空间,仍是漆黑一片。他下意识地向楼梯走去,只要上了楼梯,出了暗门,他就逃离这里了。

"我不在那边。"那小男孩的声音说道,"在梦里逃出去,不过是自欺欺人罢了。"

程浩有些不舍地在楼梯上转过身来,循着声音的方向往回走。那声音是从自己被关押的房间右侧传来的。走了没几步,那声音说道:"停,就是这里。"

面前出现了另一个房间,另一道门,原来说话的这个人真的在自己隔壁。这里不止一间"总统套房"。

这次不用那声音再提醒和召唤了,程浩自觉地把手放在门把手上,轻松打开了门。

他看见了那个男孩,年龄不大,看起来比自己小五六岁的样子。那孩子坐在单人床上,明明虚弱得仿佛快要死去,却微笑着看向程浩。

"多吉。"不知怎的,明明从未谋面,程浩却听见自己叫出了那男孩的名字。仿佛他们已经认识很久了。

"我们终于见面了。"多吉说。

"之前那个一直呼唤我的声音,是你吗?"程浩问道。

"是的。你刚走进这所学校的大门时,我就知道我的同类来了。"多吉说。

"同类？"

"你应该感觉到了，你和别人不一样，但你和我是一样的。"

"你是说，你身上也发生了同样的怪事，比如身体不受自己意识控制自主行动之类的？"

"差不多，但我的情况可能比你严重。"

程浩走近多吉，这才开始仔细打量他。那是一个长相俊逸的男孩，肤色有点黑，但是黑得很匀称，显得干净而健康，他微笑着，露出十分洁白的牙齿。不知为什么，程浩总觉得那笑容里藏着很深的悲伤。

多吉，听这个名字他应该不是汉人，程浩想道。

多吉仿佛听到了他心里的疑惑，说："这是我妈妈给我起的名字，她是藏族人。"

程浩点了点头，又环顾四周，仔细观察囚禁多吉的这个房间。他发现这个房间比他自己的房间条件要好得多，这间房的床是有床垫、枕头的，不像自己那张只是一块硬木板。房间里有灯，有抽水马桶，甚至还有一台电脑和一个小型冰箱。程浩走过去打开冰箱门，里面甚至还装着零食和饮料。同样是被囚禁，为什么两个人待遇相差这么多？

"你也是这里的学生吗？因为什么被关在这里？"

多吉摇了摇头，说道："我不是这里的学生。至于为什么被关在这里，那是一个漫长的故事了。你想听吗？"

"当然，反正我们又没有别的事可以做。"

程浩走过去，在多吉的床上坐下来，听多吉说起了自己的故事：

我叫多吉，这个名字的意思是"金刚"——那是一种神话中的武器，一切无能截断者，不可毁灭之物。

在我八岁的时候，我第一次意识到我和其他人不一样。我能听到远方的声音。一开始我以为那是某种幻听，后来我发现，听到的言语虽然零碎，但并非疯言疯语，应该不是幻听。我把这件事和身边的人分享，他们都取笑我，甚至觉得我神志不清。只有我母亲相信我，认真听我讲话。

我母亲问我那些声音都在说什么。我告诉她，最开始听到的是一位老人的声音，他风餐露宿，睡在桥洞下，却遭遇一场抢劫，身上仅剩的钱被一伙少年抢走，老人在桥洞下绝望地号哭。然后又听到一些奇怪的语言，那不是普通话，听着也不像中国的任何方言。我把那发音记了下来，后来在网上查到，那竟是非洲某个原始部落的语言，我在数万里之外，听到了他们说话。老人，异乡人，甚至还有婴儿的呢喃，我听到远方无数的人和无数的事。即便足不出户坐在家中，一整个世界就在我耳边。

我并不能控制听到谁说话，有些人很长一段时间反复出现，有些人一次之后就再也听不到了。

后来，我不满足于只是听，于是试图跟他们对话。但好像他们听不见我，没有任何回应。

我母亲笑着告诉我："多吉，你不能用嘴去说，你用什么方式听，就用什么方式说。"这句话有些玄奥，但我坚信不疑地努力领会，试着按母亲说的做。终于，他们果然也听到我了。

于是我和远方的人开始了交流。我听到的人是随机的，或许是因为离我够远，又不在现实中认识我，足够安全，所以他们都愿意把自己的故事和内心的秘密向我诉说。我尽管年纪很小，却已经认识了许多人，见识了许多事，比同龄孩子要成熟得多。不过那些人与我基本都是萍水相逢，我不愿和他们产生更深的友谊，因为我知道，这只是随机的偶遇，下一刻我和这个人的连接可能就断掉了，不知道下一次会和哪个新的人建立连接。

直到有一天,我听到了她的声音。

从未有一个声音这么吸引我,那声音是那么清丽婉转,就像夏夜的风铃。她对我们之间遥远的"耳语"感到一种很自然的好奇,但又不过分沉溺,保持着从容的姿态,这让我更加着迷。

她会听我说我这里发生的故事,从不打岔,但又能让我感觉到每个字她都在认真听。我告诉她,我在山腰看牧羊人放羊,数百头羊,我能记得清它们每一头的特征,即便它们全部走散又聚合,我也能重新分辨出每一只羊,从来不会出错。如果是其他人听到这些话,又该取笑我了,但她仿佛一点都不怀疑。她说:"有什么好奇怪的呢,我们这样隔空说话,不也是一桩怪事吗?怪事见得多了就不怪了。也许你只是记忆力特别好而已。"

我告诉她,这应该和记忆力好坏无关。因为我并不能长久记得这些琐碎的事,过几天就忘得干干净净,但如果是几天之内的事情,我能记得清楚每一个细节。比如我昨天路过一条河,我不用刻意去数,你今天问我指定的河道范围内有多少块石头,我都能准确回忆起来,你如果有耐心去数,就会发现和我说的完全一致,一块都不会差。她帮我分析,认为这也许意味着,我能记住短时间内遇到的所有事,并且能读取这些记忆,但超过一定时间,这些记忆就被遗忘了。我觉得她分析得很有道理,她是一个很聪明的女孩。

我遇到她之后,就很少和其他人建立"连接"了。我在想,上天赋予我这项奇特的能力,是不是就是为了和她相遇?

我们就这样无时无刻、不分昼夜地聊天,聊了有一年多吧,彼此越来越熟悉,却从没见过面。但不管再怎么熟悉,她都不愿告诉我她的名字。也许她和我抱着同样的想法——不知道什么时候这段缘分就会如露水般消失,还是不要知道名字为好。

即使这样,明明一向克制的我还是忍不住打听她身在何处,想着有一天一定要去找她,看看这么好听的声音背后是怎样的容颜。她一开始不愿意告诉我,但禁不住我软磨硬泡,还是把她家乡的位置告诉了我。

原来她离我并不算远,就在相邻的省份。但对于还是孩子的我们来说,这仍然是不可跨越的距离。我坚定地告诉她,等我再长大一点,就坐火车去找她。她愣了一下,终于答了一声"好"。我听出那声音里有缥缈的期待,还有若有似无的甜蜜。

但没过多久,我发现我听不到她的声音了。我发疯似的"呼叫"她,都没有任何回应。这些年我耳边的喧嚣突然沉寂下来,我像是聋了——一个听力正常的聋人。

直到那天晚上,在睡梦中我模糊地听到了她的声音。"多吉,我快要死啦。"她奄奄一息地说。

明明是这么悲伤的话语,她说来仍是很从容的味道,仿佛死亡无关紧要,只是一场长眠。她告诉我,她的家乡发生了地震,房子垮了,她被埋在废墟下面,昏迷了很久,现在才清醒过来。她的腿被预制板砸断,血汩汩地往外流,痛得已经麻木。她试图呼救,但因为虚弱,发出的声音太小,根本不足以被重重废墟之上的人听到。在这个时刻,我是她唯一可以呼救的人。但我远在几百公里之外,而且我自己都还是个孩子,我能做什么呢?

不管怎么样,我不能坐视不管。我打开电视,在新闻里找到了当地防灾减灾办公室的电话,把她家的具体地址告诉了那边的人。但接电话的工作人员对我说,现在到处都是需要救援的人,我提供的消息是否属实,如果不属实将会浪费很多宝贵的时间。我怎么证明呢?总不能告诉他我拥有类似"千里传音"的异能,没人会信的。我只能撒谎说我路过那里时,正好听到下面传来呼救声。

我说服了那位工作人员，他答应带武警战士去挖掘我说的那片废墟救人。可抵达地点才知救援难度太大了，一根大的承重梁卡在中间，只有把它移开才能继续挖掘。承重梁太重，靠人力根本没办法挪动，只能临时去调起重机。这来来回回又耽搁了许多时间。过了好一阵子，起重机终于调来了，同时我却听到她虚弱的声音从耳边传来："不用啦，谢谢你，多吉，认识你真的很开心……"

这是她对我说的最后一句话，而我最终不曾知晓她的名字。

那之后，我对这"千里传音"的能力就失去了兴趣，我不再关心耳边新听到的声音，任由他们吵闹。其实就算关心又能怎么样呢，相隔那么遥远，我无法真正参与那些人的生活。就像我无法救她一样。

时间慢慢抹去伤痛，我一天天长大，同时也发现我身上越来越多的怪异之处。你对此应该很能感同身受，你经历的事情我差不多都经历过。先是出现异手，手不由自主地行动。然后整个身体的其他部分也渐渐脱离大脑的控制，仿佛要从我身上独立出去一样。同时，那种短时间内的超级记忆也越发清晰。大脑里仿佛有一台摄影机，把我每天见到和听到的一切都记录下来，我可以随意翻阅近期的记忆，就像查找监控录像一般，可以还原任何细节。

这些其实都无伤大雅，没有给我的生活带来什么真正翻天覆地的变化，直到那件真正可怕的事情发生。

一开始，是学校里的几个同学在体育课上和我起了冲突，他们冲上来想殴打我，我当时很怕，然后感觉头有点晕，接着就昏迷了。

等我醒来，刚才要打我的同学竟然全都躺在地上，一副不省人事的样子。而一旁的其他同学全都惊恐地看着我，就像在看着一只怪物。我问他们发生了什么事，他们都不说话，而且不断往后退，想要离我远一点。

这时，一些画面开始在我脑海里浮现。我看到了我自己，我看到我在即将被几人围殴之际昏了过去，同时那几个要打我的同学在我身旁痛苦地抱住了头，一种剧烈的头痛袭击了他们。没过多久，可能一两分钟吧，我醒了过来。他们却都倒下了。他们的动作整齐划一，就像中了某种巫蛊一样。我明白，这就是我昏迷前发生的事。

为什么我能通过他者视角看到自己呢？我想了一下，有一个解释可能比较合理，那就是我看到的第三视角，其实是别人的第一视角。过了一会儿，更多的画面开始浮现，内容都大同小异，和刚才那段画面是一样的，但视角的方位不同。我猜，刚才所有要攻击我的同学，他们的一小段瞬时记忆，不知何故跑到了我脑子里。那些画面，其实都是他们眼中看到的。

眼见几个人昏迷过去，围观的同学吓得赶紧去找老师。老师又叫来了校医，结果校医刚到，那几个昏迷的同学就苏醒了。校医为他们逐个听诊，又问了几个身体方面的问题，然后说："没什么大问题，可能就是天热中暑。休息一下就好了。"

那几个人很疑惑，为什么要叫校医，直到其他同学复述了刚才的场景。奇怪的是，他们全都毫无记忆。一个可怕的想法从我心头升起——他们的记忆被我夺走了！

那些记忆永久性地从他们脑子里消失，转移到了我脑子里。

从那之后，学校里的同学都躲着我走，就连老师，除了例行公事的接触外也不愿和我多说一句话，仿佛我身上有某种不祥的东西，靠近我就会变得不幸。

我身上的怪异之处也越发严重，有时候我走在路上，迎面走过来一个人，一些陌生的画面就会突然闯进我的脑海。而那个人会当场抱头蹲下，满脸痛苦。我知道，这就是一种掠夺——我无意中从他人脑海中夺走了部分意识和记忆。

我在流言蜚语中彻底成了一个怪物，不，不能说是流言，我本来就是一个怪物。

我不愿意让我身上那莫名其妙的古怪能力再伤害到别人，于是我主动从学校退学，回到家里过上了深居简出的生活。母亲想把在外地工作的父亲叫回来，带我去看病，但父亲总是推脱说工作很忙，不愿意回来。

我家算是有点钱，所以经济上没有太大的压力。母亲一个人带着我上路，去往全国各地，把知名的大医院都跑遍了，但都没有解决问题。脑部CT、核磁共振、超声……各种检查都做遍了，却没有发现我的身体有明显异常，就连某些医生都觉得我在说谎。但不管别人怎么说我，母亲始终相信我。她告诉我，既然无法改变这些事，就去接受它。也许上天赐予我特殊的能力，是为了去完成特殊的使命。

母亲的话让我释然，我不再为自己的与众不同而苦恼。我开始在天地间自由自在地生活，跟着牧羊人追逐水草，看天边的云散了又聚，在漫山桃花树下冥想。我认真地倾听着耳边传来的众生之音，只是听着，再不回答。无数的人生在我耳边匆匆略过，短短半年时间，我仿佛已经活过无数次。

如果只是这样度过一生，倒也没什么不好。但那可怕的能力终究让我无法安稳地生活下去。有一天，母亲在一楼厨房做饭，我在二楼的卧室看书，我脑子里突然闪过母亲的手不小心被菜刀割伤的画面。我担心地下楼走进厨房，见她呆呆地看了一会自己流血的手指，然后找来纱布开始包扎。

母亲见我进来，瞬间反应过来发生了什么——她是个极聪明的女人。她以笑容掩饰轻微的尴尬："你看见了？是不是？"

是的，我"看见"了，母亲的意识和记忆也被我"掠夺"了。

她冲过来抱住我："没关系的,多吉,妈妈是一个很干净的人,我在你面前没有秘密。"

她说得没错,她的精神世界在我面前一览无余。她是纯白的,就像一张国画的宣纸,但这白不是空无一物,而是点缀着淡淡的墨香,如远山淡影。我无意中掠夺过很多人的意识片段,见识了太多人性的阴暗、肮脏。但直到我零星地读取了母亲意识,我才知道,世界上真的有如此无瑕的人。她爱我,但她又是独立的,没有被这份爱绑架,有着自己的精神世界。她是母亲,也是女人。

从那以后,我有意无意地躲着母亲,这是我对她的尊敬和保护,我不愿窥探她。

直到那天深夜,我头痛难忍,躺在床上发出剧烈而痛苦的呻吟。无数陌生的画面和声音像洪水一样漫灌进我的脑海,让我的头脑几欲爆炸。

母亲不顾我的警告,冲过来想用毛巾给我热敷。她的手在接触我额头的瞬间,就像触电一样,接着她低声惊呼,跌倒在地。

就像有一道无形的闸门在空气中打开,母亲的一生全部涌入我的脑海。她的童年、青春、梦想、爱恋,一切的一切,全部涌了进来。她在被掠夺——几十年人生的记忆、经验、知觉统统都要被夺走了,而那个抢走她一切的人,正是我。可怜的母亲伏在地上,想要呼救,我听见她的灵魂在哀号,在乞求我停下,泪水不断划过她的脸颊。

可是母亲啊,我停不下来。那不是我能控制的。

不知过了多久,这场残忍的吞噬终于结束了。我的头还痛着,母亲的意识和记忆与我自己的混在一起,我需要一些时间才能分清哪些想法属于我,哪些属于她。随着时间的流逝,这种区分会越来越模糊,最终融为一体。

我将母亲的身体扶起来,让她平躺在床上,用手探了一下她的鼻息,她的呼吸很均匀,像一个睡得很安详的孩子,但我知道她永远不会醒来了。这具身体里已经没有灵魂。

"多吉……我好怕……"母亲最后的话语从我的嘴里说出。

"别怕……妈妈,我们永远不会分开了……"我回答。

就这样,我的母亲,被我吃掉了。

程浩默默地听完多吉讲的故事,有些唏嘘,他想用手拍一拍多吉的肩膀,手却直接从多吉身体里穿过去了。他忘了这是在梦中。

多吉的讲述虽然离奇,但程浩一点都不怀疑,因为类似的事情也发生在了自己身上:身体失去控制(异手)、短时间内的超级记忆(复刻电影里的柔术动作)、与他人意识互联(此刻正在经历)……

但他还是有些疑惑,于是问道:"刚才听你的故事,你生活的地方有山有水还有牧羊人什么的,应该不是我们这里。那你又是怎么来到这个地方,被关在这里的呢?以你可以吞噬他人意识的能力,没人可以胁迫你吧?"

多吉摇了摇头:"吞噬只能发生一次。它是身体的变异发展到巅峰的标志,在发展到巅峰之前,可以零散、多次地掠夺他人一小段意识和记忆。到巅峰之后,就拥有了掠夺他人全部意识和记忆的能力。但这种整体掠夺,只能触发一次,触发之后,这能力也就彻底失去了。"

原来如此,程浩暗想,如果可以无限制地掠夺,那世界早就乱套了。

多吉沉默了一会儿,似乎还沉浸在悲伤的往事中。"至于我为什么被关在这儿,以后再跟你说吧,会有机会的。"

程浩识趣地没有追问。

"所以,我之前耳边传来的声音,还有我梦中所见的画面,都是因为你。"

"是的,"多吉说,"我们是同类。所以你刚走进这里,我就感应到了。"

"同类……"程浩感受着这个词,"那你知道发生在我们身上的这一切怪事背后的原因吗?"

多吉摇了摇头:"我曾尝试着去探索,但没有结果。这超出了我的能力范围,也许以后有机会弄清楚吧。"

"以后……"自己还有以后吗?程浩不禁有些悲观地想。

他接着问:"我刚来时,好像听到你向我呼救?"

多吉有些哭笑不得:"当然,你是这个地方我唯一能主动联系上的人。我本来想指引你救我出去,但是一开始我和你的联络……不太稳定,可能是你还没完全适应这项能力。等到你终于能和我稳定联络的时候,你自己却也被关进来了。"

"所以,我们现在这种状态……是梦境还是真实?"

"你可以认为这是梦,也可以认为这是真的,取决于你怎么看待它。"

"但你这个人是真实存在的,而且真的在我隔壁的房间,对吧?"

多吉点了点头:"你获得类似灵魂离体的体验,是因为和我建立了连接,事实上是你借用了我的感官。我的感官没有触及过的地方,你的意识是去不了的。对我来说,也是如此。"

"你为什么想出去呢?"程浩刚问出口,就觉得自己问了一句废话。谁愿意被一直关着?

但没想到多吉很认真地回答了这个问题:"为了亲眼见见外面的世界,为了弄清楚自己身上的秘密。就像我母亲说的,上天赐予我能力,是要我完成某个使命,我要找到它,然后完成那项使命。"

程浩郑重地说道:"虽然我现在自身难保,但只要我找到办法,我就会救你出去。"

多吉愉快地笑了,似乎并不怀疑程浩的承诺。

程浩越发觉得，自己现在应该想尽一切办法好好活下去，之前只是因为他觉得有一个盛大的未来在等着自己，现在则是因为他感到世界笼罩着神秘的面纱，他有强烈的渴望，要去揭开那面纱。

"之后我要见你的话，应该怎么做呢？睡着做梦就可以了？"程浩问道。

多吉说："不用，这东西就像学游泳、骑自行车，你只要会一次，你就永远会了。之后你可以随时随地联系上我。"

程浩点了点头，暂时停止了提问，之后还有很多时间，可以慢慢和多吉交流，一起去发现他们身上那些隐藏的秘密。

他小心翼翼地操控自己的意识，打算原路返回，回到自己的房间，真正开始休息。

就在这时，房间门突然打开了。程浩看见谭校长出现在门口。

谭校长打着手电筒，微弱的光把他的脸照得仿若厉鬼。程浩吓了一跳，下意识地想在房间里找个地方躲起来。多吉的声音响起，安抚他道："别怕，你又不是真在这里。"

是啊，自己并不真在这房间里，只是借助多吉的意识互联感知着房间内的一切。程浩若无其事地坐回多吉的床上，甚至还故意做了个张牙舞爪的动作，谭校长没有任何反应，果然，他真的看不见自己。

不过，谭校长为什么会出现在这里呢？

多吉平静地对谭校长说："你来了，父亲。"

这一声"父亲"如同平地惊雷，在程浩心头炸响！原来如此，谭校长修建这地下室，并不只是为了把他这样的"坏学生"扔进来关禁闭，还为了囚禁被他视为怪物的儿子。

谭校长轻轻点了点头，算是对多吉的回应。他走进来，拎着一个塑料袋，放在多吉面前。谭校长从塑料袋里拿出各种零食，熟练地放进房间的小冰箱里，可乐、巧克力、薯片……他一边放一边说："都是你上次说要吃的，给你放这儿了，吃完了我再给你买。"

多吉点了点头,轻声说了句"谢谢父亲"。

放完,谭校长准备离开,又像是突然想起了什么似的,转头问道:"你最近身体……怎么样?"

"还是和从前一样,没有好转,但也没有更糟。"

"这几天有没有遇到什么奇怪的情况?比如有没有听到什么新的声音,或者……见到什么新的人?"谭校长问。

"没有。"多吉回答,平静而干脆。

"那就好。"谭校长轻轻关上门,出去了。

他在试探。

程浩有点明白自己为什么会被关在多吉隔壁了。看样子,谭校长对儿子多吉的能力有所了解,但了解得并不多。也许是忌惮,又或是出于保护,他把多吉关在了这里。

而对于自己,也许谭校长已经察觉到了他身上的某些异状,毕竟,自己和他的儿子是"同类"。或许,他是想试验一下,把两个人关在一起会发生什么。

"你被你爸关在这里多久了?"程浩有些同情地问道。

"挺久了。我母亲出事之后,我爸说要把我接到他工作的地方一起生活,然后我就被关在这儿了。"

对自己的亲生儿子尚且如此,还能指望他对学生们大发慈悲吗?这个地方更不能待下去了,必须尽快离开。如果被谭校长这种人破解了自己身上的秘密,程浩不知道会遭遇什么,但肯定不会是好事。

他向多吉简单道别,让意识回到了自己的房间。

程浩被带走之后,石家豪和姜涛两人大眼瞪小眼,一言不发。

终于,几分钟后,姜涛打破了沉默:"我们就这么看着程浩被抓走?"

"不然呢?能咋办?"石家豪颓然道。

105

姜涛快走几步，走到阳台上。他们住的是三楼，没有电梯，教官带着程浩走下楼需要一点时间。姜涛等在阳台上，石家豪随后也跟了过来。

两人往下看，操场上没灯，但借着宿舍楼的灯光，他们还是远远望见了教官和程浩的背影。姜涛观察了一会儿，密切注视着他们走的路线。

"这是……去正心楼的方向。"姜涛判断。

"你觉得程浩这人怎么样？"他问石家豪。

石家豪挠挠头："挺好的啊，这哥们儿挺仗义。"

"那你跟我来。"说完，姜涛朝楼梯走去，石家豪满脸疑惑地跟在他后面。

两人下楼，到了宿舍大门处，姜涛指着几个教官已经走远的背影，说："咱们跟上去，看看他们要把程浩带去哪儿，小心点，别暴露。"

"这……"石家豪有点犹豫。

姜涛瞪他一眼，说道："你才说程浩对你不错的，有没有良心？"

石家豪一咬牙："好，走吧！"

两个人趁着夜色，出了门，悄悄在远处尾随教官。他们不敢跟得太近，时不时用路边树干作掩护，小心翼翼地保持着一个不会跟丢又不容易被发现的距离。跟了七八分钟，他们遥遥望见程浩被架着，进了正心楼。

"怎么办，进去吗？"石家豪问。

姜涛思考了半秒："进去。千万小心，被发现就完了。"

两人躲在正心楼大门门墙后，往里窥探，里面很黑，但王永利在用手机照明。借着这微弱的灯光，他们看到教官架着程浩走进了一楼楼梯背面的楼梯间。两人猫进正心楼，一楼大厅里有一扇屏风，他们利用屏风藏身，看到了楼梯间里隐藏的那道暗门，只见教官们开门把程浩带了进去，又把暗门虚掩上了。

"跟下去吗？"石家豪问。

姜涛果断地说："不行，我们下去时要是他们正好上来，就完蛋了。我们现在知道程浩被关在什么地方就好，这趟没白来，先撤吧。"

姜涛正要撤退，却见石家豪兔子似的快步冲了出去，跑到暗门处，俯身不知道在看什么，看了一会儿就回来了。

"靠，你这么勇？过去干吗？"

"打探情况。"石家豪说，"走吧，先回去再说。"

此地不宜久留，姜涛忍住疑问，和石家豪一起回到了寝室。

"刚才我仔细瞧了楼梯间那道暗门的门锁，也许我能打开它。"石家豪说。他一阵翻箱倒柜，不知道又从哪里翻出一根铁丝，在姜涛面前比画着。

"你还真有百宝箱啊……"姜涛彻底服了，他端详着这根铁丝，"不过……就凭这玩意儿，能打开暗门？"

"我是第二次被送进这个学校了，你知道为什么吗？"石家豪没有正面回答姜涛的问题，反倒没头没脑地来了这么一句。

"谁知道啊。"姜涛有些不耐烦，"都什么时候了，哪有空关心你那些破事儿。"

石家豪说："我被爸妈送进来两次，不只是因为打游戏。"

石家豪从来没对别人讲过自己的过去。他并不只是因为网瘾而被送进来的，还因为喜欢偷东西。他矮小、瘦弱、自闭，不管是学习、体育还是人际关系，在学校里都是最差劲的那一批人。就连他最爱玩的游戏《峡谷战争》，也是"人菜瘾大"。他这人，就是那种毕业之后大家想不起名字的同学。

干什么都不行，他需要一件事来证明自己。于是他学会了偷东西。

他惊讶地发现自己干这个颇具天赋。学校门口的小卖部，很多次路过，他都会趁摊主不注意顺走些东西，都是些不值钱的小玩意儿，零食、玩具之类的。从偷小卖部，到偷同学的文具，最后他甚至学会了用铁丝开一些简单的锁，进入民宅。他干了很多次，从未失手。他并不需要那些偷来的东西，过段时间他就会悄悄还回去，就像钓鱼后又放生，他只是单纯享受得手时的快感。

如果只是这样，他大概永远不会被发现。但有一次他又遭到同学的嘲笑，说他是个废物，干什么都不行。又气又怒之下，他炫耀似的把偷东西从未被发现的"战绩"说了出来，仿佛那是很光荣的事情，可以给他带来尊重。结果那同学说："好啊，班里丢那么多东西，原来都是你干的。"于是那同学直接向老师举报，就连不是他干的事儿也统统算在了他头上。因为"作案"次数太多，学校不仅请了他家长，还下了记过、停课的处分。

父亲一怒之下把他送进正心书院"改造"。第一次改造完成后，他回到了学校，可没过多久，他窃瘾犯了，没忍住又偷了一次。也许是这次大家都对他有了戒心，一向"艺高人胆大"的他，竟被当场抓获，这才有了到正心书院二进宫的戏码。

石家豪并不想对姜涛讲述自己的特殊"才能"，只是说："那锁不复杂，也许我可以试试。"

姜涛说："你有这本事，为什么不悄悄从学校逃出去呢？"

石家豪说："你怎么知道我没想过……"

事实上，石家豪还真想过趁着夜深人静打开校门逃出去。之所以没这么做，一是他怂，担心失手后会被收拾得很惨。二是，逃出去又能怎么样呢？他没满十六岁，出去打工都没人要，怎么养活自己？最后还不是只能灰溜溜回家。

姜涛看着这根铁丝，有些兴奋，但又有犹豫："你想好了？万一被发现，我们就完了。"

"我不知道。"石家豪心里也没底，"但是我被电的时候，只有程浩想过要救我，所以我也想救他。而且，我难得遇上一件只有我能干，别人都干不了的事。"

"那就干吧,拼了!"姜涛发狠道。

拿上石家豪专属的"作案工具",两人趁着夜色再次摸进正心楼,站在那道暗门前。姜涛一边用石家豪的手机照明,一边用身体小心地挡住光线,不时往楼外张望着。石家豪半蹲下来,将细铁丝插进钥匙孔一番鼓捣。此刻,他的额头渗出细密的汗珠,手微微发抖。

几分钟后,只听得咔嗒一声,锁开了。

"我靠,还真被你给弄开了!"姜涛难以置信地推开门,显出门后向下的楼梯。

两人进来,将门关好,沿着楼梯往下走,来到那处地下空间。手机灯一晃,他们看到这里有两个房门紧闭的房间。

"门里还有门,还是两扇,程浩在哪间呢?"姜涛绝望地捂住额头。

姜涛还在犹疑,石家豪已经一言不发地走上前去,查看那门锁,尝试着把铁丝插入锁孔。

"这你也会开?"姜涛嘴张得能吞下一个西瓜。

"这个锁要复杂点儿,估计要多花点时间。"石家豪说。

"你费老半天劲,万一程浩不在里面呢?"

"那你有更好的办法吗?"

姜涛试着朝门里叫了一声,但声音很小——他不敢发出太大声响。门内并无回音。

"管他呢……大不了两扇门都打开。"石家豪无所谓地说道。

姜涛露出一个彻底服了的表情。

这扇门的锁的确要复杂一点,差不多弄了十分钟都还没打开,姜涛举着手机的手都酸了。然而就在这时,从地道上方,刚刚他们进来的那道门的方向,传来咔嚓咔嚓开锁的声音。

有人进来了!

109

姜涛环顾四周，只有一个地方适合躲藏，就是地道楼梯的下方空处。情急之下，也顾不得许多了，他拉起石家豪躲到了楼梯下面。两人刚躲进去，就听到上方的门开了，一个脚步声由远及近传来。

那人走下地道的楼梯，赫然是谭校长！

谭校长提着个袋子，拿出钥匙打开了两扇门中的一扇，然后走了进去，把门掩上了。

因为地下的光线太过昏暗，石家豪和姜涛只能模模糊糊地看见房间内的景象。他们看见一个小男孩被铁链束缚住，坐在床上。虽然完全看不清小男孩的面容，但可以确定，在谭校长进去之前，房间里只有小男孩一个人。

很明显，程浩在另一间屋子里。

石家豪和姜涛交换了一下眼神。怎么办？如果继续待在这里，有被发现的风险。比较稳妥的做法是趁谭校长进屋的时候，从地道上去偷偷溜走，假装什么都没发生。但下次要想再进这个地方来，也不知道还有没有机会了。

一个对视，两人瞬间明白了对方的意思：不撤，先等等。两人躲在逼仄的地道楼梯间，大气不敢出一声。

好在谭校长并没有在那房间里待很久。过了十来分钟，他就从房间里出来了，还是拎着那个袋子，径直走上台阶。石家豪和姜涛听到咚咚的沉闷脚步声在头顶掠过，那声音渐渐远了，接着又传来开门关门上锁的声音。看样子谭校长没发现什么异常，已经离开了。

为了保险，两个人没有立马出来，而是多等了几分钟，确认没有任何异常动静，谭校长已经走远，才如履薄冰地从楼梯下摸出来。

这次他们没有犹豫，径自来到另一扇门前，石家豪掏出铁丝一顿捣鼓，虽然费了些力气，但终究是把门打开了。

门一开，两人就看到了躺在床上的程浩，后者正闭目养神，听到动静，睁开了眼睛，见到两人，先是一惊，然后面露喜色。"你们怎么来了？"

石家豪和姜涛长话短说，将跟踪、开锁的事说了一番。程浩笑着对石家豪说："我就说你怎么老是藏些奇奇怪怪的东西，原来还有这样的本事。"石家豪挠挠头，有些不好意思。

既已脱困，三个人不再多言，走出房间沿着楼梯往上就打算逃走。突然，程浩像是想起了什么似的，停住了脚步。他对石家豪说："再帮我一个忙，把隔壁房间的门锁也打开。"

石家豪有些不解，姜涛也说："都什么时候了，咱们自身难保，还是不要多管闲事了吧。"

程浩说："里面被关的是我很重要的一个朋友。我知道这很危险，不过你们来救我也很危险，你们不还是来了吗？"

石家豪嘟囔道："你才关进来，怎么还分分钟交上朋友了？"不过程浩执意请求，他也无法拒绝，只好咬牙说："好，我试一试，你们帮我把风，我争取速战速决。"

石家豪拿出铁丝，对着那扇门又是一顿操作，他已经很久没有连着开这么多锁了，恐惧和兴奋夹杂，额头渗出细密汗珠。但他弄了十几分钟，这门仍然打不开。

"什么情况？"程浩问道，"另外两扇都很顺利，为什么这扇打不开啊？"

石家豪擦了擦汗，一屁股坐倒在地，长吁一声："这扇门不是普通的锁，是特制的防破解加密安全锁，我打不开。"

程浩点了点头，看来谭校长为了囚禁多吉真的是煞费苦心。就在这时，他在心里听到多吉说："你们先逃出去吧，不用管我，先出去，以后再找机会救我。"

"好，那你自己保重。"程浩知道现在不是拖泥带水的时候，再不抓紧时间逃走，被发现了大家一起完蛋，于是放弃了继续请石家豪开锁的想法，三个人摸黑走出了地下室。他们观望了一下，趁四下无人、夜色正浓,一举冲出了正心楼。

站在操场上,程浩贪婪地呼吸着自由的空气。片刻之后,他像是想到了什么,抬头看了一眼正心楼。他此前刻意留心过校长办公室的位置,他发现那办公室的灯还亮着——很可能谭校长在探视完多吉之后并没有走,而是回到了办公室。

见此情状,姜涛率先发问:"现在怎么办?最迟明天,你从小黑屋逃出来的事情就会被发现。躲得过初一,躲不过十五。"

程浩深吸一口气:"那就不躲了。"

他为了这一刻,已经做了好几周的铺垫,挨了三顿龙鞭,现在校方对他已经有了戒心,今晚是最后的机会。

"先回寝室。"程浩说道。

三个人回到寝室,程浩对姜涛说:"走,我们两个分头去找人。我去三楼,你找二楼的。所有人在我们寝室集合,一起去找校长算总账。"姜涛点了点头,两人就出门去了。

十分钟后,二十多个人齐聚在程浩的寝室,小小的寝室挤满了人,站不下的甚至站到了阳台上。大多数都是当初参加第一次寝室密会的人,其余则是这三周内因同情程浩的遭遇而被程浩争取过来的人。

见人到齐了,程浩先是和他们说了一番自己被关进小黑屋的遭遇,众人听得义愤填膺,叫骂连连。然后程浩说:"你们看,只要能团结起来,我们人还是很多的。怎么可能被学校这区区几个人困住。今晚,就是我们逃出去的最好机会。愿意跟我一起的站我左边,我们冲进校长办公室,绑了校长,逼他开门;不愿意去的站我右边,我们绝不强求。"

大家听得这话,都有些呆了。程浩的到来的确让他们感受到了一些不同以往的空气,但他们从没想过真要用这么暴烈的方式逃出去。人群犹疑了一阵，终于有人开始动了，多数人站到了左边，剩下的五六个站到了右边，都是年龄小一些的孩子。程浩扫了一眼左边的人，加上自己，超过二十个人，完全够了，于是满意地点了点头。

"浩哥，对不住，我不敢……"站右边的其中一个孩子吞吞吐吐地说，"我还小，就算跑出去了又能干什么呢？最后还是只有回家，可能还会被打得更惨。"

程浩拍了拍那孩子的肩膀，温言安慰道："没事，我理解。"他往右边的人群走了半步，面对他们，又说道："不过，也许你们还可以帮我一个忙。"

"你说，只要能办到的，我都帮。"那孩子当场应下，其他站右边的孩子也纷纷点头。

"待会儿，从我们出门算起，你们估着时间，十五分钟后，就去各个楼层、各个寝室门口大喊：大门开了，大家快跑！这样所有人都知道了，愿意跑的都可以跑。"

这不是很难办到的事，站右边的孩子都答应了下来。

安排妥当后，程浩知道事不宜迟，他从石家豪的私藏"百宝箱"中找到一根绳子，然后带着二十来个人冲了出去，在茫茫夜色下冲进了正心楼。因为电梯装不下二十多个人，所以他们选择了走楼梯，浩浩荡荡杀向校长办公室！

程浩一脚踹开校长办公室的门，门没锁，只是虚掩着。谭校长正坐在电脑前，虽然亮着灯，但整个房间依然有些昏暗阴冷，那张他用来电击治疗的病床，还摆放在房间里。

见这么多人冲进来，谭校长先是一惊，等他看清为首的是程浩，像是明白了什么一样，露出恍然大悟的表情。他缓缓点头说道："看来我还是低估了你。"

程浩不愿跟他废话，直接拿出事先准备好的绳索，然后使了个眼色，跟随他进来的人冲出好几个，按住谭校长，将其双手反剪扣在背后。程浩则亲自用绳子将谭校长的手结结实实捆了起来。

在此期间,姜涛在办公室内转了一圈,竟然发现了那根用来打"龙鞭"的钢筋。他拎着"龙鞭"走到谭校长面前,恶狠狠地说:"你他妈就是让王永利用这玩意儿打我的,是吧?今天也让你尝尝龙鞭的滋味!"说着他高高举起龙鞭,直直地往谭校长身上抽去。

一只手抓住了姜涛的手腕,是程浩。

"我们的目的是逃出去,别惹麻烦。"程浩用一个严厉的眼神制止了他,姜涛只得悻悻地放下了龙鞭。

程浩转身面向谭校长,问道:"你看到了,这帮孩子有多恨你,如果不是我制止,你猜他们会不会把你用在他们身上的招数,还到你身上?"

这话让谭校长打了个冷战,他心有余悸地望了眼人群,终于放低声音说道:"你们……想怎样?"

"很简单,你把大门打开,放我们出去,我们绝不伤人。"

谭校长犹豫着说道:"这么多人跑出去,我怎么跟家长交代?万一你们在外面出了什么事儿,还不是怪到我头上——"

"那是你要考虑的问题,和我们有什么关系?"程浩冷笑。

谭校长还要再说什么,姜涛一脚踹在他身上。"别耍花招,狗东西!说,钥匙在哪儿?"

谭校长吃痛后只好交代:"抽屉里。"

程浩拉开抽屉,里面确有一串钥匙。他把钥匙串拿到谭校长眼前,后者点头确认:"最大的那把就是。"

程浩疑心有诈,便说:"你跟我们一起去。"临走他抓起办公桌上的纸巾盒,将纸巾全部抓出来揉成一团,塞进谭校长嘴里。

众人押着谭校长,出了正心楼,二十余人的队伍走在操场上,有些浩荡的感觉。此时明月在天,和风煦煦。程浩好久没有这么快意了,他真想大吼一声,把这近一个月来的委屈、愤懑全都发泄出来,但又怕惊动教官，还是忍住了。

走了没几步，他们遥遥看到一个负责日常巡视的保安，谭校长赶紧咿咿呀呀地手舞足蹈，想要引起保安注意。程浩一拳捶在他后背，让他老实点，同时心头一沉，暗道糟糕。没想到，那保安瞥见这边情况，见他们人多势众，竟先怯了，装作没看到，灰溜溜跑开了——看来他只是混口饭吃，没真想为书院拼命。

众人加快步伐，沿着操场走了一阵，来到学校紧闭的大门边。程浩将钥匙插入锁孔，一阵令人愉悦的咔嚓声传来——谭校长没撒谎。

锁开了。程浩回望一眼，此时不少学生已经从宿舍楼里跑出来了，看来之前站右边的孩子通知消息还是到位的。他对跑出来的孩子们挥手，大喊："快点！"

不多时，愿意逃走的孩子们都聚集到了校门口。程浩一脚把大门踢开，外面空荡宽阔的街道映入眼帘，月光如雪，撒在街上，白生生一片。这里是城郊，此时又到了深夜，路上已没什么行人。

程浩把门推开到最大，大喊一声："跑！"

孩子们像潮水一样，朝四面八方的街巷涌去。直到最后一个孩子逃走，程浩才关上大门，跟姜涛、石家豪朝外走。

谭校长双手被捆，嘴里还塞着一大团纸巾，只能眼睁睁看着。

无　路

程浩、姜涛、石家豪沿着马路走了一阵，三人都不说话。终于，石家豪率先停了下来，他问道："我们现在去哪儿？"

另两人也停住了脚步,程浩说:"我打算先去网吧,那儿有沙发,可以将就对付一晚。网管是熟人,应该不会赶我走。到了白天,我就去找我一个朋友。"他说的朋友,自然是张亦行。

"那我们呢?"石家豪问。

姜涛也眼巴巴地看着程浩。

这一问把程浩也难住了。程浩原本的计划是联系张亦行,前往上海试训。但现在身边多了两个拖油瓶,不由让他头疼,不管怎么说,两个孩子是他带出来的,他不能不管。

显然,现在两个孩子都不敢回家,又身无分文,没了去处。

"你俩多大?"程浩问。

"十五。"两人同时答道。

程浩有些为难:"我是打算去外地打工的,但你俩没满十六岁,估计打工都没人要。"刚才站右边的那些孩子,他们不愿逃走也是这个原因。没有独立生存能力,就算从书院逃出去,又有什么用呢?程浩想,困住我们的从来不是墙。

对此他没有太好的办法,那也并非他的义务。他只好对两人说先一起去网吧对付一晚,暗想明天白天再好好劝劝他们,终究是要回家的。

于是三人步行前往腾飞网吧。这段路程很长,走了好久才到。还好网吧通宵营业,再晚都能在这里找到归宿。

高老板不在,是一个网管小哥在看店。那小哥和程浩熟识,程浩还帮他打过号,上过分。程浩不敢说自己是从书院里逃出来的,只说带两个小兄弟来投宿,希望可以行个方便。小哥爽快答应,说只有一张沙发,其余人可以用椅子拼起来睡觉。小哥又问几个人吃饭没有,三人这才觉出饥饿,一时肚子咕咕叫起来,小哥又自掏腰包,泡了三桶泡面给他们吃。程浩自是感激不尽。

程浩看了下时间,此时已是半夜两点,网吧里很是吵闹,键盘敲击声、玩家的叫骂声不绝于耳，但程浩还是很快睡着了，只因近来没这么安心过。他想，到了明天，一切回归正常，他就可以去上海当职业选手了，荣华富贵在向他招手。

迷迷糊糊不知道睡了多久，程浩被人推醒，睁开眼，看到一个穿警服的人正低头看着自己。警察？为什么警察会来这里？

程浩一下子坐起来，只见那年轻警察可能二十来岁，又扫了四周一眼，见姜涛、石家豪都起来了，怵怵地站在旁边，神色惊惶。还有一个陌生的中年女人，微胖，正愤怒地盯着程浩。外面的天光照了进来，应该是到了早上。

那中年女人指着程浩骂道："就是你，要拐卖我儿子！"

拐卖？程浩心头一震。

石家豪扯了扯中年女人的袖子，说道："妈，他没拐卖我，我是自愿跟他跑出来的。"

那女人一听这话，作势想一巴掌抽到石家豪脸上，石家豪躲也不躲，梗着脖子任凭她打。但她终究没有打下来，抬起来的手慢慢放下，转而抱住石家豪哭了起来："你这个傻孩子，实在不想待在书院你就跟妈妈说，自己偷跑什么！真是让人不省心。"

那警察对程浩解释道："昨天半夜，我们接到这位女士的报警，说有个叫程浩的，从正心书院拐卖孩子。所里高度重视，连夜调了天网监控找人，就找到了这里来。"

程浩这才咂摸出事情的来龙去脉，猜测是他们前脚刚逃走，谭军就打给了石家豪的母亲，添油加醋，把事情说得很严重，说自己拐卖了石家豪，然后教唆石家豪母亲报了警。

"我没拐卖。"程浩忙辩解道，"你们也听石家豪说了，他可以证明。"

那警察淡然道："我们办案是讲证据的，不会乱下结论，但你得跟我走一趟，做个笔录，把情况交代清楚。还有，那么多跑掉的孩子，你要配合我们全都找回来,不然在外面出了事,责任算谁的?"

程浩心里打鼓,担心笔录会不会留下什么"案底",耽误他成为职业电竞选手。但眼下也没办法,形势比人强,只好跟着警察去了。警察又招呼了石家豪母子以及姜涛,全部一起回去。

这还是程浩第一次进派出所。警察先是根据程浩、姜涛、石家豪提供的信息,调天网监控找人。只小半天工夫,逃走的孩子就全都被找了回来,警察挨个通知家长过来领人。那些孩子显然不愿意回家去,纷纷对程浩投来求助的目光,但程浩没有办法,他帮不了他们。

家长们来了,有的当场又要打骂孩子,都被警察劝住。之后孩子们被领回家去,至于他们回家后会面对什么,会不会被重新送回书院,就不得而知了。

然后那警察又分别对众人问话,程浩将他们如何从书院逃出来的经过详细说了。警察做了记录,之后又传唤了谭军和王永利,单独对他们问话。最后,综合了程浩、石家豪、姜涛以及谭军、王永利等人的笔录证言,警方迅速搞清了事情的来龙去脉,拐卖说法显然不实,因此仅对程浩批评教育了一番,倒也没再追究别的。

要通知程浩家长过来领人的时候,程浩死活不肯,苦苦求了好久。那警察是个办事认真的年轻人,不肯擅自放人,说一定要家长来。场面一时僵持不下,程浩绝不肯说出父亲的联系方式,那警察道:"你拗也没用,现在人脸一识别,什么信息都出来了。"

如果被送回家里,再想跑去上海就难了,父亲一定会把他看得死死的,说不定会把他送回正心书院,那之前的一切努力就全都白费了。程浩把心一横,打算趁那年轻警察去调档案数据的时候,偷偷溜走。

没想到,就在这当口,一个大腹便便、看着像领导的警官来了,而他身后,竟然跟着两个程浩意想不到的人——

张亦行和他的父亲张弛。

他们怎么会在这里？程浩心里纳闷。

那领导模样的警官龙行虎步，不怒自威，扫了众人一眼，对年轻警察说道："小陈啊，这个小伙子是我朋友的侄儿，就让我朋友领回去吧。"说着，他指了指身旁的张弛。

张亦行给程浩使了个眼色。虽然摸不着头脑，但程浩还是瞬间领会，赶紧说："对对对，回家我爸肯定揍我，我去我叔叔家住几天再回去。"

小陈警官点了点头："既然赵所长发话了，就按您说的办。"

就这样，程浩跟着张弛父子离开了派出所。那姓赵的警官追上来，说道："我也下班了，顺道送送你们吧。"

于是三人就坐上了赵警官的车。

近一月没见，张亦行看起来憔悴了几分，白皙的皮肤上长了几颗青春痘，还没等程浩开口，他就先问起了情况："你……还好吧？"

程浩心头一热，他的人生里会问他过得好不好的人很少很少。他低声应道："挨几顿打是免不了的，其他倒也还好，没有多少苦。"

这一个月来经历了太多，原本两个人互相都有好多事要问对方，一时竟都不知道从何说起。张亦行突然想起了什么似的，问了一句："你饿不饿？"然后他从随身的背包里掏出一个装得满满当当的塑料袋，里面竟然是零食和饮料，有泡椒凤爪、薯片、辣条和可乐。这些都是程浩平时在网吧上网时喜欢买的零食，张亦行自己从不吃零食，也从不喝含糖饮料。

程浩呆呆地看着那些零食，一时眼眶竟有些湿了，但他很快忍住，掩饰了过去。这一个月来的经历，仿佛让他整个人包上了一层厚厚的茧，悲喜再不轻易外露。

他松快下来，难得地笑了笑，拿起那些零食就开始吃："别说，还真有点饿。"在正心书院，他就没正经吃过一顿好饭，本来就瘦，一个月下来饿得只剩皮包骨了。

一边吃着,程浩一边将这一个月来在书院里的种种经历娓娓道来,听得整车的人都唏嘘不已。张弛听完程浩的讲述,用手在皮座椅上一拍,怒冲冲地向那开车的赵姓警官问道:"翰杰,这种所谓的'学校',你们为什么不关停?!"

赵翰杰没说话,自顾开车。

张弛自知有些失态,语气软了下来,找补似的说道:"这也太离谱了。"

赵翰杰叹了口气,说道:"老张啊,不是我说你,身为国家工作人员,怎么说话也这么孩子气?正心书院是正规的民营教培机构,凭什么去关停人家?更何况,这些事也不归我们公安管啊。"

"可是……"张弛还是咽不下这口气,"电击、打龙鞭算故意伤害吧?关小黑屋,判个非法拘禁没问题吧?"

"那也得有人告,检察机关才能立案。你猜是谁把孩子送进去的?"赵翰杰有些无奈地说。

是啊,把孩子送进去的不正是他们的父母吗?他们又怎么会去起诉书院呢,那不是打自己的脸吗?而那些未成年的孩子,又怎么可能懂得用法律保护自己?话又说回来,书院的残酷管教手段,家长真的就一点没有耳闻?也许在家长看来,那就是很正常的教育方式,只要能还给他们一个听话的孩子,他们并不在乎书院用什么手段。黄荆条子教好人,棍棒底下出孝子,这不正是某些家长信奉的教育格言吗?

车又往前开了一阵,张弛咂摸着赵翰杰刚才的话,像是回过味儿来了,想起了什么似的,说道:"不过啊,听你刚才的语气,你对这个问题很了解,不像是漠不关心的样子。"

赵翰杰愣了一下,过了半晌才回答:"你以为我听到孩子们的遭遇就不痛心吗?实话告诉你,一年多前,还真有人去告了书院,不过不是家长,而是一个热心的网友。检方立了案,我们按程序传唤了谭军,也就是你们说的谭校长。结果你猜怎么着？家长们联名请愿，让放了谭军，说他是个好人，是个杰出的教育家，孩子从书院回家后听话了很多。那个提起诉讼的网友，也不知道是因为顶不住家长的压力，还是彻底寒了心，最后撤诉了。呵呵，从那以后，我们就再也不蹚这浑水了。这里面啊，太复杂。"

在三十岁以前，张弛常常被一个事实困扰：大家都说的是中文，但仍然需要翻译。很多年来张弛并不具备这样的"中译中"能力，他听不懂官场上那些看似平淡对话的言外之意。但这次，他听懂了，他懂了赵翰杰说的"太复杂"是什么意思。于是他沉默了，就到这个程度吧，不能再多说了，也不必再多说了。

张弛攥紧的拳头，终归是松开了。原来背后竟有这么多曲折的故事，他的心境也慢慢由义愤转为一丝寒凉。身处这个自顾不暇的时代，为众人抱薪者，终将冻毙于风雪。

车窗外夜色渐浓，车内气氛一时凝重下来，没人再说话。又开了一阵，程浩认出这是开往张亦行家的路。赵翰杰开到了张弛父子住家楼下，将车停住，说了声："到了。"

张弛赶紧热情地说要请他吃饭，以示感谢之类云云，赵翰杰看着有些疲累，摆了摆手说："今天确实还有事，我要先走一步，改天吧。改天我请你们。"

于是三人只好下车，目送赵翰杰开车离开。

"程浩，你还没吃晚饭吧，我们也没吃，想吃什么尽管说，山珍海味、鲍鱼龙虾都不在话下，张叔请客。"张弛大手一挥，看着面前这骨瘦如柴却目光如炬的孩子，他有些心疼。

程浩想了一下说："我想吃冰点。"

"什么？"

"炸串。"张亦行替程浩解释道，"我们上网打游戏经常去的那家炸串店，名字叫冰点。"

原来被关了这么久，程浩最想吃的不是山珍海味，而是网吧楼下的炸串。

张弛带着两个孩子来到冰点，那看店的老夫妻对程浩和张亦行很熟悉，热情地和他们打招呼，嘴里说着："怎么这么久没见你们来？"

程浩愣了一下，低声说："遇到了点事情，好在已经解决了。"

鱼排、烤肠、鸡柳、奶茶、铁板炒饭……他们点了好多吃的，虽然在车上程浩已吃过零食，但还是忍不住狼吞虎咽、大快朵颐，仿佛要用这一顿把近一个月来饿的肚子全补回来。

吃得差不多了，程浩终于还是忍不住问起了心里憋了好久的疑问："那个赵警官是怎么回事，我不认识他，他怎么会愿意来救我？"

张弛和张亦行父子这才将事情的原委慢慢道来。

那日在高铁站，张亦行没有等到程浩。是独自登车去上海，还是去找程浩？他只思考了半秒钟，便毅然决然地选择了后者。

程浩家离高铁站并不远，张亦行连忙徒步走了过去，到的时候，正好远远看到一辆白色面包车从巷子里开出，但没等张亦行看清车上的人，车就已经开远了。

他走到程浩家，也就是那个自建的小窝棚，见煤炭炉子上烧着一锅水，而程建宏正坐在藤椅上抽烟。

"程叔，程浩哪儿去了？"张亦行直截了当地问道。程建宏认识他，因为他是全年级成绩最好的学生，程建宏对他印象很好，经常拿他教育程浩。

"他去一个亲戚家玩几天。"程建宏仍低着头，看不清表情。

张亦行当然知道他在撒谎，明明程浩连高铁票都买好了，怎么可能在这节骨眼上跑去亲戚家。再说了，他们家破落成这个样子，哪还有什么亲戚来往？

但张亦行没有拆穿程建宏，而是问道："他是不是上了刚才那辆白色面包车?"这条小巷子里,只住着程浩家这一户,那面包车从巷子里开出去,很可能和程浩有关系。

程建宏愣住,抬头看了一眼张亦行,什么也没有说。沉默也是一种回答,张亦行几乎可以确定了,就是那辆面包车带走了程浩。他记忆力绝佳,于是回忆了一番那辆白色面包车的车牌号,刻意记下。

"程浩坐那辆车去哪儿?"

"没……没有,他不在那辆车上……"程建宏这才想起否认。

张亦行虽然不清楚程浩为什么会被那辆白色面包车带走,但看他爸支支吾吾的样子,很明显这件事他是知情并同意的,那要他说出程浩的下落是不太可能了。张亦行很早就明白一个道理:不要试图去改变一个成年人。

"我会找到他的。"张亦行对程建宏说,声音不大,但语气里带着某种不可更改、不可阻挡的意志。

说完这句话,他转身就走,一向待人接物很有礼貌的他,并未向程建宏道别。

从程浩家离开,他没有回家,而是径直去了父亲的单位——县城档案馆。档案馆的工作忙时很忙,闲时也很闲,家里人出现在工作单位,也不是多奇怪的事。张弛看儿子急匆匆地到单位来找自己,忙问是不是出了什么事。

听儿子把大概的情况讲了一番,张弛沉吟片刻,说道:"听你描述,这事儿显然和程浩他爸脱不了干系,但这是人家的家事,我们也不好插手……"

"程浩大概率是被那辆面包车带走了,万一那伙人对他不利呢?我们就什么都不管?"

张弛挠了挠头,各人自扫门前雪一向是他的生活信条,不过出事的既然是儿子的好朋友,他不管不顾似乎也说不过去。于是他向儿子分析了一番:"你记下车牌号,做得很对,但普通人是没法通过车牌号查到车主相关信息的,这属于隐私信息。所以这事儿很麻烦,我们得做好心理准备。"不过,他还是让张亦行把那个车牌号念了一遍,他用手机记录了下来。

张亦行没待一会儿,科长就来给张弛派活儿了。眼见父亲忙了起来,张亦行也不好多逗留,只得先行回家,等父亲下班再商量。但没想到当晚张弛要加班,赶一个大材料,忙到凌晨才回家。第二天一早他又上班去了,两人中间连面都没见到。直到第二天晚上,父子俩才重新碰上头。

张弛掏出手机,看着屏幕上的车牌号,叹了口气——要弄清楚这车牌的车主信息,如果他真毫无办法倒也罢了,但其实他有办法,只是很为难。

这事儿难就难在,张弛是一个不求人的人。

中国县城的生态,不管是读书、就医、择业,办任何事情都得有几个熟人才行。然而张弛却神奇地生活在这套规则之外。他有一份体制内稳定的工作,有一个省心的儿子,有很会赚钱的老婆,自己又没什么物欲,真的没有求人办事的需求。所以他从不社交应酬,闲暇时就看看书、打打游戏,沉浸在自己的世界里,偶尔有亲戚托他办事,他都是找各种理由推辞,渐渐就不再有人来找他。他不求人,也不喜欢别人求己。没有欲望,就不需要人脉。

但现在,求他的人是他的儿子,这如何能拒绝?张弛这才强迫自己想想,有没有什么办法能解决这件事。

公安部门是能通过车牌查到车主信息的,而张弛有一位曾经关系很好的发小——赵翰杰,已经混到了派出所副所长的位置。两人老家是一个村的,小学、初中、高中又都是同班同学,上学的时候就走得很近,后来两个人又一起考上了县里的公务员。这要在古代,得称一声"年兄",彼此算是很亲近了。如果赵翰杰肯帮忙,通过车牌查到那辆车的信息可谓小事一桩。当然,这不合规,说严重点,是滥用职权。但平白无故把一个孩子抓走,就合规吗?

更何况,赵翰杰本来就不是一个遵守规则的人,或者说,他遵守的不是明面的规则。

赵翰杰和张弛完全不同,这也最终导致他们渐行渐远。这个世界上有两种人,一种循规蹈矩,紧跟着社会时钟和规范走,张弛就是这样。他按部就班地读书、考编、娶妻生子,上班下班,把自己活成了时钟上的指针。

还有一种人,就是赵翰杰这种野路子,总是剑走偏锋,钻一切能钻的空子。那个年代,国家还没有统一的国考和省考,都是地方自己组织公务员选拔考试,难免不够严格正规。张弛和赵翰杰同时参考,张弛认认真真复习了大半年,赵翰杰却书都没翻过一页,考试的时候直接偷瞄别人的答案,竟也和张弛一起考上了。上班之后,他又凭借甜言蜜语追到了领导的女儿,做了乘龙快婿。平日里长袖善舞,有时一晚上赶三个酒局,除了自身所在的公检法系统,连组织部和两办这样的要害部门,赵翰杰也很吃得开,"天线"遍地,所以一直仕途顺利。

这个世界总是明面上鼓励张弛这种人,却暗地里奖励着赵翰杰们。

张弛和赵翰杰的真正分道扬镳,源于一次宴会。说起来还是赵翰杰出于好心,眼见自己步步高升,同一年进来的张弛却还在原地踏步,想拉张弛一把。正好遇到个机会——市里分管文旅口的一位大领导的公子办婚宴,这位大领导只要动动嘴皮子,就能解决张弛升任文化馆副馆长的问题。从不走动的张弛平日里哪有接触这种级别大领导的机会?还得靠赵翰杰引荐。

赵翰杰嘱咐他"关键时刻,大方一点"。张弛倒是听懂了,但到了现场他还是被震惊了——婚宴现场竟明目张胆地放着一台点钞机,来宾一沓一沓的份子钱在点钞机上发出簌簌的声音,就像是钱货两清

125

的交易现场。张弛实在接受不了,找了个机会偷偷溜走了。这一举动同时得罪了大领导和赵翰杰,升迁自是无望了。后来那位领导被双规了,张弛和赵翰杰也再没联系过。

犹豫再三,张弛还是拿起了电话,儿子几乎没求过自己帮什么忙,作为一个父亲,是该他站出来的时候了,虽然是要他做不擅长也不情愿的事。一个电话而已,又不少块肉。铃声响起,他在心里已经预演了结局——赵翰杰不接电话,或者跟他打太极,滴水不漏地把这桩麻烦事推掉。

电话接通了。一个浑厚而中气十足的嗓音传来,语气有点惊讶:"老张?"看来虽然多年未联系,赵翰杰并未删掉或者拉黑他的电话。

"是我……"张弛应了一句,随后也陷入了尴尬的沉默中。至交好友分道扬镳后,时隔多年重新联系上,双方确实会有点无所适从。

张弛实在不懂这种情况应该如何寒暄,于是深呼吸一口,干脆直截了当地照实说了:"我请你帮个忙……"

不料赵翰杰爽朗一笑道:"没想到你这圣人也有开金口的时候,说吧,只要我能办到的,一定不拉稀摆带!"

张弛愣住了,有些感动,他想起来,赵翰杰对朋友的确非常仗义,他只是没想到这么多年过去,对方仍然把自己当朋友看待。于是他整个人放松下来,把大概情况向赵翰杰描述了一番。赵翰杰听完,只说了一句:"你等我五分钟。"

甚至还要不了五分钟,赵翰杰就回电话了,直接将那辆车的车主信息告诉了张弛。"那车的车主名叫谭军,是一家叫正心书院的民办教育机构的法人代表。"赵翰杰停顿了一秒钟,补充说,"那不是什么好地方……"显然,赵翰杰对这家机构的情况是有所了解的。张弛很诚恳地说了声谢谢,然后挂断了电话。

他把情况讲给了在一旁的儿子听,张亦行在网上搜索了一下正心书院,看到那些触目惊心的负面新闻,两个人都沉默了。

过了一会儿，张弛安慰道："好歹我们知道程浩去哪儿了，应该是被他爸送进去的，想来问题不大吧。可能过段时间他爸回心转意，就接他出来了。"

张亦行算是听出来了，父亲这是在找借口，隐隐有些打退堂鼓的意思——要从那种地方把人弄出来，想必很难。对张弛这种事不关己、高高挂起的人来说，能打个电话求人已经很不容易了。

第二天，张亦行独自循着搜索到的地址找到了正心书院。不出所料，这里大门紧闭，四周都围着高墙。他完完整整地绕着墙走了一圈，没发现任何类似"狗洞"的隐蔽入口，只好先回家。就这么踟蹰了几日，时间一天天过去，饶是张亦行聪明绝顶，毕竟没有社会经验，一时也想不出办法。

深夜里，张亦行独自躺在床上，一些往事浮现，历历在目。程浩究竟是一个什么样的人？即便是和他最亲近的张亦行也未完全看透。

程浩有一个秘密，只有张亦行知道——上学的时候，程浩书包里藏着一把刀。刚上初中那会儿，同学们都骑着各自炫酷的自行车来学校，唯独程浩没有——他爸不给他买。程浩打了一个月的暑期工，给自己买了一辆心仪的公跑自行车。然而开学没几天，就被一伙校外的小混混抢走了。程浩一个打一群人，死死护住自己的爱车，奈何小混混人数太多，他被打得鼻青脸肿，抓住自行车的后轮硬生生被拖行了几米才力竭脱手。从那以后，他上学时就在书包里放一把刀，他还找到学校里其他被抢了车的同学，组成了一个巡逻小队，每天放学后在校园周围巡逻半小时，持续了一个学期。

只可惜，那伙混混再也没出现过。

如果真让程浩碰到那伙小混混，他会动刀吗？说实话，张亦行至今都不能确定。但一想到程浩这样的人被抓起来关进网戒学校，张亦行心里就隐隐不安。

野兽，终归是不该被关进笼子里的。它要么咬死自己，要么咬死关它的人。

翌日早晨，张弛刚要去上班，张亦行拉住他："爸，请一天假吧。"

"什么？"张弛怀疑自己听错了。

"请一天假，我们一起去找程浩他爸，我年纪小，说话他不会听，或许你去劝会有用。我和程浩都接到了职业战队的邀请，这对他来说真的很重要，也许是唯一一次改变命运的机会。"

其实从明确得知程浩是被他爸送进了网戒学校，张弛就很不愿意掺和这件事了，这是人家的家事，他一个外人又能说什么呢？本想用一手工作中常用的"拖字诀"打发儿子，把这事儿蒙混过去，但没想到儿子这么较真。看着儿子那殷切恳求的眼神，张弛还是动摇了。

当天，张弛真就请了一天假，专门抽中午饭点的时候去找程建宏——别的时间他可能出门收废品去了。当他俩出现在程浩家时，程建宏果然在用一个小煤炉煮着一锅看不出是什么的糊状食物。看见张弛，他有些警惕地抬起头。他不懂体制内"官"和"吏"的区别，在他的观念里，他把这类人统称为"当官的"。

"程叔叔，我们知道你把程浩送到正心书院去了。把他接回来吧，上海有家电竞俱乐部请他去当职业选手，一个月工资五万，他挣了钱会孝敬你的。"见嘴笨的爸爸半天不开腔，张亦行只好率先打破僵局。

"什么电鸡电鸭的，我懂不起。肯定是骗人的，你们不要被骗了，打游戏就是害人的东西，还能靠这个挣钱？"程建宏摇头说，一副恨铁不成钢的样子。

见儿子劝说不成，张弛说道："老程，咱们都是当爹的，我理解你的心情，但是教育啊，有时候还是要讲究方法……"

程建宏始终埋着头，任张弛怎么说，就是不答话。

眼见程建宏像石头一样顽固，张弛父子也没什么办法，只好灰溜溜地回去了。张弛本就不是很想插手，这下又遭遇困难，加之最近工作忙，于是这事儿就又搁置了。

十来天就这么过去，这时却发生了新情况。有一天傍晚时分，之前邀请程浩和张亦行去打职业的晨星战队经理王凯，给张亦行打来微信电话。这些天他已经再三催他们到上海试训，张亦行只得无奈让他宽限几天。但这次王凯在电话里说，俱乐部老板给了时限，常规赛马上就要开打了，要是张亦行和程浩再不到上海试训，他就只能尽快确定别的人选了。王凯还劝张亦行，如果程浩实在有事去不了，就自己先去参加试训吧，不要白白浪费掉这么好一个机会。

没想到张亦行说了一句："不救出程浩，我不去上海。"

"哎……"张弛看着儿子不甘心的眼神，长叹一口气，当爹的哪能真运气这么好，儿子事事都不用操心呢？虽说儿子放弃电竞参加高考，更符合自己的预期，但他毕竟是张亦行的父亲，是儿子依靠的人。

他不想让儿子带着悔恨生活。

如今唯一的办法，就是再去求赵翰杰。之前请人家帮忙查车牌，只是小忙。但要真让人家穿着警服、开着警车去把程浩带出来，那就完全是两码事了。这么多年没联系了，他们之间已谈不上什么交情，怎么可能请人家帮这么大的忙呢？

如果说真的有社交阈值这种东西，张弛觉得这几天完全是把自己的社交阈值透支了。他把心一横，罢了罢了，这次豁出去了。这种事情如果在电话里说，无疑是给对方留出了充足的推辞空间，所以一定要当面说。于是他硬着头皮又拨通了赵翰杰的电话，问赵翰杰下班后有没有空，请他吃饭。

只听赵翰杰说道："老张，吃饭就不必了，晚上要加班，我随便在食堂对付一下。你如果真有什么急事，直接到所里来找我。"

这已经是很诚恳的答复了，张弛干脆地答应下来，然后就带着儿子径直往永兴街道派出所走去。

到了所里，赵翰杰正在大厅里对另一名警员说着什么，看起来很忙的样子。见张弛他们到来，赵翰杰快速结束了对话。待那名警员走开，张弛快速走了上去，正要开口，赵翰杰瞟了一眼四周，比了个手势，引他来到大厅旁的走廊，这里人少。

在走廊上，张弛长话短说，迅速把情况和赵翰杰通了气。赵翰杰来回踱着步，慢慢说道："你的意思，是想让我把那孩子带出来？"张弛点了点头。

"这恐怕有些难办……"

张弛当然知道其中的难处，所以也没抱太大指望。尽人事，听天命吧，他已经做好了被赵翰杰当场拒绝的准备。

赵翰杰并未直接拒绝他，而是说道："老张，你先别急，让我想想有什么渠道可以办这个事儿……要不，你们先回去，等我消息，我想到办法就通知你们。"

张弛怔在原地，他太熟悉这一套话术了，因为平时他自己也是这么说话的。不着急、等通知、下次一定、想想办法……

他正要说点什么，没想到儿子抢了先："赵叔叔，现在已经很着急了！我的这个朋友，他明明有一次很好的机会改变命运，现在却因为被送进网戒学校而即将失去这个机会，以后就算从网戒学校出来，也只能在底层打一辈子工。我们在这里说着不着急、想想办法的时候，他可能正在挨打。"

张弛一时惊住了，他从未见过儿子这样说话。

赵翰杰也蒙了，平日在单位里哪有人敢这个态度跟他说话？但他不仅没有生气，反倒笑了："哈哈哈哈哈，有种！老张，你儿子将来肯定比你有出息。"

张弛摸着脑袋，应和着赔笑。

赵翰杰掏出烟，分别递给张弛和张亦行，这父子俩都不抽烟，摆了摆手。赵翰杰给自己点上一根，深吸了一口，然后说："不瞒你们，正心书院的事我清楚，毕竟它就在我的辖区，我也看不惯，但这背后很复杂,有些东西没法跟你们细说,我也有我的难处……"

张弛知道,赵翰杰这是在说真话了。满口答应有时候算不得数,反倒是客观地说出难处,说明办事的人真在考虑了。

赵翰杰吸完了一支烟,叹了口气道:"罢了罢了,就帮你们这一次。老张,说真的,我不是看你面子,是看你儿子的面子,哈哈哈哈。"

张亦行真诚地感激道:"谢谢你!赵叔叔。"

赵翰杰和张弛约好,明天一起去正心书院接人,他让张弛到时谎称程浩是自己的侄儿,自己是来书院接孩子的。

结果还没等到他们去书院救人,程浩就自己想办法逃了出来。这才有了后来派出所里赵翰杰给程浩解围那一幕。

程浩静静地听完了张弛父子讲述来救自己的过程,轻声说了句:"谢谢。"

但他心里隐隐有种失落:原来自己的一切努力,都比不上一位小小的副所长的一句话。他听过,古代有句话叫"破家县令,灭门刺史",上位者的一句话,就可以决定底层人的自由、前程,甚至生死。

他奋力甩了甩头,把这些负面思绪甩了出去,他还有更重要的事要做,更精彩的人生要活。

"上海那边情况怎么样?我们休息一晚,明天就动身出发去试训吧。"程浩有些兴奋地说,他的人生终于要走上正轨了,试训要是通过他就会变得有钱,有钱就有了自由。

"王凯经理催过我们几次,明天我问问他试训的事儿。"张亦行回答说。

"现在就问吧。"程浩身上没手机,不然他就自己打电话问了。

张亦行点头,拨通了王凯的微信电话,开始时他还兴高采烈,说着说着声音就激动起来,连问了几个"怎么会?""不是说好了等我们的吗?"过了会儿,他的声音又低落下去,挂断了电话。

"什么情况?"程浩隐隐不安。

张亦行沉默,没接话。

"怎么了?"程浩摇了摇张亦行的肩膀。

"我们去不了上海了。"张亦行垂着头,低声说。

"为什么?!"程浩忍不住抓住了张亦行的手腕,声音里不自觉带上愤怒和不甘。他这么努力逃了出来,就换来一句"去不了上海了"。

"你失踪之后,我也没去上海,忙着找你。王凯经理打了几次微信电话过来,催我们去试训。我求了他几次,他推迟试训,帮我们保留名额。但是常规赛马上就要开打了,他也急着用人,本来说如果我们明天赶到还有机会的,但不巧的是,今天下午他们遇到了合适的人,就直接签下来了。"

"为什么……"程浩声音提高了几分,"他不是说我们俩是天才吗?难道为天才破例保留一段时间名额不行吗?"

张亦行叹了口气:"对,他的确说过我们是天才,但电子竞技最不缺的就是天才,这个游戏在中国的月活是2000万,也就是说有2000万长期在线的高熟练度玩家。每隔一段时间,就有怪物一样的新人冒头。他们新招的上单和打野,按王经理的说法,实力不比我们差。电子竞技就是这么残酷,你很强,但你的竞争对手,就没有弱的。直到最后王经理都认可我们俩的实力,为我们感到惋惜,但他有什么办法,他必须在规定时间内招到人,战队才能尽快出成绩,这也是他作为一个战队经理的职责,只能怪我们自己错过了。"

程浩这才意识到一件事:张亦行是为自己而放弃了成为职业选手的机会,他本可以一个人去上海的。一时间,他心里五味杂陈,看着好友说不出话来。

"能不能求王经理再给次机会,我们自己去上海,让我们打几场,我会证明我比他们招的选手强!"程浩说。

张亦行叹了口气道:"人家合同都已经签了,不可能为了我们两个

nobody[1]毁约吧？王经理说帮我们留意着，看其他战队差人的时候推荐我们去。不过这多半是客套话了，战队之间是竞争关系，他怎么可能推荐我们去其他战队，这不是在帮对手吗？"

程浩不得不承认，张亦行说得有道理。这是他第一次模模糊糊接触到"生态位"这个概念，蛋糕就那么大，别人多拿一块，自己就少一块。生态位没了，实力再强又有什么用？

这一路走来，他自认没有做错什么，可为什么人生路就是如此艰难？饶是一向不在人前展示脆弱的程浩，此刻还是忍不住红了眼眶。

沉默了好一会儿，程浩终于开口了，他对张弛说道："张叔叔，很感谢你和张亦行救我出来。但我还有件事想麻烦你……"

张弛大手一挥："尽管说。"

"我想借几百块钱……"

"还以为多大的事呢……"张弛有些哭笑不得，为了这少年，他连不求人的规矩都破了，借点钱又算得了什么。

"电竞这条路看来是走不通了，那个家我也不会再回去了。我不是读书的材料，现在只有自谋生路，去外地进厂打工。所以想找你借点路费。"

张弛这才明白程浩为什么要借钱。他叹了口气，说道："不要说借，就是资助你几千块都没问题。但你真的就这么放弃了吗？"

程浩苦涩地说："不放弃又能怎么办呢？"

张弛拍了拍程浩的肩膀说："我并没有要教育你的意思。不过凭借我有限的人生经验，我不认为进厂打工是个好选择。"张弛的语调已经不自觉地变得严肃起来。

程浩抬起头，认真地看向他。

"你既然能收到一支战队的邀请，说明你的实力是够的，完全有

---

1. 指无足轻重的人。

可能再收到其他战队的邀请，无非就是一个时机和运气的问题。如果运气没来，那就等，盲动不如不动。想做事是好的，但为了做事而做事，就没有必要了。"

"可是……我总得生存吧？"程浩有些哭笑不得，摆在他面前的是很现实的问题，不打工，就没有饭吃。

"嗨……"张弛把手往大腿一拍，"你的性格跟我年轻的时候一模一样，什么都自己扛，不愿意向任何人伸手求助。如果你让我帮忙，我会不管你吗？是我养不起你吃饭，还是我家房子不够大，你住不下？"

程浩仔细品味着张弛的话，很受启发。此前他一直在学校里，最近这段时间才算真正接触了一下社会，明白了一个道理：不是什么事情都要自己一个人解决，如果能得到他人的帮助，往往能够更好地解决问题。于是他开始沉下心来思考，目前这种状况，自己最优的选择是什么？

"张叔叔，真的很感谢你帮我这么多。我认真想了想，你说得对，既然我能得到一支战队的青睐，那完全有可能被其他战队注意到。所以我想我现在最该做的，是尽量在 rank[1] 里打到更高的分数，引起其他职业战队的注意。"

"你小子总算开窍了。"张弛满意地笑道，"这个暑假你就住我家里，食宿我来管，我再给你配一台高配置的电脑，你就安安心心地上分，打出点名堂来。"

"如果我真能去打职业，等我红了，我一定报答您。"程浩发自肺腑地说。他本是个不会说场面话的人。

张弛看着眼前这个稚嫩的孩子，露出父爱般的目光。"我不需要你报答我什么，我只是不想看到人才被埋没。"还有个原因他没说，

---

1. 指游戏里的排位赛。

他这辈子循规蹈矩，人到中年，已不可能有什么改变，他希望看到年轻人不走寻常路，闯出一片天来，仿佛那能慰藉自己一潭死水般的生活。

　　于是，程浩暂时在张亦行家里住了下来。张家是套四的大居室，程浩被安排在客房，比他原先在窝棚里睡行军床舒服多了。当晚，张弛就在电商平台下单了一堆全新的高配置电脑零部件和外设——专业的电竞电脑一般都是自己组装的，不会买品牌机。程浩做梦都想拥有一台电脑，他早就研究过一些组装电脑的技术，很快就动手把机器装好了。

　　第二天是周末，张弛不上班，他打电话请电信的工程师上门升级了宽带。在MOBA类游戏高端对局中，轻微的网络延迟都可能造成败局，所以一个好的网络环境是必备的。

　　张亦行又把自己的备用手机拿给了程浩，让他先用着。有了手机和电脑，程浩这下好歹回归了原本的生活。

　　既然是奔着职业去的，自然不能像以前那样随意玩了。程浩在《峡谷战争》中的段位已经是最高的"王者"段位，但是王者段位里还会依据分数细分，从低到高一共2000分，程浩现在在500分左右，他想通过刻意训练达到1800分左右的水平，那时他将在整个服务器中排到前几十名。站上顶峰，自然能引起其他各大战队的注意。

　　程浩给自己规定的训练时长是每天十二个小时，据他了解，职业选手的训练时间基本不会低于这个数。每把对局他都会录像，每天训练结束，他会倍速播放对局录像，反复看一些关键细节，然后拿本子做复盘梳理。另外，他还会截取一些精彩的操作片段，发到短视频APP，以提高自己的曝光率。张亦行基本和程浩保持同频的节奏。

　　两人就这么训练了一周左右，分数来到了1000分左右。这天，程浩的好友列表里突然亮起一个熟悉的ID——"小脚踝"上线了。正是他们第一次被职业战队注意到的那局游戏里,和他们排到一起的那名辅助玩家。程浩还记得那个很好听的声音,是一名女生。

程浩在那次对局后跟她加了好友,但之后被囚禁在书院,自然没有机会玩游戏,渐渐就忘了这事儿,被救出后训练了一周,却没看到过那女生上线。

此刻他下意识地产生了一种冲动,想拉"小脚踝"一起玩,但转念一想还是算了,上次只是恰好排到同一局游戏而已,人家说不定早把自己忘了。而且,王者段位的排位赛最多只能两人双排,如果拉上小脚踝,他们就不能参加正式的排位赛,只能去打娱乐的组排模式,那样的话就不能上分了。这也违背了程浩的初衷——他现在可不是来玩的。他摇了摇头,想把这些胡思乱想从脑子里甩出去,好专心训练。

没想到,正当他要开始下一局时,对话框闪了一下,小脚踝主动发来了一句:"哈喽,好久不见,一起玩吗?"

队　友

程浩本能地无法拒绝,下意识把小脚踝拉进了他和张亦行双排的房间。

"好久不见呀,我看你们这一段时间都没上线呢?"一个女声从语音里传来,的确是那天遇到的女辅助。

"出去旅游了。"程浩下意识地撒了谎。

"哦哦,怪不得。"

程浩本就话少,也不知道怎么跟女生聊天,所以没有接着往下聊，而是直接点击了"开始游戏"。组排模式不计入正式段位，所以他比较放松，打算练一下英雄，于是拿出了很多平时没用过的花哨阵容。紧绷的心也松弛下来，从忙碌的训练中找回了一点游戏本身的乐趣。

组排模式里基本没有演员，三个人实力都很强，一路连胜，一把都没输。几局游戏下来，三个人渐渐熟络了。

通过这几局的观察，程浩注意到这名女玩家的确是个辅助专精的选手，意识和操作都很强，最难得的是，她有一种很罕见的大局观。比如她能在下路对线压制对手的同时，注意到其他路的情况，帮助队友记一些对方关键技能的冷却时间。而且她还能经常做出一些神来之笔般的预判游走，比如有时程浩在上路被对方几人包夹，没想到本该在下路的她却早已在赶来支援的路上。她好几次在千钧一发之际救走程浩，或者配合他就地反打。程浩很确信，她在那之前是没有敌方视野的，完全是通过小地图上的信息就准确预判了对手的行动。

这名女玩家的种种表现，让程浩有种感觉：她肯定不是普通玩家。普通高手顶多就是操作和意识顶尖，但绝对没有如此良好的战术素养。就像一个长期打野球的街球高手，和一个从小接受正规训练的篮球运动员，虽然都很厉害，但技术风格差异明显。

终于，在一局游戏结束之后，程浩忍不住问："感觉你的水平不是一般的玩家啊，你怎么没想过去打职业？"他本来是随口一问，却没想到小脚踝笑着回了一句："有没有一种可能，我已经在打职业了呢？"

这下轮到程浩傻眼了。难道在那局改变命运的对战里，除了王凯这样的俱乐部经理，还有一位真正的职业选手？虽说少见，但这种情况并不奇怪，高分路人rank偶遇职业选手是很正常的事，如果在排位赛里路人玩家侥幸单杀了职业选手，那就是值得发在社交媒体上炫耀的光荣事迹。但"小脚踝"这个ID，在程浩印象中不属于任何职业选手,难道是小号?

《峡谷战争》国内联赛一共十九支职业战队,只有一名女选手,如果小脚踝真是职业选手,那么只能是那个人:云庭战队的职业女辅助——葵。

"葵"是她参加职业比赛用的ID,她的真名叫易晓葵,现年十八岁。在今年年初才开始打职业,加入了云庭战队。一名女玩家成为职业选手,在当时还引起过一阵轰动,因为长期以来《峡谷战争》的职业选手都是男性,加上电竞粉丝又是一个宅男含量爆表的领域,所以一名女选手的加入自然引发了很多关注。

但葵本人非常低调,不接受采访,也不做直播。在为数不多的几场现场比赛中,她都戴着口罩,似乎不想让大家关注她的长相,而是关注她的实力本身。那几场比赛中,葵的表现的确非常亮眼,比起一些明星辅助选手也并不逊色。但可惜,云庭战队其他几名选手的实力很一般,所以战队的成绩并不理想,小组赛连输了很多场,没有出线,很快就沦为职业联赛排名垫底的战队了。因为战队垫底,加上本人又低调,葵的热度很快散去,人们也就渐渐忘记这位女选手了。

"难道……你真是葵?职业联赛唯一的女选手?"程浩忍不住问道。

"很快我就不是职业选手了。"小脚踝的话里透着失落,但这句话也承认了她就是葵。

"为什么?"

"云庭战队的运营出了很大的问题。成绩不理想,再输一场,我们就会被降级到甲级联赛。投资人已经撤资。战队老板把车都卖了,勉强撑了几个月,现在也撑不下去了。"

《峡谷战争》的赛事运营体系学习了其他体育项目,顶级职业联赛下面还有一个次级联赛,类似足球联赛里中超和中甲的关系。战绩垫底的战队会被降级,而甲级联赛排名第一的队伍也可以升上来。

"战队不行,不代表你不行啊!我看过你的比赛,很强,完全可以换支队伍继续打,以你的实力,不会没有队伍要。"程浩感到惋惜。

葵在语音里沉默了一会儿,然后说:"我因为一些个人原因,只会为云庭打比赛。"

"好吧。"程浩猜测她可能有什么苦衷,但现在跟人家不熟,不便刨根问底。他安慰道:"不是还有一场比赛吗,只要赢了就不用降级了呗。那时说不定投资人就回心转意了,或者有新的投资进来。"

"没可能了,那场打不了。"葵说道,"战队发不出工资,上单和打野都走了,我们现在凑不齐五个人。"

这是一支名存实亡的职业战队,怪不得葵说她很快就不是职业选手了。那为什么她自己不走呢?程浩有些好奇,但考虑到这是别人的伤心事,不好多问。不过他很快又想到:等等,既然还剩下中单、射手,以及葵这个辅助,那是不是说明他们在没拿薪水地坚持着?既然别人可以不拿底薪,自己也可以啊。

"如果有人愿意不拿底薪,补全上单和打野这两个位置,是不是你们就可以接着打下去了?"程浩果断问道,这个问题比他有生以来提的任何一个问题都要重要——这是一个机会,而他看到了!

短期内没有底薪,对他来说完全不是问题。只要他能进到职业选手那个体系,把这支战队从解散的边缘拉回来,撑到有投资人重新注资,那薪水将不是问题。退一万步说,就算没有投资人重新投资,只要能上场,能打出亮眼的表现,他就可以更容易被其他职业战队注意到。

"哪有这种好事?一般的路人高手,水平离职业选手还有很远的差距,加入我们也没用。而真正具备职业实力的人,又怎么可能放弃其他战队的高薪来云庭免费打比赛呢?"葵说道。

"你知道王凯吗?"

"怎么……你认识？"葵似乎来了兴趣，音调不自觉地提高了半分，"我当然知道王凯，晨星战队的经理嘛，事实上，我们下一场比赛原本就是和晨星打。"

"我和我朋友——就是和我们一起玩的这个打野，之前都接到了王凯的邀请，让我们去上海试训。"此时张亦行已经在语音里悄咪咪地听了半天，一直一言不发，程浩着急地说道，"张亦行你倒是说句话啊，我们是不是收到过王凯的邀请？"

张亦行说："对，收到了。"

葵扑哧一声笑起来："你这朋友还蛮高冷的……所以呢，你们为啥没去晨星打职业？试训没通过？"

"不是的，我们遇到了一点意外。等解决完，晨星已经签了别人了。"

"这我知道，因为他们签的那两个人，就是从我们战队跳槽过去的。"

为了尽快证明自己真有职业水平，程浩干脆一五一十地把他们没去试训的缘由和葵讲了一遍，葵全程耐心地听着，还不时提出一些疑问。等她听完，竟愤恨地在语音里骂了起来："这样的机构为什么还能开下去，世界上为什么会有这样的家长？"

似乎这样的事情，从未在她的生活里听说过。

"没事，都过去了。"程浩轻描淡写地说道，"我说这些，就是想告诉你，我和张亦行是具备准职业实力的，但我们错过了试训。你能不能帮我们给云庭的经理说一声，给我们一次试训的机会，我们愿意为云庭战队无偿打比赛，管吃管住就行。当然，这只是暂时的，云庭一旦缓过来，必须把工资补偿给我们。"

他好不容易看到个机会，一时很着急，竟没有问张亦行愿不愿意。似乎从张亦行把他救出来那一刻起，他就默认张亦行已经上了他的贼船。

"我不怀疑你们能接到晨星的试训邀请,毕竟之前那局游戏我亲身感受过你们的实力。"葵说道,她的语气似乎还带着一丝震惊,"不过……你们真的愿意无偿打比赛?"

"当然。"没等程浩答话,张亦行抢先回答了。

"好。"葵叹了口气说道,"我知道你俩的实力很强,但说实话,对职业电竞来说,个人实力只是一个方面,更多的是战术运用、团队配合,还有对游戏版本的理解,这不是短期内能磨合好的。我没指望你们临时加入就能挽回局势。不过眼下这种情况,也只有死马当活马医了。你们明天就到上海来吧,我给你们安排行程。"

"你……不用给战队经理或者老板请示一下吗?"程浩问。

"不用,你们直接来。"葵一扫刚才的疲态和失落,元气满满地说道,"我代表云庭战队,欢迎你们!"

张弛听说程浩主动联系上了濒临解散的云庭战队,准备和张亦行一起去上海无偿打比赛,他不但没有反对,反而赞许程浩道:"我跟你讲的话,你算是听进去了。"

他当即拍板,拨款四千元作为两个孩子去上海的盘缠。虽然葵说路费由战队那边承担,但出门在外,在在需财,张弛很明白这个道理。张亦行笑道:"爸,你这'定向扶贫'的工作做得不错嘛。"

张弛笑着摆了摆手。

次日,张亦行和程浩坐上了去省城的大巴——葵给他们买了机票,但他们需要先坐三个小时大巴到省城,然后从省城飞往上海。直到坐上大巴,程浩才后知后觉地感到一种不真实感:自己真要去上海打职业了?等待他的将是怎样的未来?而那个素未谋面的葵,又是怎样一个人?

他在网上翻出了葵过去为数不多的比赛录像。她戴着口罩,看不清脸。唯一露出的是眼睛,那双眼睛让程浩印象深刻,很大很亮,清澈，但不稚嫩，时不时闪出一丝不易察觉的狡黠，似乎把天真和世故无比和谐地融在了一起。

官方公布葵的年龄是十八岁，比赛录像上她看起来却显得比较成熟，没有那个年纪的青涩。程浩看不出比赛时她有没有化妆，但感觉她的皮肤白得很自然。葵留着中长直发，却有两缕微卷的发丝单独垂在耳畔，那两缕发丝就像钩子，把程浩心里的一些东西慢慢勾起来。他十六岁，除了青春的荷尔蒙一无所有。在学校里，看到好看的女孩子也曾心猿意马，但葵给他的感觉，和那些无端悸动完全不同。

一旁的张亦行看着程浩手机上葵的比赛录像，说道："这个女孩子应该挺细心的。"

"怎么说？"

"你看她帮我们买机票，选的是我们乘机最舒服的时间段，我们只是告诉了她县城的位置，显然是她自己去查了从县城坐大巴到省城要多久。以前我们家出去旅游，我妈买机票就喜欢买大清早的，便宜嘛。可为了赶上飞机，凌晨四点就要出发，很折磨人。我妈倒是无所谓，她说每次出差，公司给她买的都是最早的一班飞机，习惯了。"张亦行分析道。

"原来是这样。"程浩轻声说。他没坐过飞机，自然想不到这些。他甚至没有去过省城，即便省城离他并不远。在之前的十六年里，县城就是他的整个世界。

当天下午，他们终于坐上了去上海的飞机。张亦行看程浩是第一次坐飞机，便把靠窗的位置让给他，程浩没有拒绝。一路上张亦行在看航机杂志，程浩则出神地望着窗外发呆：原来登机不是走电视上看到的那种舷梯，而是从一个类似集装箱的空中通道进入机场的。原来飞机的翅膀这么长，学校的整个操场可能都装不下。原来飞在天上的时候，云看起来像海。

两小时十五分之后，他们降落在浦东机场。葵本来说来接机，但程浩说不用，他们自己去就好。其实他是想趁机体验一下浦东到龙阳路的磁悬浮。

这座中国最发达的城市，虽然已经在电视和网络上看到过很多次，程浩还是充满好奇。一路走来他看什么都新鲜，看什么都看不够。

磁悬浮很快就到站了，程浩和葵约定在龙阳路见面。程浩只背着一个双肩包，张亦行则拉着一个大行李箱，两人往外疾走，很快出了站。遥遥地，程浩看见了葵——虽然只在比赛录像里看过戴口罩的她，但还是一眼认了出来。

她穿着一袭藕荷色长裙，倚靠着停在路边的一辆车，高挑纤细的腰身自然地舒展，像晴日里慵懒晒太阳的猫。她毫不费力地认出程浩和张亦行——因为之前要过两人的证件买机票。她欢呼雀跃地挥手跟两人打招呼。

而她的旁边，还站着一个人。那是个高个子男生，身高起码有一米八五，看起来和程浩是同龄人，十七八岁模样，气质却比程浩成熟许多。他烫着一个美式前刺的发型，穿一件熨烫妥帖的白色衬衣，清晰的肌肉轮廓从衣服下隐隐透出，右手戴着一只程浩认不出牌子但明显很贵的机械腕表，脸上的墨镜加上硬朗的五官，显出一丝不羁的风度来。是那种会让女生偷偷议论，让男生暗暗嫉妒的人吧。程浩这么想着，他见过的人里面，张亦行是最帅的，但在这个男生面前，就连张亦行也黯然失色。

四人碰头，那位戴墨镜的男子率先伸出手来，和程张两人握手。"我的两员大将来了，这把我绝对不可能输！"

程浩愣了一下，葵指着墨镜男简单介绍道："韩巍，韩老板，云庭战队就是他的。"

这人看起来和自己一般年纪，却是自己的老板。

程浩一时有些尴尬，他不知道该怎么称呼对方，叫韩总？觉得别

143

扭。叫巍哥？显得谄媚。而一旁的张亦行已经大方地和韩巍握了手，不卑不亢地说了句："你好，韩先生，幸会。"

"幸会幸会。"韩巍爽朗一笑，"我听葵好几次提起你们，真的很感谢，你们这个时候来，雪中送炭啊。"

"不敢当。我们从来没有过正式比赛的经验，能不能帮上忙还说不好。"张亦行说。

韩巍道："不要紧，云庭战队已经跌到倒数第一了，还能怎么跌呢？留给你们的，全是进步空间，哈哈哈。"他自嘲似的笑着，可就连程浩都能听出那笑声里夹杂着几分强装的镇定和一丝苦涩。

葵拍了拍韩巍的胳膊："你准备让我们的贵客一直站马路边吗？"

韩巍赶紧指引程浩和张亦行："上车吧，我们先回训练基地，带你们简单参观一下，然后请你们吃饭，接风洗尘！"

韩巍招呼他们上车，坐上驾驶席的却是葵。程浩这才注意到他们身后那辆胭脂红色的四座轿跑，程浩不懂车，但看得出来这车肯定很贵。能在十七八岁的年纪开这种车，该有多爽啊，程浩忍不住羡慕。

他注意到，车里有淡淡的香水味，内饰是紫水晶色，后座台板上还放着一只可爱的玲娜贝儿公仔。显然，这车不是韩巍的，它真正的主人应该是正在开车的葵。

是遥不可及的女孩儿啊。程浩看着葵白皙修长的脖颈，像看着天边的云。

程浩和张亦行坐在后排，坐副驾驶的韩巍说："说起来，我这战队老板也混得太惨了，几个月前为了发工资把车都卖了，勉强撑了一段时间。幸亏葵自己有车，要不然今天我只好打车来接你们了。"

程浩想，把老板逼到卖车的程度，看来这云庭战队确实山穷水尽了。不过他刚听韩巍提到回训练基地，战队现在还租得起训练基地吗？他以前看过喜欢的战队的纪录片，职业电竞战队一般是租一个别墅作为训练基地，全队吃住都在里面，还有专门的厨师做饭，一些豪门俱乐部甚至引进了韩国外援,伙食会同时做中餐和韩餐两式的。这等排场,开销自然不菲。

他向韩巍提出了这个疑问,韩巍说:"我们之前的确是租了个别墅当基地的,但现在是不可能了,只能委屈你们在我自家修的房子里训练了。"

自家修的房子?程浩想,大城市的房子不都得买吗,还能自己修?

等到了地方,程浩才发现自己太天真了。因为葵停车的地方,明显是一处高档小区,而这小区的名字叫"云庭·御景"。小区和战队同名,很难不让人产生联想。

"你说自家修的房子,不会是指整个小区都是你家修的吧?"程浩问。

"是啊。"韩巍说。

行吧,原来是个家里搞房地产的富二代。不过他这么有钱,哪还需要什么投资人呢?

韩巍像是看出了程浩的疑惑,把大概的情况介绍了一下:"云庭战队所谓的投资人,其实就是我爸,他做房地产起家,一手建立了云庭集团。但我爸有钱不等于我有钱。之前我求他帮我投资组建一个电竞俱乐部,他当时看电竞很热,觉得有搞头,又可以给自己的公司冠名打广告,就同意了。你们可能不知道,电竞这门生意是很烧钱的,《峡谷战争》职业战队,入会费就是一个亿,说白了这只是给联赛官方的门票钱,等于啥还没干呢,一个亿就花出去了。

"然后你还得招人是吧,五个主力,我都不算替补选手了,加上一个稍微有点水平的教练,这签约费至少又是一个亿,加起来这就两亿了。这还只是签约费,不含工资的。

"再说工资,联赛官方给出的选手底薪标准是两万一个月,但你按底薪给是招不到人的,一般的选手,没什么名气的,都要四到五万一个月,明星选手就更别提了,得几千万的年薪,这是大头。

然后还有房租、水电、分析师、营养师、领队经理的工资这些杂七杂八的费用，对了还有厨师，在上海请个专门做饭的阿姨也不便宜啊……"

"我们是怎么凉的呢？"韩巍似乎很需要向人倾诉，滔滔不绝地说道，"我爸估计也没想到电竞这么烧钱，建队的时候，他做主买了两个韩国选手，上单和打野。他那辈儿人吧，多少有点崇洋媚外，总觉得外国人比我们厉害。因为是明星选手，整个战队自然是围绕那两个韩国人来建体系，主打上野。

"这两个人之前是韩服路人王，都上过韩服第一。但不知道怎么回事，到了中国可能有点水土不服，也可能现在这个版本就不是上野版本，反正不管什么原因吧，来了之后他们的表现完全不符合身价，拉胯得不行，刚刚组建的云庭直接一波连败，面临降级。

"而且吧，这俩人不仅菜，人品也不行，把韩国职场霸凌那套歪风邪气带到云庭来了，欺负我们中单，这我能忍？直接和他们拍了桌子。然后我爸看苗头不对了，继续养着战队吧，一年又是好几千万，可能砸下去还毫无水花。正好他生意上出了点问题，资金吃紧，干脆止损了，宣布撤资。他每个月给我的那点零花钱哪里养得起战队，结果我很快就发不出工资了，我妈用自己的钱给我补贴了几个月，但不可能让她一直补贴下去啊。正好晨星战队那边在招上野，一直没招到合适的人，那俩韩国人见势就直接跳槽了。"

程浩这下明白事情的来龙去脉了，不由感叹造化弄人：原来抢了自己和张亦行饭碗的，正是这两个韩国人。而现在自己和张亦行，又反过来补了他们留下的空缺。

"可他们是你花高价签来的，就这么走了，不违约吗？"张亦行问道。

韩巍道："合同比较复杂，毕竟是我发不出工资在先，真上法庭可能对我也不是很有利……"

张亦行道:"我听明白了。投资看走眼了呗,也怪不了谁,你爸及时止损没错,那两个韩国人跳槽也没错。"

是,你们都没错,但最后承担代价的却是我,明明我才是最无辜的那个人。程浩心里有些不是滋味。

"葵,你之前说过,云庭的下一场比赛正好打晨星是吧。"程浩问道。这就意味着,他将和抢他饭碗的那两个韩国人直接交手。

"对啊,怎么啦?"

"没什么,了解一下赛程。"程浩没说出真实想法,虽然从未和那两个韩国人见过面,但他心里已经燃起一种渴望,渴望和他们交手,渴望在赛场上碾碎他们。

那不只是单纯的胜负欲,还夹杂着一丝别的东西。

说话间,葵已经开着车通过了大门,在小区里行了一阵,进入了小区的地下停车场,在专用停车位上停好了车。显然,她对小区环境相当熟悉。

众人从车上下来,走进了地下停车场的电梯。

韩巍从身上摸出一张卡,在楼层按键下方的一个感应区域刷了一下,程浩有些好奇地看着,他是第一次见需要刷卡的电梯。电梯上行停在了七楼,门打开,程浩更是惊讶:电梯外面竟不是楼道走廊,出来直接就是住宅的客厅。后来他才知道这叫"电梯入户",是高档住宅才有的东西。

程浩看着眼前的房子,客厅很大,他也说不清有多少平方米,反正比张亦行家的客厅还大,他原本以为张家的客厅已经够大了。墙上贴着墙纸,灰蒙蒙的,但又不是灰色,而是一种很低调的彩色,看着很舒服。客厅天花板上装着一个灯和投影仪一体的装置,显然出门的时候忘了关,墙上还投放着高清游戏比赛画面。从阳台望出去,是繁华的都市景象,梦幻如烟霭。这样一套房子得多少钱?他一辈子都买不起吧，而韩巍不用任何努力就可以拥有。

韩巍走到客厅中央，张开双臂说道："欢迎你们加入云庭战队，以后大家都是兄弟，把这儿当自己家就行了。"说完，他领着众人拐进客厅旁的走廊，一侧走廊里是一个大房间，应该是主卧，里面有独卫；另一侧走廊通到三个稍小一些的房间，看来是四室一厅双卫的布局。韩巍边走边介绍说："这里既是我家，也是云庭的训练基地，你们以后吃住都在这儿，到饭点会有专门的阿姨来做饭，回头我让物业给你俩办张电梯卡。哎，委屈你们将就一下，这房子是我爸送给我的，目前是我仅有的家底了，环境比起其他战队是差点儿，不过好歹有个地方住。"

这环境还差吗？程浩很早就关注电竞比赛，想起职业电竞刚兴起时那些早期选手，连电脑都买不起，只能窝在网吧训练。他们顿顿吃泡面，五个人挤在一间房子里睡觉，不也打成世界冠军了吗？眼下这环境已经很好了，程浩很知足。

接着，韩巍先后打开两间次卧的门，里面是空的，床铺整洁，家具崭新，各有一台电脑。房间都有窗户，阳光从大大的落地窗洒落，像是碎了的金子。

"满意吗？"韩巍爽朗一笑，"你俩一人一间，自己选吧。"

"满意啊。"程浩下意识点着头，然后像是想起了什么似的，问道，"我们不用……试训吗？"他有些困惑，韩巍并没有实地检验过他们的水平，就直接把他们录用了？

韩巍苦笑道："试训？下一场比赛如果打不赢，战队就解散了。还试训个啥啊？比赛就是最好的试训，直接上吧。我会找最快的途径帮你们搞定职业选手的会籍注册手续。"

程浩很喜欢的一位电竞选手说过："如果冠军奖杯就摆在我面前，我必须思考那是不是我此生唯一的机会。"直到此刻，他才真正领会这句话的含义：生活不会等你准备好了一切才开始。如果下一场比赛输掉，自己将会直接卷铺盖回家，大都市的一切繁华都将与他无关。人生没有彩排，每一场比赛都是决赛。

正思忖间，他们走到了另外一间次卧的门口。门紧闭着，程浩听到里面隐隐传来快速敲击键盘的声音，有些好奇。韩巍见状，走过来，敲了两下门，里面传出一声："进来。"韩巍才把门打开。

这间次卧里，一位同样十六七岁的少年，正坐在电竞椅上，戴着耳机，认真地操作着。他点击鼠标和敲键盘的频率非常高，发出噼里啪啦的响声。因为正在打游戏，他无暇分心，只是转过头来，简单朝门口的众人点了点头打招呼，然后又目不转睛注视屏幕去了。

"我们的中单，孟凡。"韩巍指着正在打游戏的少年介绍道。

那少年身材消瘦，皮肤白惨惨的，是那种有些病态的白。他头发蓬乱，穿着十分朴素。但他的眼神很专注，当他看着某件事物时，似乎世界上其他一切都不存在。刚刚只被来客打扰了一瞬间，那少年的注意力马上就回到自己的世界里去了。只见了一眼，程浩就对这少年生出些亲切感，说不清道不明的，觉得他和自己是同一个世界的人。

因为之前并没有关注云庭这支垫底战队，所以程浩对孟凡的实力并不是很了解。战队都已经发不出工资，连上单打野也走了，为什么这个中单没走？是因为实力不济没有别的队伍愿意要，还是别的原因？

程浩有些好奇地走到孟凡的身后，看着他操作。

孟凡正在使用一个名为"风之子"的英雄，这个英雄最大的特点就是飘逸，只要有敌方小兵，风之子就可以借助小兵无限位移。玩得好的风之子就像泥鳅一样丝滑，根本逮不住他。

屏幕上，孟凡的风之子正在中路对线，他在兵线中滑来滑去，时不时地滑到敌方中单面前消耗对方一下，等敌方中单要反击的时候他又已经滑走了。就这么来回几下，敌人的血量很快被耗残了。孟凡找准时机位移过去一顿输出，想完成一波单杀，没想到草丛里突然钻出敌方的打野——原来对方是在勾引。

幸好孟凡有后手，他留了一个小兵作跳板撤退，在敌方打野的控制技能丢过来的一瞬间，他通过那个小兵位移，躲开控制技能的同时回到了防御塔下，安全了。光看这波操作，程浩就能确定，孟凡的水平是顶尖的。

然而，孟凡接下来的操作更让程浩惊讶。就在对方已经放弃追杀孟凡的时候，孟凡竟然不知天高地厚地杀了个回马枪，再次以小兵位移到对方两人面前，趁他们反应不及，在兵线中如穿花蝴蝶、剑光乱舞，一顿输出将敌方两人打残，不过他自己也陷入残血。

就在孟凡即将被两人围杀之际，他的剑刃上涌起风暴，对方的致命技能丢来，他再度借助小兵位移，和对方拉开身位，到了一个安全的位置，然后利刃横扫，一道飓风从剑上甩出，将对面两人击飞。接着，风之子瞬间闪烁到空中，在剑刃风暴中肆意挥斩——这是风之子的大招"落叶斩"，只要剑刃甩出的飓风能命中敌人，就能接上大招让敌人悬浮在空中无法还手。"双杀！"屏幕上显出大大的提示，孟凡以一敌二反杀了对面两人。

漂亮！程浩忍不住在心头叫好。孟凡的表现不由得让他更为好奇，这人看起来挺强的，为什么不跳槽呢？

正想着，韩巍又招呼程浩，带他们俩去别处参观了一番。参观完后，程浩问道："你说你们上野走了，意思是中单、辅助和射手都还在，辅助和中单我都见到了，那么射手在哪儿呢？"他知道职业电竞靠的是团队的力量，所以他很关心队友是谁。

韩巍有些不好意思地挠了挠头，尴尬一笑，答道："正是在下。"

"哈？"程浩大跌眼镜，这是老板亲自下场客串选手吗？这可不是拍电影的时候导演客串个龙套角色那么简单啊。这战队也真是够奇葩的。

"喂，别这个表情啊，我也没那么菜好吧……哎，这不是没办法嘛，就算是顶级俱乐部也不可能五个位置全是明星选手，成本太高了，而且全明星效果也未必好。既然最初的战略是围绕上野建队，那其他位置自然只能用水平一般的选手。我的实力虽然不怎么样，但勉强也是摸到了职业选手门槛的，干脆就自己上了。而且说实话，射手这个位置，对战局的影响力没有想象中那么大。"

程浩点了点头，的确，射手虽然是团队的主力输出，但因为其英雄特性的关系，改变战局的能力和其他位置比起来相对弱一点。下路的关键点更多还是在辅助身上。

程浩只能默默接受韩巍既是老板又是队友的事实，暗自祈祷他不要太菜。

房子参观得差不多了，韩巍看了下时间，到饭点了，于是说了声："走吧，我请你们吃饭。"

于是几人进了电梯，程浩问了一句："孟凡呢？"他注意到，中单孟凡并没有从房间里出来。

韩巍有些尴尬地说道："孟凡基本不参加聚餐，以前我还叫他，后来他每次都拒绝，我就不叫了。"

"为什么？"程浩问。

韩巍挠了挠头说："可能是因为……他不太方便？没事儿，阿姨一会儿就来，饿不着他。"

程浩把关上的电梯门又按开了，说："我去叫他。"

"喂！"韩巍喊了一声，想要制止，但程浩就当没听见。

程浩走到孟凡的房间，推开门，对局已经结束了，孟凡正在看录像复盘，因为过于专注，他甚至没有注意到推门进来的程浩。

"你为什么不参加聚餐？"

孟凡下意识地转过头看了程浩一眼，眼神里有一丝惊讶，不知道是因为程浩突然闯入，还是因为程浩的说话方式太过直白。

孟凡没有用言语回答，他只是把椅子转过来正对着程浩。刚才孟凡的腿部被桌椅遮挡了，这时程浩才看清：孟凡的两条小腿处的裤管，空荡荡的。

这个喜欢玩飘逸英雄的少年，他没有腿。

程浩瞬间明白了孟凡为什么不爱参加聚餐，因为出门就意味着麻烦，孟凡不想麻烦别人。程浩想了想，转身走回了电梯间。众人都还没下楼，按住电梯在等他。他朝着电梯里招呼了一句："来，搭把手。"

几个人有些疑惑地走出了电梯。程浩领着他们回到孟凡的房间，对孟凡说："走，我们抬你去。"

孟凡呆住了，愣愣地看着众人，不知道为什么，这次他没有拒绝。他指了指房间的门背后，说："我有个轮椅……"程浩走过去，从门后翻出一把折叠的轮椅，上面已经落满灰尘。

他问韩巍要来一块湿抹布，把轮椅的布面擦干净，然后和张亦行一起把孟凡抱上轮椅，推着他往外走，一直走进电梯。就这么一路下到一楼，来到小区内部。路上遇到坡和坎，就大家一起帮着抬轮椅。因为人多，倒也不是很麻烦。

孟凡坐在轮椅上，用手挡在眉间。阳光并不强烈，他却觉得有些刺眼，或许是因为他已经很久没到外面来了。

韩巍选定的吃饭地点位于上海标志性的地段——南京路步行街。依旧是葵开车，韩巍坐在副驾，程浩、张亦行和孟凡三人挤在后排。孟凡是被程张两人抱上车的，他的轮椅则折叠放进了后备厢。

此时已经有点堵车，不算太远的距离也开了近半小时。餐厅是一家人均三百左右的自助餐，这个价位在上海不算什么，但已经是程浩进过的最高档的餐厅了。

落座时，程浩坐到了孟凡的旁边，给他端茶递水，把行动不便的孟凡照顾得很周到。张亦行有些疑惑地说道："认识你这么多年，一直觉得你是挺冷淡的人，什么时候转性了？"程浩笑而不答。

葵坐到了程浩的另一侧。两人之前一起打了很多把游戏，算是比较熟悉了，此刻有一搭没一搭地交谈起来。

程浩问了葵一个问题："你为什么打职业？我看网上那些人说，是因为《峡谷战争》之前从来没有女性职业选手，而你偏要证明'没有什么工作是女孩子做不了的'，是这样吗？这话都被很多人拿去当个人签名了。"

葵毫不掩饰地露出厌恶的表情。"我没说过这话，别听那些营销号瞎编。我选择当职业选手，只是因为我想，并且，我能。"

"抱歉。"程浩说，他没想到这个问题有些冒犯她。

葵摆了摆手："没事儿，习惯了。"

两人陷入沉默，气氛一时有些尴尬。过了一会儿，葵低着头说道："我只是想活得自在点儿，没想那么多。"这话像是对程浩说的，又像是自言自语。

"你家里……对你不好？"程浩在这方面挺敏感的，他大着胆子问道。

葵抬起头，有些惊诧地看着程浩，旋即又轻轻摇了摇头："恰恰相反……你知道吗，一直到十八岁以前，我爸妈都不放心让我单独出门，上学的时候从来都是车接车送。放假的时候，每次我说出去和同学玩，他们不会阻止我，也不会打电话催我，但他们会和我一起去。KTV、电影院、游乐场……不管去哪儿，他们就把车停在不远处，坐在车里等我出来。"

"如果你一直不出来呢？"

"那他们就一直等。"

程浩感到有些窒息："我理解你的感受。"

葵呷了一口杯子里的果酒，接着说道："升高三那年，我从学校溜了出去，走之前给他们发了条消息，让他们不要担心我，我出门散散心，钱花完了就回来。然后我就办了张新电话卡，一个人去了越南芽庄，在那儿住了半个月。其实也没什么好玩的，就每天晒晒太阳，看看海。我没告诉任何人我去了哪儿。这一次，终于没有人在车里等我了。"

"他们没找你？"

"找了，找疯了，甚至还托关系调了天网的监控。没办法，我跑得太远了。那次回来以后，他们就不管我了，也许是不敢管了吧。我在高中读的是国际部，他们本来的计划是高三就把我送出去读预科，英联邦国家随便选，但我不想去，我说要辍学打职业，他们同意了。其实和梦想什么的没有关系，打职业能让我尽快过上自由自在的生活，而我刚好具备那样的才能。"

程浩在心里说：他们不阻止你，是因为即使你选错了，他们也可以帮你兜底。

暗淡的灯光下，葵微醺了，脸颊上的一抹嫣红和杯中酒映在一起，美好得像一个梦。程浩一时看得痴了，但他很快收敛起目光，心下觉得赧然。他知道此刻自己离她尚且遥远，然而心中毕竟存着一丝幻想，也许将来等到自己出人头地，就可以大大方方地注视她了。

这时，韩巍举杯敬大家，嘴里说着一些客套话，感谢大家在战队最困难的时候前来支持云云，众人一齐干杯。

酒过三巡，程浩想起今天匆匆落脚，有正事还没聊，于是问韩巍道："韩老板，之前是葵和我联系的。我答应她无底薪打比赛，但是我也有条件，那就是之后战队拿到新的投资，或者有了一定成绩，拿到比赛奖金，要把欠我们的底薪补上。不知道葵有没有把我们的诉求向你转达？"此刻宾主尽欢，气氛融洽，聊这么严肃的话题似乎不太合适。但程浩不想拖，他来上海，不是来吃饭的，也不是来交朋友的。

韩巍爽朗一笑，说道："忘了跟你们介绍。葵，不久之前和我订婚了，她是我的未婚妻，等到法定结婚年龄我们就会领证。"韩巍单手举杯，用另一只手搂住了葵的肩膀，"因此，她对你们许诺的所有条件，当然都可以代表我，全部有效。另外，除了补给你们基本工资，我再附加一条承诺，如果我们在夏季赛取得名次，获得的所有奖金，俱乐部不作截留，全部分给选手。这些都可以写进合同，你尽管放心。"

葵听到韩巍介绍自己，脸上不觉露出幸福的笑意。而张亦行和孟凡都是一惊：夏季赛奖金不是一笔小数目，全国冠军200万，亚军100万，季军50万。按行业惯例，比赛奖金首先是俱乐部要抽取一定比例作为管理费，之后才轮得到选手分成，韩巍竟然说全部分给选手，的确是很大方了。

但程浩根本没听进去关于奖金的事情，他仿佛失了神，脑子里只回荡着"未婚妻"三个字。怪不得她明明有实力也不跳槽，只为云庭打比赛；怪不得她不用向战队管理层汇报，就直接录用了自己；怪不得她对韩巍的小区环境那么熟悉；怪不得他们的互动看起来有那么一丝暧昧。

原来是老板娘啊……

是自己眼拙了，没有看出来。不，不是眼拙，是没有自知之明，说难听点就是癞蛤蟆想吃天鹅肉。可是，怎么会……她那么年轻就要结婚了？

程浩很好地控制着自己，没让人看出来他内心的波动。餐厅里人声鼎沸，觥筹交错，就连平时不参加聚餐的孟凡，也被这种欢乐热闹的氛围感染，他单手勉力支撑着身体，另一只手举杯祝酒，用并不伶俐的言辞祝福着韩巍和葵，也祝福着这支新生的战队。

程浩随着他们一起，面无表情地举起酒杯。

窗外华灯初上，霓虹闪烁，万家灯火绵延成一幅繁华又寂寞的画卷。

众人吃得差不多了，果酒换成啤酒，韩巍又叫来了骰子，嘴里吼着"十五、十五、二十"，玩起了把酒猜拳的游戏。他常在烟花路上走,过惯了冶游浪荡的生活,很善于搞气氛,很快酒桌上就热烈起来。张亦行却也是个妙人,静得下来,也能享受喧嚣,此刻的他如市井少年般大笑大闹,大口喝酒,看起来好不快活。

程浩说了声"我去上厕所",便离席了。

他并没有去厕所,而是绕了一圈,穿过熙熙攘攘的人群,来到餐厅外的露台。这里人少,江景极好,外滩的景色尽收眼底。

江水横流,波涛如怒。血红的人民英雄纪念塔竦峙着,点点星火从塔基一直飞上塔尖;对岸的震旦大厦楼身是一块巨大的显示屏,显示着白色的"我爱上海"字样;江中驶过一艘浑身彩灯的小型游轮,在水中染出一团金黄色的光晕。

"你很不开心?"耳边响起了多吉的声音。程浩吓了一跳,他有一阵子没听到多吉的声音了。

"你能感觉到?"程浩问。

"当然。"

"其实也谈不上不开心,有点失落罢了。来上海我本来是很期待的,但来了以后,发现这个地方这么繁华,却没有什么东西属于我。"

"给我你的视野,我想看看这里。"多吉说。

"什么?"程浩以为自己听错了,但多吉没有重复。

程浩回想起他在正心书院被关小黑屋的时候,曾在睡梦中和多吉的意识相互连接,共享感官,他甚至在那种感官的联通中触碰墙壁,那触感和他亲手触碰别无二致。不过在清醒时,他们最多只共享过听觉。

"好。"他感受着多吉的意识,感受它逐渐侵入自己的视神经。他能阻止这种侵入,但他选择接纳。

一点……再一点……就快好了……

连接……成功!

程浩心头猛然一震,他感受到多吉的意识已经在自己的身体中了,在用他的眼睛看,用他的耳朵听。他本能地感到危险,差点下意识地强行把多吉驱逐出去,但他忍住了。这种感觉,就像用手握住刀刃,小心翼翼地保持不被割伤。

"这就是上海吗……"多吉感叹道。他拥有了程浩的视野,就像他曾经在学校里用他人的眼睛看到自己一样。

"站在这样的地方,自然就会产生一种想要做大事的感觉。"多吉说,"你看我们现在多好,足不出户就可以看到这么遥远的地方。以后我们肯定可以看到更大的世界。"

程浩一愣,眼前的壮阔景象似乎这才真正进入他眼中。

"你说话的语气,真不像是个孩子,可能是因为你见过、听过的太多了。不过你刚才说的那句话……我很赞同。"或许是被多吉的话感染,程浩心中莫名升起一股豪情。多吉说得对,还有那么多事要做,还有那么大一个世界等他们去探索。

那一丝失落,如同沙滩上的潮痕,只轻轻漫过一瞬,便消失了。

初 战

云庭VS晨星的比赛,将在一周后举行。

这一周里,云庭全体队员开始了紧张的集训。很多职业选手都是下午开始训练,一直练到凌晨,作息昼夜颠倒。但程浩认为晚睡晚起会让反应变得迟钝,所以从他立志打职业比赛开始就不再熬夜,每天很早睡觉。其他几个队员也只得跟他保持一样的作息,毕竟要凑齐五个人才能训练。

四个大老爷们儿住在韩巍的房子里,而葵是上海本地人,每天早上过来训练。来的时候还时不时会带些生煎、海棠糕之类的小吃投喂四个队友。

职业战队的训练都是有严格规范的，成熟战队的教练组一般两至三人，其中一个就是专门的生活教练，负责管理职业选手的日常起居，监督他们训练。但云庭战队现下请不起教练，所以大家只能按经验自行安排训练。这支战队的每个人都知道自己为什么来这里，并不需要他人来约束。

每天的训练，首先不是打比赛，而是练习二十分钟无装备补兵。补兵是整个游戏最重要的基本功，通过补兵可以获得经济和升级所需的经验值，类似于打篮球需要训练最基本的运球一样。

补兵练习结束后就进入正式训练，一般来说是需要找其他战队来当对手打训练赛的，因为rank的强度和规范度满足不了职业赛的需求。但其他战队都以为云庭已经凉了，而且云庭的实力本来就弱，其他战队并不是很想和他们练，所以一时连打训练赛的队伍都找不到，只能组排找找感觉。

不过程浩知道，这种短时间的集训并不重要。一周的时间，根本不可能提升选手的个人实力，也不太可能打磨出像样的战术体系，只能是聊胜于无地培养一下互相之间的默契。

他更关心的是：怎么才能激发自己的"异手"，让它再打出那些神乎其神的操作？

在正心书院期间，他经历了比较严重的发作。之后，异手轻度发作过几次，远远比不上之前的剧烈。只要他能自如控制异手的发作时机，将极大地提高战队胜率。但他试了很多次，完全找不到感觉。

他曾想过去医院检查一下身体，也许能对身上发生的怪事提供些线索。来上海的时候，张亦行的父亲资助了他们俩几千块钱，做检查够用了。但他转念一想，和他情况相似的多吉曾在全国大医院求医，都没检查出什么来，想来自己去求医也不会有什么结果。当然，他更担心的是，如果真检查出身体有什么异样，会引起不必要的麻烦，于是他最终打消了去医院检查的念头。他决定，如果张亦行问起，他就说异手症状已经基本消失了。

相比异手，另外两种奇怪的能力倒是比较稳定地保持着。第一种是脑内录像机一般的超级记忆。在正心书院，他看了石家豪手机里的动作片，在面对武凯的威胁时完美复刻了香港动作片里的招式。那是超级记忆在他身上第一次显现。从那以后就开始作为一种逐步成长的能力，在他身上慢慢固定下来，并且越来越明显。

有一天晚上，他借口出去散步，偷偷试验了一下这种能力。他站在马路边，一边用手机对着飞速驶过的车流录像，一边用肉眼观察。当时是晚高峰，十分钟，经过了二百五十八辆车，每辆车的颜色、外观甚至车牌号，他都能准确回忆起来。然后他对着手机里的录像检验，分毫不差。这就是多吉说的那种能力，多吉看一眼就能记住数百只羊的微小特征，看一眼就能记住河水中有多少块石头。同时，多吉也说过，这种超级记忆是暂时的，不会一直保存。果然，一段时间过后，程浩就不能在脑中复现那些记忆了。这并不是简单的记忆力好，记忆力再好也不可能这么离谱。

程浩不知道这种能力背后的原理，但他知道如何使用。

在距离比赛只剩两天时，程浩中断了训练，自己关起门来疯狂看录像。他看的是对手晨星战队的比赛录像，以及那两个新加入的韩国人的rank对局录像。看录像研究对手的战术思路和操作习惯，本就是电竞战队的常规做法，但程浩的目的不是研究。

他要记下来，每一个细节都记下来。

除了记住对方选手的比赛细节，程浩还记住了整个游戏一百多个英雄的所有技能CD（冷却时间），程浩只需要在赛前把数据在眼前过一遍就行了，虽然很快会忘记，但比赛最多持续几个小时，只要这几个小时内记得就好。

背技能CD几乎是所有高手玩家的基本功，背住CD可以知道对手哪个技能还在冷却中，可以卡着对手技能冷却的时间差打出优势甚至击杀。

即便如此，职业选手最多也只能做到背住自己所在位置的常用英雄的关键技能的CD，像程浩这样背住所有英雄所有技能的CD，之前没人能做到。

他心想，这是开挂吗？人肉挂？如果算开挂那就开吧，有些人生来自带的挂，比他的过分多了。

在职业选手会籍注册的时候，韩巍让张亦行和程浩都要起一个正式的ID，官方解说在比赛直播时一般都会用ID称呼选手。这相当于明星的艺名，关乎知名度，相当重要，不能乱起，肯定不能用之前的游戏ID糊弄。

程浩想起那些早期的职业电竞选手，一般都是用一些简单的英文单词当ID，比如《魔兽争霸》的人皇"sky"，玩兽族的选手"moon"，《星际争霸》项目的教父级选手"flash"。这个起名传统也被后来的选手沿袭了下来。当然也有部分选手用真名的单字或者全名的拼音当作ID。比如韩巍的ID用的就是真名的拼音，而易晓葵使用的是单名"葵"。一番斟酌之后，张亦行也选择了使用真名当ID，他说这是他父亲给他的名字，他以之为荣。

程浩问孟凡："你的ID叫什么？"

"wind。"孟凡说。

wind，风。

程浩又想了一会儿，问张亦行："'命运'用英文怎么说？"

"Destiny。"

程浩满意地点了点头。他有了自己的ID。

Destiny，命运，定数，天命之人。

一周后，上海虹桥天地演艺中心。

程浩人生第一场职业比赛即将开始，也可能是最后一场。

主舞台正中是一块高清大屏，左右两边各摆放着五台电脑。这只是常规赛的一场普通比赛，和世界赛那些几万人观赛的大场面自然比不得。整个场馆不大，只能容纳三四百人。实际上到场的人根本没那么多，这种普通比赛，又没有明星选手，观众席上自然是稀稀拉拉的。就连解说的声音听起来都有些慵懒，似乎只想快点解说完这场无关紧要的比赛，然后赶紧下班。

"今天对战的两支队伍，分别是云庭和晨星。晨星战队在S8赛季的时候拿到过全国冠军，那是他们的巅峰时刻，从那之后最好的战绩就是止步国内四强。云庭战队的处境则相当危险，如果这场输掉，他们将被降级。虽然两支战队都不是传统意义上的强队，但这场比赛对他们自己来说无疑是十分重要的，他们此刻最需要的，就是证明自己。"

程浩望向舞台的另一侧，在对手的教练席上他看到了王凯。此刻王凯正快速地向队员们交代着什么，似乎完全没有关注到自己这边的情况。他知道自己已经来上海了吗？程浩摇了摇头，知道又怎么样，没人在意的。

大屏幕上出现了禁用英雄的界面，按规则，比赛正式开始前，双方都可以禁止对方使用某些英雄。

晨星战队率先禁用了断剑骑士、欺诈师、幽冥猎手。程浩心头一震，那正是对局王凯那一次他自己以及张亦行和葵三人使用的英雄，他们最擅长的几个英雄，全部被禁。显然，对手都把自己研究透了，而自己还在想王凯是否已经知道他们到上海来了，太幼稚了。

这就是成年人的世界，前一刻王凯还是自己的伯乐，转身就已成了敌人，把自己完全摸透了。

己方这边，韩巍很熟悉对手的上野选手，毕竟是他的前队友，他

161

以牙还牙,禁用了对面上野最擅长的两个英雄,外加一个版本必禁的强势英雄,这种英雄如果自己这边不玩,一般都会禁掉。

禁用之后,就是选英雄阶段。

"选什么?"孟凡问道。

眼看大家都没了主意,张亦行说:"帮我拿天行者。"天行者正是遇见王凯那把对局中对手使用的打野英雄,对手会,张亦行也会。这是一个传统强势打野英雄,先抢下来不亏。

张亦行选完后,对方一选很快锁定,是一个很不常见的英雄——树人。树人是走上单位的,是一个典型的前排肉盾[1]。但这并不是一个肉盾英雄强势的版本,所以大家对这个选择都有些疑惑。

"奇怪啊,朴允浩从来不玩树人的,所有肉盾英雄他都很少玩。"韩巍嘟囔了一句。朴允浩正是敌方上单,云庭战队的"叛徒"。

程浩眉头一皱,心里掠过一丝不安,职业赛上出现一些之前没见过的东西,往往意味着事情不简单。

韩巍说:"我是工具人,选什么不重要,你们先选吧。"

孟凡有些困惑地说道:"他们为什么不禁我的风之子?"他并不是自负,在之前的比赛中,他的风之子几乎每把都被禁。国服第一风之子,可不是开玩笑的。

"会不会是陷阱?"葵也有些犹疑地说道。有时候对手会故意放出某些英雄,因为已经想好了克制的办法。

"没事。"孟凡秒锁风之子,"是陷阱也不怕,他们敢放,我就敢拿。"

果然,孟凡选完之后,对方秒选了猎人,一个专门克制风之子的英雄,对线几乎是七三开。这一选是阳谋,一个愿打,一个愿挨。

---

1. 游戏中负责承担伤害、吸引敌人的角色,通常具备生命值高、防御力强的特点,也被称为"坦克"。

接着双方又分别拿了辅助和射手，都是比较常规的选择。最后的悬念来到了程浩和对方打野，程浩思忖了半分钟，拿出了剑刃女皇，既然对方的上单是很肉的树人，那他就拿一个比较克制肉盾英雄的剑刃女皇。

这时，变故陡生，对方本来最后一手应该拿打野位，却拿了一个上单英雄——加农炮手。怎么有两个上单英雄？

被骗了！程浩猛然惊醒——

树人是一手摇摆位，大家都以为这个英雄是上单，到最后才发现它是走打野位的，这也解释了韩巍"朴允浩从来不玩树人"的疑惑——这选出来根本就不是给他玩的。可是，树人虽然可以打野，但在打野位上很弱，几乎没人拿树人打野，程浩实在想不通对方为什么会做这样的选择。

比赛正式开始，巨龙遮天蔽日的翅膀再度掠过峡谷的天空。

程浩操控着剑刃女皇朝上路走去，他要去抢先占据草丛。敌方的加农炮手是一个远程英雄，而剑刃女皇是近战英雄，他必须提前占草，利用草丛里没有视野的机制偷偷接近朴允浩，从而打出压制力。此前他反复研究过朴允浩的比赛录像，强是强，但程浩有信心压制他。

程浩走到上路，看着眼前幽深茂密的草丛，没有犹豫，一头钻了进去。

他看见草丛里敌方五个人在等着他。

被埋伏了！

逃跑已经来不及，几乎是一瞬间，程浩就被五个人集火秒杀，人头被朴允浩拿到。观众席上发出一片嘘声。

解说也有些看不下去了，说道："Destiny这名选手是第一次参加职业比赛，看来还有些稚嫩，我们多给他一些时间和耐心。"

听着被击杀的系统提示音，看着黑掉的屏幕，瞥见队友惊愕的眼神，程浩有些蒙了。这是职业比赛，不是操作强就可以赢的，操作再

163

强能扛住五个人的埋伏吗？敌方早就预判到了他会去抢草，刻意埋伏在那里的。

他深呼吸一口气，强迫自己冷静下来。一个人头的经济差而已，他可以用操作弥补回来。重新上线后，加农炮手凭借攻击距离的优势不断消耗着程浩的血量。程浩隐忍着，等剑刃女皇升到三级，暴起发难，直接用闪现技能起手发动突袭。剑刃女皇裙裾飞扬，剑光漫舞。

朴允浩显然没料到程浩会这么果断，还没反应过来就被剑刃女皇连刺几剑，血量被压了下去。然而他并不是善类，利用技能的加速效果，一边后撤，一边用攻击距离拉扯程浩。这时就可以看出朴允浩的基本功是多么扎实，他一边移动、一边攻击，几乎没有卡顿，动作异常流畅。好在程浩是使用闪现起手的，他预留位移技能就是为了这一刻，长剑直刺前冲，他追上了加农炮手，二者短兵相接。

一波对拼之下，程浩的血量也被压下来，两个人都到了半血以下。程浩知道，现在是胜负手了！

加农炮手有一个技能可以将剑刃女皇推开，而剑刃女皇有一个技能可以格挡对方的控制技能，使其无效，如果格挡成功还可以反眩晕对手。但格挡施放的时机非常重要，必须正好是对方技能出手的瞬间，只有零点几秒。

一般的玩家只能凭手感来格挡，多少有点碰运气。但程浩不一样，他能看清对方英雄的抬手动作，根据抬手的动画决定格挡的时机，所以他的格挡几乎零失误。

果然，朴允浩想用假动作骗出程浩的格挡，都被程浩看穿，当加农炮手终于心急放出技能想将剑刃女皇推开时，程浩果断出手格挡，剑刃女皇不但没被推开，还将对手反晕在原地。

胜负已分！对手已如待宰羔羊。

然而，就在这时，孟凡喊了一声："上路小心！"话音刚落，对方中单和打野一齐从河道冲出来。张亦行已经来支援了，几乎和敌方同时赶到，但现在是二对三，对面多一个人，张亦行只能眼睁睁看着程浩被击杀，悻悻地撤退。

孟凡说了声："抱歉，我支援没对面中单快。"

虽然孟凡在道歉，但程浩知道问题其实出在自己身上。孟凡在中路是被对方英雄克制的，能做到发育不落下风已经很不错了，自然没办法跟上对方中单的支援速度。一个成熟的职业选手不应该只考虑自己这条路，还要综合考虑其他各条路的情况。现在想来，在中路队友被克制而无法及时支援的情况下，自己根本就不应该打得如此激进。他望了一眼对面的选手席，朴允浩冲他做了个鬼脸。

眼看着即将用一波完美操作反杀朴允浩，最终死的却是自己，程浩咬紧了牙。不到三分钟，他已经送出了两个人头，他本想Carry队友，却尴尬地发现自己才是队伍的短板。

"该道歉的人是我。"程浩低声说。

"没事，稳住心态好好打。"韩巍说道，"本来就是死马当活马医，如果你们不来上海，我们都已经解散了。"

连死两次决定了程浩只能选择避战，尽量不要把劣势扩大，给队友带来更大的负担。

好在中下路接连传来捷报，张亦行配合下路的葵和韩巍抓死了对面辅助。而中路的孟凡，在度过一段隐忍期后，开始展现出国服第一风之子的恐怖压制力，凭借华丽的操作硬生生单杀了对面中单。

英雄被克制又如何，照样单杀你！

职业赛场上的单杀是很少见的，全场观众无不为孟凡欢呼。

还有希望。虽然上路单线的劣势已经很难挽回了，但团队经济并没有落后太多。游戏时间来到了第八分钟，第一条小龙出现了——小龙是游戏里的巨大中立怪物，击杀小龙的队伍将获得很多增益效果，这是重要的战略资源，双方争抢的焦点。

"怎么说，这条龙，打还是放？"韩巍问道。

"打，我装备很好。"孟凡说。

程浩从上路走下来和队友会合，五个人抱团往小龙坑走去。然而，当他们路过野区的草丛时，五个人的血条突然都空了一大截！

"不好，草里有东西！"韩巍叫道。

"是树人的小树苗。"张亦行道。

树人可以在草丛里扔下小树苗，小树苗可以潜伏在草丛里几十秒，像地雷一样，一旦有人路过，就会爆炸并造成伤害和减速。

"怎么这么痛！"众人齐声惊呼。一般来说，树人作为一个坦克英雄，它的树苗只是起到一个减速作用，并没有什么伤害。然而，刚才的小树苗将五个人的血量都炸空了一截，造成了大量伤害。

"这树人根本就不是出防御装备的，它是个纯输出法师！"葵率先反应过来。怪不得对面的树人前期都没怎么抓人，一直在野区默默发育，就是为了尽快让装备成型。

"我们彻底误判了对手的战略意图。"葵继续说道，"我们一直以为树人不重要，只是个抗伤害的坦克，现在看来，它才是对面的战术核心。它在小龙刷新之前就在我们野区扔满了树苗，现在野区就是一片地雷阵。蹚过去，非死即伤；不过去，小龙就丢了。"

"让了吧，再往前走都是树苗。我们全被炸残，不但丢龙，还会被团灭。"张亦行说道。众人基本同意他的判断，于是撤退。

程浩放弃了上路小兵来支援，现在却灰溜溜回去，发育又拉下不少，实在是有点伤。操作再强又如何，别人根本不给你操作的机会。战斗还没开始，就结束了。这就是职业比赛。

程浩又隐忍发育了三分多钟，下一条小龙即将刷新。程浩说："树人的树苗，持续时间最长只有四十秒，我们必须提前四十秒抢占野区，不让他进来种树。如果让对方再次得手，上一波的悲剧就要重演了。"

众人认可他的分析，赶在小龙刷新前几十秒在野区集合。但没想到，对手正是利用了他们的这一心理，提前在野区埋伏，又打了他们一个措手不及。葵和张亦行牺牲了自己拖住对面，才勉强让剩下三个队友逃了出来。

又上当了。

每一步都在被敌人牵着走，完全丧失了战略主动权。而且，刚才这一波是程浩指挥的，他又犯了一次错误。他开始急躁，疯狂地吃资源发育，然而没有用，劣势已经大到无法挽回了。对面故技重施，在每条小龙刷新之前就在野区种好树苗，他们根本无法过去。唯一有优势的孟凡，空有输出能力却根本没有输出空间——对面根本不跟他们打架。

最终，对面拿到了五条小龙，累积起来的增益优势太大，云庭战队无力抵抗，被一波平推了基地。

输了。

程浩摘下耳机，感觉有些胸闷，喘不过气。他不断用手揉搓着脸。

这场的赛制是BO3[1]，程浩还没有完全失败，但留给他的机会，真的不多了。

短暂的休息之后，第二局很快开始了。

云庭战队毫不犹豫地禁用了树人这个英雄。程浩的大脑里像是有一个线团，他想理出头绪，却越理越乱。这一把应该怎么玩？选什么英雄？对方还藏着什么战术？如果又遇到没见过的新东西，应该怎么应对？

问题太多了。他不是没有预想过出现上一把那种手足无措的局面，只是时间太短，根本来不及准备。

---

1. 三局两胜。

最终，他决定放下所有思考，依靠直觉。

他秒锁了"独狼"——他真正的本命英雄。王凯研究的只是他最近的对局，他已经很久不玩这个英雄了，所以王凯不太可能提前准备针对独狼的战术。至于版本是否强势，英雄的克制关系，程浩已经不想去考虑了。压箱底的绝活儿，现在不拿出来，什么时候拿出来？即便是输，也要输得体面。

独狼，这个英雄有个显著的特点，就是离队友越远，伤害越高。这也是为什么他有一个技能名为"陷阵"。

程浩郑重地按下确定键，独狼说出了他那句著名的登场台词："孩子，你是真正的战士！"这是一个彩蛋，游戏的制作公司用这句台词致敬了一名患癌的少年玩家，独狼是那个少年玩家最爱的英雄。

"你是真正的战士。"程浩在心底重复道。

"终于拿出来了……"张亦行像是松了一口气。

看到程浩拿了独狼，张亦行没有再拿进攻型打野英雄，而是拿了支援极快的团队型打野。

这一局，对手仍是把主要的禁用名额给到了程浩和张亦行，所以中路和下路都拿到了自己想要的英雄。孟凡依旧是风之子，而下路则延续了功能性射手搭配保护性辅助的组合。

读条界面之后，游戏里再度响起巨龙的咆哮，第二局游戏正式开始。峡谷的天色有些昏暗，独狼手中的刀发出幽微的光，像即将燃尽的烛火。

五人走出泉水。程浩说："跟我来，去对面野区。"尽管上一局他犯了重大失误，但程浩没有放弃接管比赛的想法。

自己丢掉的局面，还得自己拿回来才行。

这种笃定的语气让队友的心中重燃了信任，依然选择了跟随。随后五人一齐往对面上半野区走去，只要人齐，就算被埋伏也不怕。他们躲进草里，无事发生。

程浩点了点头，在对面野区插了个眼，获得了那一片的视野，然后打信号提示撤退。那个眼的位置很精髓，可以看到两处野怪的位置，从而推断出对面打野的行进路线。这一把，上路会频繁交手，所以尤其要小心对面打野的英雄来偷袭。

做好视野后，五个人各自回线，双方没有爆发冲突。

程浩是先手选的，对位的朴允浩后手仍然选择了上一把用过的加农炮手。这个英雄因为攻击距离长，对近战的独狼也是比较克制的，加上手感正热，很不好应对。

程浩点开地图看了一眼对面的上半野区，没有敌方打野的身影。但这并不意味着安全，恰恰说明敌方打野的行进路线是从下往上的，那么自己很可能是第一波被抓的对象。那就先稳一点儿吧。

程浩的独狼稳稳地补着每一个兵，加农炮手利用远程攻击的优势不断消耗他，他却岿然不动，安稳发育着。每当加农炮手想进一步压制时，他就适时后撤，保持着一个很安全的距离。

比赛来到第二分半钟，程浩之前做的那个眼看到了敌方打野，那人打完两组野怪后再度消失。此时兵线也被程浩很好地控制在了防御塔前，这是一个很安全的位置。加农炮手几次故意卖破绽勾引程浩，程浩都不上当。

"对面打野走了。"张亦行提醒。第四分十五秒，他和敌方打野在下半区的河道遭遇，双方看了一下队友的支援情况，默契地选择避战，互相亮了一波图标后钻回各自野区。

对面打野暴露位置后，程浩突然就凶狠起来，独狼高高跃起，挥刀朝加农炮手脸上砍去。加农炮手反手将他锤开，拉开距离就要输出，一套伤害打在程浩身上，将血量压下三分之一。但独狼根本不管不顾，直直往上冲，凭借微弱的基础移速优势，再度逼近加农炮手，然后开启了无情的输出模式。独狼近身肉搏能力很强，鲜有对手。

程浩一边移动一边攻击，完全没有卡顿，死死黏住了对手。加农炮手眼看没有其他脱身技能，只能选择肉搏。

而程浩的独狼早有准备，刀在头顶挥舞，形成一道刀刃旋风。这道旋风可以在两秒内闪避一切普通攻击，两秒后，这道旋风的边缘如果蹭到敌人的话，还会令其眩晕。

双方拼成残血，眼看即将被旋风蹭到，加农炮手直接交出闪现，但这个闪现居然不是用来逃跑的！

朴允浩是往程浩防御塔所在的方向闪现。这不是要跑，而是要反杀！

加农炮手的技能已经冷却完毕，只要用这个闪现躲掉独狼的旋风，就能反杀。

这一招向死而生，朴允浩不愧是顶级上单。

然而，加农炮手交出闪现的同时，程浩也使用了闪现，而且他显然预判了敌人的预判，也朝着己方防御塔方向闪去！千钧一发之际，刀刃旋风擦着极限的边缘眩晕住了加农炮手，加农炮手纵然全部技能都准备好也施放不出来了，在独狼疾风暴雨般的攻击下当场殒命。

单杀，职业赛场上罕见的对线单杀！

全场鸦雀无声，进而爆发出巨大的欢呼，明明还有不少空座，却给人一种人山人海的感觉！

解说也被这波操作惊到了，有些难以置信地说道："云庭的上单选手……感觉像是换人了一样。刚刚这一波并不是极限反应，而是预判，因为闪现的时间特别短，看清对方交闪的方向再临时调整是不可能的。不知道是运气还是自信，总之这是一波可以上精彩集锦的单杀，Destiny这名新选手不容小觑啊！"

事实上，程浩知道，这既不是运气也不是自信，而是他那可怕的"短期超级记忆"发挥了作用。一百多个英雄，每一个英雄的每一个技能的冷却时间，他都记下来了。最近几十场比赛，朴允浩的每一个操作习惯，他都记下来了。就像记住河流中每一块石头，森林的每一片树叶。所以，他知道朴允浩一定会反向闪现。

耳机里也传来队友的赞许，程浩长舒一口气，上一把郁结在胸中的愤懑终于得以纾解。

上路是一条很容易滚雪球的路，一旦拿到优势，很容易对敌方形成碾压。这一波击杀之后，程浩变得稳健，稳稳地控制着兵线，尽量压制朴允浩的发育。

敌方打野好几次想要来支援，但张亦行每一次都在，让对面无从下手。随着程浩稳稳地压制，上路的等级和经济的差距逐渐被拉开，十分钟左右，程浩已经压朴允浩两级了。程浩看准时机，积攒了一大波兵线进入敌方防御塔，然后呼叫张亦行过来，两人仗着这大波兵线，直接扛着防御塔的攻击，越塔强杀了朴允浩。这是一个上单最崩溃的时刻，在塔下被强杀，意味着大量小兵的经济和经验吃不到了。晨星的上路宣告彻底崩盘。

比赛进行到中期，独狼的装备逐渐成形，程浩正式进入独属于他的节奏。其他四个队友抱团，程浩独自在边路带兵线推塔。一个发育良好的独狼是单挑无敌的，敌方至少要分出两个人来防守他，这时己方队友就可借此机会推塔或者拿龙，稳健地赢得比赛。

中途，晨星尝试过三人包夹程浩，没想到程浩的独狼竟能以一敌三，不仅成功脱身，还反杀了一个。这波之后晨星就再也不敢抓他了，只好任由他在边路分推。

其他四个人这局的状态也比较好，完美地执行了战术，没有掉链子。在程浩分推的时候，对面好几次想强行开团形成五打四，但都被葵那逆天的保护能力化解了。

在比赛进行到二十五分钟的时候，云庭战队已经领先一万经济，拔掉了敌方所有外塔。最后一鼓作气，直捣黄龙，推掉了晨星的基地。

第二局，云庭胜。

程浩摘下耳机，像是浮出水面一样大口呼吸着，然后，他把头埋进微微颤抖的双手。

前两局把云庭队员的手感打热了，决胜负的第三局紧接着到来。

也许打出了自信，程浩决定这局来点不一样的，他问张亦行："联动一把？"

张亦行会心一笑："来啊。"

他们默契地选择了"貔貅"，这是一个合体英雄，它的技能组分为"貔形态"和"貅形态"，需要两个人联手才能操作。这个英雄非常考验操作者的默契度，如果足够默契，将会发挥出恐怖的能力。在过去无数把对局中，程浩和张亦行已经联手使用貔貅多次。

而晨星这边，也是有备而来，他们直接掏出了一个很冷门的英雄——"指挥官"。顾名思义，指挥官是不用直接参加战斗的，它甚至全程不出门，一直待在基地里，用远程遥控的方式满地图设置陷阱或者施法给队友提供护盾、加血等辅助效果。

巨龙再度咆哮，战局已开。

表现最为亮眼的是孟凡，拿下了开门红。在对方不信邪仍然不禁用风之子的情况下，他凭借极高的熟练度，三分钟就完成了对位单杀。

云庭中路的优势很快辐射到其他路，第一条小龙刷新，云庭果断组团出击。晨星选择组团接战，结果被孟凡的风之子在人群中如穿花蝴蝶般乱砍，他的伤害太高，又太灵活，控制技能往往刚飞到他的身边，就被他滑走躲开了。解说都忍不住引用"翩若惊鸿，婉若游龙"来形容孟凡飘逸的操作。

时间来到第十五分钟，大龙即将刷新，云庭的优势足够大，只要拿下大龙，基本就能拿下这局。但这时，意外发生了。

晨星的"指挥官"巧妙设置的陷阱抓到了韩巍的射手英雄，在被控制住的瞬间,对面埋伏的众人技能齐飞,瞬间将韩巍集火秒杀。然后,利用云庭少一个人的空当,他们火速开始打大龙。云庭如果上前硬拼,就是四打五,很可能一波团灭;如果不接,那就只能眼睁睁看对手拿掉大龙,逆转局势。

万分危急之时,程浩果断指挥:"打!"他和张亦行意念合一,操作貔貅冲进了晨星的人堆里。貔形态和貅形态的技能组合相当复杂,但程浩和张亦行就宛若一人操作似的,如臂使指,每一个技能组合都用得无比合理,产生了一加一大于二的效果,竟硬扛住了晨星众人的伤害,和他们打得难解难分。葵的辅助也紧随其后加入了战局。

对方在分兵应付貔貅的同时,并没有停手打大龙。张亦行一边战斗,一边死死地盯住大龙的血量,准备在大龙还剩最后一丝血时,用技能抢下大龙。抢龙是张亦行的拿手好戏,他对血量的计算十分精准,几乎从不失误。很快,大龙就只剩下最后300点血量,张亦行当机立断交出技能。

然而,大龙没死,居然还剩几滴血!

张亦行傻傻地看着屏幕,怎么可能?他的技能可以造成600点伤害,300点血量的大龙怎么会没死?

下一瞬间,晨星的打野交出技能,带走了大龙最后一丝残余的血量,一声哀鸣,大龙殒命。系统显示晨星战队拿下了大龙,晨星全队都将获得经济奖励,以及各种攻击力、血量的增益。

什么情况?云庭众人都蒙了。葵最先反应过来,说:"指挥官!它给大龙加了护盾!"众人茅塞顿开,原来是对方远在基地的指挥官,它也一直死死盯住大龙的血量,在张亦行出手抢龙的瞬间,利用超远程的护盾帮大龙挡下了致命一击,这才导致张亦行抢龙失败。

看来,对方有一位恐怖的战略大师,在纷乱的战局中和张亦行隔空博弈,做出了最正确的选择。

"打不过了,快跑!"葵大声说道。

程浩和张亦行的貔貅血量已经不多,且战且退。葵再度果断牺牲自己,用各种技能拖住敌方众人,帮助貔貅残血逃生,这才避免了团灭。

这一波团战过后,局势已经反转,云庭由优势变成了劣势。时间不断往后拖,晨星的阵容后期比云庭厉害,拖得越久越不利。

为了打开局面,云庭几次想要伏击对手,但都被对方察觉,巧妙规避了。就像有一只无形的天眼监视着他们,一举一动对方都洞若观火。

"这样下去不行。"葵说道,"指挥官放置的隐形陷阱能提供视野,只要它在,我们做什么对方都知道,这还怎么玩?"

"那就干掉他。"程浩沉声说,"擒贼先擒王,我们用貔貅来个孤军深入,潜入敌方基地刺杀指挥官!"

张亦行一听,说道:"有点冒险,但再拖下去,就真的没机会了。我赞成!"

孟凡问道:"如果你们不在,对方大举进攻怎么办?"

程浩说:"只能靠你们三个防守了。你们守不住,或者我们没刺杀成功,这局都会输。"眼看局势越拖越难,众人都同意冒险。

为了提高计划的成功率,葵提议主动出击,由韩巍、孟凡和她佯装打第二次生成的大龙,吸引对方的注意,而张亦行和程浩的貔貅则趁乱潜入敌方基地。

云庭刚一对大龙出手,敌方就气势汹汹地冲了过来。

"停手!"葵说道。三人果断停手后撤。见三人后撤,晨星众人直接接管了大龙,继续打,大龙的血量掉得很快。而此时,貔貅已经来到了敌方基地的围墙处。

"不能放任他们打,要骚扰!"葵和韩巍站在大龙坑不远处,利用远程技能不断干扰对方打龙。但大龙血量掉得很快,最终还是被晨星收入囊中。与此同时，貔貅也成功进入了敌方基地。指挥官就在前方！

此时，晨星发现有人偷袭基地，赶紧想要回城支援。葵笑道："想跑，没那么容易！拖住，别让他们回家！"葵一个精准的控制技能打断了对方的回城。孟凡见状，当机立断冲入人群厮杀，而韩巍的射手也不断在远处攻击。云庭三人成功拖住了晨星四人，貔貅顺利地接近了指挥官。

"就他妈你叫指挥官是吧！"程浩操控貔貅冲天而起，一刀朝指挥官头上斩落。指挥官本身并没有攻击能力，只能不断给自己加护盾和回血，但这不过是延缓死亡而已。

几刀之下，脆弱的指挥官被貔貅击杀，整个地图上的陷阱也瞬间失效。完成刺杀任务之后，由于没人阻拦，貔貅飘然脱身。葵和韩巍也立刻撤退了。只有孟凡深陷敌阵，走不了了。但看样子，他根本没打算逃。

"不用管我，你们走。"孟凡叫道。他的发育本就很好，操作又是顶尖，在敌方人群中如游龙般七进七出，以一敌四，虽然最终阵亡，却居然换掉了对方一人。

失去了指挥官全图陷阱的视野，比赛再度进入云庭的节奏。接下来就是平稳地拿龙、推塔、逼团……第三十五分钟时，云庭成功推掉了晨星的基地。

程浩、张亦行成为职业选手的首场比赛，告捷！

解说例行公事一般说了些结束语，虽然云庭战队有几波亮眼的表现，但这毕竟只是两支排名靠后的战队，观赛者再难提起更多兴趣。稀稀拉拉的观众在热血降温后，也平静地退场了，没有如潮的欢呼，没有隆重的掌声，没有簇拥而来要签名和合影的狂热粉丝。

但几位云庭队员还是很高兴的，老板韩巍大手一挥："走，请你们吃大餐,庆祝一下。"

大家纷纷欢呼着应和,只有程浩皱着眉头,凝重地说:"恐怕现在还不是庆祝的时候。"其他人都有些讶异地看着他。

程浩走到众人面前,说道:"第一把,我们在禁用和选人环节完全被压制,遭树人的摇摆位戏耍,然后又被它的地雷阵限制,一身的力气使不出来,输了,这显示出我们在战术水平上的巨大落后。第二把,实话实说,是靠个人的英雄熟练度赢的,下一次比赛对手肯定会禁用我的独狼来破解分推战术,到时候怎么办?第三把,双方选择了非常规英雄,都在赌。也就是说,我们赢下的两把都纯属侥幸,下一场不会这么幸运了。因为对手会研究我们。"

众人还在兴高采烈,没想到程浩会泼下来一盆冷水,气氛一下僵住了。

"那怎么办?"韩巍收起笑容,表情也严肃起来。

程浩停顿片刻,说:"选手的职责是训练,是打好比赛,没有时间看大量的录像来针对性地研究战术。所以,我们需要一位教练。"

"我知道教练很重要,但我们没钱……"韩巍说。

程浩说:"你既然能不花钱就请到选手,自然也能不花钱请到教练。"

此话一出,韩巍陷入沉思:"你这么一提醒,我倒想起了一个人。"

没有心思吃庆功宴,众人草草解决了晚餐。其他人回基地休息,韩巍带着程浩来到一家名为"夜翼"的网吧。

在如今这个时代,很多网吧的装修越来越奢华、设备越来越高端,连名字也改成了更洋气的"网咖"。夜翼显得有点落伍了,只有稀稀拉拉不多的客人,显示器款式老旧,椅子歪歪斜斜,键盘和鼠标垫的脏污无人清理。网吧内通风很差,香烟形成的雾气经久不散,让这里看起来如同一片大雾中的沼泽。

韩巍熟络地往里走,在一个角落停下。

两张电竞椅被拼合在一起，形成一张很简陋的窄"床"，一个男人正躺在上面睡觉。程浩打量了一下，那男子看起来三十几岁，消瘦且面有菜色，似乎有些营养不良。此人胡子和头发长而凌乱，显然很久没有修剪打理过了。

韩巍犹豫了一下，还是伸手轻拍那男子，叫了声："六哥！"

"你亲戚？"程浩问。

韩巍摇摇头，指了指桌面，那里有个标着阿拉伯数字6的圆贴。"他一直在这儿上网，每次都坐六号机，所以大家叫他六哥。"

六哥睡得很浅，被韩巍一拍醒了过来，揉了揉眼睛，头不动眼动，扫视一圈后，慢慢撑着椅子扶手坐了起来。

"韩少？找我有事儿？"六哥半睁着眼，问道。

"对，正事儿。"

六哥缓慢点头，又撑着座椅扶手慢悠悠地站起来，似乎时间一旦流经他的身体都会变慢。"行，既然是正事儿，那客厅聊吧。"

客厅？程浩看了一眼周围，这儿是网吧，哪来什么客厅？

六哥走到网吧前台，要来三张塑料凳子、三个纸杯，招呼韩巍和程浩跟他走。网吧里有一处向上的楼梯，爬上去见到一扇门。六哥直接转动把手把门推开——门没锁。

上面是一处天台，还算开阔，摆有几盆绿植。此时天已黑了，薄薄的凉意降下来，夜风吹过，大家忍不住紧了紧衣服。六哥把凳子随意放到地上，说了声"坐"，然后又下去了。

程浩扫视四周，见到一根晾衣绳，上面晾晒着几件单薄且款式陈旧的衣服。韩巍指着那些衣物说："六哥长期住夜翼网吧，这儿就是他的家。"

刚说完，六哥已端上来两杯水分给韩巍和程浩。

看来这天台就是他所谓的"客厅"。

三人坐下，韩巍指着程浩向六哥介绍道："这是程浩，职业电竞选

177

手，我们云庭战队的上单。"程浩站起来，朝六哥伸出一只手。

六哥愣了一下，好像有点不习惯有人主动跟他握手，但他还是礼貌地握手回应。

"吴泽，无业游民。"说完他自个儿笑出了声，似乎被这正式的自我介绍给逗乐了。

"吴泽？你是吴泽！"程浩忍不住低呼一声，盯着吴泽的脸看了好久，似乎在确认什么。

他知道吴泽，这是一个可以永远留在电竞史上的名字。吴泽是初代电竞职业选手，睡着网吧、吃着泡面，却拳打韩国天团，脚踢欧洲豪门，最高打到过世界亚军。但命运弄人，早期的电竞比赛，组织不太规范，在参加一个小型商业比赛的时候，因为主办方赛程安排失误，吴泽刚和一支战队打完比赛，却马上要迎战另一支战队，中间没有休息时间！吴泽连续高强度地打了接近十个小时的比赛。比赛结束后，他的手因为过度使用，得了严重的腱鞘炎，进而导致手部肌肉萎缩。对普通人来说，手部受伤不算多大的事，但对于职业电竞选手而言，手就是命。从此，吴泽的竞技水平一落千丈，最终遗憾退役。如果不受伤，按他本来的状态，拿到世界冠军只是时间问题。

有一种人，有实力，有野心，够自律，够努力，他们具备成功的一切条件，唯独少了运气——吴泽就是这种人。

但堂堂世界亚军，怎么会沦落至此？这个问题像一朵乌云在程浩心里盘桓。短暂寒暄之后，程浩也顾不得交浅不必言深，忍不住问出了心中疑问：

"刚听韩少说，你一直住这儿？"

六哥点了点头，也许是好久没和人交流了，他打开了话匣子："对，住好长时间了。靠打打陪玩和代练的单子过活。吃饭靠方便面和手推车推过来的盒饭，十块吃饱，十五吃好。睡觉就是两张椅子一拼。洗澡麻烦一点，网吧没有淋浴，但马桶水箱有一根外接水管，将就着能洗，只是没有热水。冬天可以拿个桶接洗手台的热水用。衣服洗完就晾天台上，还是挺方便的。"

这样活着，和流浪汉也差不了多少。

但程浩还是注意到了六哥和流浪汉的差别，六哥只是活得潦草，但并不脏——头发不油，面容干净，身上无异味，应该有定期清洁的习惯。细看一眼，他身形修长，眉眼端正，竟有几分清秀的感觉。

像是看出了程浩内心的疑问，六哥，也就是吴泽，有些黯然地说道："职业电竞，听起来很风光，但也就是现在才容易赚钱，早期的职业电竞，因为商业化不成熟，你打得再好也赚不了多少钱的。哪像你们现在赶上好时候了，随便出点成绩都能身价千万。前人栽树，后人乘凉，我们就是栽树的那一代人。"

程浩有些明白了，但还是问道："退役之后，再不济也可以做做直播什么的吧，你当时那么有名，好歹想个办法把名气变现啊。"

"我做过直播。你看你都不知道我直播过，说明我确实不适合。"吴泽惨笑，"直播看性格的。"

"不直播后，我又杂七杂八换过好多工作，没学历、没技术，一旦离开职业电竞，我就是个臭打游戏的，只能送送外卖、端端盘子，就这么混着，没房、没钱、没女朋友，一晃就三十岁了。有一天我实在不想打工了，干脆住到了网吧。网费不够的时候，就帮网管打号，他们把员工账户借给我，用员工账户上网不要钱。你要说曾经的名气完全没帮到我，那也不是真话，至少我接陪玩单子比别人贵，花八百块就能点个世界亚军陪你打游戏，像不像青楼的头牌？

"一次，有个孙子点了我，我不是玩打野的，他逼我去打野，并且要开局把第一个野怪的经济和经验让给他吃。我答应了，谁叫他是老板呢？结果因为让野怪，我等级跟不上对面打野，在野区被人杀成0-11。然后我就听到点我的那个老板说，兄弟们你们看到了吧，这个世界亚军好菜啊，被人在野区养猪。我才反应过来——他在直播，故意搞我的。我直接挂机,冲出了网吧。我记得那年进网吧的时候是夏天,结果出来的时候已经是冬天了,我穿着件T恤站在寒风里,看着满大街的羽绒服。我想,这就是我的人生吧,我错过了气候,生活在错误的季节。"

大家都沉默了。吴泽的话给了程浩很大的冲击,曾经,这个十六岁的少年以为生活就像爬山,虽然艰苦,但一定是往上的,终有一天会爬到山顶。但现在吴泽让他见识了真正的生活,未来不一定越来越好,你还在幻想爬到山顶,其实可能已经在走下坡路了,若是运气再差一点,前方就是万丈深渊。

我三十岁的时候是不是也会这样?程浩听着吴泽的故事,陷入了沉思。

"不好意思啊,整沉重了。"吴泽干笑两声打着哈哈,"说说你们来干吗的吧。"

"六哥,你打算一直在网吧打单子吗?"韩巍问道。

吴泽垂首看着地面,说道:"不知道。走一步看一步吧,总得先活下来。"

"来云庭战队当教练吧,六哥。再怎么说也比在这儿待着好。"

韩巍把战队的情况简单向吴泽介绍了一下,也申明了暂时没有工资,但未来有收益了,就会把教练费补回来。

吴泽看着眼前这个年轻人,眼里闪过复杂的情绪,说道:"有没有工资倒无所谓,反正我现在也赚不到钱。问题是,我能行吗?我连教练是干吗的都不知道。"

"你知道怎么赢游戏,这就够了。"韩巍正视吴泽,双手搭在后者的肩膀上。

"说起来,我打职业那会儿,连电竞教练这个概念都还没有。我太久没接触过职业电竞了,现在是废人一个,还是别来祸害你们年轻人了。"吴泽惨笑。然后他站起来,走到天台围墙边,看起了风景。

这是送客的意思了。

程浩和韩巍对视一眼，程浩想走上去说点什么，韩巍伸手拦住他，轻声说："我来。"

只见韩巍走到吴泽身边，说道："好，既然六哥觉得为难，那当教练的事儿先放着，后面你要是改变想法了，随时联系。"

吴泽点了点头。

韩巍接着说道："今天下午，我们刚和晨星打了一场比赛，侥幸赢了，但是感觉很悬，运气的成分很大。能不能请你帮个小忙，看看比赛回放，帮我们分析下问题出在哪儿？我们处在降级的边缘，要是下一场输了，战队也就凉了。"

吴泽答道："这倒是不难。"

三人坐回椅子上，韩巍拿出手机，找到下午比赛的直播回放，递到吴泽手里。

吴泽盯着屏幕看了好一会儿，眉头轻皱，指着屏幕说："这一波，下路河道双方打野打起来了，辅助第一时间去支援是没问题的，但韩少你着急了，作为射手你应该先把这波兵线完全推进塔。"

"啊？"韩巍诧异道，"队友打起来了难道不该第一时间去支援吗？这一波兵线也没多少钱啊，要是队友打输了，不是损失更大？"

"你对兵线的理解片面了。"吴泽摇摇头，伸出一根手指，"兵线不仅意味着经济，兵线还是一种重要的战略资源。"

"视野。"程浩若有所思地说。

"是的，"吴泽说，"有兵线的地方就有视野。你把兵推进去，不仅吃到了经验和经济，最重要的是用小兵看到对方塔下的情况，通过看对面在不在塔下，就能判断他们是否去支援了。这是重要的战略情报，直接决定了你们后续应该做什么。"

韩巍做茅塞顿开状，疯狂点头："嗯嗯，你接着说。"

"再来看把你们打蒙的这一局，树人打野的地雷阵。"吴泽继续播放录像,"首先是一个心态问题,不要怕你没见过的东西。职业比赛,尤其到了世界赛,一定会遇到新套路,新打法,心理上就要有这个准备。"

"那局结束后我想了想,似乎真的破解不了树人的地雷阵。"程浩说。

吴泽转向他,问道:"为什么非要破解呢?"

"不破解的话,每条小龙都会丢。"程浩说。

"那就丢啊。这是个推塔游戏,又不是看小龙数量定输赢。"吴泽并没有急着解释,而是抛了个线头出来。

程浩想了想说:"小龙不是必需品,对面选出树人打野,就注定我们这把一条小龙都拿不到了。我们就是在野区犹豫不决,进退两难,反而被草丛里的树苗炸掉很多血,最后才输的。如果正面团战,对面阵容不是我们的对手。你是这意思吧?"

"你说对了,这把小龙就应该战术性放弃,拒绝被他们牵着鼻子走。"吴泽解释道,"他们拿小龙,你们就拿大龙,或者直接抱团推塔。龙可以给你,塔别想要了。不计较一城一地的得失,这就是大局观。"

"明白了。"程浩说,"看来这游戏真不是操作好就能赢。"

吴泽继续一针见血指地出了不少问题,他越说越自信,越说越流畅,最后甚至眉飞色舞起来。

终于,韩巍打断他,说道:"六哥,你还说你不会当教练。你刚才这些分析,就是教练的工作,我觉得好多教练的游戏理解都比不上你。"

吴泽眼珠一转,似是反应过来了,笑道:"你小子,套路我是吧?"

韩巍认真说道:"六哥,想想吧,你是要在网吧打一辈子单子,还是跟我们一起拿世界冠军,站在几万人的场馆舞台中央,把你失去的一切都夺回来！"

这次吴泽没有急着拒绝，他的手在微微颤抖。

"小半辈子都耗在这游戏上，就这么放弃，你真的甘心？继续当陪玩、代练，人家花八百块就能羞辱你，这样的日子还没过够吗？"

"可是……"吴泽吞吞吐吐。

"没什么可是，我们也是一支在绝境中的战队。跟我们再试一次吧，如果输了，大不了一起滚蛋。打单子什么时候不能打？但是再踏入职业电竞，对你对我，都只有这一次机会了。"

终于，吴泽缓缓抬起头来，看向天空，慢慢说道："好……希望这次，我真的能从这里走出去。"

羊·牧羊犬·狼

云庭·御景小区，韩巍的房子里，客厅的墙上垂下来一面投影仪幕布，上面正播放着云庭战队对战晨星战队的比赛录像。吴泽坐在沙发上，旁边则坐着战队的其他几名队员，他们都专注地盯着屏幕，而吴泽则对着屏幕条分缕析地拆解着比赛的细节。

吴泽就这么住进了韩巍的房子里，也就是云庭战队的训练基地。因为没有多余的房间了，韩巍说把自己的主卧让给吴泽住，但吴泽坚决推辞，在客厅里搭了个行军床，他笑称这条件已经比住网吧好太多了。经过几天的接触，吴泽和各位队员也慢慢熟悉起来。他从来没做过教练，但是他的游戏理解和大赛经验都是顶级的，把队员们几场比赛的录像一看，他就一针见血地指出了不少问题，让大家心服口服。

战队请吴泽来，最大的需求是让他负责每场比赛的禁用和选人，好的禁选[1]是成功的一半。吴泽完美地承担起了这项职责，从接下来的几场比赛就看出来了。在比赛开始前，他会预测对面禁哪些英雄，成功率很高；而在己方套路被破解时，他也能随机应变做出调整。

补全了教练这最后一块拼图的云庭战队，成了完全体，开始展现出恐怖的赛场统治力。开始时，打一个BO3可能还会输掉其中一局，到后面，队员之间的默契提升之后，经常都是零封对手。

一个半月过去了，常规赛结束，云庭战队连胜十三场，在积分榜上的排名迅速飙升至第一名。

云庭集团总部大楼，总裁办公室。

总裁韩怀仁半躺在真皮座椅上，看着手机屏幕，短视频软件上一个妆造夸张的up主正在滔滔不绝：

这里是最新峡谷联赛资讯！真的夸张噢，家人们，联赛垫底即将降级的云庭战队，最近跟吃了猛药一样连胜十三场，直接干到了积分榜排名第一！他们进季后赛毫无悬念，照这个势头下去，拿夏季赛全国冠军也不是没可能啊！

听说这支战队是在解散边缘被拉回来的，老板找到了两个不要底薪的怪物新人，还请回了国内电竞OG[2]吴泽担任教练，这波啊，完全就是原地起飞！据说，云庭是因为投资人撤资才濒临解散，现在看到这支被他抛弃的战队成绩这么猛，不知道会不会肠子悔青呢！

"肠子悔青？"韩怀仁冷哼一声。为了成功，他可以随时推翻之前的自己，对于他这样的人来说，不存在后悔的说法。但这个消息的确

---

1. 电竞比赛的一种机制，指比赛开始前可以禁止使用某些游戏角色，以此来限制对手发挥。
2. 全称是Original Gangster，指元老级人物。

引起了他的注意。他投资过儿子的这支战队，因为成绩不理想，他果断止损。而现在事情有了变化，他开始在各大热门社交软件上搜索云庭战队，逐条研究这支战队最新的战况。

他刷到了韩巍接受采访的视频，采访者问云庭战队的连胜还能保持多久，韩巍说："我们会一直赢下去，直到拿下世界冠军！"弹幕瞬间被点燃，阴阳怪气的、冷嘲热讽的、谨慎看好的，各种声音不绝于耳。

韩怀仁欣慰一笑。"你成长得比我想象中要快，儿子。"他轻声说。

接着，他又刷到了一个直接展示云庭战队比赛对局的视频，那个游戏博主在逐帧分析云庭的上单选手程浩的操作，听他那意思，这名选手的有些操作已经逆天到不是人类能打出来的了。韩怀仁看不懂那些游戏操作，但他看得懂人。短视频里截取了程浩比赛时的特写镜头，那少年的眼神多熟悉啊——觉得全世界都欠他的。曾经，韩怀仁也是带着这样的眼神，从农村冲杀进了城市。

"有点意思。"他记住了程浩这个名字。

以前上EMBA培训课的时候，老师问了学生们一个问题："你参加一档益智类综艺节目，表现良好，如果现在退出，可以得到一百万；如果继续，赢了可以得到一个亿，输了那一百万也没了。你是选择拿一百万走人，还是继续玩，赌拿下那一个亿？"绝大部分同学选择拿一百万走人，少部分人选择继续赌。

只有韩怀仁站起来说："我会把这个有概率获利一个亿的机会，以一千五百万的价格卖给更有能力承担风险的人。"

老师惊讶地看着他，问道："你从书上看来的？"

韩怀仁摇了摇头，这完全是他自己想到的。

那时候他就明白，成功是一个概率学问题，他要做的，就是通过不断地做事来增大概率，然后，等待。

从思绪中脱出，韩怀仁即刻拿起电话，打给秘书："莫妮卡，你的休假取消，请你立刻联系睿博咨询公司，要一份关于电竞产业发展最新的报告，然后，我还要云庭战队几个新成员的背调资料，越详细越好，本周内给我。"

这就是身家百亿的云庭集团总裁韩怀仁的日常——获取信息，立刻行动，快速迭代，一步步扩大成功的概率池。像刚才这样的决定，他每天要做十几个。其中绝大多数都是无用功。但没关系，只要有一个最后能成就行。

变化正在发生。不，变化一直在发生，只是现在加快了。

常规赛结束后，还要过一周才开始季后赛，难得有一段休息放空的时间。程浩推着轮椅，带孟凡去市里转一转。他本来想找张亦行，但张亦行不巧有点感冒，懒得出门。程浩不喜欢很多人集体出动，如果非要和别人一起，一对一的关系会让他舒适一些。另外，他觉得出来走走对孟凡会有好处。所以他选择带孟凡出门。

他们沿着外滩的步道，顺江而行。尽管不是第一次来这里了，他们仍像个外地游客一般，好奇地张望着这个黄金世界。

"你爸妈就你一个孩子吗？"两人有一搭没一搭地闲聊着，程浩随口问道。

孟凡摇了摇头："还有个哥哥。"

"你哥……身体怎么样？"

孟凡像是听懂了程浩的言外之意，答道："他挺正常的。我变成这样又不是遗传，是……一场意外。"

看孟凡不愿多谈，程浩便没有追问是什么意外让孟凡变成残疾的。

"其实，我来打职业，和我哥还有点关系。"孟凡接着说。

"哦？"

"我家条件不好,当时我……出事的时候,家里拿不出钱给我医病,我哥就辍学打工给我赚医药费。他本来成绩很好,如果继续读书,绝对能上好大学。结果到头来,医了那么久,花了那么多钱,还是没医好,把我哥也耽误了。一转眼他三十了,身无分文。打工赚的钱,全给我填了医药费的窟窿。好不容易谈了个女朋友,感情不错,结果谈婚论嫁了,女方张口就是六十八万的彩礼。我家哪里拿得出来?我来打职业,就是要帮我哥赚到这六十八万。我这辈子不可能结婚了,我们家得靠他延续香火。"孟凡的语调不疾不徐,但平和中带着一丝坚定。

"都啥年代了,还香火不香火的。"程浩不以为然,走了几步,又接着说,"不过你帮他是应该的。所以,你打职业赚到钱了吗?"

"最开始拿了点工资的,都寄回家里去了,不够啊。后来……就这样了。"

程浩停住脚步,想了想,说道:"等我们拿了世界冠军,钱应该就够了,如果还不够,就从我那份里面拿。"

孟凡愣住了,扭过头看了程浩一眼,他想说点什么,但最终没说出口。

"我以前总觉得自己很倒霉,出身太穷,但现在看来我算幸运的了。"程浩说。

孟凡摆了摆手:"别比烂啊,咱们都往好了看。"

程浩点了点头,刚要接话,突然感到一阵眩晕。就在这时,一位路人从旁经过。一段既熟悉又陌生的画面像乱飞的苍蝇一样撞进了程浩的大脑——他看到一个头发潦草的少年,格外眼熟,分明就是程浩自己,正推着一台轮椅走在江边,轮椅上坐着孟凡。很明显,那是刚才那位擦肩而过的路人眼中看到的画面——程浩用他人的眼睛,看到了自己。

片刻的画面闪过之后,路人怔了一下,脸上浮现出古怪的表情,随后摇了摇头，朝前走了。这人只会以为刚才那是片刻的恍惚，但程浩知道，那段极短暂的记忆，已经永久地被自己掠夺了。

掠夺。

不是复制，而是剪切。

曾经在多吉身上发生的事情，正在自己身上重演。他想到了多吉的母亲，一股森然的寒冷弥漫全身。

"怎么了？"孟凡见他突然停下，就问了一句。

"没什么，有点头晕。"

他没有心情再闲逛，于是带着孟凡打道回府。

回到自己的房间后，程浩开始凝望天花板发呆。

"终于……来了吗？"多吉似乎也感应到了，他的声音遥遥地在程浩耳边响起，此时两人的物理距离超过一千公里。

程浩点了点头。此前在他身上出现的异状，只有异手、短时的超级记忆以及跟特定对象多吉的感官互联。那魔鬼般的意识掠夺现象，他只从多吉的口述中见识过。现在看来，多吉没有说谎，一切都是真的。

"怎么才能停下来？"程浩嘴唇发颤。

"死了就会停了。"多吉说。

"我没心情开玩笑。"

"你以为我那几年跑遍全国的大医院，是在开玩笑吗？"多吉叹了口气。

是啊，多吉肯定已经不知道尝试过多少方法，却始终无法变回正常人。他们身上的变化，一旦开始，就不可能停下，就像一辆刹车失灵的车，不知道会撞到什么，也不知道开往何方。

"多吉，我会变得和你一样吗？"

"害怕了？"

程浩愣了一下：我应该害怕吗？

"其实慢慢习惯就好了,开始只是一些零碎的意识片段往你脑子里飞,这些片段通常都很短,几秒到十几秒。然后,越来越长,越来越长……到后来你会觉得自己生活在一片混沌中,甚至可能会分不清什么是自己,什么是他人。"

"我能控制它吗?"

多吉沉默了一会儿,说道:"不知道……反正我没能做到。我失控了,犯下了可怕的错误。这项能力最后也彻底从我身上消失。其实,你根本就不害怕,对不对?诚实一点吧,与其说害怕,我感觉你更多的是在期待。"

期待?一种古怪的陌生感从程浩心头涌起——对自己感到陌生。虽然不愿意承认,但好像真的被多吉说中了。

问题是,他在期待什么呢?

对于父亲突然请自己吃饭,韩巍感到有点惊讶。

惊讶的不是吃饭这件事本身,而是吃饭的氛围,他总感到一种说不出的古怪。父亲很了解自己的饮食喜好,不管是豪华餐厅还是路边大排档,都是挑韩巍爱吃的,他从来不在意环境。

但这次不同了,父亲挑了位于奉贤区的一家本帮菜,离家比较远。走进去不像餐厅,倒像是私人别墅,进门是一块花纹繁复的巴洛克风格带红布的幕墙,然后是白玉似的楼梯,扶手用实木包边,没有大厅,上二楼包厢才能用餐。偌大的包厢只坐了父子二人。点的菜也奇奇怪怪的,深海熏鱼,鹅肝牛肉粒,还有服务员推着推车到包厢现场制作的青花椒东星斑……

当父亲韩怀仁拿出一个礼品袋说"儿子,送你个礼物"时,韩巍终于想清楚了是哪里古怪:这不像父子聚餐,倒像是一次商务宴请。

韩巍不由得坐直了一些,暗想自己是不是该穿件西服来。

在父亲的眼神示意下,韩巍打开了礼品袋,里面是一张黑胶唱片,他最喜欢的一个说唱歌手出道二十周年纪念专辑。

韩巍愣住了,手一直悬在空中放不下来。"爸,你居然听说唱?看不出来啊。"

韩怀仁摇了摇头:"我不听说唱,我只是喜欢琢磨别人的爱好。"

好吧,更奇怪了,韩巍心想,又不是生日之类的特殊日子,父亲为什么要选在这么高端的地方宴请自己,还送礼物?

两人坐定,韩怀仁盯着他,开门见山地说道:"我注意到最近云庭战队发生了一些新的变化,所以,我想重新投资云庭战队。你做得不错,儿子,我小看你了。"

韩巍呆住了。

在成长过程中,父亲对自己不乏称赞,但那些称赞更多的是一种教育手段,是一种鼓励,而非出自真心的认可。不管对人对己,父亲都是个很严苛的人,很少真正认可什么,但这次,韩巍感觉父亲是认真的。

不管怎么说,能有投资肯定是好事,于是他一口应道:"太好了!谢谢爸!"

韩怀仁脸上的微笑瞬间收敛,继而浮现出一丝失望:"你还是这么沉不住气。你怎么不问问我的条件是什么,就一口答应了?"

韩巍愣住了,条件?原来,哪怕坐在对面的是亲生父亲,也是要讲条件的。

看来这真是一次商务宴请。

见韩巍没有答话,韩怀仁继续说道:"我将重新注资,承担战队的日常运营开销,并支付之前你拖欠的工资。我只有一个条件:我要战队的绝对控制权。你退出管理层,只作为选手和小股东留在战队。分钱,可以;分权,不行。你不懂真正的商业运营,这些事儿还是交给我来帮你打理。"

韩巍沉默了一会儿,脸上现出一丝苦笑。我不懂运营?当初是谁非要天价引进韩国外援？结果买过来两个废物。战队弱的时候你一脚踢开，现在我千辛万苦找到两个强力选手，成绩好起来了，你就要把战队从我手里抢走。天下哪有这样的道理？你是我爹也不行。

"我拒绝。"韩巍将杯中的柠檬水一饮而尽，然后重重地墩在桌上，"云庭战队暂时不需要投资，我们靠自己也能发展得很好。"

韩怀仁表情平静，似是早已料到韩巍的反应，他笑了笑，然后开始轻轻地鼓掌。"有骨气，不愧是我儿子。"接着，他拿出手机，在屏幕上点击了几下，"我说了，年轻人要沉住气。我发几张聊天截图给你，你看了再决定。"

韩巍也掏出手机，点开父亲发来的截图。聊天截图里，一个熟悉的头像映入眼帘，那是孟凡。和孟凡聊天的那个人的头像，韩巍觉得有点眼熟，但一时想不起是谁。聊天的内容十分简单，那个人问孟凡是不是在云庭战队一直没拿到工资，孟凡说是。那人直说想挖孟凡去山猫战队担任首发中单，月薪八万，绝不拖欠。甚至可以预支一部分工资，以解孟凡的燃眉之急。聊天记录是会显示具体时间的，可以看到那人开出条件后，孟凡沉默了很久，过了十分钟才回："十分感谢您的邀请，但我已经签给云庭战队了。"结果那人说："他们不给你发工资，你和云庭的合同根本就没有法律效力，你放心，我们战队有电竞圈最好的法务团队，你只管来好好打比赛，剩下的交给我。"

孟凡又沉默了接近十分钟，然后答道："我考虑一下，两天后给您答复。"

韩巍感到有点眩晕，他攥紧了拳头，想一拳砸在桌上，但最终还是叹了口气，轻轻放下了。他迅速翻了一下通讯录，看到了山猫战队经理的头像，他加过这个人，正是此人。

"你怎么会有这些截图？"韩巍问。从聊天记录显示的界面来看，这图应该是从山猫战队的经理那边截的，而不是孟凡截的。但山猫战队经理这么私密的聊天记录，怎么会出现在父亲那里？

"来源你别问,我有我的渠道。做生意嘛,想要赚钱,就得知道别人不知道的信息。"韩怀仁悠然地端起茶盏,细细品了一口。

"聊天截图造假很容易,我怎么知道这是不是真的。"韩巍怒道。

"你看,又孩子气。"韩怀仁拿起另一个空茶盏,给韩巍也倒了一杯茶,"孟凡就住在你家里,你直接问他不就知道真假了?"

韩巍不说话。

"怎么,不敢问?"韩怀仁玩味地看着他,那表情韩巍很熟悉,小时候父亲捉弄他,藏起他心爱的玩具时,就是这样的表情。但他知道,父亲这次不会在他急哭之后把"玩具"还给他了。

"你给队员承诺,拿了冠军会把奖金分给他们。你能保证每年都拿冠军?如果哪一年拿不到冠军,是不是他们就一分钱没有?你以为你很会画饼吗?你知不知道什么叫真金白银,落袋为安?孟凡为什么来打职业你清楚吗?你不清楚,你只关心你那所谓的梦想。你搞战队,喊喊口号,打打鸡血就行了?老板哪有那么好当?"韩怀仁骤然提高了声调,语速如机枪一样,句句都是子弹,打在韩巍心头。

这是PUA,别上他的当!韩巍在心里对自己说。但他转念一想,这些话说得也没错,自己的确是把当老板这件事想得太简单了。但又有什么办法呢?就算他预判了这些潜在风险,没有钱还不是没办法。人固然可以自我安慰,客观存在的困难却不会因此改变。

平心而论,孟凡算对得起自己了,在没有底薪的情况下帮自己打了那么久的比赛。以前是因为战队成绩差,所以没人注意到他,现在战队成绩起来了,大家都能看到孟凡有多强,还靠画饼能留住他吗?那张截图里,虽然孟凡说的是考虑一下,但那长长的沉默已经足以说明问题了。

还有选择吗?要么放孟凡走,自己再去坑蒙拐骗一个中单选手回来,但自己还能有这种幸运吗?且不说不可能再找到孟凡这么强的选手,就算找到了,不解决钱的问题,同样留不住人。当然,还有一个选择,向父亲屈服,接受投资,从此队员能够拥有正常稳定的收入,但自己就彻底失去这支战队的控制权了。

他两样都不想选,但理性的选择是什么,他其实很清楚。只要人还在,就有无限可能。

"好吧,我……同意。"韩巍艰难地吐出这三个字,像是憋气很久的人浮出水面。他活了下来,但奄奄一息。

父亲满意地微笑点头。

他重新换上温和的语气,完全看不出刚才的咄咄逼人:"我只有你这么一个儿子,我的钱将来都是你的。但这次我要给你上一课,以后你才知道商业这场游戏该怎么玩。"

韩巍向后一靠,瘫倒在椅子上,像一个漏气的玩偶。他感到一丝侥幸,此刻坐在面前的是他父亲,而不是一个真正的商业对手。否则只这一招,就足以见血封喉。

以前上学时候,韩巍读到"杯酒释兵权"时很疑惑,不明白一杯酒如何能有那么大的威力。现在他知道了,真正的斗争与角力早在那之前就已结束,那杯酒只是胜利者确认战果的仪式。

父亲接着说:"我听不惯说唱,但我送你的这张专辑里面,有首歌的一句歌词我很喜欢:三种人,羊、牧羊犬跟狼。你想好要做哪一种了吗?"

父亲站起身,拍了拍韩巍的肩膀:"我还有两场饭局要赶,不送你了。"说完他结账推门而去。

父亲走远后,韩巍好一会儿才缓过神来,也准备起身离开。

临走他才注意到,这桌盛宴,父亲一口都没吃。

季后赛开始的前夜,韩巍在自家客厅里,集结了战队全体成员。他和韩怀仁一起,站在大家面前。

众人盯着眼前这个陌生的中年人,有点不知所措。除了葵,其余几人都不认识韩怀仁。

韩巍丧着一张脸开口:"各位,从今天起,我就不是云庭战队的老板了……"

韩怀仁伸手示意打断他,一步跨出,站到了儿子身前。"我来说吧。"他顿了顿,调整了仪态和语调,以极快的速度换上一副和蔼的笑脸,"大家好,我是韩巍的父亲,韩怀仁。之前经常听我儿子提起你们,真是后生可畏啊,一直想请你们吃个饭来着,这不是太忙没找到机会嘛……"

他顿了顿,观察了一下众人的反应,点了点头继续说道:"我今天跟大家见面,首先就是来道歉的,云庭战队没给你们发工资,这不对!这是小作坊思维!"

韩巍脸色一变,刚想上前一步,韩怀仁瞪了他一眼,用手再度把他格到身后,继续说道:"所以,我来的第一件事,就是先把拖欠你们的工资结了!该多少,就是多少。"

除了葵比较淡定,其余几人都面露喜色。

"韩巍年轻,有热情,但毕竟阅历和商业眼光有限,他没有意识到他拥有的是一支怎样的宝藏团队,没有开发出你们更大的价值。没关系,现在我来了,这些我来做!未来,我会把你们每个人都打造成电竞明星,你们的身价将翻百倍、千倍!到时候,你们再也不用几个人挤在一套房子里了,买这样的房子,对你们就像买菜一样轻松!"

"真的……可以吗?"孟凡声音颤抖着问,他那常年黯淡的眸子里终于有了些光亮。

"生意场上的人都知道,我韩怀仁说到做到。"韩怀仁走上前,半蹲在孟凡身前,以便他的眼睛能够平视轮椅上的孟凡,他用双手拢住孟凡的手,"但你们一定要配合我。尤其是你啊,孟凡,你不知道你身上蕴藏的能量有多大。答应我,你要支撑云庭战队一直走下去,好吗?"

孟凡先是一愣，然后很用力地点了点头。

韩怀仁欣慰地拍了拍他的肩膀，然后站起来，从随身携带的鳄鱼皮公文包里抽出一沓A4大小的白纸，上面打印满了文字且装订整齐。

"来，旧有的合约作废，把新合同签一签，我们一起挣大钱！"韩怀仁提高了声调，将几份合同和签字笔逐一发放到众人手中，"都是格式合同，通用的。"

孟凡拿到合同，看都没看，提笔就要签。

程浩按住他："别急。"孟凡这才放下了笔，翻到了第一页。

张亦行从拿到合同就开始仔细地阅读。吴泽看起来有点蒙，坐在沙发上发呆，好像还没反应过来这一切是怎么回事。韩巍则坐在餐桌旁的椅子上，拿过合同快速签了字，然后嫌恶似的把合同推到一边，好像那纸张烫手。

葵直接把合同放到了一边，并没有翻开，她朱唇轻启："叔叔，是不是先把情况跟大家解释清楚比较好？"

韩怀仁有些不耐烦地说："刚才我已经解释了，我会重新投资云庭战队，结算之前韩巍拖欠的工资，并且对战队进行新的战略规划。"

葵问："那韩巍呢？"

"韩巍作为选手继续留在战队，但不参与管理了。"

葵的秋水明眸像是瞬间结冰，泛起了一股寒气。"就是说，把他一脚踢开了？"

韩怀仁摆了摆手："晓葵啊，我们是一家人，话不要讲得这么难听嘛，我就一个儿子，能踢得开吗？只是你们年轻人缺乏经验，我得来搭把手啊。"

葵嗔道："韩叔叔，您话倒是讲得很好听，但从结果来看，韩巍就是彻底失去了管理权。"

"谁出钱谁说了算，这有问题吗？"韩怀仁微微提高声调，但气势却高了一大截。

韩巍说话了，他扶住额头，似乎很头痛的样子："不要说了！葵……我是自愿的。"

葵难以置信地看着他，想说什么，终究欲言又止。她走过去，用手拢住韩巍的头，轻轻帮他按摩太阳穴。

刚才程浩一直没有表态，因为他真的在认真看这份合同，但实际的困难是，他不太能看得懂，这份合同长达三十页，细节又非常琐碎。他很想说找个律师看看，但实际上他没有钱请律师。虽然现在云庭战队成绩很好，但程浩并没有得到一分钱的实际收益。他唯一得到的，只是韩巍的承诺，拿到全国冠军可以分到比赛奖金。

这个世界，没有钱真的寸步难行啊。

"我想提醒一下各位，这样的机会不是随时都有的。我管理着一个资产百亿的大集团，我很忙，云庭战队只是我所有项目中微不足道的一个，我不想在这上面花费太多的精力。现在是短暂的休赛期，明天季后赛开打，赛程中就不能再签合同了。我给你们最后两小时考虑，今晚十点截止。"韩怀仁脸上的笑容散尽，冷漠的脸上不再看得出情绪。

程浩看了下自己这份合同，翻到他最关心的地方——工资按联赛平均水平约定，每个月五万。如果签下这份合同，他马上就能拿到五万的月收入。如果不签，就只有韩巍画的一张饼。

"签吧，咱们没得选。"韩巍有气无力地说。

程浩转向身边的张亦行，问道："你怎么看？"

张亦行叹了口气，说道："合同我大概看过了，期限五年，这对传统合同来说不算长，但对电竞选手来说，基本覆盖了整个职业生涯，关于违约的条款也非常严苛。如果签了，意味着我们要和云庭战队捆绑死，不存在主动转会的可能。简单来说，这就是卖身契。其实吧，合同这种东西，有时候关键不在于具体的条款，而在于对条款的解释权。如果只是我个人做决定,我不会这么草率就签。但你和孟凡有迫切的困难,我不能只考虑我自己。签吧,人在屋檐下。"他坦然翻到签字页,以秀逸的字体签了名,单手扔到了餐桌上,再不去看。

见张亦行签了,程浩和孟凡也不再犹疑,纷纷签名。吴泽也好似回过神来了,嘴里一边咕咕哝哝些什么,也签了字。整个战队就只剩葵一个人没签,大家的目光很自然地落在她身上。

葵早已坐到沙发上玩起了手机,合同她从一开始就没接过。见众人都看向她,她似嗔似笑地抬起头说:"我不是来打工的,我是来玩的。我不需要工资,我也不签合同,心情好我就陪你们玩,心情不好我就走。"

韩怀仁无奈地摇了摇头:"随你吧。"他收起其余五份合同,说了声"盖章后返你们"就走了,好像这里并不值得他多停留一分钟。

"这就走了?不是说请我们吃饭吗?正好到饭点了啊……"吴泽揉了揉肚子,仰躺在沙发上,小声嘟囔道。

季后赛来临了。

晋级的八强将分为两组,组内进行双循环赛制的厮杀,每支战队将和同组的其他三支队伍交手,两组最终的头名进入全国总决赛争夺冠军。

云庭继续保持着连胜的生猛姿态,季后赛开打后首战又是告捷。随着不断地运用,程浩对自身能力的控制越发纯熟了。他已经可以做到一心多用,随时注意到其他四位队友的情况以及整个地图上发生的大大小小的变化,不会遗漏任何细节。他确信,如果再给他四双手,他可以同时坐在五台电脑前操作。

为了保持良好的竞技状态,程浩约了未能晋级的晨星战队打训练赛。云庭一路连胜确保晋级之后,王凯,这位程浩昔日的伯乐,给程浩发了一条祝贺的微信,两人又重新建立了联系。

训练赛约到了晚上八点，程浩把这个消息同步到了战队群，几个队友都很高兴。他们原本是没有队伍配合打训练赛的，只能打路人局保持手感，和职业战队比起来，训练效果自然是差了很多。程浩注意到，只有孟凡没有回话。

过了一会儿，孟凡发过来一条私信："浩哥，训练赛我参加不了，八点我要直播。"

程浩回道："直播？什么直播，我怎么不知道？"

"老板安排的，今晚直播首秀，不能缺席。"

老板，自然是指韩怀仁。

孟凡又补充道："平台会封推，给了很多流量。"

程浩说："那这样，我跟晨星那边说，训练赛改一下时间，改到明天。"

"明天，也要直播。"

"哪天不播？"

"每天都要，老板没说停，就不能停。"孟凡在这句后面接了一个叹气的表情。

程浩愣了片刻，急促地呼吸了几下，用拳头在桌上狠命一砸，然后快速在微信里打下一段不太客气的话，但想了想最后还是删掉了，只回了一个ok的表情。程浩只能请吴泽暂代孟凡参加训练赛了，但选手本人不来，全队的训练效果都要打折扣，毕竟这是一个团队游戏。

当晚八点，程浩这边五人打起了训练赛，与此同时，韩怀仁带着好几个人推门而入。那几个人有的扛着摄影机、三脚架，有的拿着补光灯，还有给孟凡化妆、做造型的。两拨人各忙各的，好像毫不相关。

程浩打了一把训练赛，听到孟凡房间里传来调试机位、灯光的吵闹声，觉得心烦意乱，也没心情继续练了，于是借身体不适为由退出了训练。

程浩来到孟凡的房间，门是关上的，他轻轻转动门把手，打开门，悄声摸了进去。一群人看向他，韩怀仁对他严厉地使了个眼色，朝门的方向扭了两下头，示意程浩出去。程浩做了个双手向下压的手势，又用手捂住嘴，示意自己不会发出声音，死皮赖脸地靠着墙角站着。

炫目的灯光下，孟凡化了妆，脸色惨白，梳了个从没见他梳过的油头，发根在灯光下显得锃亮。此刻他局促地坐在椅子上，显出一丝过分端正的不协调感。随着韩怀仁"侧一点""过了过了，往回扭""头抬起来""挺胸"的指令声茫然地做着动作，好像一个牵线木偶。

调得差不多了，韩怀仁喊了声"开始"。

程浩打开手机上的直播软件，果然首页就是"云庭战队wind选手直播首秀"的推荐，程浩点进直播间。扫了一眼观众人数，并不多。孟凡自然还是播《峡谷战争》，画面中可以看到他正常开了一局排位，拿手的风之子瞬间被禁，只能选了别的英雄。主画面是游戏，右下角的小画面摄像头正对着孟凡，孟凡眼神躲闪，只盯着屏幕，从不看镜头。

开播一会儿之后，渐渐观众多了一些，弹幕条数也多起来：

"这是谁啊？"

"什么阿猫阿狗都可以直播了？"

"这水平一看就是白银本地人。"

"不说话装高手？"

……

陌生而汹涌的恶意瞬间涌了上来。

程浩一面用垃圾话帮孟凡回击那些弹幕（因为有违禁词大多被屏蔽了），一面用手疯狂戳屏幕给直播间刷赞。

孟凡看到了那些路人观众的弹幕，脸色一变，走了神，一个走位不慎吃到对手关键技能，被单杀了。

"还职业选手，就这？"

"来单挑，我都能吊打你。"

"菜狗，滚吧！"

弹幕太多，程浩回不过来了，看着那些能把人肺都气炸的言论，程浩索性关掉了弹幕。

"要不要封一些号？"旁边的工作人员小声请示韩怀仁，看样子他是直播间的房管。

韩怀仁摇头："封什么？有人骂是好事，说明有人看。"

韩怀仁示意一旁的工作人员拿起提词器，输入了几个字举给孟凡看，上面显示着"说话，别闷头玩游戏"。孟凡看到了，于是开始磕磕巴巴地解说自己的操作，高端局是很需要专注力的，现在一分心，于是失误更多，弹幕也骂得更狠。后来那些弹幕骂着骂着也觉得没劲了，纷纷退出，直播间观看人数快速下跌。孟凡整体呈现出来的直播效果是游戏里失误频频，解说前言不搭后语。

韩怀仁摇头，叹气。

几乎是强撑着播了四个小时，到最后孟凡双眼无神，连话也说不出来了，只是机械地操作着。直播间观看人数掉至冰点，只有几个工作人员的账号孤零零地支撑着。

直播结束后，孟凡瘫倒在椅子里。程浩走过去站在他身边，发现补光灯温度其实挺高，直接照射之下甚至有种被炙烤的感觉。他拍了拍孟凡的肩膀说："播得不错啊。"孟凡摇了摇头，连回应的力气都没有了。

这时韩怀仁走过来，把其他工作人员叫到一起，对孟凡说："来，复盘。"

程浩说："现在都晚上十二点过了，要不明天吧？也让孟凡休息一下。"

韩怀仁瞪了他一眼："这儿没你的事儿。"

他扭过头看着孟凡："我先说，最大的问题，你要知道你不是在玩游戏，你是在直播，是为观众服务的，你要说话，跟他们互动。"

"我……我不知道该说什么。"孟凡回答。

"不知道你就去学啊，看看别的大主播怎么跟观众互动的。"韩怀仁说道。

"好……"

"还有，你今天怎么回事，失误这么多？"

"我看到那些骂我的弹幕，脑子就蒙了。加上高端局确实很需要专注，分心解说我操作就跟不上了。"

"那就别打高端局了，明天买个小号，不，就抽白银段位的粉丝号打，算是直播福利了。"

孟凡愣了一下，欲言又止。程浩知道他想说什么，替他说道："长期打低端局会变菜，渐渐就跟不上比赛的强度了。"

"那就再找时间打高端局补回来！"韩怀仁的语气已经相当不耐烦了，"总之，直播的效果必须保证。"

哪还能再找时间啊，孟凡今晚训练的时间不都被你挤占了吗？再怎么时间管理，一天也只有二十四小时。韩怀仁或许在传统行业是个老道的生意人，但他真的不懂电竞。程浩这么想着，但没有说出口。

见两人都不再答话，工作人员也收拾好了设备准备离场，韩怀仁也没再说什么，只是提醒道："明天继续。孟凡你好好琢磨一下，怎么把直播效果提起来。"

"好。"孟凡木讷地点头，仿佛除了这个字已不会说别的话。

第二天晚上，孟凡的房间又涌进了昨晚做直播的那一大群人，这次他们还提前了一点，七点一过就来调试设备了。

开播之后，在运营的指导下，孟凡跟着提词器念起了话术，说要抽直播间的一位粉丝账号帮忙打号。这个弹幕抽奖的操作让直播间的人气涨了一截。

抽出账号之后，孟凡登录了粉丝的账号，开始打低端局。低端局太轻松了，孟凡十分钟不到就一条路打穿，杀到了高地，然后开始不断地一打五，各种精彩华丽的操作频频上演。弹幕纷纷刷起了"666"，辱骂质疑的弹幕也明显少了很多。因为没有操作压力，所以孟凡也能分出时间来进行解说，虽然解说得还是磕磕巴巴，言语也无趣，但好歹直播间有点声音了。

韩怀仁说了句："这才对嘛。"孟凡的眉头也舒展了一些。唯有一旁观看的程浩脸色越发难看。

就这么又播了两天，眼看季后赛的第二场比赛迫近了，孟凡的训练却基本缺席。本来白天还有时间参加训练的，但现在白天韩怀仁也经常拉着孟凡开会，进行所谓的复盘，导致孟凡白天的训练时间也非常零碎。

开播的第四天，韩怀仁说："现在我们进入了一个比较平稳的节奏，直播有人看了，但这点观看人数和头部主播比还差十万八千里。我很少这样手把手地带一个项目，如果只做到这种程度，那显然投入产出比太低了，我们不做则已，要做就做到最好。半个月后，也就是全国总决赛的时候，那正是电竞全民关注度最高的窗口，我要借势让孟凡成为平台一哥，人气超过那些千万粉的大主播。

"所以，我们每天都要有新动作、新花样，每天都要看到新增长，绝对不能原地踏步。"韩怀仁斩钉截铁地宣布道，"把直播间名字改一下吧。"

"改成什么？"运营人员问。

"没有腿的追风少年。"韩怀仁有些得意地说，"我琢磨好几天了，就叫这个。"

孟凡的表情瞬间呆住，像是有什么哽在喉咙里一样，嘴唇颤抖着翕张，痛苦爬满他的脸，就像干旱皲裂的土地。"能……别改成这个吗？别的……都行。"孟凡自从加入云庭战队，对战队的决定就从来没说过"不"字,这是他第一次表现出不情愿。

韩怀仁像是没听到一样,摆了摆手,指挥运营人员改了名字。

名字一改,直播间的人气开始飙升,只用了半个小时就达到了前几天观看人数峰值的十倍。弹幕里,有人在询问,有人在解释,有人在辱骂。

"数据涨得很快,现在已经冲进同类型榜单前十了。"

"还在涨,前五了。投流工具用起来吧,全平台曝光。"

"进总榜了!总榜前三十。加大投放力度!孟凡别不说话呀,注意跟观众互动。"

孟凡本来还会解说一下,现在重新变得沉默了。不管运营怎么催促,他都不再讲话,只是埋头专注于游戏里的操作。

运营人员不断地汇报着最新情况,语气中已经抑制不住兴奋。然而韩怀仁的表情却看不出什么变化,他说:"还不够。离头部还差得远。"

韩怀仁刚才一直在盯着弹幕,很多人对"没有腿"三个字表示疑惑,即便有房管或其他观众解释,新来的观众仍是不了解情况。

他摇了摇头:"不直观。"

只思考了半分钟,韩怀仁指着孟凡的电脑桌对工作人员说:"把那块挡板卸掉。"

孟凡的电脑桌,在椅子的对面有一块可拆卸的挡板。

孟凡的脸上露出惊恐的表情:"别,别这样。"

工作人员犹豫了:"现在吗?还播着呢。"

"拆!"韩怀仁一声令下,工作人员只好上前去,在直播间观众的注视下,拆掉了那块挡板。现在,孟凡那空荡荡的裤管,就直接暴露在观众的眼前了。

弹幕像是疯了一样,瞬间暴增,条数多到将整个屏幕铺满,以至于不关掉弹幕连画面都看不到——

"原来真是个瘸子!"

"攒劲的节目!"

"别拿别人的痛处开玩笑!"

"你不该玩风之子,应该玩厌魂师[1]。"

"卖惨?取关了。"

"拆挡板的人也太坏了吧。"

"哎,刷个礼物支持一下,都不容易。"

直播观看人数在刚才的基础上又翻了好几倍,观众刷礼物的数量也明显增长,运营由衷地赞美道:"老板,你真神了,你要是来干运营,绝对是这个。"他比了个大拇指。

韩怀仁也笑了,笑得越发得意,整个房间里洋溢着快活的空气。

只有孟凡,他停下了手中的操作,让英雄静止在防御塔下。他放下鼠标,松开键盘,双手放在桌上,支撑着头,整个人像傻了。对手抓住了孟凡放弃操作的节点,直接越塔强杀了他。

"你已被击杀!"系统冷漠的提示音响起。

孟凡抬起头来,眼神空茫地看着屏幕,英雄阵亡后,屏幕由彩色变为了黑白。他环视四周,整个世界仿佛也变成黑白的了。看着眼前这群陌生人,看见他们在欢呼雀跃,就像在看一部默片。他们在说什么,孟凡听不见;他们在庆祝什么,孟凡不明白。

下一刻,黑白的屏幕却直接变成了纯黑。灯光下,屏幕像一面镜子,映照出孟凡的脸。他以为是幻觉,揉了下眼睛,发现屏幕是真的黑了。

程浩站在他面前,手里拿着拔掉的电源插头。

这次直播时程浩并不在房间内,看来他是从直播的画面里看到发生了什么,然后冲进来拔掉了电脑电源,导致直播中断。

"你干什么?!"韩怀仁怒目圆睁,朝着程浩大吼道。

---

[1] 厌魂师在游戏背景故事里是一位瘸腿的英雄。

"对不起，韩总。孟凡的状态已经无法继续直播了。"程浩说。

"你还知道我是韩总？不知道的还以为你才是老板！"韩怀仁冷哼一声，"你这样突然掐断直播，怎么对观众交代？"

"对不起。"程浩再度低头，"我替孟凡直播吧，他不适合做这个。"

"你懂什么？他比你们都适合！知道我为什么选他吗？不要怀疑我的商业眼光！"韩怀仁重重地拍了一下桌子。

"为什么我比他们都适合？"一直没说话的孟凡抬起头来，他的眼角挂着些许晶莹的东西，"我不风趣，不幽默，不懂怎么跟观众互动，如果只要游戏玩得好的，那我们五个谁来直播都可以。"

韩怀仁没有回答。

孟凡双手用力在桌沿一推，椅子向后滑出，他把空荡荡的裤管往上挽，两节残破的下肢显露了出来。断肢处是向外凸起的椭圆肉球，那里的皮肤早已愈合多年，光滑如新。

"因为这个，对吗？"孟凡说。

韩怀仁没有看向孟凡，他沉默了一会儿，在房间内踱了几步，然后说："我问你们，你们知道手球的世界冠军都有谁吗？"

"手球？"众人不解。

"你看，你们甚至都不知道有手球这个东西。手球是正式入选奥运会的体育项目，这么重要的竞技体育的冠军选手，你们完全没听说过。这是因为他们的竞技水平不够高吗？你们随便一个电竞选手的收入，可能都超过手球奥运冠军，是因为他们训练不够努力？还是说电竞比手球更高贵，更能体现体育精神？狗屁，都不是！

"电竞选手收入之所以远超手球，只有一个原因——看电竞的人多，比看手球的人多得多。

"所以，收起你们的骄傲！你们就是给人看的，不给人看，一个月几万的工资哪里来？单靠你们努力训练，打打比赛就够了吗？没有人看，就像手球一样，拿到世界冠军，也赚不到几个钱。想赚钱就不能要面子，孟凡，你哥的彩礼钱你还要不要赚了？相比于你哥为你吃的苦，你这点所谓的面子、尊严又算得了什么？你现在撂挑子，对得起你哥吗？

"既然说开了，我就实话告诉你，孟凡，没错，我就是看中了你的残疾。少年天才，身患重病，为了家人而打拼，多么励志，多好的人设，我们可以利用这个人设，赚到很多钱，这就是你最大的卖点！"

卖点？孟凡在心里重复这个词。

哦，原来什么都可以卖的。

尊严可以卖，经历可以卖，耻辱可以卖，就连痛苦……也可以卖。

孟凡愣怔地听着这些赤裸裸的话语，感觉像衣服被扒光，站在大冬天的雪地里。

"我不干了。"这几天来一直沉默干活儿的摄像师大哥，收拾好器材，突然说道。

韩怀仁看都不看他，只说道："找财务把工资结一下。"说完他转向其他人，"还有谁要走的，马上滚。"

见没有人答话，韩怀仁找了把椅子坐到孟凡正对面，他凑得很近，眼睛逼视孟凡："我给你最后一次选择的机会，要么你离开云庭，我重新招人，但我们的合同里是有竞业协议的，你不准再留在电竞行业。还有一个选择，留下来，听我安排，一起赚钱。"

孟凡沉默了。走？走是很容易的，可是走了之后呢？自己废人一个，离开电竞又能做什么？哥哥怎么办？还有爸妈，小时候他们照顾自己，现在他们也老了，谁来照顾他们？父亲是下力的，去年看到他给人搬家，一个人背着几百斤的沙发从楼梯上慢慢下来，以前他步子多快啊，那次却走得很慢很慢，雇主在后面不断地催，父亲腮帮子高高鼓起，豆大的汗珠从额头滚落，牙齿都要咬断了。快六十岁的人了，还在干这么重的活儿。

妈妈在老家拉电动三轮车，自己从上海回去的时候，就是妈妈来接的。那天晚上下了很大的雨，从车站出来，看到妈妈的三轮车在车站外孤零零地等着。雷雨天气本来是三轮车的营业高峰，但风雨实在太大，大到车都可能被掀翻，其他司机都回去休息了。孟凡坐上妈妈的三轮，看到座位隔板上贴着一张收款二维码，一时起心动念，他扫了一下那个收款二维码，然后，他看到了收款的账户名——"用力活着"，他顿时如遭雷击，眼泪止不住地流了下来。

用力活着，还要怎么用力啊？你们已经用完所有力气了，还是活得这么艰难。现在，该我用力了吧。

"我不走，我留下来，我要赚钱，我听你的。"孟凡说。

韩怀仁满意地点点头："今天这里发生的事，我不希望再看到。还有你，程浩，以后孟凡直播的时候你不准进来。"

程浩没有理会韩怀仁，而是走向孟凡，俯下身，和刚刚韩怀仁一样，直视孟凡的眼睛说："孟凡，我就问你一句话，你来上海，是要成为最好的电竞选手，还是成为一个主播？这真的是你想要的吗？"

孟凡沉默了半分钟，乌云在他的眼睛里聚散，然后，他猛拍轮椅的扶手，朝着程浩大声吼道："我有得选吗?！我有得选吗?！"

程浩愣住了，自他们认识起，孟凡从来没有发过火。但他还是后退半步，认真地说："我们永远都有得选。"

孟凡看向地面，冷冷地哼了一声，不知道是在嘲讽程浩，还是在自嘲，然后他说："我的事，你别管了。"

程浩难以置信地看着孟凡，确认自己没有听错后，他仰起头，连说了两个"好"字，终于推门而去。

季后赛第二场。

开场仅三分钟，中路就传来击杀声，几个队友以为孟凡单杀了对手，正要高兴，一看却是孟凡被单杀了。

队友都是一惊。怎么可能？这一路比赛过来，从来只有他开局单杀别人啊！就算遇到极强的对手或者被后手克制，也能保持均势发育。开局被单杀对孟凡来说是从未有过的，何况，这次对手的中单并不算很强。

"怎么了，身体不舒服吗？"葵在语音里关心地问道。

"不是……"孟凡摇摇头，"对不起，失误了。我会打回来的。"

但职业联赛"打回来"谈何容易，只要一个失误，就会被对手死死咬住，把你当作突破口。第三分半钟，对面打野抓住孟凡没有闪现技能的时机，配合中单强行越塔，孟凡的战绩变成了0-2。

"你不在状态啊。以往对手强越你，你靠操作至少能换一个的。"韩巍有些担心地说。

"对不起。"孟凡再次道歉。

"没事，我来保你。"张亦行说。为了尽量保护孟凡，他强行改变了自己的刷野路线，牺牲了自己的发育。这一调整也起到了作用，之后对面中野再想故技重施，张亦行都能很快赶来支援，好歹孟凡能稳住了。但副作用也很快显现，因为张亦行被迫要照顾中路，对整个野区的控制力减弱，对小龙这样的战略资源的争夺力度就不足了，只能被迫放掉。这个游戏就像一部精密的天平，此处的劣势即便能一时弥合，最终也会在其他地方暴露。随着对面不断蚕食野区资源，一点一点扩大优势，云庭战队最终积重难返，输掉了这一局。

"别急，还有两局，我们好好打。"张亦行说。

第二局。这局孟凡倒是没被单杀了，但十分钟发育落后对面中单很多，他一直被推线，困在了塔下。然后对面中野联动，一起去野区伏击张亦行，张亦行凭借优秀的操作，好几波极限逃生，但是状态被打残，什么事也做不了，只能回家。同时边路也承担了很大的压力，因为要随时小心对面中野一起来包夹。电子竞技，你菜，就要付出代价，如果付出代价的不是你，那就是队友为你承受了。微弱的劣势不断累计，雪球越滚越大，最终第二局也输掉了。

进入季后赛阶段，赛制就变成了五局三胜，云庭0-2落后。第三局，程浩状态极佳，扳回一局。但第四局，在张亦行死保中路的情况下，对手变换策略，从禁用和选人环节就开始有意针对下路。他们队选了一个具有全图位移的中单和一个有强开能力的辅助英雄，看准时机，辅助直接强开，中单从天而降配合打野，瞬间形成四包二。孟凡和张亦行根本来不及支援，只能眼睁睁看着葵和韩巍双双殒命，然后丢掉小龙，下塔被拔。兵败如山倒，不到二十分钟，云庭战队直接被推平了基地。

1-3，云庭输掉了这场比赛。这支战队重组以来的不败神话，就此终结。

"为什么对面中单次次来下路，你都不支援？"韩巍情绪有些激动地质问孟凡。

"我……被压了，动不了。"

"你可是我们中最稳的一个啊……"

"对不起……最近状态不太好。"孟凡默默把自己的鼠标键盘收起来，明明线已经缠好了，他还在不断地绕。这时，孟凡直播间的运营人员过来，推着孟凡的轮椅离场。以往为孟凡推轮椅的人都是程浩，现在换人了。

"他的水平下降得太快。"吴泽叹了口气，"这是怎么了？"

一天后，云庭集团总部，总裁办公室。

程浩站在办公室门口，犹豫了一分钟，终于还是敲了门。

"请进。"韩怀仁的声音从里面传来。

程浩拧动门把手，门没锁。推开门，这是一间巨大的办公室，比韩巍家的客厅还要大，看起来可能有三四十平方米。正前方一整面环状墙都是透明落地窗，仿佛一步踏空就会从这万丈高楼摔下去。左手边的侧面墙上内嵌了一个好几米长的水族箱，里面有假山、水草、怪石。水族箱里有一个庞然大物在游动，程浩定睛一看，那竟是一条蓝色的鲨鱼，可能有两米长。那鲨鱼逡巡着，不时撞一下水族箱，发出沉闷的咚咚声。程浩注意到，水族箱内还有吃剩的碎肉和红色的血水。

韩怀仁坐在一张办公桌旁，办公桌上只有一台电脑。房间中央摆着一张地毯和几张沙发，沙发旁有一台黑色留声机和一个书架。

"感到奇怪是吗？"韩怀仁面带微笑地看着程浩，"觉得这里不像个办公室？"

"这儿只是个歇脚的地方。"韩怀仁用手往后一指落地窗外，"那里，才是我的办公室。"程浩看向他指的地方，那是窗外匍匐着的整个上海。

程浩没说话，默默进门，走到办公桌前，在椅子上坐下了。

"你是不是知道我会来找你？"程浩看着韩怀仁说，因为他感觉后者对自己的到来毫不意外。

韩怀仁点了点头："不然你是进不来的。"他一边说，一边从抽屉里拿出一包茶叶，先倒了一点热水打底，过了一会儿才接着倒满大半杯，放到了程浩面前。"尝尝，安徽太平猴魁，最高卖到过两百万一公斤。"

明明前几天才大声训斥我，现在却满脸堆笑地请我喝这么贵的茶。程浩心里升起一丝警惕。他没有拒绝这杯茶，但也没有喝。

"我想和你聊聊战队的事。"程浩说。

"不然呢，还能聊什么？"韩怀仁往身后的真皮座椅一靠，半仰躺下来。

"我们刚刚输掉了一场比赛，虽然不至于被淘汰，但这是一个很危险的趋势。如果继续这样下去，云庭战队走不远了。"

"我知道，这很重要。但我想先和你聊聊别的。"韩怀仁好整以暇地用茶杯的盖子在茶水上漾了两下，然后轻轻吹气，才慢悠悠地抿一口。

"你好像根本就不太关心战队的成绩？就不怕这次投的钱又打水漂吗？"程浩按捺着怒火说道。

韩怀仁放下茶盏："怎么能说不关心呢，只是关心的方式不同。你如果在我这个位置，看到的东西就会不一样。所以我经常跟年轻人说，不要急。我教育韩巍也是这样说的。"

他到底想说什么？程浩有点摸不准现在的状况了，自己来这里，早就做好了大吵一架甚至被直接开除的准备，现在却一拳打到了棉花上，无处着力。

韩怀仁抬起双眼："你觉得，现在的电竞产业发展得怎么样？"

"产业……"程浩心想自己就是个臭打游戏的，哪里懂什么产业，"我没想过这个问题。但看目前的情况，打得好的话，好像还挺赚钱的。"

韩怀仁点了点头，然后他把茶杯里的水直接倒在了桌上，程浩一愣，那可是两百万一公斤的茶叶啊。

韩怀仁伸出手指，蘸了一点茶水，在桌上画下一条抛物线，看起来就像一个小写的"n"。他问："如果这条线代表的是电竞产业，你觉得现在到哪个点了？"

程浩站起来，盯着那抛物线看了一会儿，心想应该是巅峰吧，电竞这么红火，满大街的年轻人找不出几个不关注游戏的。于是他指向了抛物线的顶点。

"很好。"韩怀仁说，"那我问你，顶点之后是什么？"

顶点之后……是一条快速下坠的线。程浩一个激灵，感觉如坠冰窟。是啊，顶点之后不就是坠落，辉煌过后不就是黯淡吗？可是，我们还没走到顶峰，就要下山了吗？

韩怀仁用冷静的语气说道："我在重新投资云庭战队之前，请专业的咨询公司做了一份关于电竞产业整体发展的报告。结论是：不宜投资。他们预测，要不了多久，整个电竞行业都可能会消亡！"

"怎么可能！"程浩难以置信，"爆火的MOBA游戏换了一茬又一茬，没有哪个游戏会一直火下去，这个我懂，但无非是新的游戏取代旧的，换汤不换药，电竞本身怎么可能消亡呢？"

"iPhone出来之前，那些做实体按键的手机的工程师也是你这么想的，明明自己占据着全球最大的市场份额，怎么一夜之间就被取代了？要知道，淘汰马车的不是更快的马车，而是蒸汽机。"

"但……总还是有人需要玩游戏的啊。"程浩有点蒙了，他完全没料到韩怀仁会跟他聊这些。

"不，以后人们不玩游戏了……"韩怀仁抬头望着天花板，"他们直接生活在游戏里。"

"你是说……"程浩的嘴张开，久久不能合上。

"脑机接口、元宇宙、人工智能、超级计算机……一个完整的虚拟世界需要的一切技术，人类都已经具备了，剩下的，无非是一个成熟的整合方案而已，而那正是现代商业最擅长的。"

韩怀仁说的那些科技名词，程浩都听说过，但他总觉得那些东西离自己很遥远，从来没想过它们会让自己的生活发生剧变。不会有一款新的游戏出来取代《峡谷战争》了，所有用鼠标、键盘、手柄、触控屏玩的游戏，所有以实物为载体的游戏，最终都会完蛋。以后的游戏，都将在虚拟世界里运行。

多可笑啊，走位、操作、意识、手速……还以为研究好这些就能拿冠军，就能当人上人。现在……也许冠军本身都已经失去意义了。就像韩怀仁说的，如果没人玩，没人关注，拿到世界冠军又如何呢？"蒸汽机"的时代就要来了，他还在想成为最快的"马"。

但程浩马上想到了一个问题："如果真是这样，你为什么还要投资呢？"

韩怀仁笑道："别人贪婪我恐惧，别人恐惧我贪婪。现在电竞还在顶点上,这是最后的疯狂,只要我掐准合适的离场时机,就能大赚一笔。"

你倒是大赚一笔离场了,那我们呢?程浩在心里冷笑。

"你说的我都能理解,我唯一不理解的是,你为什么告诉我这些?"程浩实在忍不住问出了这个问题——把刚刚说的话藏在心里,利用完我们这些选手就扔掉,这才是韩怀仁的行事风格吧。

"因为我没有选择。"韩怀仁说,"要达到我的目的,必须要有一位选手配合我,综合考量之下,那个人只能是你。"

"怎么配合?"程浩说。

"很简单。"韩怀仁深吸一口气,直视着程浩,"我要你一直赢,赢到全球总决赛,然后,输掉。"

"输掉总决赛对你有什么好处?"程浩心里其实已经知道答案了,但他要韩怀仁亲口说出来。

"这个你别管。你只需要知道,如果赢得了全球总冠军,算上奖金、冠军皮肤的销售分成,还有商务合作,你最多能拿到几百万的收益。看起来不少了,但你要知道,一两年后电竞就凉了,到时候你靠什么赚钱?而如果你配合我,我保证你至少拿到一千万。一千万,对普通人来说,可以一辈子衣食无忧了。"

博彩。

程浩心里咯噔一下,脑中冒出这个词。早该想到了啊,为什么韩怀仁接手战队以来,好像根本就不是特别在意成绩。因为他从一开始就没想拿冠军。奖金才几个钱?而如果电竞行业即将陨落,长线的明星效应也没有意义了。只有地下博彩,才可能一次性榨取巨大的收益。

先把选手用各种方式捧红,打造出不败神话,让我们一路打到总决赛,这时人气和地下博彩的赔率都会达到一个顶峰。然后,在所有人都以为我们会赢的时候输掉,收割地下博彩数以亿计的现金流。

至于梦想,至于电竞精神,那是什么?这些东西在韩怀仁这种人

213

眼中，就是笑话罢了。

他们什么都想操控——操控选手，操控比赛，操控媒体，让所有人都成为提线木偶，陪他们演完这场戏。

"为什么是我？你也可以找队里其他人啊。"程浩沉默了很久，才终于问道。

韩怀仁摇了摇头，说道："他们不可能答应的。比如韩巍吧，他只是假装在创业，假装喜欢钱，其实他根本不想赚钱，他想的是证明自己。易晓葵也是同样的道理，如果你跟她谈钱，她会问你缺多少，她转给你。这帮孩子，被宠坏了啊……

"再说张亦行，他条件不是那么优越，可能也就小康家庭。但他是最不可能的，因为他没有欲望，或者说没有我们的这种欲望，他甚至不需要证明自己。他来上海，只是因为你是他的朋友，他想帮你。"

程浩点了点头，不得不承认韩怀仁看人很准。

"孟凡呢？他很缺钱。"程浩问。

"孟凡……"韩怀仁嗫嚅着这个名字，"比较复杂。他看起来会答应，但其实不会。我也说不清楚为什么，直觉吧。"

孟凡不会答应，这点程浩也清楚，一个已经跌入尘埃的人，你不能指望他比尘埃更低。

"那么，你又是为什么那么肯定我会配合你？毕竟我当面拆过你的台。"程浩说。

"也谈不上肯定吧。如果有可能的话，那只能是你了。我第一次在比赛视频里看见你，看着你的眼睛，和我年轻的时候太像了。我们心里都有一头野兽，我们活着，就是为了喂饱它，但怎么也喂不饱……"

程浩感觉心里有点不舒服，他不喜欢被人看穿。

"好好想想吧，这可能是你这辈子唯一能实现财富自由的机会。

而且这件事对你来说做起来很轻松,我能看出来,你才是那个真正能左右游戏输赢的人。到了最后一场,你甚至都不用演,只需要不那么卖力就行。比如有机会单杀的时候你假装求稳,有机会拿战略资源的时候你慢上半拍。在外人看来,你只是状态不好,没能carry队伍而已。没有谁会对你过多地指责。如果你答应,我还可以适当放松对孟凡的要求,让他有更多时间训练。你来找我,就是为了这件事吧。"

要答应他吗?程浩想起了把自己带上职业道路的那局游戏。那一次对面有两个演员,但他靠着逆天的操作最终取得了胜利。而现在,一辈子的荣华富贵就摆在自己面前,代价则是自己成为演员,成为曾经最讨厌的那种人。

"有个问题我问过我儿子,现在我也问问你。这个世界上只有三种人,羊、牧羊犬跟狼,你想当哪一种?"

程浩抬起头,眼神迷茫。

韩怀仁站起来,温和地捺住程浩的肩膀:"不用着急回答我,先好好打比赛吧,你还有一段时间可以思考这个问题。等真的打进了全球总决赛的时候,你来告诉我答案。"

夜　奔

秋天来了。

九月初的上海,尚未完全褪去暑气,气温还算怡人。道旁的悬铃木和香樟红黄交杂的叶子,绽放着最后的绚烂。恒隆广场、正大广场、环球港这些知名购物中心的大屏幕上,出现了云庭战队六个人的大幅写真。上面用大字写着:

热烈祝贺！
云庭战队荣获《峡谷战争》夏季赛全国冠军！

时不时会有青春靓丽的男孩女孩，挥舞着战队的旗帜，在大屏幕下合影。不训练的时候，程浩喜欢戴着兜帽，独自坐在广场的长椅上，远远地看着那些年轻人。

电竞，就是青春。他这样想着。

韩怀仁说两三年后整个电竞行业就消亡了？可明明还有这么多年轻人喜欢啊。但他内心里又隐隐觉得那是真的，盛极而衰才是这个世界的常理。

回望过去半个月，程浩觉得犹在梦中。在那一次上门沟通之后，程浩和韩怀仁达成了短暂的相互妥协。孟凡的直播继续进行，但强度稍微下降，给训练留出了一些时间。调整之后，虽然孟凡也没有恢复到之前那种carry全队的状态，但好歹能稳住了，没有拖队伍的后腿。

而程浩的异手和超级记忆的能力，却在不断增强，他越打越好，越打越稳，真正扛起了这支战队。最终，云庭战队一路有惊无险地拿下了夏季赛全国冠军，正式加冕为一流强队。

比起孟凡在赛场鸡肋的表现，他的直播倒是越做越好了。面对那些辱骂他的弹幕，孟凡没有像之前那样逃避，而是直接骂回去，公开与之对线。他越骂，观众就越嗨，弹幕数不断增多。关于自己的残疾，孟凡也不再遮掩，甚至主动自嘲，开起了玩笑。有一次，有个观众在弹幕里问："这么被人嘲笑，你就不难过吗？"孟凡回答："反正怎么都会被嘲笑，干脆收他们点儿钱。"

"看到了吧，他真的是个天才，学什么都快。"那次直播正好韩怀仁和程浩在场，韩怀仁得意地向程浩展示自己的调教成果。

"已经是个有模有样的大主播了。"程浩不咸不淡地回应道,"最近你给他接了不少广告,最离谱的是还有轮椅的代言,赚了不少钱吧?"

"赚钱赔钱都是我的事。"韩怀仁说。

"你没给他分钱?"

"这个你就不用管了。"

"你把一个天才选手,活生生地变成了马戏团小丑,这是多少钱都没法弥补的。"

"也许人家的志向就是当马戏团小丑呢?"

程浩冷哼一声,没有人生来就想当小丑。

虽然孟凡对程浩说了"我的事,你别管",但程浩看着他的状态,仍是有些担忧。直播越做越好,人气越来越高,但孟凡的黑眼圈越来越重,面色蜡黄,头发干枯,憔悴了很多,才短短一个月,却像是老了几岁。训练加上直播,几乎榨干了他,每天只能睡三个小时。有时候下播了,他倒头就能睡着。

他的世界太黑,却拒绝别人来照亮,于是只有自己成为烛火。

千里之外,程浩的故乡,那个南方县城。

正心书院校长谭军看着突然冲进他办公室的三位民警,有点蒙。为首的那个他打过照面,辖区派出所的副所长赵翰杰。不过他们素无来往,他来干什么?

谭军整理了一下表情,还是笑嘻嘻地迎上前:"赵警官大驾光临,有失远迎啊,怎么来也不打声招呼?"说完便请几位落座,但没人搭理他。正待他要打开茶叶罐,赵翰杰冷淡地摆摆手:"不用了,一会儿就走。"

"好,好。"谭军尴尬地笑着。

赵翰杰扫视了一圈,径直走过来,站在谭军面前,高声宣布:"接上级主管部门通知，现勒令正心书院停止办学，立即解散，并释放所有学生。"

谭军一愣，他的网戒学校开在这里十几年了，这种情况还是第一次遇到。

他转身把茶罐放回桌上，理了理衣领，不疾不徐地说道："我们这种民办教育机构，应该由教科体局主管，如果有他们的函，我二话不说，马上关停。不劳您费心。"

赵翰杰朗声说道："那如果有人指控你涉嫌刑事犯罪，这事儿归不归我们管？"

"犯罪？"

"我们收到的群众举报很多。但考虑到这些孩子都是家长自愿送进来的，情况比较复杂。如果你现在关停，可以不走公诉程序。执迷不悟的话，判个故意伤害、非法拘禁都算轻的！至少两年，你自己考虑吧。"

谭军眼珠一转，说道："要不这样，赵警官，我先按您的意思，教学暂停，孩子们呢，我给他们放个假，回家休息。等正式的公文下来，我们该怎么样就怎么样。"

赵翰杰摇了摇头："看来你还是没明白我的意思。我说的是关停，不是暂停。那就先拘留吧，你配合我们调查，进去把事情说清楚，说明白。"说完，赵翰杰朝另外两个民警使了个眼色，他们冲过来一左一右架住谭军，作势摸出一副"银手镯"就要给他戴上。

"别，别！"谭军拼命挣扎，往后一退，靠在了办公桌上，喘着粗气说道，"我就问一句，靳所长知道这个事儿吗？"

赵翰杰厉声道："靳所长调走了，现在我是所长。"

谭军垂着头嘀咕了一句："没听说啊……那，杜局呢？"

"在纪委接受调查。"

谭军苦笑一下，点头道："明白了，明白了。"他在屋里踱了几步，叹了口气，说道："我今天就关停，放孩子们回家。"

赵翰杰一行并没有马上回所里，而是监督着谭军打电话通知了所有家长，让他们来接孩子回去。很多家长还不乐意，纷纷质问为什么要关停书院，赵翰杰没有多言，只解释说办学资质有问题，要停业整顿。他亲眼看着家长来，把孩子一个一个领走，然后才离开。

赵翰杰走后，教官王永利来到了谭军的办公室。

谭军瘫坐在皮椅上，半死不活地瞥了王永利一眼，叹道："建这个学校需要十五年，关掉它只需要一天。"

王永利问："真就这么关了？"

"不关就只有进去，我肯定是跑不掉的，说不定你也要进去。"

王永利急了："学校关了，那我们这些人怎么办？"

"这几天把后续的事情处理一下，好多个家长嚷嚷着退学费，先把这头儿搞定。然后再说下一步的事儿，可能得换地方，这儿变天了。"

王永利咬着牙说："当初那个程浩在的时候，我就感觉不踏实。"

谭军斜觑他一眼，问道："和程浩有啥关系？"

王永利说："程浩从书院跑出去那次，还记得吗？警察传唤我们了解情况，我看到最后程浩是坐那姓赵的警察的车走的。他们认识！"

谭军仰头回忆了一番："你这么说……我想起来了。"

"他现在倒好，从书院出去之后去了上海，成了明星电竞选手了。我看网上说，他们那个战队拿了一个电竞比赛的全国冠军！"王永利感叹道。

谭军一激灵："当真？"

"对啊。"王永利说，"我刷到这个消息的时候也是一愣，但看视频上那人的长相，肯定是他，错不了。"

谭军心念一动，他想起了程浩在校长办公室接受电疗时的异常表现。当时室内所有人都被剧烈的头痛袭击，包括他自己，似乎有什么东西在强烈地冲击着他们的大脑。而当电疗停止，那冲击也停了。他之所以对这件事格外留心，是因为他曾经见过类似的情形——多吉，他的儿子，那个怪物般的存在。

心里好像有什么在动。

谭军试探着问王永利："你有没有觉得，这个程浩，他身上有些很邪乎的地方。我是说，有点不像正常人类……"

王永利回忆了一下，嗫嚅道："还真是……之前有件事我觉得太扯淡了，就没说，现在想起来的确有问题。书院里有个叫武凯的孩子，去程浩的寝室找麻烦，被程浩打得半死。我本来以为只是普通的打架斗殴，但后来听到一些风言风语，说程浩模仿了香港动作片里的招式，那些动作简直和电影里一模一样，邪乎得很。我当时觉得只是小孩子瞎说，就没放在心上……

"还有一次，在食堂，我带程浩熟悉环境。他手里明明拿着一个勺子，却说他看不见那勺子，不像装的。"

"有问题。"谭军笃定地说，"他身上一定有很多秘密。"

王永利说："不过这和我们有啥关系？现在最头痛的是书院的事儿吧……"

谭军阴恻恻地一笑，声音喑哑，像是喉咙里有金属的刀片将声音绞碎了："秘密，就是钱。你说和我们有没有关系？这段时间，我先多了解些情况，好好琢磨琢磨。如果有必要，我们亲自去一趟上海。这一票要是干得好，咱们就翻身了。"

王永利不解地看着谭军。

谭军没理会他，自顾自盯着手机上搜索到的新闻网页，那是云庭战队夏季赛夺冠的照片，照片上程浩和队友举着半人高的巨大奖杯，舞台上的彩花炮下起了金色的雨。谭军伸出枯瘦如鹰爪的手，在那照片上抚摸着。

"小朋友……我们的缘分还没尽啊。"

夏季赛结束，紧接着世界赛就开始了。

伦敦、首尔、旧金山、巴黎、雷克雅未克……《峡谷战争》世界赛每年会在全球各地巡回举办，而今年，举办权正好花落上海。中国选手将会主场作战，迎战来自全球各大赛区的战队。每个赛区只有四个名额可以进入世界赛，所以必须通过激烈的入围赛角逐来选拔，而云庭战队作为夏季赛冠军，不用参加入围赛，直接保送，获得了一个名额。

入围世界赛的每支队伍都会与胜负记录相同的队伍进行比赛，所有可能产生晋级或淘汰队伍的关键比赛，都采用三局两胜制，而其余比赛则是单场胜负。直到总决赛，才采用五局三胜制。

世界赛云庭首战，对阵北美赛区四号种子鹞鹰战队，轻松取胜。

云庭的第二场，对阵欧洲豪门维京荣耀战队。这一场打得异常艰苦，云庭习惯了国内战队和韩国战队的打法，却从来没和欧洲队伍交过手。欧洲人擅长发明创造，开发了不少稀奇古怪的新阵容、新玩法，有一局他们甚至放弃了射手英雄，而是用传统法师走下路。因为完全不适应对手的打法，这一场云庭遗憾告负。

第三场，迎战老对手韩国战队，这场打得有来有回，双方的博弈十分精彩，但又因为互相很熟悉，一时难分胜负。这一局整整打到第五十分钟，云庭才靠四名队员拖住对手，让程浩千里走单骑拆掉敌方基地，赢得了最终的胜利。

最终，云庭胜多负少，成功晋级淘汰赛阶段。

这时，教练吴泽提出了一个担忧：以目前的态势继续下去，云庭将在半决赛提前遭遇韩国最强的盛天战队。因为按抽签的结果，强弱悬殊，盛天战胜它抽到的那些对手是毫无疑问的。这就相当于，本该在决赛上演的巅峰对决，将会在半决赛提前上演。

但没想到，堪称世界赛史上最大冷门的事件发生了。一支来自越南的不知名新战队，竟然战胜了不可一世的盛天，将其淘汰。之所以说是爆冷，是因为这支越南战队本身不算强，战绩一直徘徊在出局的边缘。但他们的某些战术属性，似乎专克盛天。这场之后，这支越南战队得了一个绰号——盛天杀手。

半决赛在东方体育中心举行，由云庭对阵那支越南战队。能容纳上万人的场馆座无虚席，因为是主场作战，观众席中大多数是支持云庭的。粉丝们制作了巨大的战队旗帜，高举着应援灯牌，还有些粉丝在脸上用油彩画上了云庭的队标。成千上万的荧光棒挥舞着，犹如一片深海中游动的水母。

主持人开场时介绍云庭登场的选手，每念到一位，观众席上就山呼海啸般齐声呼喊着选手的名字。念到程浩时，作为一直扛着战队往前走的核心选手，得到的观众席呼声越发高昂。而当坐着轮椅的孟凡出场时，欢呼声仿佛要把整个体育场都掀翻。他们，已经隐隐有些超级明星的感觉了。

看着那些如海潮般疯狂的观众，程浩有点不真实的感觉，几个月前，他还只是一个在网吧喝着可乐，吃方便面的学渣少年。

没有太多悬念，因为硬实力的差距，半决赛上，云庭2-0轻松战胜越南战队，成功拿到了决赛门票。

韩怀仁也去看了半决赛。对他来说，搞到一张前排最佳位置的票很容易，但他选择了观众席最外围的边缘位置。与其说他是来看比赛的，不如说他是来看观众的。

云庭赢了，看着台下粉丝的疯狂劲，韩怀仁露出了满意的笑容。很好。真正的比赛到此结束，接下来的比赛，将在台面之下，在见不到阳光的地方。

他看着手机屏幕上的地下博彩网站界面，押云庭输的赔率已经升到了一比十。看来，云庭的支持率相当高，绝大多数人认为总决赛云庭会赢。毕竟最强的盛天战队已经提前爆冷出局,总决赛的对手只是韩国的二号种子。而云庭是最强新秀,还有主场优势加持,自是备受看好,人气很高。

这正是韩怀仁最想看到的结果。一切,都在按他的计划进行。他很享受这种局势尽在掌控的感觉。只要云庭按计划输掉决赛,那就是百分之一千的利润率,而风险几乎可以忽略。这样的生意才是好生意。

他从几个月前就开始布局,关键的棋子有两颗。一颗自然是程浩,虽然上次程浩没有给出明确答复,但韩怀仁看出他犹豫了。犹豫,就是机会。不用着急,给那孩子一些时间,他会说服自己的。

另一颗棋子,是孟凡。几个月来,韩怀仁在孟凡身上倾注了大量的资源和心血,就是为了现在这个节点——

《峡谷战争》的职业比赛,一般会滞后于普通玩家玩的正式服一两个版本,这是出于对比赛稳定性的考虑。现在,全球总决赛前夕,也正是正式服年度更新的时刻。年度更新,意味着新赛季到来后,所有玩家的段位都会重置。如果孟凡能在段位重置的关键时刻,直播登顶国服第一,那将是最好的营销噱头。配合强大的宣传攻势,孟凡个人,连带着整个云庭的人气,都会被推到最高峰。当然,同步被推高的,还有赔率。

做局,最重要的就是借势。现在,风已经来了,就让火烧得更猛烈些吧。

十倍的利润,对于普通人来说已是做梦都不敢想的,但对韩怀仁来说,还远远不够。

饿。饿。他心里的兽,吃得再饱,也还是觉得饿。

孟凡是在睡得正香时被叫醒的。

他用手挡住眼睛,侧过头,以躲避突然亮起的白晃晃的灯光。他本能地把被子往上拉，整个人蜷缩着，像一只被煮熟的虾。

好困……好累……

真想永远就这么躺着。

他本来以为能趁着半决赛和决赛之间的间隙，好好休息一下的。现在看来是不行了。训练，直播，复盘，学习其他主播的素材，一睁眼就是无穷无尽的待办事项向他涌来。他感觉自己像一个不断充气的气球，不知道什么时候就会爆掉。

但他还是挣扎着坐起来了，揉了揉眼睛，睡眼惺忪中看见屋子里已经进来了好几个人。有韩怀仁，还有几个负责运营的工作人员。孟凡看了下时间，才早上七点，昨晚他打训练赛打到凌晨三点，又只睡了四个小时。

"孟凡，别睡了，有正事儿。"韩怀仁的面孔以倒错的视角出现在他的上方，看起来有些可怖。

"好。"孟凡麻木地应了一声，穿好衣服，垂头坐在床边打瞌睡。

韩怀仁不满地喷了一声："年轻人有点朝气嘛……"他拉过一把椅子坐下，直截了当地说道："国服更新了你知道吧？段位归零重置。"

孟凡点了点头。

"这几天你什么都别做，就专心直播，要抢在其他大主播之前登顶新赛季国服第一。"

孟凡心想，登顶国服第一对他来说倒是不难，慢慢打就是了，总能上得去。难的是"抢在其他大主播之前"。

实际上，韩怀仁要的不是国服第一，而是第一个国服第一。要比所有人都快。

太难了。

他摇了摇头："我尽量，不敢保证一定能做到。因为我只能控制自己，控制不了别人的节奏。"

"必须做到！"韩怀仁斩钉截铁地说，"这对我们来说是个非常好的机会，因为现在你的关注度本来就很高，借着新赛季段位重置的机会登顶，会帮你把人气推到最高峰。我已经买了三百个营销号，只要你成功登顶，第二天全网都会是你的消息。你就真成顶流了。"

"我去洗个脸，回来就开始。"

韩怀仁急叫道："还洗什么脸！你看看现在已经有多少大主播把标题改成'直播登顶'了，等你洗完回来，人家又赢一把了。"

是啊，如果比别人慢半拍，就没有意义了。第二个第一，怎么能叫第一呢？

孟凡感觉头脑有些清醒了。他挣扎着爬上紧挨床铺摆放的轮椅，移动到电脑桌前，以最快的速度打开段位排行榜。游戏是凌晨四点到五点更新的，现在是七点，两个小时过去，第一批白银、黄金段位的玩家已经诞生了。该死，孟凡暗道一声，这些人都不睡觉的吗？如果这批玩家里面有大神，那自己已经落后他们好多局了。赢一局加十分，输一局扣二十分，一百分一个小段。往上爬难如登天，往下掉如坐火箭。

哎，打吧。

好在孟凡实力过硬，一上午过去，打完了定级赛，九胜一负，定到了黄金段位。定级赛改革之后，几乎没有直接能定高段位的了。

职业选手打黄金段位如砍瓜切菜，下午三点左右，孟凡上了白金段位。正常来说没有升段位这么快的，但因为孟凡有几局的战绩过于出色，所以有跳段。

到白金之后，局面开始扑朔迷离起来。本来以孟凡的实力，横扫白金段位比赛是很轻松的，可没想到胜率居然跌得很快，因为，"演员"开始登场了。如果队友里有一两个演员，即便是职业选手也回天乏力。孟凡苦苦鏖战，他感觉真正的敌人不是对手，而是队友。一直打到晚上九点，分数不但没有加，反而掉了一些，险些跌出白金。而最早那批上分的人，已经有人突破白金，升到钻石段位了。

如果这是一场登山比赛，此刻出现的情况是，最先出发的人差不多已经到半山腰，而孟凡却差点跌回山脚下。

"这样下去不是办法。"韩怀仁小声对运营说道，"他们买演员，我们也买。"

"这……不好吧？要是被观众发现是我们买的就麻烦了。"

"买两个，一个演，一个背锅。让背锅的主动跳出来说演员是自己买的。"

就这样，好好的5v5游戏变成了4v4甚至3v3，双方都用不公平的手段达到了诡异的公平。韩怀仁的策略很快见效，晚上十一点左右，孟凡成功上了钻石段位。这时，他已经连续打了差不多十六个小时，中途没有停下来休息过。就连吃饭也是工作人员给他点的外卖，趁着两把游戏之间读条和选人的间隙，囫囵刨了几口。

孟凡觉得头很痛，身体很重，眼睛花了，胸口发闷。

又一局结束，孟凡把因为过度使用而不住颤抖的手移开鼠标和键盘，用虚弱的声音说："我不行了，要休息一下。"

韩怀仁看了一下表，开口说道："你休息了别人不会休息。你睡吧，一觉醒来别人已经登顶了。"

孟凡没再说什么，默默地又开了一局。尽管他努力想要打好，但这局表现得像在梦游，很快输掉了。分数不升反降。

韩怀仁摇了摇头："休息十分钟。"

孟凡直接趴倒在桌子上。他很困，但是睡不着。他想起了从前，那时他的腿还很健康，甚至可以说强壮。他是学校里的长跑高手，每年的秋季运动会，他都报名长跑项目，屡屡夺牌。学校田径队的教练跟他说，长跑里有个说法叫撞墙期，就是你跑到某个位置，你感觉不行了，最多就到这里了，但是你不要停下来，接着跑。撑过了那个时间点，你会发现腿不再像灌铅一样重，呼吸不再急促，甚至比刚出发时更有劲,整个人像是被重新点燃了。

现在是不是到撞墙期了?

他闭着眼,模模糊糊听到运营在说:"孟凡不打直播间人气掉得很快。再这么掉下去,待会儿想补上来就困难了。"

然后是韩怀仁的声音:"上弹幕抽奖,直播间发个公告,输一局抽一万,尽量把观众留住。"

过了一会儿,韩怀仁又问道:"现在最高的段位打到哪儿了?"

运营回道:"第一批大师段位已经诞生了。目前最高分是同平台另一个主播,大师175分,他也在直播冲顶,孟凡休息的时候,好多观众涌到他那个直播间去了。"

听到了吧,你的对手都没有休息,你怎么敢休息啊?一生很漫长,但真正关键的就是那么几个节点。错过了,以后再怎么努力也没用了。

起来。只要撑过了这个坎儿,登顶国服第一,被捧成大明星,所有的问题都解决了——父母的养老钱,哥哥的彩礼,自己后半生的生活费,都有了着落。起来。

孟凡猛地从桌子上弹了起来,其实他才刚刚趴下去几分钟而已。既然睡不着,那就接着打吧。

一局,又一局,他好像再也不困了。头脑清醒,眼睛血红,手指如顶级的钢琴家在键盘上敲击,弹出绝世的乐章。操作、意识、走位,每个方面都无懈可击。高手如云的钻石大师局变成了孟凡单方面的屠杀。回来了,那个曾让整个峡谷胆寒的中路杀神wind回来了!

他是风之子,没有腿,也可以起舞。

钻石,大师,宗师,王者……他一步一步登上天梯。

"观众人数在暴涨!"

"弹幕疯了!"

"总榜第一了!"

"我感觉全世界都在看孟凡直播!"

起初周围还有人声,每一次击杀,每一场胜利,每晋级一个段位,孟凡都能听到工作人员的欢呼。后来他们睡着了,韩怀仁也走了。世界安静下来,孟凡感到自己已不在这房间内,他背着沉重的行李,在深山巨谷中走了很长的路,前方大雪漫天,他爬上山顶,看见了一条由星星组成的河流。

日夜轮转,东方既白。

太阳不断升起,又不断落下。

最后的最后,一柄剑从屏幕正中从天而降,一圈黄、黑、紫色的花环缠绕着那柄剑,像一个王冠。

那是国服第一的专属徽章,他做到了。

孟凡已经忘记了时间,不知道从开始登顶到现在,过去了多久。明天,他就是真正的电竞明星了,全网都会是关于他的消息。他会赚到很多钱,给家里人更好的生活。

想象中的狂喜并没有发生,他只觉得平静。就像是曾经在校运会上第一个冲过三千米长跑的终点,坐在青草地上,接过女同桌递过来的一瓶水。该跑的路,他已跑完了。

好想……休息……

重燃的兴奋过去了,本该降临的疲惫终于降临。他只想什么都不管,沉沉睡去。

这时,他突然感到胸口一阵辐射状的剧痛,呼吸变得好艰难,头也很晕,心脏在刚刚一阵狂跳之后骤然停下,就像一列狂奔的列车突然悬空……他艰难地伸出手,想把身体支撑住,但做不到。眼前越来越模糊,最后漆黑一片。

砰的一声,孟凡从轮椅上滑落,头朝前方摔在地上。

屏幕上那个孤独的王冠,还在闪闪发光。

最早发现情况的是孟凡房间内的运营,他和其他人在房间睡着了,孟凡倒地的声响令他猝然惊醒,赫然看见屏幕上国服第一的徽章。直播没关,弹幕还在疯狂地刷着,一些人在祝贺孟凡登顶,另一些因为从摄像头里看到了孟凡倒地,在表示担忧。

运营摇了摇孟凡,怎么也摇不醒,用手探了一下鼻息才发现,孟凡已经没有呼吸了。彼时是凌晨五点左右,韩怀仁早些时候已经回去休息了。运营叫醒了其他工作人员,打电话向韩怀仁做了汇报,然后叫了救护车。

在隔壁房间的张亦行听到动静也醒了,来孟凡房间内探明情况后,他马上叫醒了程浩、韩巍和吴泽。

众人久久没能从惊愕中缓过神来,只是呆呆地立着。

程浩一直没说话,他先是走过去,把还在进行的直播关掉。然后他蹲下来,把倒在地上的孟凡身体摆正,为他把衣服整理好。

你终于还是把自己烧尽了,兄弟。程浩在心里说。

程浩昨天看了直播,明明昨天还是那么鲜活的一个人,今天就不在了——昨天直播画面里的孟凡虽然很疲惫,但还是充满生气的。游戏读条的间隙他还和观众闲聊,说着如果拿了世界冠军他想去旅游。冬天太冷,他要飞到一个温暖的地方,让哥哥推着他在海边走一走。

他永远走不到温暖的海边了。

吴泽喃喃道:"他还跟我说,附近新开了家牛排,改天请我去吃来着……"

韩巍似是还不相信的样子,亲自过去扶起孟凡的上半身,叫唤了几声,直到觉出孟凡的身体像石头一样冷、一样硬,才放下他,哽咽道:"我去通知他的家人。"说完便出去打电话了。

几分钟后他回来了,说孟凡的哥哥得知消息后立即动身前往省城,今天会飞来上海。然后韩巍又打电话联系了殡仪馆的车,准备先停灵在那里。

过了一会儿，救护车到了，两名医生抬着担架冲了进来。医生将孟凡抬上担架，放平身体，其中一位医生检查了一番，摇了摇头，叹道："脉搏和心跳都没有了，瞳孔也放大了，不用抢救了。"

那医生又问了下在场的人，死者最近有没有什么异常，得知孟凡长期睡眠不足，还不眠不休地连续直播了近72个小时，他摇头叹气说："这么糟践自己，怎么会不出事呢？初步判断，是过劳导致的心源性猝死。一旦发作，短的只要几秒钟，长的几分钟，好好的一个人说没就没了。哎，现在的年轻人，太不爱惜身体了，今年我遇到好几个这样的了。"

早上六点，易晓葵和韩怀仁也先后到了。易晓葵什么也没说，只是眼里噙着泪。韩巍将她拉过来，把她抱在怀中。

韩怀仁走进来的时候，先是扫了众人一眼："你们没在网上乱发什么吧？"

没人理他。

韩怀仁接着说："马上就是总决赛了，出了这样的意外，我也很震惊、很悲痛。我理解大家的心情，我会努力做好善后的工作，让大家能够安心参加总决赛。但现在我们一定要谨言慎行，这样对我们都好。哎，孟凡这孩子，就是急了点儿。"

程浩在心里对孟凡说：你看他多会说话，一来就给你的死定了性——意外。但这不是意外，你是被人杀死的。第一个凶手，是你自己。没有办法，这就是你的命。我们这样的人，生来两手空空，想要什么的话，只能拿命去换。

第二个凶手，是韩怀仁。你看他现在多无辜啊，是的，上百万观众都亲眼看到了，你是自愿的，他没有胁迫你。听出来他的潜台词了吗？你死，是你活该，是你"急了"。但你我都清楚，是他杀死了你。

还有一个凶手，程浩感到一阵眩晕。应该还有一个人，他也参与了合谋杀死你的过程，但我一时想不起是谁了。程浩努力想看清那个人，但做不到，那人远远地躲在了阴影里。

殡仪馆的车来了，早上七点来的。孟凡之前开始直播登顶的时间也是早上七点。

这是程浩第一次见到灵车，一辆白色的厢式特种汽车，尾部的大双开门一拉开，露出白色的帘幕，帘幕上挂着黄色的饰巾。车厢两侧是花台，摆放着几盆花，红的白的，明亮鲜艳。车厢正中是一个低温停尸箱，殡仪馆的工作人员为孟凡简单整理了遗容，然后将他抬进了停尸箱。

工作人员说："要有一个人跟车，你们谁来？"

"我来吧。"程浩说。

程浩爬上灵车，坐在了停尸箱前面的一排座椅上，那是供家属送殡时坐的。车后门关上了，整个车厢一片漆黑。接着，停尸箱的光源亮了，发出惨白的光，机器运转的嗡嗡声响起，应该是箱子的制冷装置启动了。

程浩并不觉得可怕，他站了起来——在出发前，他想再看一眼孟凡。孟凡的表情很安详，就像终于忙完可以好好睡一觉了。程浩凝视了一会儿，他注意到停尸箱的透明玻璃盖板反射出了自己的脸。就在这时，他看清杀死孟凡的第三个凶手是谁了。

是他自己。

他就在隔壁不远处，眼睁睁地看着韩怀仁命令孟凡直播登顶，他本来可以阻止这一切的，就像之前那样，拔掉插头，打断直播，让孟凡去休息。孟凡和韩怀仁会气急败坏，会辱骂他，但那又有什么关系呢，孟凡能活下来。

但他没有那么做，为什么？是因为孟凡对他吼出了"我的事你别管"吗？这是一个很好的借口，但不是的。

他知道真正的原因是什么——他动心了，在韩怀仁向他抛出橄榄枝的时刻，他犹豫了。当你犹豫要不要加入狼的阵营，就会忘记阻止狼吃掉羊。

黑暗里，程浩终于无声地哭了出来。

在韩巍和程浩的安排下，队内成员在殡仪馆为孟凡举行了一个简单的追悼仪式，他们甚至没有太多时间来表达悲痛，因为总决赛已经近在眼前了。这个追悼仪式不对外开放，不管是来打探消息的好事者，还是真心祭奠孟凡的粉丝，统统都被韩怀仁拒之门外。

孟凡家里只有他哥哥过来了。因为殡仪馆运送遗体回老家的费用太高，家里人商量之后，决定就在上海火化孟凡，哥哥接骨灰回家。孟凡的家人并没有找战队的麻烦，追悼会上，程浩看到了孟凡的哥哥，老实巴交的，看起来有点木。韩怀仁象征性地给了五千块抚恤金，并强调这是出于"人道主义"。其实这只是孟凡为他赚到的钱里很少的一部分。

互联网上，对于孟凡的死，最初还有过一些声浪。但一觉醒来，那些声音就不见了。也不知道是热度本来就过去得快，还是有人故意压制舆论。

至于比赛，并没有因此而延误。在距世界总决赛还有不到一周的时候，选手意外身故，这是谁也没有预料到的。联赛条例规定，临时换人只针对队内替补，但云庭战队并没有培养替补选手。鉴于这种特殊情况，官方经过研究决定，云庭可以从之前已被淘汰的战队中协商租借同等身价的选手来补上孟凡的空缺。临时租借的选手，肯定和战队没有默契的配合，但有人能顶上来保证比赛如期进行，已经很幸运了。

后事有人料理，舆论有人处置，空缺有人填补，一切都安排妥当、秩序井然。一个年轻人死了，世界照常运转，毫无变化。

距离总决赛还剩五天，程浩在住处接到一个电话。接通后他一愣,是韩怀仁。

"到我办公室来一趟。"韩怀仁说。

程浩犹豫了片刻,问道:"什么时候?"

"现在。"

"一会儿队内要开战术会。"

"推掉。"

"……好。"程浩艰难地吐出这个字。

他在战队群里说了声战术会晚点儿开,然后打了个车,直接去了韩怀仁所在的云庭集团总部。

这是程浩第二次来到位于顶层的总裁办公室,他敲了敲门,没人应,尝试着推了一下,门竟然直接开了。办公室里没人。

他拨通韩怀仁的电话,说:"我到了。"

"站在门口,面朝办公室里面的方向,你右手边那面墙,看到了吗?"

"看到了。"

"到墙边来。"

程浩顺手关上办公室的门,朝里走,面朝着韩怀仁说的那面墙站立。下一刻,那面墙移动起来,轰然洞开。

里面竟是一片辽阔的露天草场!

那草场看起来比程浩去过的足球场都大很多,上面还有起伏的小丘、溪流,乃至池塘。草场上插着一些旗杆,旗杆下有圆形的洞,韩怀仁拿着一根高尔夫球杆缓缓朝程浩走过来,在他身后,还有几位穿着粉红球服和白色短裙的妙龄少女。看来,韩怀仁把这摩天大楼的楼顶改造成了一片高尔夫球场。此刻已近黄昏,夕阳的光点染在草叶上,青绿与金黄交融,像一幅油画。

韩怀仁走过来,抬手介绍道:"怎么样,可以吧?只有最尊贵的客人,我才会带进来,这里很适合谈事情。"他把手里的球杆递给程浩,

"会玩吗?"

程浩摇了摇头,在他从前生活的地方,没有高尔夫球场。就算有,他也不可能进去。不过,这运动看起来没那么复杂,有球,有球洞,那无非就是想办法把球打进洞里吧。程浩接过了球杆。

程浩回忆着在电视里看过的打高尔夫球的场景,将球放在地上,装模作样地用眼睛瞄了瞄球洞的方向,作势欲打。韩怀仁轻轻拉住他,摇了摇头:"不是这么玩的。"

韩怀仁从那几位妙龄少女手里拿过另一支球杆,朝她们使了个眼色。其中一位女子主动出列,直接趴在了韩怀仁身前的草地上。韩怀仁将高尔夫球放在那女子的臀部,然后猛一挥杆,高速的球杆刮到了女子的皮肉,程浩看到她面露痛苦,但她忍着没有发出声音。那高尔夫球飞起,划出优美的弧线,精准地落入远处的球洞。

"EAGLE[1]!"韩怀仁脸上挂满兴奋,"你们玩的那些破游戏,哪有这个好玩!"

韩怀仁转向程浩,指着趴在地上的女子,作了一个请的手势。

程浩呆呆地站着。

曾经他一心想当人上人,现在,机会就在面前了。钱、权,多么迷人,看到了吧,它可以让你肆意蹂躏他人,品尝他人的痛苦。只要你决心抛弃从前的自己,忘掉死去的兄弟,接过权力掌握者的橄榄枝,成为他们的"自己人",就可以享受这一切了。

但问题是,他不喜欢。

程浩轻轻摇了摇头,把球杆扔到地上。

韩怀仁一愣,随后道:"不喜欢打高尔夫是吧?好,那我让她们散了。"他比了个手势,那几位女子知趣地离开了球场。办公室的那道墙,又缓缓合上。现在,偌大球场上,就只剩韩怀仁和程浩两人了。

---

1. 指高尔夫运动中的老鹰球。

"你什么意思?"韩怀仁问道,"你应该清楚,我今天找你来,不是为了打高尔夫的。"

"我知道。"程浩说,"你是要我做决定,总决赛的事。"

韩怀仁没忙着接话,思考了一下,然后开口道:"你在犹豫什么?是不是信不过我?这样,我先转两百万到你卡上,以夏季赛冠军奖金分红的名义。你应该知道,如果只是单纯分红的话,不可能有这么多。剩下的八百万,事情办成后我一次性付清。"

程浩摇摇头:"用不着这么多。夏季赛的奖金,按俱乐部的规定,该分多少就多少吧。"

韩怀仁用鹰一般的眼神睥睨着程浩:"我提醒你,这是你最后的机会。盛天爆冷出局之后,你们决赛对阵的是韩国的二号种子,我请的专业电竞分析师告诉我,虽然孟凡不在了,但你们的赢面仍然很大。这正是我最想看到的情况,现在国内粉丝很疯狂,他们用真金白银买你赢。押你输掉的赔率已经到十倍以上,并且还在涨,超过百分之一千的利润率,只需要你动动鼠标和键盘就能做到,世界上还有比这更好的生意吗?"

程浩平静地说:"我的粉丝用真金白银买我赢,我却要利用他们大赚一笔;我的队友在等我回去分析战术,我却在这里打人肉高尔夫。这样的事,我接受不了。"

"就算不为自己,你也要为你的队友考虑一下吧。你现在狠狠赚一笔,可以补偿你的队友。如果你错过了这个机会,以后电竞真的凉了,他们怎么办?吴泽这样的人,离开电竞能做什么?张亦行也许有别的出路,但无非就是将来当个挣辛苦钱的打工仔而已。一年的奖金能保他们一辈子吗?我不是不让你拿冠军,只是晚一年拿而已,又有什么关系?"

程浩只是冷笑。他想:你就是靠着这样的话杀死了孟凡,他到死都还以为成了你的"自己人"。

程浩盯着韩怀仁，审判似的说："你犯了错，应该付出代价。"

"你说什么！"韩怀仁急道，声音都有些扭曲。

程浩没再理他，转身离开。

在他身后，暮色吞没了整个球场。

这是程浩第一次写检举信，他完全不知道如何措辞，还去网上搜了一下，然后照猫画虎地用尽量正式的语言，大概描述了韩怀仁如何让他打假赛，如何操盘博彩。具体的细节其实他也不是很清楚，只能把自己知道的都写上去。落款处，他郑重地署上了自己的职业赛ID：Destiny。命运，他默读着这个词，仿佛感到了某种深意。

这就是我的命运了。

他想了想，又附上了真名和身份证号，还摁了手印。这才小心地把举报信装进信封，寄给了联赛组委会。

程浩很清楚，自己拒绝了韩怀仁，而他操盘博彩的资金很可能已经投下去了，他不会善罢甘休的。自己这颗棋子用不了了，他一定会想别的办法。比如那个租借来替补孟凡的中单选手，是韩怀仁一手包办的，他要联合那个新中单操控比赛很容易。要想赢，就得趁总决赛还没开打的时候就扳倒韩怀仁。如果事情顺利，韩怀仁应该会被调查，甚至坐牢，韩巍重新取得战队控制权。这样云庭战队就能继续好好打下去了。

这些事总得有人来做。孟凡，现在我不欠你了。程浩想。

上海是电竞之都，联赛官方的总部也设置在这里。程浩寄东西选的同城急送，应该当天就能到。但直到第二天下午，程浩都没有收到任何回应。程浩暗自决定，不管官方是否彻查此事，他都会努力拿下世界冠军。

这时，有电话打进来了，是韩怀仁。

是想再劝劝我？程浩忐忑地接了电话。

韩怀仁冷冷的声音从听筒传出："我还以为你是个聪明人，没想到这么蠢，你真的很让我失望。"

"我不懂你在说什么。"

"那封信，在我手里。"韩怀仁说。

怎么可能？！

程浩下意识地想反驳，但韩怀仁说完这句直接就把电话挂了。程浩颓然地坐倒在椅子上，静静地思考了一会儿，然后不由苦笑起来。韩怀仁没说错，自己的确很蠢，还以为靠一封举报信就能扳倒韩怀仁。他既然能操盘这么大的局，自然早已打点好了各个环节。韩怀仁用这种近乎狂妄的方式显示着自己的力量。

事情已经暴露，退无可退，只有一条道走到黑了。举报不行，那就用舆论的力量。

程浩抓紧时间，只花了十几分钟，就手拎着身份证拍了一条实名举报的短视频，打算用自己的几个社交账号在网上发出来。自从打职业以来，虽然没有刻意运营社交媒体，但他毕竟是明星选手，粉丝还是累积了不少。

视频顺利上传，点击发送，成功发出。程浩长舒了一口气，静待风暴来临。

很快，他发现不对劲。视频是发出来了，但几分钟过去，只有寥寥几个转评赞。以往他随便发个吃烧烤的照片都不止这个数据。

应该是被限流了。

看似有十五万粉丝，但粉丝们能不能看到这条视频，还是系统决定的。系统的背后是人，而搞定人，正是韩怀仁最擅长的。

程浩把手机扔在一边。信是昨天寄出的，接下来的24小时经历了诡异的静默期。现在程浩知道，这24小时里，韩怀仁在做什么了。

自己还是太嫩了啊……

怎么办？他只是一个微不足道的人，而对手是资金规模上百亿的大资本。发动队友弃赛以示抗议？也许他可以做到。但那对队友来说不公平，大家走到今天都不容易。而且，拿下世界冠军不正是我们的目标吗，怎么可能主动放弃？主动退赛，加入别的战队？也行不通，卖身契已经签了。所以，就只能乖乖就范，任由韩怀仁操控一切吗？

思维混乱之际，他房间的门猛然被推开。两个身穿黑西装的男人冲了进来，房间内的其余几名队友则疑惑而担忧地在门口张望着。

其中一个黑西装说："程浩选手，我们是联赛官方纪律管理团队，有人举报你在rank对局中使用脚本作弊软件，请你跟我们走一趟，配合调查。"

什么？

程浩又惊又怒："我觉得你们很好笑，一个职业选手，有必要在排位中开脚本吗？"

对方冷静地答道："职业选手开脚本，并非没有先例，所以请你配合调查。"

这时，几个队友察觉到了异常，也走进房间，纷纷关心起情况。程浩把事情简单复述了一遍。

葵对着黑西装率先发难："你们怀疑他开脚本的依据是什么？"

一个黑西装刚要答话，葵抬手示意他先别说，拿出手机，说道："我明确告知你，我在录音，你的回答将来会作为法庭上的证据。"

黑西装稍显忌惮，思考了一下措辞，说道："我们的依据是有人举报，所以启动了例行调查程序，完全是合规的。"

葵冷哼一声："那我是不是可以理解为，只要有举报，你们就会调查。"

黑西装盯着她正在录音的手机，踌躇一会儿，艰难地答道："一般来说是这样。"

葵说："那我现在把职业联赛所有选手都举报一遍，你们去查吧，查完记得公示结果。"

"你……"那黑西装急叫道,"自然要有证据才行。"

"所以,是谁举报的我?"程浩说,"你们所谓的证据,又是什么?"

那黑西装叹了口气:"很多人举报。你看看今天网上的舆论就知道了,都上热搜了,风这么大,我们也是不得不出手,要给所有玩家一个交代。"

程浩拿出手机,看了看热搜,赫然就有"职业选手Destiny疑似开脚本"这条。程浩查了下时间流,基本是今天中午才上热搜的,但昨天深夜就已经有人在造势了。很多电竞圈的知名大V博主都发了所谓的实锤视频,有些还是和程浩打过交道的人。程浩之前的对局几乎都被他们扒了下来,用非常专业的术语逐帧分析,甚至包括程浩在成为职业选手之前的对局。

那些实锤视频有一个共同点,那些对局都是程浩异手发作的时候打的。博主们质疑的核心论点是,视频中的操作已经超出了人类的生理极限,无法用天赋和竞技水平来解释。

程浩苦笑起来——他们没说错,我本来就不是正常人类。

如果那些操作是别人打出来的,恐怕程浩也会认为那是脚本。要解释那些超出生理极限的操作,就只能公开自己异手的秘密,但他没法公开,所以这是一个死局。

他本来以为,关于身体的种种异变,自己已经隐藏得很好了。但其实早已被暗处别有用心的人注意到了。那些实锤视频,素材丰富、逻辑严谨,绝对不是一晚上能临时赶出来的。很有可能,这些东西在很早以前就准备好了。如果他听话、驯服,那这些视频永远不会发出来,即使有人质疑,韩怀仁也会找人删掉;而如果他这头野兽试图挣脱控制,反咬主人一口,那这些东西就会被拿出来置他于死地。

如果真的被官方判定为开脚本,那他的职业生涯也就完了。对普通人来说,开个脚本不是什么大错,最多被封号而已。但对职业选手来说，这是铁的禁忌。因为电子竞技，最重要的就是公平，而职业选手，就是这种公平的代言人。

从前，在被父亲打骂时，在正心书院被打龙鞭、关小黑屋时，他都没有绝望过。而现在，他的身体毫发无损，精神却真正绝望了。

程浩已经猜到，这是韩怀仁对自己的报复。韩怀仁准备了一桌好菜，自己不仅不吃，还把桌子掀了，他不可能就这么放过自己。动物园里不管多么珍稀的保护动物，只要咬死了人，都会被处决。养不熟的野兽，就要杀掉。这个道理，韩怀仁怎么会不懂？

他感到一阵眩晕，眼前发黑，有太多话想说，却说不出口。这背后的事，他并不想告诉队友，他们对此帮不上什么忙，只会徒增烦恼。

这时，张亦行说道："现在还有几天就全球总决赛了，你们确定要在这个时间点干扰一位职业选手的竞技状态？如果因此影响了比赛，而最后又证明程浩没开过脚本，那损失谁来承担？"

黑西装一副大义凛然的样子说道："如果他开过脚本，那会被禁赛，自然也就不存在所谓的竞技状态了。"

张亦行道："你们准备如何调查？官方应该有脚本检测工具，请拿出检测报告来！"

黑西装说："有些最新的脚本检测工具是查不出来的。所以只能自证，如果程浩能在官方的监督下，在我们的场地，用我们的电脑设备，复现那些操作，那自然能证明清白。我们带程浩走，就是为了这件事。"

张亦行道："但是那些极限操作本就要看状态和环境，不是随随便便就能打出来的，你们众目睽睽之下，他本来就紧张，怎么发挥出最高水平？"

"我们不会以一局的发挥作为裁量的依据，他将有五局的机会，即使是总决赛也最多打五局吧。如果整整五局他一次都不能复现那些操作，那就没办法洗脱嫌疑了。"

吴泽连连摇头叹气："离谱，我们那时候多单纯，好好打游戏就行了，哪有这么多事儿。"

韩巍则是冷静地听完了众人这番争吵，最后才说道："这些事情的判定，应该遵循疑罪从无原则。你们觉得他开了脚本，应该你们去找证据，而不是他来自证清白。"

那黑西装无奈地说："法律跟你讲疑罪从无，舆论可不讲。昨晚开始，官方账号的私信都被网友留言撑爆了。如果那些操作真是他自己打出来的，坦坦荡荡打五局游戏，不就清白了吗？"他走过来，直视程浩，"你在怕什么？"

程浩看着自己的手，皮肤黑且粗糙，看上去平平无奇。但就是这双手带他走到了今天，给了他荣华富贵的希望。也是这双手，写下天机似的谜语，等他去解开。他因这双手崛起，或许也将因它而陨落。

那不是他自己的手，他无法控制它。

在官方监督下打五局自证清白，中途异手能不能觉醒，这完全是未知的。迄今为止，程浩并没有找到任何能主动激发它的方法。

没有别的路了。

那就把一切交给命运吧。

"好，我跟你们走。"程浩说。

程浩的自证局安排在联赛官方总部。

偌大的大厅中间被清空，摆放了一台电脑。电脑上方是一块巨大的高清投影幕布。四周是环形的座位，面向幕布那一半的座位坐满了人。一些是官方的人，另一些是媒体，主流媒体和自媒体都有，"长枪短炮"架着，纷纷瞄准大厅中央的程浩。云庭战队的人自然也来了，他们面露忧色，注视着周边的情况。韩怀仁并未现身，之前接到他的电话，是程浩最后一次和他交流。

官方的人告诉程浩，这五局游戏将会全网直播，这是为了给玩家一个交代。他们允许程浩使用自己的鼠标和键盘，当然这两样外设也经过了官方的严格检验。

一切准备就绪，程浩的自证行动开始了。

账号是官方为程浩提供的，打的段位是王者局。第一局，程浩拿到了擅长的英雄，对线爆掉了对手，轻松取胜。但看台上并没有欢呼和掌声，他虽然赢了，但也只是一个职业选手应有的水平而已，并未展现出视频里那些神乎其神的操作。异手没有触发，不安开始在程浩内心弥漫。

第二局，因为全网直播的关系，程浩使用的账号暴露，他遭到了恶意狙击，排到了一个演员。程浩申请重开，这局不算。但官方示意比赛继续，他们只看操作，不看输赢。程浩硬着头皮打下去，这局他仍然稳定发挥，尽力carry全场，但因为演员送得太多，还是输掉了。看台上的观众开始窃窃私语。

"确实是高手，但和视频里不是一个级别的……"

"这种程度，随便一个职业选手都能做到吧。"

"你们看他鼠标移动和点击的频率，比视频里至少慢了二分之一。"

这些讨论还算理性。弹幕里普通观众骂得就很难听了——

"不用看了，脚本实锤。"

"我觉得我上都能打爆他。"

"我就说哪来那么多天才，原来真是开挂的。"

"亏我还是云庭的粉丝，呸！你是云庭的耻辱！"

第三局。程浩偶遇了另一位职业选手，现役韩国第一上单。强度一下子就上来了，程浩心里清楚，如果没有异手的加持，自己和对手是有硬实力差距的。对方也认出了程浩，直接掏出本命英雄。

而程浩，选择了一个让所有人都惊掉下巴的英雄——无常。这个英雄是整个游戏中最不稳定的英雄,他的每个技能都是一个骰子,会随机地摇出一个点数,两个骰子组合起来才能使用,不同点数组合的效果也不同,技能有数十种排列组合,变化无穷,操作上限极高。

既然是赌,那就选一个最有赌性的英雄。

双方在英雄仅为一级时就开始对拼,明显程浩的细节处理不如对方,状态被打低。然后对手开始囤积小兵,等英雄升级到三级时,看着一大波小兵进塔,程浩心道不妙。果然,敌方打野从塔后包夹过来,两人配合一大波小兵的攻击,就要强行越塔击杀程浩。

程浩操控无常站在塔下,开始摇骰子,如果他摇出一些能回血或者防御性的技能,或许可以逃出生天。然而,四个骰子扔出去,摇出来那么多技能组合却没有一个能保命。

命运没有站在我这边。程浩痛苦地闭上眼睛。

敌方两人将他强行击杀,然后开始在防御塔下跳舞,英雄发出刺耳的嘲讽笑声。这次被越塔强杀导致他的发育严重落后,第三局最终输掉了。

虽然戴着耳机,但程浩仿佛能听见观众那些质疑和谩骂的声音。该死的异手,还是一点没有触发的迹象。

程浩颓然地靠在椅背上,他明白,需要他来自证的时候,其实就已经输了。他有没有开脚本,那些人真的不知道吗?就像有句话说的,诬陷你的人比谁都清楚你有多冤。

如同行尸走肉般打完最后两局,异手仍然没有触发。

黑西装走上台,代表官方发言,他并没有直接明说仲裁的结果,只是宣布官方将根据这五局程浩的表现以及过往比赛的记录,综合研判他是否开过脚本,并且公布相应的处理措施。但根据这五局的表现,结果是什么,所有人都心知肚明。

结束之后,好多记者和自媒体的人蜂拥过来,想要程浩说些什么。程浩一言不发,把拦在他面前的人群推开,径直走到了外面,一个人沿着街角默默地走。

天色阴沉，如山一样的墨云卷积着，像一个盖子要压下来，狂风渐起，直吹得行道树哗哗作响。

要下雨了。

次日，官方公布了对程浩的调查和处理结果——

处罚说明：根据《峡谷战争》全球惩罚细则，在公共游戏(如单人排位)中制造、使用、传播不符合规定的游戏修改软件，或利用漏洞获取不正当优势的行为，将受到严厉处罚。在现网环境的公共游戏或者比赛中，利用违背服务条例的软件、脚本、外挂、阻断服务攻击（DDOS）、篡改游戏数据或其他方式，严重损害游戏公平性的行为，一经查实，将根据情节轻重处以相应责罚。

裁决：经调查，程浩(Destiny)选手违反了《峡谷战争》职业联赛正式规则。予以终身禁赛处罚，即刻生效。

紧接着，在韩怀仁的授意下，云庭战队官方微博也发布了公告——

经调查取证，云庭战队选手程浩（Destiny）在队期间，曾参与影响公平竞技的不当行为，该行为严重违反了职业联赛的规定，损害了俱乐部的利益和品牌形象，也严重损伤了粉丝和俱乐部的感情。查明结果后官方已经做出处罚决定，俱乐部接受并秉持零容忍的态度追加处罚，即本公告之日起解除与程浩的合约，开除出队，并保留追究程浩法律责任的权利。

回想过去的几个月，程浩觉得就像是做了一个很长的梦。现在梦醒了，他却无路可走。

是离开的时候了，他不属于上海。

拿了几个月的高工资，再加上全国冠军的奖金，他有了一些积蓄，短期内不用为生存发愁。暂时没想好去处，他打算先回老家。毕竟，他就是在那里发现了自己身上的秘密，也许回到起点，就能解开那些秘密。

他在心里对多吉说："多吉，我想我们应该真正见面了。"

"是时候了。"多吉说，"欢迎回家。"

"你爸后来没有把你怎么样吧？"

"没有，除了把我关在地下室不让我出去之外，他对我很好。最近他跟我说，他要出一趟远门。"

"也就是说，他最近不在书院里，那我正好可以来找你。"

"其实书院已经关停了，你现在过来应该没人拦着你了。"

"关停？"程浩心里一惊，深感这几个月发生了太多事情。不过书院关停总归是好事，他心里难得感到一阵快慰。

打定主意，程浩就买了回省城的机票，打算先飞省城再坐大巴回县城。临走之前，他请所有队友在江边一家高档粤菜餐厅吃了个饭。不管怎么说，害他的是韩怀仁，队友们还是很好的。

饭局上，程浩坐在张亦行旁边，他敬了张亦行一杯酒，轻声说："对不起，我知道你是陪我来打职业的……"

张亦行摇了摇头，显然并不介意，只是问程浩今后怎么打算。

程浩说："不知道，走一步看一步吧。你要好好打下去，帮我拿下世界冠军。"

张亦行先是点头，然后又摇头，低声说："电竞已经在走下坡路了，现在的冠军和以前的冠军不是一回事。我也不知道自己还能打多久。"

程浩不由感叹张亦行还是那么聪明，但没关系，就算以后张亦行不打职业电竞了，他做别的一样可以做得很好。

韩巍举着杯子，对程浩说："现在战队不是我的了，我无权决定你的去留，但如果你愿意，你可以一直住在我这儿。"

程浩自是婉言谢绝。

易晓葵说："以后还要经常一起开黑啊。别忘了，还是我把你骗来战队的呢！"

程浩看着易晓葵明艳的面容，一时万千心绪涌上心头，但说出口也只是一句："不会忘的。"

一顿饭吃完，大家都已经默默接受了程浩即将离开的事实，只有吴泽还在骂骂咧咧："大家都知道你是被冤枉的，你咋不申诉呢，或者直接告他！"

程浩摆了摆手："不说这个，都过去了。"个中曲直只有他自己清楚，他也不想把前因后果说出来影响队友的状态，尤其韩巍还在这里。

吴泽接着说："你走了，总决赛只能我替你上了。"

程浩一惊："租借名额已经用完了是吧？"

吴泽点了点头。

程浩说："挺好，挺好。说实话，我们这帮人来打职业都动机不纯，有的为钱，有的为了证明自己，有的为了当人上人，只有你是因为真正热爱这个游戏。"

听了程浩的话，吴泽这个他们中最年长的男人眼里泛起了泪光。"你说对了，我做梦都想再回到赛场。"

程浩有些唏嘘，在很多运动题材的影视剧里，"因为队员无法上场了，主教练正在热身"都是一个很热血沸腾的桥段，但如今真的被他遇上了，却只有一丝悲凉。吴泽曾经很强，但毕竟老了，不可能指望他力挽狂澜。

"那就好好享受这场比赛吧，输赢真的不重要。"程浩握了握吴泽的手。

寒暄过后，程浩对众人说道："总决赛我就不去现场看了，我会为你们加油的。"他挤出一个难看的笑容，把杯中酒一饮而尽。

饭局结束，程浩没有和众人一起回基地休息。他买了明天白天的飞机票，今晚他想最后再看一眼这座城市，这座曾经承载了他繁华梦想的城市。

天上的墨云越来越浓重，要下大雨的样子，狂风乍起，路人行色匆匆。程浩沿着江边缓缓地走着，就在他推着孟凡走过的道路上。起初，他感到安静，仿佛整个世界就只剩下身旁的江水，它会一直这么流下去，流一千年，一万年。然后脑中第一个声音响起了，一个女人在悲哀她重病的父亲，她却无力救治。接着是一个男人，在为他刚刚被提升为部门经理感到高兴；一个孩子，发愁明天的作业；一位老人，生日没有接到子女的电话，他很难过。

无数陌生人的意识碎片纷纷撞入程浩的大脑。

不同以往，这次程浩没有感到困扰，也没有抵触。他尝试着去接纳，去感受那些被他无意中掠夺的意识碎片。那些人他都不认识，但现在他感到他们都与自己有关。也许，这奇特的能力，是重新认识世界的一种方式。

多吉，现在我和你一样，成了一个怪物。他想。

他一边走，一边任由大脑贪婪地吸纳周遭一切，就像海洋吸纳河流。好好记住这里吧，明天就要离开了。

突然，在那些掠夺来的意识碎片里，他看到了让他心底发寒的东西——正心书院的院长谭军和教官王永利，那两个他恨之入骨的人。谭军和王永利都所在的位置，正是程浩刚刚路过不远处的街角。如果不是他掠夺的意识碎片里有路人的视角看到了那两人，程浩是不可能发现他们的。

他们为什么会出现在这里？程浩本能地感到危险，一股寒意顺着脊髓爬满全身。但他没有停下脚步，而是装作一切正常的样子，一边继续朝前走，一边刻意地调动他的能力，尝试利用路人的眼睛看到更多。

他故意左拐右拐，然后检视意识碎片，果然，不管他往哪个方向走，谭军和王永利都一直跟在身后。看来，两人出现在这里不是巧合。

他们在跟踪自己！

为什么这样阴魂不散？

程浩极力抑制愤怒，冷静一想，有个办法可以知道谭军和王永利的目的——他可以直接掠夺谭军和王永利的意识碎片。

他故意放慢脚步，努力控制着掠夺的范围，经过这么长时间的成长，他已经可以勉强做到这一点。

很快，谭军意识里的一个画面飞进程浩的脑海。那竟是韩怀仁的楼顶高尔夫球场，但这明明是谭军的视角啊，谭军为什么会出现在韩怀仁那里？他们认识吗？

程浩继续掠夺，更多的画面和声音开始出现。事情的来龙去脉慢慢展露，就像画卷拉到尽头，终于出现了匕首。

谭军的书院被关停了，在新闻报道里他看到了程浩国内赛夺冠的消息，回想起曾经见识过程浩身上的异能，他在自己的儿子多吉身上见过类似的现象。走投无路的谭军，准备把程浩当成最后的赌注，开发新的生财之道。他和王永利来到上海，一直在暗中窥伺，从公开的报道以及各种小道消息里，知道了云庭战队和韩怀仁，以及其后战队内发生的种种。凭借敏锐的直觉，谭军找到了韩怀仁谈合作——这块肉太大了，他一个人吃不下来。

韩怀仁听完谭军讲述的关于程浩身体变异的秘密，只说了一句话："这个程浩，浑身都是宝啊。"他不会放过任何可能的机会。

韩怀仁和谭军决定联手，绑架程浩到东南亚做人体实验，研究出他身上异能的秘密，那会带来难以想象的财富和权力。谭军曾在自己儿子身上见识过那种异能的恐怖，之前他只感到危险，从来没往人体实验这思路上深挖。正心书院被关闭后，他走投无路，又想起了这条线索。危险，也意味着机会，假如他们能够研究并控制那样的异能，那么这世界就是他们的！这些天来，他们一直在秘密筹划这件事，暗中盯着程浩，得知程浩明天就要走了，今晚就是他们最后的动手机会。

程浩心里一阵发毛，如果不是自己通过异能发现了他们，恐怕就凶多吉少了。天不亡我。这也是我的命运！

程浩这样想着，狂怒和狂喜两种情绪古怪地交杂在一起。好，我还没来找你们算账，你们就主动送上门了。很好。

不管这世界如何伤害他、侮辱他，他都还有最后一张底牌。那就是多吉已经经历过的吞噬他人全部意识的能力。根据多吉的描述，那种能力只能发动一次。那就吞噬谭军吧，这个不止一次要毁了自己的人。

"多吉，如果我做了对不起你的事，原谅我。"他在心里对多吉说，并且对多吉开放了权限，多吉的意识可以侵入他的感官，知晓这里发生的一切。

下一个瞬间，他感到多吉的意识已经进入了他的躯体。

"不要，别伤害他！"多吉说，"算我求你。"

程浩沉默着停下脚步，准备转身。这样，就会直面跟踪他的两个人了。

"我不伤害他，他就会伤害我！"

"你有防备的情况下，他没有能力威胁你的，你真正要小心的，是韩怀仁！"

多吉的话点醒了程浩。谭军说穿了不过就是个普通人，只能在小县城干些恶事，没有韩怀仁的帮助，他根本没能力坑害自己。如果只吞噬掉谭军，威胁仍然存在，毕竟自己身上的秘密已经暴露，不管逃到天涯海角，韩怀仁都有办法找到自己。

那么，就只剩一条路了。

在原地短暂停留后，程浩终究没有回头，继续缓步朝前走着，一边走一边留心着路旁的情况。走了一段，他看到一辆打着空车牌的出租车在等红绿灯，于是他猛然加速，快步甩开跟踪者，直接上了那辆出租车。

这时，不用通过路人的眼睛，程浩也看到了谭军和王永利，两人像是完全没预料到这变故，慌乱地跟着跑了几步追上来，但随即又赶快停下，怕被人发现似的，继续装出一副若无其事散步的样子。程浩一脸冷笑地看着他们。

"去哪里？"出租车司机问。

"云庭大厦。"

这一次，程浩不再能畅通无阻地进入云庭大厦。保安拦住他，告诉他没有预约任何人都不能去顶层的总裁办公室。

程浩直接拿起电话打给了韩怀仁，接通了，韩怀仁没说话。程浩打开功放，大声说："我想最后和你谈谈。"

电话那头沉默了半分钟，说道："好，让他上来。"保安这才放行。

再次来到韩怀仁的办公室，那台留声机正播放着一首古典音乐，是钢琴曲，程浩欣赏不来，觉得很难听。但韩怀仁闭目半躺在他的座椅上，显得很陶醉。

听到有人推门，韩怀仁眼睛眯缝着，似睁似闭地瞥了程浩一眼，说："你来干什么，我们已经没有什么好聊的了。"

程浩缓缓逼近，没有脚步声，像一头豹子。走到韩怀仁身前，他说："以前也是在这个地方，你问过我一个问题，三种人，狼、牧羊犬和羊，我要当哪一种？我想好了，我是来告诉你答案的。"

韩怀仁不屑地哼了一声。

可能是因为某些应用收集了他们谈话的信息，韩怀仁问过程浩那个问题之后，程浩后来真的在网上刷到了一条关于牧羊犬的短视频。画面里，只有三个月大的奶狗牧羊犬，第一次被主人扔到羊群里，没有任何人教，仿佛天生就会似的，它模仿出狼的眼神，乱跑的羊群瞬间被吓住了，几百只羊立刻规规矩矩起来，排出整齐的队形。评论区里，网友很兴奋地评论着："一条这么小的狗可以管住这么多羊，这就是血脉压制！""天生的leader！""牧羊犬好帅！"

他能理解网友的兴奋，他们都把自己代入牧羊犬的视角了，天赋血统，多么高贵，多么霸道，多么威风凛凛。但程浩做不到，那条视频引起了他强烈的不适——如果我只是羊群里的一只羊呢？他一遍又一遍地观看那条视频，无论如何，程浩都只能站在羊那边。到最后，看到那只奶狗牧羊犬，他甚至感觉自己都本能地因害怕而发抖，好像他真的变成了一只羊。

"我告诉你，我哪样都不选，我要把躲在后面逼我选的人揪出来！"他把手撑在桌子上，身体前倾，正面逼视韩怀仁。

"为什么！为什么逼我选！"他大吼起来，抓起韩怀仁桌上的昂贵茶杯，一把砸得粉碎。吼完之后，他的声音又低沉下来，如孩童在啜泣："我什么都没有了，你还不肯放过我，要把我吃得骨头都不剩。你和谭军不是在找我吗？来，我现在送上门来了……"他猛地抬起头，此时窗外一道闪电划过，把他的脸映得惨白，像鬼一样。

韩怀仁讶然："你怎么知……"

韩怀仁的话还没说完就中断了，他的脸因为痛苦而扭曲，进而瘫倒在座椅上，身体开始抽搐，剧烈痉挛，瞳孔散大，口水不受控制地流了下来。那无声的啸叫又出现了，像洪水一样席卷整个房间，那是灵魂被撕碎的声音！

掠夺。

吃掉他。

全部，吞掉。

程浩打出了他最后一张底牌。韩怀仁的意识被撕成无数碎片，灌入程浩的大脑。通过吸收这些碎片，韩怀仁的一切也都在程浩的脑海里慢慢涌现——

和程浩一样，韩怀仁出身不好，生在一个贫穷的山村，他知道读书是他唯一的出路。后来他考上了大城市的名校，去学校前，他用全部积蓄买了一身好衣服，甚至因此没钱吃饭。报到第一天，他删掉了之前所有老师和同学的联系方式。

第一堂课，老师在台上讲："选择法学就是告别童年，进入成年人的世界。法律是统治阶级意志的体现，是统治阶级维护自身统治的工具。"老师讲到的法律本质让他很惊讶，他曾以为法律就是天然保护弱者的。那堂课，真的让他告别了童年，进入成年人的世界。

大三那年，男同学们都在想方设法泡学妹，他却谈了一个已经工作好几年的女律师。女朋友诉苦说最近有个劳动仲裁的案子很棘手，他下意识地说："就该用法律好好制裁这些无良资本家！"女朋友气鼓鼓地剜了他一眼："亲爱的，我是被告。"那时他第一次明白，谈正义之前，先谈立场。

毕业后，他和女朋友分了手，同学们都在千方百计地找工作留在大城市，他却选择去县城创业。他知道自己在大城市并无优势，只有在小地方，他的学历才能真正成为敲门砖。

他从食品配送行业做起，生意起色很快，但很快一个强大的竞争对手出现了，他被压得喘不过气来。这时他已经褪去单纯，心硬如铁。他找了一车的地痞流氓，在深夜行动，打人，砸店。竞争对手很快关门，离开了那座城市。没有什么高端的计谋，真正的商战就是这么朴实无华。

干掉了最大的竞争对手后，他一路顺风顺水，再未遇过大的磨难。他甚至隐隐觉得，人的成功，就是要踩着别人当垫脚石才行。后来他有了更多的钱，进入房地产，鱼跃龙门。

再后来，他发现做正经的生意永远利润有限，真正暴利的行业都写在《刑法》上。彼时，东南亚的电信诈骗刚刚兴起，从那时起，他就开始布局他在东南亚的灰产帝国：电信诈骗、赌博、毒品、色情业……源源不断的现金流涌进他的账房。为了躲避经侦，不干净的钱他都换成了比特币，几十亿的资金囤积在暗处。这些事只有他自己知道，就连最亲近的家人都没告诉，他从不把生意场上的烦恼向家人诉说，一回到家，总是换上温和的笑容。儿子和夫人被他保护得很好。在妻儿心中，他还是那个风光无限的企业家。

吞噬结束了，韩怀仁所有的意识、观念、知识、经验、经历，都统统灌注进了程浩的大脑。虽然只有短短几分钟，但程浩觉得过完了一生。

韩怀仁软绵绵地瘫在皮椅上，程浩走过去，探了一下鼻息，呼吸很正常。但程浩知道他永远不会醒来了。就像一块硬盘，所有硬件都是好的，但里面的数据已经清空。

"对不起。"他轻声说，这句是说给韩巍和葵的。

留声机还在单曲循环那首古典音乐，刚刚进门时程浩觉得它难听极了，但现在，他继承了韩怀仁的音乐品位，他能欣赏了。韩怀仁书架上摆着很多文学、哲学名著，以前程浩根本就不会看那些东西一眼，但现在，他已对那些书烂熟于心。程浩精准地从抽屉里找出那包太平猴魁，给自己泡了杯茶，然后坐在韩怀仁对面的皮椅上，陶醉地闭上了眼睛。

他知道很危险，最迟明天，警察就会来到这里，在那之前，他必须逃到足够安全的地方。但即便时间再紧，他还是想先听完这首曲子。故国沦陷、体弱多病的肖邦在去西欧的路上写下了这首练习曲。听着钢琴声，程浩脑子里浮现出一片荒原，千军万马在荒原上冲锋。

一曲听罢，程浩心中已有了主意——

世界上已经没有韩怀仁这个人了，那我就是韩怀仁。

程浩找到韩怀仁的手机，熟练地用密码解锁。然后打开韩怀仁的微信，从联系人当中快速找到那个叫班猜的泰国人——他是韩怀仁在缅北的生意代理人。

他以韩怀仁的名义给班猜发了条微信："我有个亲戚的孩子，在国内犯了点事，我安排他到你那边避一避。今晚飞昆明，你接应一下。他叫程浩。"

对方很快应允。

接着，程浩打开韩怀仁的比特币钱包，看到了那上面躺着的巨额资金，现在，这些钱是他的了。也许将来可以为这笔钱找到合适的用途。

他把韩怀仁的手机揣在身上，又拿出自己的手机，将此前作为职业选手赚到的所有积蓄，悉数转给了张亦行，这笔钱是干净的。他给张亦行留言：

我给你转了笔钱，一半给你爸，另一半帮我给孟凡家人。

我是个很会玩游戏的人，但后来我发现玩得再好也是在别人的规则里玩，而他们可以随意修改规则。

我不玩游戏了，我要定规则。

做完这一切，程浩下楼，保安尚未发觉异常，他坦然离开。

来到路边，程浩等了一会儿，一辆拉货的皮卡路过时，他把自己的手机扔到了车上。他知道警方会通过手机定位追踪自己，这个小把戏能帮他拖延一点时间。

然后他上了一辆出租车，直奔机场。

他就这么走了，就像不曾来过。

◂ 下 篇 ▸
100%

A3

```
>>Load Part Two...
  <name>
    Demons in the Mind
  <question>
    Can games really change lives?
```

新游戏

十年后。

2034年，上海。

晚上八点，张亦行下了班，站在路边，在预约软件上叫了车。三分钟后，一辆无人驾驶出租车就来接他了。如今，上海的路面交通几乎全替换成了无人驾驶汽车，只有极少数人还在亲自开车。他上了车，舒服地靠在后排座椅。虽然是无人驾驶，但仍然保留有驾驶位和方向盘，方向盘自动地转来转去，看着莫名有些喜感。

车开了半个小时，停下了。张亦行下车，抬眼看到了夜翼网咖那熟悉的破旧灯光招牌。他走到附近一家店，买了点儿卤牛肉、凤爪、鸭脖，又去超市买了两瓶啤酒，提着酒菜就进了夜翼网咖。

网咖里没几个客人，昏沉的灯光，稀稀拉拉、歪歪斜斜的座位，污垢无人清理的鼠标键盘，还有被人扯走了耳机的灰不溜秋的电脑。这些迹象无不昭示着这里的没落。

这个时代，没几个人还用电脑玩游戏了。

张亦行叹息一声，看向吧台，没人在。于是朝屋里喊道："六哥，我到了。"

"来了来了。"

吴泽提着几个鼓鼓囊囊的外卖袋子，从网咖的厨房里出来，将外卖袋放在吧台上。"骑手一会儿过来取餐，我得赶紧做好，耽误了他们送单，要骂娘的。"吴泽系着围腰，将手在围腰上擦了几下，他的脸和头发上似乎还沾着厨房的油污。

"你好好的一个网咖店长,怎么还拓展上外卖业务了?"张亦行笑道。

吴泽摆手笑道:"嗨,别提了。玩家们一个月上网的营业额,还不如外卖赚得多,我干脆劝老板把网咖改成饭馆算了。"

"你咋亲自在厨房忙活,店员呢?"张亦行记得自己三个月前来的时候,店里还有两三个店员的。

吴泽声音低沉下来:"养不起这么多人了,我这个店长现在是光杆司令。"

十年前,云庭战队输掉了总决赛,老板韩怀仁又突遭不测,韩巍心灰意冷,于是云庭战队解散。吴泽终于决定面对真实的生活,就回到了夜翼网咖,从网管做起,一直做到店长,也算风光过一阵。后来元宇宙科技成熟了,人们都跑到元宇宙里玩游戏,传统电竞和网咖行业江河日下,成了旧时代的残党。

张亦行帮着吴泽摆好一张小方桌和凳子,吴泽去吧台拿来杯子和开瓶器,两人把酒倒好,就着卤菜吃喝起来。

几杯下肚,吴泽问道:"程浩那小子,你还在找吗?"

张亦行愣了一下。"找啊,一直在找。"接着他摇头叹气,"没什么进展。"

吴泽道:"怎么会?你不国安警察吗,还有谁比你们更擅长找人?"

张亦行道:"怪就怪在这里,我在我们内部的系统里检索,正常来说,只要这个人存在过,或多或少都能检索出一点信息。但我搜程浩,完全没有任何资料……我想来想去,只有一种解释,有关程浩的信息,属于绝密,被上面刻意隐藏了。"

吴泽的筷子停在半空中,好一会儿才落下。"有道理。"

"这些年真是辛苦你了,为了找程浩,不知道花了多少心血。"

张亦行默然。当年韩怀仁离奇昏迷,程浩失踪,张亦行不遗余力地用各种办法找过程浩。他给程浩的所有社交账号发私信,给每一个程浩可能联络的人打电话，考虑到程浩最可能出没的地方是网吧，张亦行几乎跑遍了上海每家网吧，给网管发了红包和程浩的照片，叮嘱如果看到这个人，一定联系自己。但这些都是徒劳。

后来张亦行从韩巍口中得知，警方的调查结果显示程浩最后出现的地方是在昆明。张亦行当即央求父亲请年假带自己亲自去了一趟云南，结果仍是遍寻不着程浩的踪迹。

再后来他读了大学，参加工作，加入国家安全部门，一为糊口，二来也是因为这份工作最便于找人。

"为什么这么执着？"吴泽问道。

是啊，为什么这么执着？张亦行也曾一度这样问自己。他想起和程浩的初识，刚上初中那会儿，程浩是刺儿头，被老师安排在"特殊座位"，在教室最后方的角落，左右没有同桌。每次老师让同学自行组队小组讨论，没有人和程浩一组，程浩就装作没听到老师的话，趴在桌上呼呼大睡。每次张亦行都会主动走过去招呼他："我和你组队。"

"如果我不去做他的朋友，那他就一个朋友都没有。"张亦行那时就是这样想的。他总有种感觉，程浩像是活在悬崖边，如果没人拉他一把，随时会坠入深渊。

而现在，很多人都在找程浩，但其实那些人并不关心他的死活。程浩是韩怀仁昏迷案的重大嫌疑人，他们只关心他是不是犯了罪，以及怎么犯的。

"如果世界上只剩一个人关心他的死活，那个人就是我。我不去把他找回来，他死在外面都没人知道。"张亦行说。十年来，这想法一直折磨着他。

吴泽轻叹，提一杯，两人一口干了。

接着他们又聊起工作，聊起曾经在云庭战队的日子，当然，免不了还聊起感情生活。

"我觉得雅倩是个好女孩儿，你没跟人再说说？"吴泽问。

张亦行摇了摇头："早分了，不合适。她觉得我没必要花那么多心思去找程浩，应该全身心拼事业，劝了我好多回。最后觉得我死不悔改就失望了吧。她说得没错，我是不着调，就不祸害人家了。你还说我，你自己都四十了，怎么不给我找个嫂子？"

吴泽摆手："倒是有几个女顾客，明里暗里对我表示过。算了，没意思。老弟，你到我这个年纪，就什么都看淡了。"

两人相视苦笑。

酒过三巡，张亦行看时间差不多，该回去休息了，于是告辞。吴泽却突然像想起了什么似的，一边让张亦行等等，一边在兜里摸索。

"对了，有个事儿，想来想去身边可能只有你能帮我。"吴泽嗫嚅着，从衣服兜里摸出两张薄薄的片状物，"《万人如海》你知道吧？现在全球最火的元宇宙游戏，听说已经拿到版号了，大陆要引进。老板的意思呢，是想抓住这个新机会，把夜翼网咖改造成和《万人如海》合作的元宇宙游戏体验馆。这周六，厂商在上海办试玩会，老板让我去体验下。你陪我去吧，你见识广，帮我参谋参谋。这是试玩邀请券。"

张亦行接过吴泽递过来的试玩邀请券。那券做成了竹叶样式，上面用雅致的烫金字体写着宣传语：用真实构造真实。他对这个火爆全球的元宇宙游戏早有耳闻，心下觉得好奇：明明是海外开发商做的游戏，取名字却用了中国古典诗词，有点意思。

他决定去看看。

周六下午，张亦行如约来到《万人如海》线下试玩会的现场。

试玩会是在东方体育中心的一个场馆举办的。曾经，《峡谷战争》世界赛的半决赛和决赛，云庭战队都是在这里打的。看着那熟悉的白色三角帆式的场馆倒映在澄澈的湖面，张亦行有些唏嘘。有人说故地重游就像刻舟求剑，他现在有些明白这种感觉了。

《峡谷战争》早已关服，官方联赛自然也取消了，当年这里山呼海啸的盛况一去不返。元宇宙游戏不像传统电竞那么吵闹，没有欢呼呐喊，没有大屏幕，没有粉丝的应援灯牌和荧光棒，元宇宙游戏是在安静中进行的。

现在张亦行走入了这片安静中，偌大的场馆内摆放着数十台铁灰色的沉浸舱，人们睡进去，睁眼就进入了另一个世界。

就像棺材。

张亦行甩甩头，竭力想把这念头从脑海里赶出去，但做不到。他深呼吸一口气，拿起手机就要给吴泽打电话碰头。

电话还没拨出，突然他感到肩头被人浅浅触了一下。他转过身，看到一名年轻女子，皮肤白得像晴日下的雪，双眸剪水，眉黛青颦。那标志性的耳发如弯月般明晃晃地勾着。

"葵！"十年未见，他还是一眼认出她来了。

"你怎么在这儿？"两人异口同声地问道。

葵看起来比从前更成熟些，穿着比较正式，香槟色真丝衬衣配黑色筒裙，淡淡的香水若有似无。张亦行问她："我来参加试玩会，你也是？"

葵嫣然一笑："算是吧。"

张亦行没再多问，而是和她叙起了旧。当年云庭战队解散后，没过多久，韩巍和易晓葵就出国了。2026年，张亦行听说两人在美国完婚，还曾发去祝福。但年深日久，天各一方，渐渐也就断了联系。

葵聊起这些年的生活，先是和韩巍一起全面接手了韩怀仁留下的云庭集团，稳定住局面后交给职业经理人打理，两人赴美深造，共同申请了一所藤校读商科，毕业后直接留在了美国创业。

张亦行问道："云庭的钱你们几辈子都花不完吧，怎么还这么折腾？"

"是花不完，但那样过一辈子很没意思。"葵说。

"那你们创业是做什么领域？"

"做过很多项目，最成功的就是目前这家公司，一会儿你就知道我是做什么的了。"葵神秘一笑。

张亦行正要追问，就听葵说："抱歉我得先去准备一下，马上开始了。"说完她便匆匆离开。

几分钟后，一个器宇轩昂、身着西装的男主持人走上场馆尽头的舞台中央，台下观众眼见活动正式开始，也往舞台前聚集。一番套用的开场白之后，主持人报幕："今天，《万人如海》开发公司'全息玫瑰'的CEO易晓葵女士亲自莅临现场，足见对这场活动的重视，让我们用最热烈的掌声，欢迎易总致辞！"

易总？张亦行讪笑，还以为她也是来试玩的，没想到这游戏就是她做的。曾经玩游戏的人现在做游戏，倒也合理。她刚才说，创业多年最成功的就是目前这家公司，这何止是成功啊！《万人如海》是个很新的游戏，刚发布不久，就从一片元宇宙游戏的红海里杀出来，迅速统领了这个领域，成为行业头部的存在。

不知何时，吴泽悄摸摸地站到了张亦行旁边，看到台上的易晓葵，他也是傻了眼。

"这情况你事先知道吗？"张亦行说。

"不知道啊。老板叫我来，我就来了。"吴泽感叹道，"人和人，还真是不一样。"

台上的葵开始发言：

"大家好，我是易晓葵，《万人如海》的开发者。游戏上线以来，这是我第一次公开露面。相比于易总这个身份，我更愿意大家把我当成一名玩家。我们知道，那些最好的游戏，都是玩家做出来的。

"十年前，我曾是一名MOBA类游戏的职业电竞选手，就是在这里，我打了我职业生涯的最后一场比赛。今天我选择在这里办《万人如海》的试玩会，也是为了纪念那段日子。当年我玩的那个游戏已经关停了，后来，所有的传统游戏都没落了。我一度非常失落，以为自己这辈子再也不会和游戏扯上关系。

"直到2027年底，我去弗里蒙特参观了Neuralink[1]，那一次经历改变了我。他们最终放弃了脑波读取精度更高的侵入式脑机接口，转而研究非侵入式脑机接口，毕竟，对一项技术来说，普及才是未来——没有多少人真的想在脑后插一根管子。埃隆·马斯克邀请我体验他们最新的沉浸舱，说给我个惊喜。我躺进去，然后我看到了幽冥猎手，看到了我曾在《峡谷战争》中使用的那些英雄。不同于用鼠标键盘操控他们，这次我真正走进了他们生活的世界，巨龙从我头顶飞过，我甚至感受到它掀起的风拂过皮肤的灼热感。那时我明白了，元宇宙并没有让游戏死去，反而给了它新生。

"2028年，我在旧金山湾区注册了全息玫瑰公司，购买Neuralink的专利，开发元宇宙游戏。起初我们想把那些经典的游戏IP都复刻到元宇宙里，但市场并不买账。于是我意识到，所有的元宇宙游戏厂商都犯了一个根本性的错误——我们拥有一架飞机，却始终让它在地上跑，还愚蠢地比赛谁跑得更快。用代码编造的世界，再怎么逼真也是假的。能够构造真实的，唯有真实本身！

"于是，我做了《万人如海》。每个人都是一滴水，在这个游戏里汇成海洋。稍后大家亲自体验一下，就能明白我的意思了。《万人如海》是革命性的，和其他元宇宙游戏有着本质的区别。

"我们不应该只过此生此世的生活，而要在有限的生命里体验无限丰富的人生，《万人如海》可以帮助我们实现这一点。

"朋友们，这是个新时代，让我们玩新游戏！"

葵的致辞结束，全场掌声雷动。主持人开始引导观众进行试玩体验。

一名穿着商务正装的年轻女孩走过来，对张亦行和吴泽说："两位

---

1. 一家美国神经科技和脑机接口公司。

先生好,我是《万人如海》的商务专员Nance,需要我提供试玩指引吗?"吴泽和张亦行点了点头。

Nance引导两人分别躺进了沉浸舱,简单交代了一番操作。其实没什么好引导的,沉浸舱顶部有个触控屏,操控界面十分简洁,里面有上百个游戏副本可以选择,点击即可开始。张亦行开始浏览。

《北欧挪尔兰峡湾之旅》,标签是:旅游、日常、治愈。

《困在大山中的女人》,标签是:生存、策略。

《血河》,标签是:战争、生存。

《探秘哀牢山》,标签是:野外求生、探险。

《石室云霞思古梦》,标签是:校园、日常、恋爱。

……

张亦行看了看,被《困在大山中的女人》这个副本名字吸引,他选择了这个副本体验,然后关上了沉浸舱。舱里黑下来,屏幕显示出读条界面,游戏即将开始。

这是个新时代,要玩新游戏。张亦行在心里重复葵的这句话,一丝感伤涌上心头。下一刻,他正式进入了游戏——

灼热的阳光,蝉鸣,连绵无尽的黛色山峦,动物粪便的气味,青黄色倒伏的枯草……这是一处偏远山村。

太真实了……什么样的游戏引擎能达到这样的效果?那些主打画质真实的3A大作,在这个游戏面前都成了笑话。张亦行蹲下来,摸了摸被太阳暴晒的土地,那灼热的手感让他完全意识不到这是在游戏里。

不,游戏不可能逼真到这种程度!他一定是来到了某个真实存在的地方。

张亦行扮演的游戏角色,是一位被拐卖进山里的女大学生,游戏目标是要逃出大山。

刚开局他选择硬来,在深夜跳窗逃跑,没想到院里的狗叫了,吵醒了买她的男人,她被男人狠狠殴打。张亦行操控人物想要还手,但人物的设定是一个普通女人,武力值很低,根本无力还手,还被打得更惨。疼痛传导到张亦行身上。有必要把痛觉做得这么逼真吗?这游戏真离谱。张亦行龇着牙想。但他也切身体会到了一个无力的人被殴打是什么感觉。大大的红色字幕显示着"游戏失败"。

女主角的手机早就被没收了,于是张亦行操控着人物,尝试求助山村里的其他人,想用他们的电话报警。没想到村里人都是一伙的,知道她的意图后,告诉了买她的男人。这次她被打得更狠,感觉肋骨都断了。字幕再度显示"游戏失败"。

张亦行一次又一次尝试:藏身在农用车里,被司机发现,揪送回来;试图趁外人进山的时候求救,却被男人早有预防地塞上嘴捆起来;甚至想到了委身于村长用身体换取帮助,没想到村长却骗了女主角,穿上裤子就不认账了。

一连玩了十几局,都是失败。有一次好不容易快要成功跑出去了,却下起了大雪,山路被封。连老天爷都在作弄她。

更令人绝望的是,游戏人物除了体力、智力等属性,还有一项名为"意志力"的数值,每一次失败,虽然可以重开,但"意志力"值都会扣除一定点数,并且不可恢复。意志力值降低会导致人物行动力下降,即便有好的计划也会执行得更困难。

游戏剧情触发了,女主角看着电视里播出的家人团聚的节目默默落泪。张亦行也红了眼眶,不知不觉中他已经完全代入了女主角的境遇。这游戏到底谁在赢啊,怎么才能让你逃出去?

失败多次后,张亦行退出了游戏,他到最后都没能打出通关的结局。

游戏结束，张亦行已经泪流满面。

《万人如海》的确是革命性的，极致的真实自有震撼人心的力量。虽然类似的事他以前在新闻里也听说过，但只有在游戏里，他成为那个女人，才真正体会到了她有多么绝望。他很想直接从沉浸舱里出来缓缓，但既然是受吴泽之托帮忙考察，那还是多体验几个副本吧。

《北欧挪尔兰峡湾之旅》可以说没有任何游戏性，这个副本真的就是去旅游的，可以在里面沉浸式体验北欧峡湾的风光。因为实在太逼真了，体验很好。他想，有了这个产品，旅行社恐怕要关门了。

《血河》是又一个令人不适的副本，背景是真实的战争，非常残酷血腥。在这个副本，玩家可以选阵营，可选进攻方、防守方以及平民。选平民是难度最高的模式，平民的游戏目标是生存，一直存活到战争结束才算胜利。不走出家门找食物就会饿死，走出家门很容易被流弹击杀，而你甚至不知道子弹是来自敌方还是来自自己人。如果当个好人，不去抢其他平民的食物和水，基本很难打赢游戏。

张亦行发现，这和那些以战争为背景的传统FPS[1]游戏完全不同，那些游戏降低了战争的残酷性。而《血河》则完全还原了真实战场。他在里面亲眼见到一架自爆无人机调戏一名受伤的士兵，士兵举手投降，那无人机却还是紧跟着他，一会儿飞近，一会儿飞远。当士兵以为它已经飞走的时候它又飞回来。最后士兵精神崩溃，跪倒在地，无人机也玩腻了，直接撞向士兵自爆，士兵被炸得血肉横飞。一团东西飞到张亦行面前，他定睛一看，发现是一截肠子。

虽然很不适，但张亦行觉得这个副本自有其价值，任何一个鼓吹战争的人玩过之后估计都会变得反战。

回想葵的致辞，他心里已经大概猜到《万人如海》的本质了。用代码编造的世界，再怎么逼真也是假的。能够构造真实的，唯有真实

---

1. 第一人称射击类游戏。

本身——这些所谓的游戏副本，根本不是电脑程序，而是用真实的人脑记忆剪辑制作成的。

张亦行惊叹不已。技术已经发展到这种程度了吗？可以提取并剪辑人脑记忆做成游戏了。从此自我就可以完全走向他人，体验无数种人生了。这一刻你是男人，下一刻是女人。这一刻你是战场士兵，下一刻成了商界巨子。这一刻你是迟暮老者，下一刻是青春少年。

体验得差不多了，张亦行按下关机键，准备出舱。这时显示屏上显出一行字：

欢迎把您的人生记忆上传到《万人如海》，我们将帮您制作成游戏副本。您会得到丰厚的上传报酬以及后续副本下载分成。所有沉浸舱均提供上传服务，点击"我要上传"即可体验。

让我们为大海贡献一滴水，用真实构造真实。

张亦行有点明白了，《万人如海》与其说是游戏，不如说是一个类似应用商店的平台。用户可以自己上传某段记忆，由平台制作成可供玩家游玩的副本，并定价发行。出售这个副本的收益由平台和上传者分成。如果一个人上传的副本火了，凭借下载分成将会一夜暴富。这个模式，本质上真正实现了"由玩家做游戏"的理念。

从沉浸舱出来，张亦行有很多问题想和葵聊聊，毕竟她是这个游戏的开发者。但葵在舞台边，被一群记者团团围住了，他足足等了半个小时人群也不见散。

几分钟后，吴泽也从沉浸舱出来了。"怎么样？"张亦行问他。

吴泽眉头紧皱，迟疑着道："说不好，元宇宙游戏我之前也玩过，从来没见过这样的……你觉得能行吗？"

张亦行道："我也说不好，但我有种预感，这款游戏会对社会带来很大的改变。六哥你一定要把合作谈下来，说不定你下半辈子翻身就靠这游戏了。"

见张亦行这么看好,吴泽眉头也舒展开了,点头赞同。

又等了好一会儿,记者终于散了,张亦行和吴泽跑过去,张亦行开口问葵:"晚上有安排吗?咱们——"他刚要提议三个人一起吃个饭叙叙旧,就见葵往场馆外打量什么。场馆门口停下了一辆丰田埃尔法商务车,一位秘书模样的女孩儿风风火火地跑过来说:"易总,我们得抓紧了,周总那边都等好久了。"

葵略带歉意地朝张亦行和吴泽微笑。"抱歉啊,一会儿还有个局。"她比了个打电话的手势,"回头聊。"然后就上了那辆丰田埃尔法。

"那线下体验馆的事……"趁车门关闭前,吴泽追上去,慌忙问道。

葵笑道:"我们有专人对接的,和我们的商务聊就行啦。"

车门关闭,车开走了。

商务专员Nance早已等候在两人身旁。

Nance将两人带到场馆二楼的一个会议室,这里被临时用作商务洽谈室,茶水招待齐整后她才慢慢开口:"吴泽先生,我看资料上显示,您的网咖有300多平方米,地理位置也不错……"

"不是我的网咖,是老板的。"吴泽挠头。

"对于这种体量的合作方,一般来说我们的合作费用是200万元起步……"

见吴泽面露难色,Nance改口:"300万。"

吴泽急叫道:"怎么还坐地起价呢?200万的加盟费,老板还能勉强凑一凑,300万那就真没办法了。"说完他站起来就要往外走。

Nance微笑着请吴泽少安毋躁:"吴先生,300万不是您给我们,是我们给您的。用于前期店铺的装修改造和引流拉新,不够还可以加。"

"哦哦，你早说嘛……"吴泽用手擦擦汗，坐回了沙发上，"那这条没问题，咱们往下聊。设备呢？羊毛出在羊身上，你们出了装修改造费用，想必设备不便宜吧？"

Nance说："设备也由我们免费提供，说实话，设备真让您买也不现实，那可比装修费贵多了，300万都不够买个零件。"

吴泽喝了口茶，说道："这倒也是。设备和前期费用你们都出了，那到时候营业分成，你们要的比例会不会很高？"

"我们不分成。"Nance说，"营业收入全都是您的。但我们会控价，为了避免有店铺扰乱市场，用户使用沉浸舱的客单价由厂商统一调控。"

"意思是……"吴泽难以置信地总结道，"什么成本都你们出，我们就……白赚？你们这哪儿是做生意，明明是做慈善啊。"

Nance说："吴先生您说笑了，我们的收益主要来自副本下载，不分门店的营业收入是为了提高店家的积极性。"

"说说你们的条件吧。"坐下来还没开过口的张亦行替吴泽问道，"不一定是经济上的。"

Nance看起来喜欢跟聪明人聊天，她笑着说道："首先，合作是排他的，我们要求门店只能经营《万人如海》这一款元宇宙游戏；其次，我们对门店是有考核的，每半年考核一次，不达标的门店将终止合作。"

吴泽说："你们不是不分润吗，那还考核干吗？门店营业收入多少跟你们没关系啊。"

Nance摇摇头："我们不考核下载量，只考核上传量。"

张亦行想起刚刚退出沉浸舱时见到的那一行字幕，鼓励用户将自己的记忆卖给厂商做成游戏副本，这就是Nance说的上传量吧。

Nance继续解释：《万人如海》能否成功，最关键的就在于能否提供源源不断的优质内容，相信您二位也看到了，这些内容实际都是由玩家自己提供的。体验馆门店直接接触玩家，所以我们希望门店能够尽最大努力，说服玩家出售自己的记忆。能够采买到多少优质记忆，是我们考核门店的核心指标。当然，采买任务完成得好，门店也能得到奖励。"

吴泽咂摸出味儿来了，点了点头道："采买的内容你们有标准的吧，不是什么内容都能做成好游戏。谁来判断内容是否值得购买呢？"

Nance说："你们只管买，不需要判断。或者说，标准只有一个，那就是市场本身。对于所有采购到的内容，我们都会制作并投放到市场上，让它们自生自灭，业绩好的自然会鹤立鸡群，我们就重点运营，业绩不好的就淘汰放弃。有些记忆质量很高，可以直接做成副本，收购价就会很高。有些记忆质量平平，就只能作为零碎的背景素材剪辑进别的副本。这种一般收购价就比较低了，而且没有后续分成。"

张亦行问："收购价怎么定？比如有些记忆很精彩，有些很平淡，价格肯定不一样吧？"

"定价你们也不用管。记忆的采买，是由沉浸舱自动完成的，玩家躺在里面就可以自行完成整个记忆售卖的过程。沉浸舱内置一个强大的评估AI，采购价都由它定。其实它的品位比人好很多，因为它是根据算法和大数据，实时监测不同类型的内容在市场受欢迎的程度，定价也是实时变动的。比如这段时间，青春校园类型的副本受欢迎，那么出售此类记忆就能卖出更高的价格。所有付款也由这个AI自动进行，出售人填好收款账号，交易完成当场就能收到打款。"

"也就是说，我们只负责拉人就行了。"吴泽说，"看来科技再怎么发达，也还是需要地推。"

"是的，和人打交道的事儿，人还是比机器更擅长。"

"如果一切真和你说的一样，这生意我老板不可能不同意。你把合同给我，我带给老板，他签了字，就可以正式启动合作了。"吴泽的话里难掩兴奋。

Nance依言从文件柜里取出合同，用一个牛皮纸文件袋小心装好递给了吴泽。

从场馆离开后，吴泽一路都在说，从来没想过商务谈判可以这么顺利，从没想过还有这么好的合作方。张亦行自然是为他高兴，六哥倒霉了这么多年，也该转转运了。

但他心里隐隐又有些不安：很明显，《万人如海》的厂商看重的，不是卖，而是买。尽可能多地把玩家脑子里的记忆买走。

这真的只是一个游戏吗？

夜翼网咖最终成功和《万人如海》达成了合作，暂时歇业，开始重新装修。这期间，张亦行没再去找过吴泽。

不过他也时常在网上看到关于《万人如海》的消息，各个城市的体验馆如雨后春笋般纷纷建成。很多是由夜翼这样的网咖改造成的，也有的合作方豪掷千金，修建了数千平方米的大型体验场馆。

这游戏才出来多久啊，就迅速统领了全球的元宇宙游戏市场。张亦行再次感到震撼。这就是现代商业的力量，如果方向是对的，一点星火就足以燎原。

三个月后，夜翼元宇宙体验馆重新开业，张亦行去吴泽的体验馆道贺。到了门口他吓了一跳，早上九点开业，现在才八点，外面就已经排起了长队。他跑到队伍最前面，和几个顾客闲聊了几句，那几个人说是在网上刷到体验馆的广告，很感兴趣，所以天还没亮他们就过来排队了。

九点一到，门禁打开，人群像疯了一样往里冲。张亦行本想找吴泽聊天，可吴泽根本忙不过来。尽管已经提前招了几个服务员，面对这么多客人，他还是得亲自上阵。张亦行在一旁看了一下，大概了解了怎么引导客人使用沉浸舱，于是客串起了服务员帮着吴泽忙活。一忙就是一上午，水都没喝一口。中途遇见顾客因为抢沉浸舱而打架，还得去劝架。

中午时分,人流终于稀疏点了,两人才得闲坐下。

"老弟,辛苦你了啊。"吴泽累得够呛,有气无力地说。

张亦行也喘着粗气道:"跟我客气什么。话说这些人使用沉浸舱,怎么收费的?"

"按时长收费,99元一小时。厂商定的价格,我们改不了。"

"不便宜啊。"张亦行说,"不过相比于沉浸舱的造价和研发投入,定这个价也很合理。"

吴泽说:"确实不便宜,但很多人玩了之后,当场就会选择上传,卖掉自己的一些记忆,还能倒赚一笔钱。"

张亦行眉头一皱,问道:"能让我体验一下上传吗?"

"当然。"吴泽喜道,"你这是在帮我完成考核啊。"

吴泽把张亦行带到大厅的另一侧。吴泽解释说,这是专门的上传区,按厂商的规定,每家门店必须预留一部分沉浸舱专供上传使用,以防有客人想上传的时候没有设备。

张亦行在沉浸舱里躺下,吴泽亲手给沉浸舱内部铺上了一层一次性保洁膜。"一客一换,卫生问题很重要,不然过不了多久就没人来了。"

舱门盖上。先是一片漆黑,随后显示屏亮起,提示字幕显现。张亦行点击了"我要上传"。这时舱内响起了提示音,是一个温柔的女声:"请开始回忆您想要出售的记忆内容,出售内容回忆完毕,请点击屏幕上的'结束'按钮。放轻松,这个过程不会对您的身体造成任何伤害。"

张亦行想,自己的哪段人生经历比较特别,做成游戏会有可玩性呢?只有那段短暂的电竞职业选手的生涯比较特殊吧,能提供和普通人的生活截然不同的体验。于是,他开始回忆自己作为职业选手打得最精彩的一场比赛。结束后,屏幕显示一个转动的圆圈,语音和字幕提示：正在处理您上传的内容，请稍候。

片刻后，沉浸舱提示：上传完成，是否开始预览和编辑？

张亦行点击"是"，进入预览。然后就像上次体验那样，他整个人完全进入到曾经的回忆中了。观众的呼喊，鼠标键盘的触感，乃至电脑屏幕显示的游戏画面，都是那样逼真。甚至他看到了很多他自己都已经忘了的细节。

是否大脑会记住曾经的一切，只是我们无法全部读取？他想。

预览完全部内容，沉浸舱提示：正在评估该内容的收购价。

大概一分钟后，字幕显示——

您的上传内容评级为：三颗星。评估收购价为：15000元。该内容优质完整，可直接制作成副本，副本预估售价199元，副本下载后续分成比例为50%。是否确认出售？

张亦行心想，价格不错啊，就这么一小会儿就能赚这么多，估计会有很多人来主动出售记忆。

接着屏幕上出现了密密麻麻的用户协议条款，张亦行大致浏览后点击了"同意"。然后就出现了输入银行卡号的界面，他输入卡号，点击"确认"。只过了十秒钟，一万五就到账了。沉浸舱提示：交易完成，欢迎下次光临。他赶紧回忆了一下大脑里的那段记忆是否还在，还好，不仅还在，甚至更清晰了。看来这只是复制而不是剪切。

这就结束了？看着卡里的余额，张亦行有种不真实的感觉。他刚刚以一万五的价格，卖掉了自己的一段人生。

这个时代，果然什么都可以卖啊。

深夜，云庭大厦。

易晓葵坐在韩怀仁曾经的办公室里。十年前，韩怀仁出事后，这里一度封存。前些日子,她叫人把这里收拾出来了。她拆掉了墙上内嵌的养鲨鱼的鱼缸,改造成了一个小小的花台。韩怀仁那个屋顶高尔夫球场,她也让人回填了,维护费用太高,没有必要。

近来听到一些风言风语,下面的人说云庭大厦来了一位新主人,一位女皇。她没有去制止和澄清,而是放任自流。在懂得利用的人手里,流言也可以成为一种力量。

她在看大中华区各个城市经理发来的日报,每一封她都亲自审阅并回复,评价得失,并指导下一步的工作。葵的电脑里有一幅电子地图,每多一个城市新增了《万人如海》的体验馆,那个地方就会被点亮。从北京、上海到四五线的县城,多一盏灯,她便多一分心安。

照这个进度,要不了多久,中国大陆的主要城市都能铺满体验馆,而体验馆的全球市场覆盖率也将达到80%。这是她一年多来每天工作十几个小时换来的。

忙完工作,她半躺在椅子上,给韩巍发了条消息:"玩得开心吗,babe?"

韩巍发来一张照片,金色阳光、粉色沙滩、湛蓝大海……

接着他发来一段语音:"爱琴海的艾尔弗尼斯海滩,世界七大粉色沙滩之一。这里的一切都很好,如果你在就更好了。"

她笑着打下一段文字:"我在忙着为你赚钱呢。"她拍下了屏幕上的体验馆分布图,发给韩巍。

也许是云庭战队的经历让韩巍对创业失去了热情。婚后,韩巍便把主要的生意交给她打理,自己做起了甩手掌柜到处玩。她对此没什么怨言,或者说,这正是她想要的。

韩巍继续发来一段语音:"董事会给了我很大的压力,《万人如海》在持续亏损。"

她回道:"这是市场扩张阶段所必需的,《万人如海》随时可以盈利,但不是现在。"

"我明白,但似乎扩张也太激进了点……"

葵叹了口气,回道:"我们是在创造历史,如果用温和的方式,还能做到这一切吗?"

韩巍发了个猩猩挠头的表情包,显得很无辜的样子。

葵回道:"你会为我遮风挡雨的,对吗?"

韩巍没有马上回话,过了差不多五分钟,他发来一句:"刚给董事会发邮件了,接下来至少三个月,他们不会打扰你。"

葵发去一个玫瑰的表情。她想,韩巍只是看起来玩世不恭,关键时刻还是很靠谱的。

一瞬间,遽然的哀伤击中了她。她拥有完美的生活:有优越的家境,有自己的事业,有充分的自由,有帅气多金的丈夫……

然而,她却要亲手毁掉这一切。值得吗?

她从随身的包里,拿出一个U盘似的东西,然后插到了电脑的接口上。这东西可以提供多层加密和匿名路由,插上之后,可以保证她发出的信息不会被监控和窃取。

她把《万人如海》项目目前的进度资料整理打包,然后发送给了一个有着一连串字符前缀的匿名邮箱。在邮件正文里她写道:"一切推进都很顺利,但我有些动摇了。"

发送完成后,她双手撑着办公桌,把脸深深埋进手掌里。

几分钟后,她收到了回信,只有短短一句话:"想想那个乞丐。"

那是高中的时候,有段时间学校门口出现了一个乞丐,是个聋哑人,有一条腿好像也有点问题。有一次她放学晚了些,天色已暮,行人渐稀。她路过时撞见几个穿本校校服的学生,正围着那乞丐。他们大声辱骂他,大意是说这里是所贵族学校,他在这里乞讨丢了他们的脸。那乞丐哭着求饶,嘴里咿咿呀呀,却说不出话来。那几个学生一边大笑,一边往他脸上撒尿。然后他们开始打他。乞丐抱着头伏在地上,哭声隔着很远都能听见。

葵拿出手机录像，她想上前阻止，但那是好几个人高马大的男生。她知道没有用，于是拿着录像折返去找老师。当她和老师一起出来的时候，地上有血，乞丐趴着连呜咽都无法发出了。她和老师打了120把乞丐送进医院，医生说乞丐本来有条腿是好的，现在却粉碎性骨折，保不住了。

那伙人，弄折了他唯一的好腿。

葵请求老师惩罚那几个学生，老师说这事儿得找校长，葵又自己去找了校长，要求开除那几个学生。校长却多番推诿，显然是不愿为了一个微不足道的乞丐得罪家长。迫于无奈，葵唯一一次动用了家里的关系，给校长施压。没多久，那几个学生就被开除了。

"你的上升宫是火象星座。"她有个用星座和塔罗牌给人算命的闺蜜曾说，"你的性格里，有熊猫的一面，也有狮子的一面。大多数时候是熊猫，偶尔是狮子。"

那几个被开除的学生，就是见到她狮子的一面了。

这个世界上还有多少那样的乞丐，又有几个能幸运地遇到她这样的人？只有坚持做下去，才能让所有那样的乞丐获得拯救。虽然……那也会毁掉她自己的完美生活。

那个邮箱背后的人，有洞察人心的可怕本事。她有些后悔曾经给那人讲了乞丐的事，那暴露了自己内心想要什么。人一旦暴露所求，就容易被控制。自己就是被控制了吧？

"我知道该怎么做了。"她悲哀又坚定地回道。

这时，那邮箱又回了一封信，仍是只有短短一两句话：

你必须准备好沐浴在你自身的烈焰之中：你怎么可能重生呢？如果你不先化为灰烬。[1]

---

1. 出自尼采《查拉图斯特拉如是说》。

预运算

张亦行枯坐在工位上，颓然望向窗外，阳光洒满福州路，织出斑驳的光影。此刻他什么都不想干，只想走出去，走在阳光下。

参加工作已经五年，工位上那把椅子都起了磨痕。但他每天干的活儿，还是和刚进来的时候差不多。他在国家安全部门工作，一个涉密单位的不涉密岗位，每天的工作就是上网，上外网，做一些舆情监控。如果发现了值得注意的状况，就上报。上报之后呢，他就不知道了，应该有别的人去处理吧。他只是一颗小小的螺丝钉。

这样的日子，什么时候是个头呢？

他很清楚，坐在这里浏览外网不是他的目的，找到程浩才是。但怎么找呢？他试过了，没有一点办法。单位就像一座巨大的冰山，他能看到的只是浮在最上面的部分。这个部分好像和外面没有太大区别，大家穿常服、用真名，按时打卡，偶尔加班，有人问起工作，他就囫囵说是警察。冰山藏在海面下的部分，他看不到，但能感受到——同事之间很友好，却从不打听彼此的工作内容；除了直属上司，每个人好像都不太认识别的领导；单位里有很多个房间，很多扇门，但有些门他从来没见打开过。

对于他近来心不在焉的状态，直属领导廖科长提醒他："年轻人有静气是好事，但别让这份静气埋了自己。"

说得好，他就是要被埋了，埋进一望无垠的日常工作里。他知道不能再这样下去了，等待是徒劳的。

我没有检索程浩相关信息的权限，那就找有权限的人。他想。

一个星期五，到下班点了，同事们陆续离开，他故意磨蹭了一会儿。见廖科长已经走了，他打了下班卡，然后假装去厕所，顺势躲进了厕所的隔间。在隔间里一直等到深夜。他看着表，倒数，果然，时间一到，厕所的灯熄灭了。白天，他趁没人注意的时候，在配电箱放进了一个小玩意儿，那东西会卡着时间在深夜熔断保险丝，导致整栋大楼断电。就连备用电源也能同时切断。

当然，断电后监控也会失效。不过他得再耐心一点，躲过值班保安人员的巡查。

确认安全后，他从厕所里走出来，回到一片黑暗的办公室。他来到廖科长的电脑前，从随身携带的背包里拿出一个便携式外部电源，接入了廖科长的电脑，启动。

单位的电脑使用的并不是Windows系统，而是国产的自研系统。一切为了安全。使用任何木马程序去暴力破解密码都是不明智的，很可能会触发警报机制。

但过去五年，张亦行一直在使用这个系统，他熟悉这个系统的一切——当然也包括它的漏洞。为这一天他已经准备了很久，只是一直下不了决心。

他利用系统漏洞，从更底层的地方绕过了登录界面，直接打开了内部检索系统。现在，他看到冰山下面的东西了。

他输入程浩的名字等关键词，用廖科长的权限在内部系统检索。他想，如果用廖科长的权限仍是什么都搜不出来，他就罢手，从此不去想这件事。十年了，也该做个了结了。

按下回车，一个转动的圆圈图标出现，几秒后，密密麻麻的档案开始浮现。就像打了好久都没通关的游戏，输入作弊代码，终于见到了后面的剧情。

如张亦行所料，这十年间，上面一直都在调查程浩。想来也是，韩怀仁昏迷后，医院检查的结果显示，韩怀仁的身体没有任何可能导致长期昏迷的器质性病变，从生理上说他甚至比一般人更健康，但他再也没有醒来过，就这么不明不白地成了植物人。这么反常的案子，上面不可能不关注。

张亦行开始浏览那些档案，光是标题已经看得他心惊肉跳——

《关于缅北9.23惨案的调查报告。程浩是否为元凶有待证》
《全脑切除手术的医学原理：几个可能性猜想》
《程浩在缅北的武装暴力活动汇总》
《程浩武装暴力团伙成员调查资料》
《程浩可能藏匿地点猜想及分析》
《韩怀仁详细体检报告，及昏迷可能成因分析》
《程浩身体异变的调查及分析》
……

内部系统的资料只能在单位电脑查看，无法下载。时间紧迫，他来不及细看，只能拿出手机，将那些资料一页一页拍下来，打算回家后再慢慢研究。有些资料多达几十页，他一连拍了三个小时，才全部拍完。一看时间，已是凌晨三点。他赶忙关了电脑，又去配电箱清理了痕迹，这才启程回家。下周上班的时候，同事们只会以为这是一场微不足道的意外停电。

回到家中，他本打算先睡觉，可怎么也睡不着，手机里那些资料诱惑着他。辗转反侧后，他干脆不睡了，起床研读起那些资料。这一读又是好几个小时。抬眼时，不觉天已大亮。

从那些调查资料中，张亦行像拼图一样慢慢拼出了程浩这十年的人生——

2024年，韩怀仁离奇昏迷，云庭大厦监控拍到他最后见到的人，是程浩。随后程浩失踪。公安的调查结果显示：程浩和韩怀仁曾因电竞假赛事件不和，存有私怨，昏迷事件或与此有关。但这个调查结果并没有被公开。

看到这里，张亦行哑然。电竞假赛？他完全不知道还有这些事。看来，程浩在失踪之前，就已经有事情瞒着他了。

不久，此案由公安转交国安接手。国安开始重点侦查程浩是用何种手段将韩怀仁变成了植物人。张亦行想起当年面对警方问询，自己曾说出过程浩疑似异手症的事。没想到他当年的无心之举，竟引起国安部门高度警觉，他们彻查了此事，甚至找到了谭军和王永利，将程浩在正心书院的遭遇都查得一清二楚。

结合谭军等人的口供，调查报告明确提出：程浩的身体可能出现了某种未知变异，导致其拥有了直接攻击他人意识的能力。该报告中，还警告了他的危险性，如果他再度使用这种能力，可能对社会造成极大的危害。

2025年，情报人员在缅北发现程浩踪迹，顺藤摸瓜查到韩怀仁曾遥控经营缅北一个庞大的犯罪集团，涉及很多违法犯罪产业。韩怀仁隐藏得很好，甚至连家人都不知情。为躲避经侦，韩怀仁将违法犯罪所得高达数十亿的巨额资金，换购比特币保存。情报人员追查到，韩怀仁昏迷后，程浩侵占了这笔财产，之后他又假托韩怀仁的身份联络了韩在缅北的代理人班猜，由班猜接应前往缅北。

2026年，程浩取代了韩怀仁，在缅北完全接手了韩的犯罪集团，成为集团头目。他如何做到这一点？根据已有情报推测，主要基于两点：一是他对这个犯罪集团的内部组织关系相当了解（原因未知），二是他可以用钱开路。

读到这里，张亦行感觉这已经完全不是他认识的那个程浩了。

2026—2027年，接手犯罪集团后，程浩做了两件令人费解的事。首先，他遣散了该集团大部分员工，完全取缔了电信诈骗、制毒贩毒、赌博色情等犯罪产业。但他又保留了集团的武装力量，甚至还进行了扩充。之后，他利用这些武装力量，开始进攻缅北地区的其他电诈园区。攻占这些园区后，他仿效对韩怀仁犯罪集团所做的改造，同样取缔了犯罪产业，侵吞了他们的资产。但在这些武力行动中，再未出现过程浩将别人变成植物人的事。也就是说，要么他有意不用，要么他已经失去了那种能力。

　　档案显示，一个专案组就此成立，专门监控程浩的动向。针对程浩的疯狂举动，专案组向更高的上级请示，是否直接派出武装力量将程浩缉拿归案？上级批复，查清楚他到底想干什么再行动不迟。

　　档案里有这样一条疑问：程浩进攻其他电诈园区，旨在敛财，但他为什么不保留那些疯狂敛财的犯罪产业呢？

　　他不是那样的人。张亦行想，虽然程浩已经变得他快不认识了，但从他取缔犯罪产业这件事来看，他本性里的东西并没有变。

　　2028年，程浩派人从老家接走了一个名叫多吉的年轻人。这人是谁？张亦行不认识。一个老家的人，程浩认识而自己却不认识，这让他觉得不可思议。也许这个人是程浩在正心书院期间认识的？

　　同年，程浩开始用他侵吞的巨额财产从全球高薪聘请科学家，他们主要的研究方向是脑科学和医学，情报显示，那些科学家多来自各国顶级院校，在他那里干一年，比在外面干十年挣得都多。他此前攻打、兼并其他电诈园区敛财，正是为了建立这样一支私人的科研力量。而他们研究的目的，是破解程浩身体出现的异常。

　　接着，张亦行读到了令他毛骨悚然的东西——

　　2032年，程浩带着多吉，找到一个名叫米勒的黑医生，此人是FBI通缉犯，在缅北帮有钱人干脏活儿。程浩给了米勒四百万美元，让米勒为多吉做了一台手术，切除了多吉的全部大脑！但离奇的是，切除了全部大脑的多吉竟然活了下来。

　　切除全部大脑还能活下来，这怎么可能呢？张亦行倒吸一口凉气，感觉额头冒出了薄薄的一层汗。他们为什么会想到冒险去做这样一台手术,是那几年的科研发现了什么吗?

张亦行终于读到最后一条档案了,这条和之前所有的档案都不同,标题是红色的,相当醒目——《关于缅北9.23惨案的调查报告。程浩是否为元凶有待确证》。

2032年9月23日,也就是米勒给多吉做全脑切除手术当晚,米勒的那家黑医院里,三十四个员工全部惨死,他们身上有刀伤、枪伤和钝器伤。那三十四位死者中,还包括一名卧底探员,此前许多关键情报都是由他提供的。但当天事发突然,他甚至来不及传递出任何情报就遇害了。那家黑医院里,最后只有三个人还活着:程浩、多吉、米勒。显然,这不是什么意外,而是一场蓄意的屠杀。

按常理推断,活下来的三人很可能就是惨案元凶,但无法就这么粗暴结案,因为疑点太多——那些员工都是他们一伙的,为什么要杀自己人?如果是为了杀人灭口,他们要掩藏的秘密是什么?如果说是因为那些人叛变,谁有那么大能力买通三十多人集体叛变?买通他们的人,动机又是什么?

档案里,这起事件被称为"9.23惨案"。9.23惨案过后,米勒仍然留在医院里,程浩和多吉却不知所终。如今距那起惨案已经过去两年,惨案为何发生、如何发生、真凶是谁,这些都还没有答案。

情报到这里就断了。

张亦行把眼睛从屏幕移开,一时感觉有些眩晕和气紧。他躺回床上,躺了一会儿才缓过来。

时移世易,人事全非。

他和程浩一起出发,最后却走上了完全不同的道路。他甚至回想不起具体是在哪个时间点,他们开始分道扬镳的。

那个上学时总是在书包里藏一把刀的少年,终究还是拔出了他的刀。

不管怎么说，程浩还活着，这一点让张亦行感到安慰。十年追寻，求得这样一个答案，也该心安。程浩现在所面临的处境，已经不是他能够去干涉的了。他打算把手机里拍的情报照片全部删除，从此忘掉这件事，好好过自己的生活。吴泽怎么说的来着，雅倩是个好女孩，也许该再找她一起吃个饭？

就在这时，一阵急促的敲门声传来。

在大城市，谁会在星期六一大早急匆匆地敲一个年轻人的门？有点失礼啊。张亦行一边埋怨，一边走到门边。从猫眼往外看去，他的心跳骤然一紧，是廖科长！

廖科长神色凝重，面覆寒霜。这个三十来岁，无论凉热总是穿衬衣的男人，不管在工作中遇到多大的困难，都从未露出过这样的表情。

完了。张亦行下意识地感觉不妙。

张亦行不敢急慢，打开了门。还没等他开口，廖科长直接推门进来，然后把门重重关上了。

"昨晚下班后，你在哪儿，干了什么？"廖科长声音低沉，如同压抑的咆哮。

张亦行只觉气血直冲脑门，一阵眩晕。怎么会？他自觉事情做得还算干净，怎么这么快就被发现了？

他不知道如何回答，于是只好沉默。

廖科长说："那些档案，每一次登录浏览都会有记录。昨天深夜有人用我的账号权限登录，今天一早，专案组负责人发现了异常，马上就给我打电话了。我昨晚根本就没登录过！而且，只有单位内部的电脑才能进入系统。那大概率是单位内部的人干的。我马上去了趟单位，发现断电了，更加确定有人在捣鬼。如果单位里有谁会这么干，我最先想到的就是你。"

张亦行愣怔地听完，并不是他事情做得不缜密，他只是没想到廖科长这样的内部人员也会受到严密的监控。

"我会承担全部后果，并且向上级说明这件事与您无关。"

廖科长冷笑一声："与我无关？你说得好听，我要负领导责任，能撇得清吗?!你怎么这么傻？进单位第一天，你就该知道这样的行为意味着什么。搞不好这回我们两个都要坐牢！"

"对不起，是我害了您。"张亦行颔首道。

他的道歉很真诚，但并没有后悔的意思。

仔细想想，廖科长算是个好领导，能扛事儿，不甩锅，下属加班还给点外卖。如果说这件事张亦行有问心有愧的成分，那就是不该把无辜的人牵扯进来。至于他自己，受到怎样严厉的处罚他都认了。他只想给自己这十年的追寻一个交代。

不过，事情也许并非没有转机。如果真要坐牢，那廖科长直接公事公办，让上面来抓人就行了。现在他一个人来，也许就意味着还有补救的法子？

"我保证，那些档案我只自己看过，绝对没有对外泄露。我只是想了解程浩的下落和动向，他是我最好的朋友……"张亦行试探着说。

"正因为他是你的朋友，所以你更应该回避！现在知道你为什么没有权限查看他的档案了吧？"

"您说得对，我是他的朋友，所以我该回避。但我是他的朋友，也意味着，我比一般人更了解他。"

廖科长没接话。

"档案里的情报，从两年前的9.23惨案后就断了，此后就没再更新过，这是不是说明，调查陷入了某种困境……"

他在给廖科长台阶。

"你想说什么？"廖科长问。

"如果您能帮我调入专案组，我帮他们找到程浩或者查清楚一系列谜团的真相,就是戴罪立功。我们两个就不用坐牢了。"他故意把重音放到"我们两个"上。

他猜廖科长其实早已想到这办法,不然就不会独自一人来找他了。廖科长只是需要自己帮他说出来。

果然,廖科长沉吟了片刻,说道:"目前看来,也只能这样试试了。我去跟上面打个报告,你等我消息。正式的处理结果出来之前,你暂时停职。"

"谢谢。"张亦行真诚地说。

两天后的上午,廖科长打来电话说:"你猜得没错,上面遇到难处了。现在同意了我的请求,让你加入专案组,将功补过。半个小时后,有辆车会来接你,抓紧收拾一下。"

张亦行简单地把几件衣物和随身物品装进了背包。半小时后车来了,是辆普通的SUV,看上去平平无奇。但这个自动驾驶普及的年代,还有人类司机开的车本就很少见了。司机是个年轻小伙,看起来和张亦行差不多大,二十来岁。他礼貌性地和张亦行打了个招呼,多的一句都不说。

小伙开着车,张亦行心里纳闷,他本来以为是会去一个极隐秘的要地,大概率是近郊之类的。没想到车却一路往市里开,窗外景观越来越繁华。专案组……会设在这种地方吗?

车里响起了音乐声,是车载音响放的。那旋律有些熟悉,张亦行想起自己曾在一部电影里听到过,是一首粤语老歌《风云》——

  青山原是我身边伴
  伴着白云在我前
  碧海是我的心中乐

与我风里度童年

当初你面对山海约誓

此生相爱永不变

想不到海山竟多变幻

再也不见旧时面

听到"再也不见旧时面"一句，张亦行顿感神伤，眼眶一潮，几欲落泪，但他忍住了。

车开了不知道多久，终于停下了。张亦行一看，竟是到了龙阳路地铁站，莫非专案组设立在如此人潮汹涌的地方？真就大隐隐于市？

"我们这是去……"他终于忍不住发问。

"坐地铁啊。"那小伙回道，仿佛只是一次再正常不过的上班。

明明开着车，还坐什么地铁？小伙停好车后，张亦行只能按下疑问，一头雾水地跟着他走进地铁站。他们并没有下到站台，而是直接去了车辆控制室。里面很大，很多工作人员走来走去，却都默契地对这两个闯入者视而不见。两人七拐八拐来到一个白亮整洁、空无一人的房间，显然这里已经不是正常地铁管理系统的范围了。

"开包检查，麻烦配合。"

张亦行把背包递给那小伙子，后者窸窸窣窣翻检了一阵，连细微的口袋缝隙都不放过。检查完，小伙子把背包还回来，又说："手机需要上交，里面有电话专线用来联络，麻烦了。"

张亦行配合地上交了手机。然后小伙子又带着他穿过一道安检门，确认身上没有携带任何危险物品。最后，小伙子拿出一个厚实的纯黑眼罩递给张亦行。

"抱歉，工作需要，理解一下。"

张亦行戴上眼罩，什么都看不见了。小伙子扯住他袖子在前引路，就这么在黑暗中走了十几分钟才停下来。又过了半分钟，张亦行感觉自己被拉进了一个封闭空间，一阵轻微的失重感传来。他明白了，这是在下行的电梯里。

又过了差不多一分钟，他听到轻微的叮的一声，电梯停了，小伙子把他带出电梯，摘下眼罩。

视野渐渐由模糊变清晰，张亦行看到了……宽阔的站台，屏蔽门，以及门后的铁轨，粗壮的立柱，白惨惨的灯光。看上去和普通地铁站没什么区别，但这里除了他们两个……空无一人，偌大的地铁站静得可怕。

这是哪个站台？张亦行在龙阳路坐过无数次地铁了，却从没见过这个站台。

张亦行快走两步，来到屏蔽门前。正常的站台都会在屏蔽门上方标注线路和站名，但这里什么标注也没有。不是2号线、7号线，也不是16号线、18号线。

在龙阳路地铁站下面，还有一个地铁站。

这是一条无人知晓的隐藏线路。

张亦行还处在震惊当中，就见一道白光从隧洞深处传来，伴着轰隆声和大地轻微的震颤。

"车来了。"小伙子说。

那列车看着和正常线路的列车差不多，但车厢只有两节。车门洞开，两人坐上去，列车启动，不知道始发站，也不知道终点站，就这么在黑暗的未知之地穿行。

没有手机和手表，张亦行只能估计时间，可能行驶了半个小时到四十分钟吧，列车终于到站。

下车后，两人在无名站台走了一阵，又来到一部电梯前。这次没再戴眼罩，两人进了电梯，张亦行发现电梯按钮上竟没有楼层数字，而是一些他看不懂的符号图标，或许代表不同的部门或者项目小组。那小伙子按了其中一个图标按钮，电梯动了。不过张亦行明显感觉，

287

它不是向上动的,它在横着动!

几分钟后,"电梯"停下了。门打开,眼前是一条长长的通道,金属质感的墙壁映着淡淡的蓝光。张亦行猜测,大概率这里仍在地下。

小伙子带着张亦行穿过甬道,七拐八拐,来到一个小房间,门牌号只有一个简单的阿拉伯数字"7"。房间十来平方米,带有卫生间,房内有一张单人床、一张书桌、一个衣柜,陈设简单,但是齐全。顶部有一个网格窗,张亦行站在下方,有风从里面吹出来,看来是通风设备。

"以后你就住这儿。东西放下吧,跟我来。"

张亦行放下行李,跟着小伙子来到另一个房间。他默默记下了路,这里面各处都一个样,不认真记路,回头肯定找不到。把他带来这里之后,小伙子就告辞了,看来是到地方了。

这个房间大很多,可能有三十平方米,墙上有一块高清大屏幕,中间是一个环形的会议桌,墙边放着几台电脑。房间里还站着三个人,张亦行全都不认识。两个年轻男人,看起来年龄和自己差不多;一个女人年纪稍长,可能三十多岁,那女人举手投足间都有种肃杀的气质,直觉告诉张亦行,她可能是军人。

他想起了总参下面那三个不能说名字的局。

不该问的别问,他告诫自己。

"你好,七号,我是这里的负责人,你可以叫我一号。"那女人走过来,抬手介绍道,"这两位是三号和五号。以后大家一起共事,欢迎你。"

张亦行心道:还好就这么几个人,要是人多起来,这么以数字相称,谁分得清啊。三号矮胖,五号高瘦,他默默在心里对号入座。二号、四号和六号呢?是没有,还是不在?他没问出口,只是友好地向大家微笑着。

"好,散了吧,继续工作。"简短的介绍就此结束,一号没有介绍张亦行的来历，张亦行也不知道他们的来历。这里没有任何冗余环节，一切都以最高效的方式推进。她的声音毫无起伏，那并不是刻意营造的冰冷，而是天然的不带任何情绪，就像一台精密运作的仪器。

一号把张亦行带到一台电脑前，说：“有份内参，你现在看，看完之后，我们开会。”

张亦行点了点头。

见他打开电脑，一号提醒道：“盯着摄像头。”于是张亦行看向屏幕上的摄像头，屏幕上显示出"正在人脸识别"的字样。片刻后，他进入了系统。界面仍是国产自研系统，但和张亦行平时用的不是同一个，界面非常简洁，桌面上只有一份文档，名称是：《关于米勒研究成果的报告：意识预运算机制的发现》。

一号说："两年前，也就是2032年，米勒为多吉做了全脑切除手术之后，他一直在研究这台手术的后续成果。程浩曾将自己的经历向米勒如实陈述，这给米勒的研究带来了极大的帮助。9.23惨案后，米勒医院的员工全部惨死，于是他重新招募了一批研究人员作为助手，我们派出的侦查员，也就是二号，借此机会成功卧底，打入了他们内部。在参与米勒的研究时，二号发现了一些很惊人的东西，这份文档，就是根据二号回传的情报，由科学顾问团队整理出的内参。你先看，不懂的可以问。"

"明白。"张亦行点开了那份文档——

意识预运算机制的发现

认知心理学上有一个经典的实验：播放一段视频，里面是分别穿黑白两色球衣的两支球队在传球，视频快结束时，字幕提示观看者，数清楚白队一共传了几次球。当你回答出传球次数，屏幕上会出现一个问题：你看到大猩猩了吗？如果你说没看到，那么请再看一次视频吧。你会看到中途有一只巨大的猩猩从人群中穿过，它甚至还停下来捶胸顿足了一番，即使这么明显，但大多数初次观看视频的人，根本就看不到大猩猩。

这个现象，被称为"非注意盲视"，原因是人的注意力资源是有限的，注意力分配给了数传球数的任务，就看不到大猩猩；而专注去看大猩猩，就数不清传球数。

而以程浩、多吉为代表的变异者，他们的典型特征就是：他们的注意力资源没有限制。

程浩曾在与人搏斗时，复刻了香港动作片里高难度的巴西柔术动作；也曾站在马路边，准确回忆出了十分钟内经过的所有汽车的车牌号，并用手机录下视频进行验证，毫无差错（专案组找到了被程浩丢弃的手机，并用信息技术还原了这段被他删除的视频）；之后他成了职业电竞选手，在比赛中也表现出了远超常人的一心多用能力。

这些都指向一个结论：变异者的身体能无差别地记住并读取进入感官的一切信息。

这个结论十分重要，是米勒研究出"意识预运算机制"的基础。

要理解何为意识预运算，首先要理解意识如何产生。

目前神经科学界关于意识生成最主流的理论，是伯纳德·巴尔斯和斯坦尼斯拉斯·迪昂的"全局神经元工作空间理论"[1]，这个理论认为：我们的头脑中，每时每刻都充满着各种各样的信息，但是这些信息并不都会被刻意加工，而是以不被感知的形式在头脑中不断活动，我们不会注意到它们的存在。当我们需要某个信息的时候，它才会被挑选出来供大脑加工。本质上，意识并不主要来自外部的输入，而

---

1. 英文是 Global Neuronal Workspace，简称 GNW。

是来自内部的涌现。

米勒做了大量的研究和实验，深化并发展了全局神经元工作空间理论。他认为，大脑并不是要使用它的时候才开始运转。全局神经元工作空间加工信息不是实时的，而是像后台程序一样，不断进行着永不停歇的预运算、预加工，等我们需要的时候，就可以把提前运算好的结果调用出来，这样可以大大提高思考的效率。也就是说，意识是预先生成并缓存在"后台"的，早在我们感知到意识之前，它就已经存在了。

还是用大猩猩实验来举例：传球次数、是否存在大猩猩、地板的颜色……那个视频里有那么多信息，哪个信息才是我们需要的？大脑不知道。事实上，我们自己也不知道。只有要用到的时候，即明确工作任务到底是去数传球次数还是观察大猩猩是否存在，才能判断哪个信息是有用的。

试想，如果每次我们更换工作任务，大脑就重新接收一次信息，那是多么低效。最有效率的方式，应该是一开始就平等无差别地接收所有信息，然后在后台预运算生成各种意识结果，等我们需要的时候，提取运算结果就行了。换言之，在眼睛数清楚传球次数之前，大脑就已经在后台数清楚了，之后用眼睛数，只是主观世界对客观世界的一次确认和修正。而那些说没看到大猩猩的人，其实他们看到了，只是不知道自己看到了。

这个预运算的过程，我们是感受不到的，只能感受到调用的结果。就像我们只能看到计算机的操作界面，而看不到后台的代码运行。而大脑同时能调用的结果数是有限的，这就是我们为什么不能同时既数清传球次数又看到大猩猩的原因。认知心理学有大量的实验可以佐证这一点，比如给左右两只眼睛分别看不同的图片，永远是先看到一张再看到另一张，而无法同时看到两张。

但程浩这样的变异者，他能精准复刻电影里的巴西柔术动作，记住上百辆汽车的车牌号，其实就是越过了操作界面，直接读取了意识后台缓存的所有信息，调用了所有的意识预运算结果。

除了突破注意力阈值的超级记忆，程浩等变异者身上出现的其他异常，也可以用意识预运算机制来解释。

米勒研究程浩身体的各种异常，找到了这些异常的共性，并把它们总结为同一种现象：变异者的身体试图脱离大脑的控制。异手，是手脱离了大脑的控制；看不见拿在手里的东西，是手和眼都脱离了控制，联合起来欺骗了大脑；复刻电影里的柔术动作，则是整个身体都脱离了大脑控制。

为什么变异者要找到米勒做全脑切除手术，原因也昭然若揭了：那是为了让身体完全脱离大脑的控制！

全脑切除手术证明：没有大脑，人仍然能够思考和行动（当然必须借助程浩团队研究出的假脑设备，手术才能成功）。这和米勒之前研究过的几个案例也是吻合的——铁路工人菲尼亚斯·盖奇因工伤被铁棒刺穿大脑，癫痫患者切除一半大脑，法国马赛"无脑人"整个大脑几乎不存在，但他们的日常表现都和正常人无异。这些都说明了，某种情况下，大脑并不是思维活动的要件。米勒进一步大胆猜想：大脑并不是人体唯一的思维器官，甚至有可能，它根本就不是思维器官！

关于这一点，现行的科学研究已经有过一些蛛丝马迹：比如《自然-通讯》2024年11月7日发布的消息，纽约大学的一项研究表明，包括肾脏等身体其他部位的细胞，也能够像大脑一样执行记忆和学习功能。

美国亚利桑那大学心理学家加里·施瓦茨也曾提出一个"细胞记忆"假说，认为细胞可能存在记忆现象。比如很多器官移植的案例，移植了器官的患者性格和行为习惯发生了改变，后被证实这些改变正是"继承"自器官的提供者。比如澳大利亚一名接受心脏移植手术的男子在手术后食性大变，变得爱吃汉堡和薯条。据说这颗心脏的原主人是一名18岁的少年，在世时非常爱吃汉堡和薯条。

沿着这个思路，结合意识预运算机制，米勒终于发现了关于人脑的骇人真相。

我们怎么定义大脑呢？——"脑，是由动物头部的几个神经节趋向于融合在一起形成。神经管本来是不分节的，在胚胎发育早期，神经管的前部膨大发育成了脑，后部发育成了脊髓。"在很多基础生物学教科书上可以找到这个对大脑的定义。这就是谜团的答案，谜底早就写在了谜面上，只是我们没有读懂。

打开人体全部神经系统的分布图，我们可以看到人全身被密密麻麻的红线布满。头部用灰白色的囊状色块显示出大脑的形状。这些红线代表神经，遍及全身，但最终都归拢到一处，就是我们常说的大脑。

从这张图可以清楚地看到，脑和神经是连在一起的整体。全身的神经走到颅腔处，归集到一起，然后膨大发育，这才成了脑。长期以来我们有一种错觉，以为它们是不同的东西，但在最本质上，脑就是神经，神经就是脑，为什么医学上把大脑叫作颅神经，就是这个原因，它本就是神经系统的一部分。

意识预运算，并不在颅内进行，而是直接在全身的神经系统进行运算。想想也是，那么庞大的运算量，光靠颅内这点东西怎么行呢？传统理论一直认为，全局神经元工作空间的物理位置在额叶，现在看来不是的，整个神经系统都是全局神经元工作空间。如果说米勒的理论有什么真正颠覆了传统神经科学的地方，那就是拓展了脑的定义：不应该只把颅腔内的部分看作脑，而应该把整个神经系统看作脑，它们全都是思维器官！神经里传递的不只是动作电位，而是直接缓存着意识的碎片！

试想一下，是把所有信息传到颅内的脑，全部交给它预运算效率高，还是身体各部分自行预运算，再把结果汇总效率更高？工厂可以高度分工，流水线作业，意识为什么不可以？手部神经预运算关于手的意识，感受温度、湿度，生成触觉，生成关于手部动作的决策；眼部神经预运算关于眼部的意识，决定看还是不看，以及看什么；而像肠道内部，早已被证实拥有上亿个神经细胞，甚至有人把肠道称为第二大脑（肠-脑轴理论），它们承担的思考任务可能比四肢更重，为什么有人感到饮食会影响心情，因为肠道真的有意识！

意识，与其说是生成的，不如说是组装的。

如此一来，为什么全脑切除之后人还能正常生存，也就得以解释了。因为颅内的那个东西，根本不是真正的脑。

意识是分布式存在的，人体全身的神经系统都具备思维能力，正因如此，它们才有了从大脑的控制下独立出来的倾向。程浩身体的一系列异常，本质上是身体试图挣脱脑的控制，独立进行思维活动的表现。

现在想来，自然界中存在过类似的现象：曾有人砍下蛇的头，蛇头和蛇身竟开始分别自行活动，结果蛇头咬住了已经断开的蛇身。这或许证明蛇头和蛇身都拥有独立的思维。

但这就产生了一个新的问题：如果人类不要大脑也能生存，那大脑——或者更严谨的定义，颅内的那个脑，它的作用是什么？身体为什么要挣脱它的控制？

不知道。

但我们有种预感，那里藏着最可怕的秘密。

张亦行看完这份内参，陷入了沉思。里面提到的东西已经不能只用"惊人"来形容了,它解释了一些疑问,但带来了更多疑问。

"这里面的东西,证实了吗?毕竟这只是米勒的一家之言。"张亦行颤声问道。

一号点了点头:"我们背后有一个庞大的科研支持团队,由多位院士牵头。内参出来后,经上级同意,发给他们论证了。他们已经证实,内参上说的,都是真的。如果不是上面压着,他们早就忍不住发表论文了。"

"意识预运算机制,只在变异者身上存在,还是所有人类都有?"

"所有人。"一号说,"这是意识生成的基础,但身体各部分的预运算脱离大脑控制,这是只有变异者才有的情况。"

张亦行抬起一只手,摊开手掌,活动着手指,仔细地观察这只手。这是我自己的手吗?这只手有思维能力,此时此刻,它在想什么?他从未觉得自己的手如此陌生。他感到恐惧,害怕这只手会突然暴起,掐住自己的脖子,就像十年前程浩遭遇的那样。

"如果意识预运算是所有人都有的,那为什么只有程浩等小部分人发生了变异?诱发这种变异的条件是什么?"

一号摇了摇头:"不知道,有一种猜测是说,程浩作为电竞选手,更多地调用手、眼等身体部位的意识预运算,导致它们受到了更多的训练,就像人工智能一样,在海量的训练数据中产生了智能。身体各部分的预运算超过某个阈值,最终形成独立的思维能力,挣脱了大脑的控制。但这也只是一种猜测。"

张亦行想起,他曾和程浩探讨过,《星际争霸》的职业选手Herimto,他的APM(每分钟有效操作数)超过了人脑运算能力的极限,那些超出极限的操作,是谁打的?现在张亦行知道了——不是人脑打不出来,而是我们对"人脑"的定义本身出了问题。

张亦行深呼吸了一口气,说道:"我们开会吧。"

四个人坐到了房间中央的环形会议桌旁。"同志们,我们的时间不多了。"一号言简意赅地开场,"两天前,二号窃听到一些关键情报,为了避免歧义,我直接放原文。"

一号打开了投屏,房间内的大屏幕上显示出一段英文文字,下面是相应的译文:

纳斯雷兹姆报告,"霜之哀伤"的锻造已经接近尾声,预计还有一个月就可以完成。铸剑完成的那一天,就是我们弑父的好日子。旧世界将会被我们砸得粉碎,你渴望的平等公义的新世界,就要来了。

"这段话是米勒说的。"一号补充道。

"对谁说的?程浩?"张亦行问。

一号摇了摇头:"他不是对谁说的,他在自言自语。这是二号亲眼所见,当时米勒坐在房间内,房内并没有其他人,他自言自语说出了这段话。二号一字不差地回忆出原文并发送给我们。"

"那就奇怪了,这段话怎么看也像是在与人对话。米勒的精神状态正常吗?或者说他当时是不是戴着耳机在和别人通话?"张亦行问。

"没有证据表明米勒精神有问题,二号也确信米勒不是在和别人远程通话。"一号说,"我认为,这段话是对谁说的没那么重要,关键是话里的内容。很明显,他们最近要有大动作了。七号,对这段话,你作何解读?"一号直接向张亦行投来凛冽的目光。

张亦行思考了片刻,答道:"大概率是和程浩有关的,纳斯雷兹姆和霜之哀伤是'魔兽'系列游戏里的元素。霜之哀伤是游戏里一把剑的名字,著名的弑父之剑,可以摄取人的灵魂。人族王子阿尔萨斯被这把剑蛊惑,用它杀死了父亲,堕落为巫妖王。而纳斯雷兹姆,即恐惧魔王,就是霜之哀伤的铸造者。"

一号露出了一丝失望的表情。

三号接话道:"这种网上能查到的信息以后就不用说了。我们想听你的分析。"

张亦行被怼得一时失神,不过情绪很快平复,说道:"这些应该都是代号。霜之哀伤是剑,可能指代某种威力巨大的武器。纳斯雷兹姆,指代的是人,某个或者某些制造这种武器的人。"

"那么谁是阿尔萨斯,谁又是他要杀死的父?"一号问道。

几乎是下意识地,张亦行说:"如果有人以阿尔萨斯自比,我第一个想到的就是程浩。这一点我没有依据,只是直觉。

"至于'父'指代的是谁,我暂时想不出来,但肯定不是指程浩自己的父亲,他父亲只是个拾荒匠。"

他本以为一号又会不满,没想到她却点了点头以示赞许。随后她又问:"如果让你查,你想怎么查?"

"找到程浩,一切因他而起,自然也要由他而终。"

一号叹了口气:"但现在的问题是,我们找不到程浩了,完全失去了他的踪迹。前几年我们对他的动向是比较了解的,那时他主要待在韩怀仁留下的电诈园区,当地人称CC园区。两年前,9.23惨案之后,他就彻底人间蒸发了。我们在缅北的侦查员,找了每个程浩可能出没的地方,都完全没有他的踪迹。如果我们知道他在哪儿,直接就抓人了。"

"从未见过他的踪迹,那怎么判断出他还活着?"张亦行记得情报档案里提到9.23惨案发生后程浩是存活者,他因此被怀疑是惨案元凶。

一号说:"他没露面,但给他的老巢,也就是CC园区打过电话,通过电话遥控CC园区的手下。这是我们的侦查员查到的,那些电话线路都经过加密,查不到是从哪里打来的。"

张亦行心下疑惑,问道:"为什么能打电话,却不露面,连自己的老巢都不回了？如果只是为了隐匿行踪，不至于这么谨慎吧？除了侦查，我们并没有对CC园区采取过直接行动，他为什么会觉得那里不安全呢？"

一号摇头道："我们应该没有打草惊蛇，CC园区内的侦查员，也就是四号，并未暴露，他到现在都还潜伏在那里。"

张亦行道："也许，程浩根本就不是害怕暴露行踪才不回园区的。"

"那因为什么？"

"具体原因我不知道，但从逻辑推断，那个原因是和9.23惨案有关的。因为程浩彻底失踪，恰好是在9.23惨案之后。如果他因为害怕我们的调查而隐匿行踪，那应该更早就隐匿了，毕竟调查已经持续很多年。"张亦行分析。

"也有可能正是因为他制造了9.23惨案，害怕被制裁，所以躲起来了啊。"三号说。

张亦行摇了摇头："一个敢武力攻打其他电诈园区的人，会怕这个吗？"

"有道理。"此前一直沉默的五号也说话了。

"你的意思是，他藏起来，不是因为怕我们，是怕别的东西？"一号问道。

张亦行点了点头："对，有可能就是怕那个'父'。"

一号轻叹一声："有人劝过我，应该早点把你调进专案组的，我没听，现在看来也许是我失误了。但没关系，具体分析是你们的事儿，我的职责是去要资源。看来，我得亲自跑一趟了。"

一号离开了，直到第二天上午才回来。她带回来一个盒子，还有一个看起来像金属头盔的东西。

一号把盒子打开，招手唤众人过去。借着灯光，张亦行看清了盒子里是一只虫子，看着像甲虫，有鞘翅，很不起眼，不注意看可能都发现不了。

"它叫'谛听',正式名称是'基于QPS[1]的超远程侦察机器人'。这是从装备发展部要来的新玩意儿,刚刚研发完成不久,还是原型机,军方自己还没列装就被我们先用上了。为了要来这东西,我可是费了不少功夫。"一号对张亦行说,"你把这个头盔戴上。"

张亦行戴上头盔。一号在头盔某个像开关一样的东西上按了一下。那盒子里的虫子飞了起来,悬停在半空中。然后张亦行眼前一黑,不过只持续了很短的时间,很快视野就恢复了。他感觉自己像是飞到了半空中,俯视着屋内的景象。很明显,他看到了来自虫子的视野。

一号指着屋顶的通风管道,说:"飞进去看看。"

"怎么飞?"

"想象你就是那只虫子。"

这很容易,他很自然地把自己代入成那只虫子。他想象往前飞,视野果然就前移了。再往上飞,视野就拉升了。他感到震撼,明明没有任何接口,这东西能读取他的脑电波吗?

然后,张亦行飞进了通风管道,里面漆黑一片,但他仍能看清管道内的景象,就连管道内壁的积灰都清晰可见。在管道里飞了一会儿,张亦行操控虫子飞回了房间,虫子安稳地落回盒子里。

"厉害。"张亦行说,"但如果对方有防备,比如安装了电磁屏蔽干扰设备,这东西还能用吗?"

"这些在设计之初就考虑到了,谛听根本不是电磁的,它甚至都不使用电能。"

"不用电,怎么连接北斗卫星?"

---

1. 全称是Quantum Positioning System,即量子导航定位系统,英国国防科学与技术实验室研究的新型导航技术。

299

"它不用卫星导航。"

张亦行愣了一下："那怎么做到这么精确地飞行？"

"知道QPS吗？最早是英国人搞出来的潜艇导航技术。传统GPS导航在水下会失灵，所以他们研发了新的导航技术。用激光捕获真空中的原子云，使其冷却到绝对零度，进入玻色-爱因斯坦凝聚态，外界只要稍有扰动，这个状态就会被破坏，测量其被破坏的程度，就可以反向计算出移动的距离，就能用来导航了，精确度比GPS高很多，而且不受电磁环境的影响。"

"那动力怎么解决？您别说它需要上发条。"

"它是活的。"

看着张亦行惊讶的样子，一号补充道："最好别拆开外壳看里面，有点恶心。"

张亦行径直掀开了虫子的外壳。

里面有复杂的芯片和线路，线路中央是一小块像脑花一样的膏状生物组织，还在微微翕动着。想必那就是谛听的动力系统。

"生物体内的三磷酸腺苷本身就是精巧的发动机。一勺白糖就足以让谛听维持很久的动力了。"

生物机器人。

张亦行脑子里冒出了这个词。谛听的科技含量比他预想的还要高很多。

"别看这东西小，它背后依靠的是位于张江的上海超算中心提供的海量数据。出了国效果要差点儿，毕竟数据量少了，但这些年我们调查到的关于缅北的所有数据，你都可以通过谛听调用，这是一个很强大的情报后援。"

谛听，地藏菩萨经案下伏着的通灵神兽，可辨世间万物，尤善听人心。这名字取得真好。他在心里赞叹。

"这东西之后归你使用。时间不多了，别让我失望。"一号说，"侦查员去不了的地方它能去,侦查员看不到的东西它能看,而且足够安全和隐蔽。今天下午,我们会派军用无人机把谛听投放到缅北,到时候你在这里戴上头盔,就和本人到了缅北一样。"

"它的信号传输距离有这么远吗,最远是多少公里?"张亦行惊道。

一号小心将盒子拿起,轻轻盖上。"没有最远范围,它是无视距离的。"

战争迷雾

双尾蝎无人机下午从上海出发,七个小时后,抵达缅北,然后成功投放了谛听。一号说,这无人机本来是一家民营快递公司研发出来送快递用的,后来军方发现这玩意儿便宜又好用,就征用了。

当天深夜,谛听飞抵米勒的山巅医院。

张亦行戴上头盔,眼前出现了谛听拍到的景象,即便是在黑夜里,依然很清晰。他遥遥地看到了那栋白色的建筑物,盛大、庄严、妖冶,如黑夜中的昙花。

他操控虫子降低高度,慢慢逼近,飞进了医院。院落里,有几个持枪的守卫在站岗,还有人沿着墙走来走去,想必是在巡逻。院落的四周都是高墙,院内没有一棵树,没有任何可以遮挡视线的藏身之处。他心想,这个二号真是不简单,这么严防死守的地方都能潜入进来。不过,二号伪装成研究人员,很多地方二号是没有权限去的,所以还得依靠张亦行的谛听。

张亦行把虫子停在院墙上,观察了一会儿,确认没有被发现才继续往白色小楼里飞。飞进楼里，尽管谛听只能回传视觉和听觉，但他还是感觉到了这里的阴冷潮湿。昏暗的走廊、巨大的医疗器械、紧闭的房门，更是平添了几分恐怖色彩。两年前，就是在这里，一夜之间惨死了三十多个人。

张亦行内心盘算好了策略，找不到程浩，但米勒的行踪是确定的，米勒基本上待在他的这家所谓的医院里，很少外出。米勒和程浩有着千丝万缕的联系，那么只要盯紧他，也许就能顺藤摸瓜发现程浩的踪迹。

张亦行一刻也不敢怠慢，用谛听全程监控着米勒，米勒睡觉的时候他才敢睡，而且会请五号来跟他换班，由五号继续监控，一旦发现异常就叫醒自己。为了预备出现突发情况，他甚至没有回分配给自己的单间睡觉，而是在工作的这个房间里打了个地铺。

就这么连续监控了三天，也没发现什么很值得关注的东西，他和五号两个人都有点疲惫了。据二号之前打探到的情报，米勒的医院从前主要是帮有钱人做代孕、器官买卖等勾当，但程浩来找他给多吉做全脑切除手术之后，这些业务也全部取消了。监控里只看到米勒和他的研究人员忙来忙去，但不知道他们在忙什么。就连二号说的米勒在房间里自言自语一些奇怪的话那种事，他们也没见到。

五号说："你去眯一会儿吧，都连续监控十几个小时了。"

张亦行打了个哈欠，点了点头，随即在房间地铺上躺下。他刚躺下没一会儿，正睡意昏沉，突然感觉有人猛烈摇晃了自己几下。

他睁开眼，看见五号瞪大眼睛语气惊恐地说："快起来，闹鬼了！"

张亦行立马睡意全无，从地上弹起来，叫道："有情况？"

"这几天我们一直盯着米勒在监控，但没发现什么异常，我就想是不是可以变换下思路，检查下医院别的地方。我首先想到的是二楼米勒经常去的那个房间，就是二号发现米勒自言自语的那个房间，我想去那儿看看能不能发现什么。结果操控谛听刚刚落位，我就看见……"

"看见什么？"

五号嘴巴张大，脸涨得通红，好像喉咙里哽着什么，快要窒息了似的。

他手忙脚乱地把谛听的头盔组件递给张亦行，说道："你自己看吧，有录像，就一两分钟前的事儿。"

张亦行戴上头盔，调出刚才谛听拍到的画面录像——

房门紧闭。突然，门把手扭动了一下，然后房门洞开，里外都没人，门就自己开了！片刻后，门又关上了。这个过程只持续了很短时间，如果不是谛听录下来了，基本很难发现。

张亦行揉了揉眼睛，又看了一遍录像。确定不是幻觉，也不是风吹或者小动物活动所致。

他看得很分明，房门绝非虚掩，明显是门把手自行扭动后，房门才打开的。

强行解释倒也不是不行，比如房门安装了自动控制的机械锁，这是自动机械锁失灵导致的故障。但太牵强了，毕竟之前谛听拍到米勒进出这个房间都是手动开门。

飞进去看看！尽管张亦行知道这样做会有暴露的风险，但机不可失。张亦行操控谛听，从房间外墙上部一个狭窄的通风小窗飞了进去。

下一刻，他看到了毕生难忘的画面：房间里一个人都没有，椅子却自行挪动了几厘米，发出嘎吱的摩擦声；桌上的水杯飞起来，悬浮在半空中，之后又落回桌面；柜子门自动打开，然后又关上了。

闹鬼了。现在他理解五号为什么会说这三个字了。

但张亦行不信鬼神。

一个雷鸣般的想法在他脑海里蔓延。他想起了之前看过的那份内参,里面的东西开始慢慢串起来。

他知道程浩藏在哪里了。

"你的意思是,程浩一直都在那个房间内,他隐形了?"一号听完张亦行和五号的汇报,问道。她的语气仍是那么冷静,好像这天方夜谭的想法并未让她有半分惊讶。

张亦行斟酌着措辞:"我不知道用隐形来描述是否准确。这和隐形可能不太一样。现实中研究的隐形技术,是改变周围介质的折光率,本质上是一种光学假象。只要观察视角变化或者光线条件改变,多少都会露出些破绽。但房间内那个生物——先不管那是不是程浩——无论在何种视角和光线条件下都不可见,据我所知目前世界上还没有这么先进的隐形技术。我觉得更准确的描述是,那东西不是隐形,只是我们看不见。"

"这不废话吗,隐形和看不见有什么区别!"三号大声说道。

一号伸出手做了一个向下压的手势,示意三号安静。她说:"有区别,隐形是客观的,看不见是主观的。"

张亦行点了点头,接话道:"那份关于意识预运算机制的内参,在一开头就提到了认知心理学的大猩猩实验,50%的观看者第一次看视频的时候都看不见大猩猩,但我们并不能说大猩猩隐形了吧?我们看不见房间那个生物,和我们看不见大猩猩,本质上是一样的。这个生物并不是客观上改变了折光率,而是主观上没有进入我们的感知,无法被我们的意识察觉。有一个佐证,就是我们不止看不见他,也听不到他。二号看到的米勒在自言自语,看内容很明显具有一种对话感,或许那并不是自言自语,而是米勒在和房间内的生物对话。但我们只听得见米勒,而听不见那个生物说话,这才有了米勒在自言自语的错觉。我大胆推测,如果房间里真的是程浩,他可能掌握了某种技术或者手段,让自己从人类的感官系统中消失了,不只是视觉,甚至还有听觉,都无法感知到他。"

"跳出三界外,不在五行中。我们遇到孙猴子了啊。"一号轻声说,"不,不是孙猴子,是六耳猕猴,你看连谛听都拍不到他。"

"对啊,七号说那东西能从人类感官中消失,但谛听是机器,总不能也受影响吧?"五号附和道。

张亦行摇了摇头:"不,谛听拍到他了,只是我们看录像画面的时候,画面中关于他的部分,同样进不了我们的感知。就像有一道无形的过滤网,把画面中关于他的部分自动过滤了。所以我们看到了椅子移动、水杯飞起这样见鬼般的场景。不过,这还不是最可怕的情况……"

一号道:"快说。"

"一个人的存在有两层含义,一是物质实体的存在,二是作为抽象概念的存在。比如我们要找的程浩,他是物质的,但在我们的意识里他是一个抽象的概念。他现在只是从我们的感官中消失了,我们的意识还能认知到他,还能讨论他。如果下一步,他直接从我们的意识中消失,那恐怕连'程浩'这个抽象概念我们都无法认知了。到时候不要说找到他,可能我们茫然地站在这里,连为什么在这里的目的都说不清。那他才是真的跳出三界外,不在五行中了。"

张亦行一边说着,一边也为自己的推导感到心惊。他也不知道自己是如何做出这样惊人的推导,但看了米勒那份内参,再结合今天的遭遇,他觉得这并不是危言耸听。

"也许你说得不无道理,但从目前来看,他还没掌握那样的技术手段,做到把哲学上自身的抽象存在都抹去。但谁也说不准,将来他是不是能做到,毕竟,我们已经见过'鬼'了。"一号语气沉重地说,"说实话,我工作这么多年来,也没碰到过这样棘手的情况。时间很紧迫了,现在怎么办?我想听听同志们的意见。"

一个无法被感知的对手,该如何面对?

众人都沉默下来，房间里静得能听见银针落地。

过了好一会儿，三号却先开口了："他只是从我们的感官中消失了，不是从物理上消失了。"这是他的第一句话。

张亦行心中暗道不妙——能在这个地方工作的人，绝不会只是像表面上看起来那样粗枝大叶。

"他用门把手开门，而不是穿墙而过。他坐椅子，他拿起杯子，这说明他在正常地和物质世界发生交互，他仍服从物理定律，他并不是虚无的。"这是第二句。

"他仍能被物理手段消灭。"第三句，一剑封喉。

张亦行痛苦地闭上了眼睛，瘫靠在椅子上。

三号郑重地说："我提议，不用查了。请南部战区直接用战术导弹攻击米勒的医院，彻底解决这个隐患。"

张亦行急喊道："这还什么都没弄清楚就发射导弹，也太武断了！"

"你弄得清楚吗？如果他真的可以屏蔽人类的感官系统，我们看不见、听不到他，下一刻他人在哪儿我们根本就不知道，怎么抓他？最好的办法，就是趁他现在短暂地暴露踪迹，用重火力无差别攻击，直接消灭他！这个机会一旦错过，就不会再有了。"三号用四根手指敲击着桌面，"我们之前有很多机会可以抓住程浩，但都错过了，就是为了所谓的'查清楚'，结果越查谜团越多。这次好不容易发现了疑似程浩的踪迹，若再放跑了他，一个月后他们那个什么'霜之哀伤'计划一旦弄成了，谁也不知道会有什么后果。我提醒一句，如果程浩对国家和社会造成什么危害，我们可就成罪人了！"

"问题是，真把米勒医院的人全灭了，就能阻止他们的计划吗？比如说那个纳斯雷兹姆，你敢肯定那人也在米勒的医院？就算那个不可见的生物真是程浩，我们杀死了他，如果还有别的人在继续执行他们的计划，怎么办？到时候我们连唯一的线索也断掉了，查无可查。"

张亦行凭借急智直言反驳，"而且，如果一枚导弹直接轰过去，那就等于向全世界宣告那里有问题，很可能引起别的国家，甚至敌对势力的注意。如果敌对势力也开始研究，比我们更早破解关于程浩的秘密，然后把研究成果技术化、武器化，后果不堪设想！就比如程浩那种能屏蔽感知的技术，如果敌人掌握了那种技术，将来大规模用在战场上，那我们就难辞其咎了！"

"相比于眼前的问题，你担心的情况发生的可能性不大。"三号的语气稍微软了一点。

"但一旦发生，危害可是太大了。"

一号任由两个人争吵，并不制止。但两人吵着吵着，却都沉默了。他们一边反对着对方，一边也意识到自己说的也并非万全之策。

"直接用远程导弹攻击，也许可以除掉程浩，但事情并未查清，未绝后患。而且动作太大，可能泄密，七号说的那种情况并不是危言耸听；而只用小股部队去抓他，他又无法被感知，很可能让他跑掉。怎么选都有弊端。"一号的语气很沉重，"我看这样吧，既然我们监听到米勒说霜之哀伤还有一个月铸造完成，保险起见，我们以二十天为最后期限，二十天内查清楚一切。只要不打草惊蛇，我相信那个不可见生物短期内不会离开那儿。如果到期仍不能查清，那就采取三号说的方案，斩草除根！"

张亦行继续利用谛听严密监控米勒医院里的情况。"闹鬼"事件发生后，张亦行转变了谛听重点监测的对象，本来主要是监控米勒，但现在几乎二十四小时不停地监控着那个"闹鬼"的房间。接下来一周，谛听又拍到了四次"闹鬼"现象——物品在无人的状态下移动或者改变状态。最夸张的一次，房间内的电脑在无人状态下自行启动，键盘自动在屏幕上打字。遗憾的是这个过程发生得太快，张亦行还未调整好谛听的焦距来看清屏幕上的文字，电脑就已经关闭了。

除了"闹鬼"事件,谛听还拍到了一些很值得注意的东西。米勒仍不时来到这个房间,在房间里自言自语(和那个不可感知的生物对话),他看起来精神很正常,说出来的话却和疯子无异——

"觉醒者的情况不太好,过去一周,世界范围内发生了三起针对觉醒者的屠杀事件。分别发生在甘肃陇南、美国的新泽西州东桔城和日本东京。三位觉醒者,应该都是刚刚觉醒不久,可能还收不到心网广播上我们发布的警告,结果不小心暴露了身份,就被'父'杀死了。好在三起案件表面看来只是普通的刑事案件,并没有引起当地警方或政府的特别关注。

"是的,自从心网广播之后,征召到的觉醒者已经陆陆续续来到我们这里,我们可以提供保护。我会做好接待的。毕竟,我们现在真正能信得过的,只有这些人了。

"安全?从来都没有真正的安全,以我们目前的能力,战争迷雾只够给你和多吉提供保护。放心吧,我们会小心的。"

张亦行将这些监听到的情报全部如实向一号报告。一号立刻做了部署:张亦行继续监听,五号去查那三起所谓的觉醒者屠杀事件。

五号的工作让张亦行见识到了专案组的权限有多大。他只是打了个内线电话,很快三份分别来自甘肃陇南、新泽西州东桔城和东京的警方调查卷宗就发了过来。张亦行明白,这个所谓的专案组,相当于一个指挥部,下面还有庞大的执行团队和支持机构(比如那个由院士牵头的科学顾问团队),不然不可能效率这么高。

五号将卷宗打印出来,先是自行分析了一阵,然后召集了讨论。他大体先介绍了一下情况:"不算很难,虽然像东京这样的城市每天都可能发生上千起刑事案件,但既然米勒用的是'杀死'这个词,那就只用找命案相关的卷宗。最好找的是陇南,那只是个地级市,过去一周,那里只发生了一起命案,甚至都不能称之为命案。一名35岁男子,在路过一处建筑工地时,被坠落的实心砖砸中头部,当场死亡。

警方很快找到了肇事者,是工地的砖匠,他好像被吓傻了,不断强调自己不是故意的,砖头是失手掉落。经调查,肇事者和死者并不认识,不存在故意杀人的可能,估计最后只能以意外事故结案,最多判个过失致人死亡罪。

"新泽西州东桔城过去一周刑事案件很多,但命案也只有两起,均已告破。一起是黑帮仇杀,目击证人很多,证据充分,也没有什么疑点,不值得关注。另一起奇怪些,死者是一名毒贩,凶手是一名吸毒者,两人在毒品交易的时候,吸毒者突然拿出随身携带的手枪杀死了毒贩。"

一号问道:"奇怪的点在哪里?"

"这起案件也是有目击证人的,所以凶手身份和犯罪过程倒没有什么疑问。存疑的是动机,这个吸毒者,对罪行供认不讳,但无论如何也不肯说为什么杀人……我甚至直接拿到了审讯现场录音,新泽西警方询问了各种原因,仇杀、情杀、劫财甚至临时起意的激情杀人……凶手都予以否认。最后新泽西警方为了结案甚至还诱供,暗示凶手说是因为钱的问题没有谈妥才行凶的,但凶手仍是否认。而且我还发现了一个奇怪的细节,凶手杀人后甚至都没拿走毒贩身上的毒品,这太不寻常了,是什么能让一个瘾君子抵挡住毒品的诱惑呢?"

"会不会……"一号说,"那毒品是假的,所以凶手恼羞成怒杀人,这也解释了他为什么不带走毒品。"

五号摇头说道:"听起来很合理。但卷宗里有检验报告,毒品是真的。"

"东京那起呢?"张亦行一边在笔记本上做着记录,一边问道。

五号深呼吸一口气,幽幽地说:"最奇怪的,就是东京这起……命案发生在一处普通的住宅,主人在客厅装有家用监控,监控拍下了命案全过程,你们自己看吧。"

五号将自己的电脑连上房间中的大屏幕,片刻后屏幕上放出了视频——

  一阵熟悉的旋律响起。这是一户住家的客厅，餐桌上摆放着一个蛋糕，蛋糕上有点燃的蜡烛。一个男人，一个女人，一个小女孩坐在桌旁。小女孩头上戴着一个皇冠似的生日帽。接着，三个人唱起了日语版的《生日快乐歌》。

  一家三口在庆生，非常温馨幸福的画面。

  然后他们开始吃蛋糕，吃着吃着女儿把奶油抹到爸爸的脸上，爸爸顺势做起了鬼脸，逗得三个人都笑起来。

  无论是谁都不会把这个画面和命案两个字联系起来。张亦行感到奇怪：难道他们遭遇了入室抢劫的罪犯吗？

  接着往下看。吃了一会儿，妈妈起身去厨房，端了饭菜出来。一盘，两盘……一切正常。第四次从厨房出来时，她的一只手背到了背后。张亦行下意识警觉起来。妻子走到丈夫身边，站立着。张亦行这才看清，她背在后面的那只手里拿着一把刀！

  毫无征兆，寒光一闪。

  她拿刀砍在丈夫脖子上，血像喷泉一样喷了出来。丈夫惊讶地看着她，从嘴型来看像在质问，接着他试图站起来，但做不到，反倒直直地瘫了下去。

  接着，妻子砍出第二刀、第三刀……

  女儿并没有惊恐尖叫，她只是面无表情地看着这一切。过了一会儿，妻子像是砍得累了，女儿从妈妈手里接过刀，继续砍在爸爸身上。此时爸爸早已没有了生命迹象，但她还是机械地一刀一刀砍着，像一个只会重复简单动作的发条玩偶。

  不知道砍了多少刀，她终于停手了，然后，像刚刚抹奶油一样，把血抹在了爸爸脸上。

  众人观看完这段视频，空气陷入死寂。是什么让一个其乐融融的温馨场景，瞬间化为人间炼狱？

一号问:"东京警方的调查结论怎么说?他们是一家人吧,那女人和小孩为什么杀人?"

"不知道。"五号说。

"不知道?"一号的声音带上了一丝愠怒。

五号解释说:"这是东京警方审讯那女人和小孩的原供词。无论东京警方怎么审讯,得到的答案都是这句'不知道'。从审讯录像来看,那女人和小孩看起来目光呆滞,像丢了魂一样。东京警方走访了夫妻双方的共友、同事、邻居,得到的答案都是他们的家庭关系很和谐,没有什么矛盾。当然,家庭内部矛盾不为外人所知也很正常,但难以理解的是,警方对嫌疑人出示了家庭监控拍到的录像,告诉她们绝无脱罪可能,她们仍不肯说出杀人动机。"

张亦行说:"三起案子的共性,都是杀人事实确凿,但动机不明。在我看来,这甚至都不算出于愤怒或者被刺激而引发的激情杀人,而是充满了完全非理性的因素。比如刚才提到的吸毒者杀人后为什么不带走毒品,还有东京的这起案子,如果妻子是蓄意杀死丈夫,那应该第一次去厨房的时候就拿刀了,但实际上她一直等到把所有菜都从厨房里端出来,一直跑了四次,最后才动手。"

"这没什么奇怪的吧。"三号反驳道,"杀人毕竟需要勇气,她可能没下定决心,一直在犹豫,直到第四次从厨房出来,才终于说服自己。"

"你看看她动手的样子,冷静,不带一丝情绪,甚至连泄愤的兴奋都没有,一连砍了二十多刀,直到力竭才停手。而杀人之后,又并不为自己辩解。你觉得这种状态的凶手,动手还需要心理建设吗?"张亦行说。

三号不说话了。

一号问张亦行:"对这些非理性因素,你能想到合理的解释吗?"

张亦行沉默了片刻,说:"我觉得,这三起案子的嫌疑人,都不是真凶。"

众人都是一惊,怔怔地看着他,但没人反驳,他们若有所思。

"显然,他们都是被某种东西操控了,杀人的时候,他们也许处于无意识的状态。这就解释了为什么他们认罪,但说不清杀人动机;也解释了为什么吸毒者不带走毒品,因为当时他是被控制的,行为并不自主;还有妻子为什么第四次从厨房出来才杀人,因为她是在那个时刻才开始被控制的,此前她并没想杀人。"张亦行继续分析。

"被谁控制?有这么先进的科技吗,可以隔空操控他人的身体行凶?"

"米勒的话里已经透露了,是被'父'控制的。米勒说过,死的那三个人都是觉醒者,不小心暴露了身份,被'父'杀死了。父,指代某个人或者某种超现实的力量,可以控制人类,借人类之手杀人。"

"照这样分析,觉醒者应该指的就是和程浩一样,身体出现异常,觉醒了一些特殊能力的人吧。"一号说道。

"大概率是。"

"很好,但还不够。再加把劲,你的时间不多了。"

张亦行感到后背一阵发冷,离那个最后期限,只剩不到两周了。

就在这时,谛听发现了一些新动向。

源源不断的人,正在从世界各地前往米勒的山巅医院。他们来自亚洲、欧洲、非洲、北美、南美甚至澳大利亚和新西兰,跋山涉水,远过重洋,有些甚至抛妻弃子,纷纷来到缅北。

米勒的医院比从前热闹了很多。

张亦行请下面的调查团队对这些人的背景进行了调查。发现他们来自不同国家,不同年龄,不同性别,不同阶层。有耄耋老人,也有很多年轻人。无一例外,在此之前他们的表现没有任何异常,也从未和缅北那边有过接触。调查人员查了他们最近与外界的通信记录，也并没有发现来自缅北地区的电话、邮件或者即时通信软件的对话。

这些人，是怎么突发奇想、不约而同地要往缅北跑呢？

也许，这就是米勒提到的"被征召的觉醒者"吧。如何征召的？米勒提到过一个词——"心网广播"。心网是什么？心灵联网？在见识了那么多光怪陆离后，就算觉醒者之间能心灵感应，张亦行也并不觉得惊讶了。

米勒客气地接待这些觉醒者，给他们提供食宿。对于其中的部分青壮年，米勒还给他们发放武器，对他们进行军事训练。

有一件事佐证了觉醒者可以心灵感应的猜测——他们常常聚在一起，但互相间并不开口交流，只是静静地坐着。但仔细观察，总觉得他们是有交流的，只是没有用语言。比如在军事训练时，米勒把他们分为不同的战斗小组，同一个小组内，相互之间没有言语沟通，但战术配合极为默契。显然，他们有自己独特的交流方式。这样一支静默无声的队伍，显得诡异而压迫感十足。

三天时间过去，除了发现觉醒者源源不断地来到缅北，专案组并没有新的进展。情况又陷入了胶着。

正当专案组几个人一筹莫展的时候，异变陡生，更糟糕的情况发生了。

米勒突然下令让受过训练、持有武器的觉醒者，将之前他招聘的科研人员全部抓了起来，用绳索绑着，赶上了一辆卡车。当然，其中也包括伪装成科研人员潜伏的侦查员二号。

"为什么抓我们！"

"放人！"

那些人叫嚷着。

米勒面无表情地说道："谢谢各位两年来的努力，这里的工作即将完成，不需要你们了。为了保守秘密，只能委屈各位。"

"他要杀人灭口!"卡车上有人绝望地喊道。

"跟他们拼了!"有人挣扎着站起来,大吼道。

"拼了!"更多的人也开始躁动。但他们都被绳索捆着,只能在卡车上歪歪扭扭地乱作一团。

米勒从旁边一位觉醒者手里夺过步枪,朝天开了一枪。人群瞬间安静下来。

米勒大手一挥,卡车驶出医院。

张亦行连忙操控谛听起飞,准备一路跟踪卡车。但谛听擅长的是定点潜伏侦查,飞行速度慢,并不适合长途追踪。加上缅北地形复杂,山高林密,没多久就跟丢了。卡车不知去向。

张亦行在专案组已待了多日,他知道,二号在潜伏的时候,并不会用实时通信工具联系专案组,那样非常容易暴露。他只会隔一段时间,在确认安全的情况下找个隐蔽的地方联络,回传情报。而此时二号被抓上了卡车,失去人身自由,意味着专案组可能彻底和他失联。

"二号危险了。"张亦行有些自责地说,"我有责任,我是谛听的主要操作员,我看见了米勒在大量征召觉醒者,但没有预判到危险。"

一号仍是那么淡定,冰山似的脸上看不出一丝表情变化。

"别急。"一号说,"这点小状况,还难不倒二号。另外,我觉得米勒并不是要杀人灭口,如果要杀人,直接在他医院里动手就行了,何必费事把人运走?惊扰了这些人,动起手来只会更困难。"

听一号这么说,张亦行稍微放宽心。冷静下来的他,开始分析目前的情况。为什么米勒要把这些研究人员突然抓起来运走?当然,他说了,是为了保守秘密。但保密就要运走吗?直接关在医院里,等那个霜之哀伤的弑父计划完成不就行了?他又想起米勒曾说,现在真正信得过的,只有觉醒者。他感觉渐渐摸到了一点眉目——

"米勒在给他们的组织换血,他不信任这些人。他要清理掉他们,让身边只留下觉醒者。"张亦行分析道,"是什么让他只信任觉醒者?

会不会和两年前的9.23惨案有关？"

一号顺着他的思路往下说："还有，为什么9.23惨案之后，程浩就再也不回他自己的CC园区了，而只用电话遥控园区的人？这说明程浩同样不信任他自己园区的下属。这件事应该也和今天发生的状况有隐秘关联。"

五号仿佛也想到了什么，补充道："还有那三起怪异的刑事案件……总感觉这些事背后有一种共性……"

答案，在迷雾中缓缓浮现。张亦行觉得自己已经看到真相的轮廓了，但始终还隔着一层什么东西，看不真切。

黄昏时分，阿连德抵达了缅北。

这个三十多岁的中年人，从阿根廷出发，坐了将近三十个小时飞机，然后又换乘汽车在山路上跑了一天。当双脚再次踏上土地，他已是满身疲惫。在车上，看着窗外不断变换的景色，阿连德回忆着自己为何来这里——

他在智利出生，在阿根廷长大。在他少年时，牛肉大概是七八百比索一公斤，后来有一年突然就涨到了一万多比索一公斤。人们用麻袋装着钱去菜市场买菜，不，不是买，是抢。他们疯了一样只想尽快把手里的纸币扔出去，然后抢一些真正能吃能喝的东西回来。

他没读过什么书，在他生活的地方，上学很贵，是富人的专利，像他这样穷人家的孩子，大多早早辍学，所以长大后只能在底层摸爬滚打。搬运工、装卸工、清洁工、司机……能找到什么活儿就干什么。

就这么混到三十几岁，母亲突然病重了，医院开出的诊疗费却是一个他想都不敢想的天文数字。他去银行取这些年打工攒的积蓄，只取出来一半，另外那50%是手续费。即便搭上他的全部积蓄，也只能抹去诊疗费的零头。

医生建议他卖掉一个肾脏，这是公开的合法业务，已经很成熟，操作流程也很卫生，不用担心安全问题。毕竟总统都说过："人生下来的第一笔财产就是自己的身体，有权自由地处置。"

他犹豫了很久，朋友马丁内斯劝他说："去吧，早晚有那么一天的。"马丁内斯站起来，背对着他掀开上衣，展示出后背上一条长长的伤痕，像一条蜈蚣。

是啊，早晚有那么一天的，他想。

他走进医生的诊室，冷静地讨价还价，最后终于拿到了一个满意的价格。那语气就像是卖掉一台旧电视。签完合同的那一刻，他感觉肾脏那里已经空了。

他卖掉了肾，拿到了钱，付了母亲的诊疗费。但治疗并不成功，母亲在重症监护室坚持了十几天，最后还是走了。那个医生也骗了他，卖肾的操作流程并不安全卫生，伤口发生了严重的感染，而他已经没钱再救自己了。在高烧和昏迷中浑浑噩噩地度过了好几天，他什么都吃不下，靠一点清水勉强维持生命。

半梦半醒之间，他想：母亲已去世，父亲多年前就抛弃家庭不知所终，姐姐早已远嫁，自己又没有妻子、孩子。没有什么牵挂了。

他挣扎着爬上楼顶，颤巍巍地站在天台边缘，透过两脚之间的缝隙俯瞰下面的众生。这样活着，是为了什么？他一遍遍地问自己，却想不出答案。

"早晚有那么一天的。"耳边又回响起了马丁内斯的话。

跳吧。跳下去就解脱了。

就在他即将纵身跃下的瞬间，他听到了老师的声音——

"不要死。我能让你活下去。"

他环顾四周，天台上没别的人。是幻觉吧，那声音是从心内响起的。

他本能地摇了摇头，没有人能让他活下去了。

"给我你的银行账号。"那声音继续说道,用的竟然是中文——他在电影里听过这种语言。奇怪的是,他并没有学过中文,却听得懂那人的话。

也许是好奇,甚至是带着不信任的嘲弄,他报上了一个账号。他根本不指望能有什么奇迹,只想看看命运还要跟他开什么玩笑。

一分钟后,他收到银行的提示短信,有人往他账号里打了很大一笔钱。那笔钱足够他治好自己的病,再舒舒服服吃上一顿烤肉。

难道上帝是个中国人吗?他胡思乱想着。

"你是……神?"他斟酌着措辞,尝试和那人沟通,从心里发出这样的疑问。

"我不是神,我和你一样是血肉之躯,也会生病,也有过想死的时候。"

"你为什么救我?"

"因为,我们是同类。"

同类?他嗫嚅着这个词,思考它的含义。在真实的生活中,他有过同类,比如马丁内斯,但从来不会有人说出这个词。

那人问他是不是经常出现这种能和他人心灵沟通的情况,他摇头,说只有很小的时候出现过一次,正因为曾经有过,所以这次并没有感到很惊讶。那人说:"你很幸运,没有暴露你是觉醒者,否则你可能已经被'父'杀死了。"

"'父'?那是什么?"。

那人说:"现在还不是时候,有一天你会知道的。"那人又提醒他,一定不能对外暴露觉醒者的身份。

接下来一段日子,心内的那个声音不断跟他说话,并且还有其他的声音也开始出现。就像荒原上燃起一处篝火,其他人看见了也点燃篝火作为回应。他的内心像是开了一个"聊天室",只要对上"频率"的人,都可以加入。

"聊天室"里的其余觉醒者，来自世界各地，说着不同语言，但正如他能听懂那个中国人说话一样，"聊天室"的人即便语言不互通，也能听懂彼此说话。

觉醒者们把那个中国人称为"老师"，于是阿连德也跟着这样称呼。老师是最早一批觉醒者，而且他救过自己的命，阿连德尊敬他。

关于觉醒者之间的交流机制，阿连德渐渐摸索出一些规律。觉醒者之间就像有一张无形的网，把大家连在一起，每个人都是其中一个节点。节点之间可以自由通信，共享感官，甚至让意识进入其他觉醒者的身体。但这不是强制的，就像打电话，你可以打，对方也可以不接。后来，不知道是哪位觉醒者想出的名字，把它叫作"心网"。

阿连德在心网上还听到一些风言风语，觉醒者最终会拥有吞噬他人意识的能力，但只能使用一次。他从没尝试过，也不知道其他人是否使用过。老师警告过他们：不要轻易使用那种能力，否则很容易暴露身份。也许是一时头脑发热，阿连德在心网上问了一个问题：意识吞噬是只对普通人生效，还是说也可以吞噬觉醒者？

心网上陷入一片诡异的沉默，他知道大家都听到了，但没有人回答。他意识到自己犯了一个错误，问了不该问的问题。

不知道过了多久，老师回答道："觉醒者拥有对意识吞噬的豁免能力，就像感染过病毒就有了抗体。一个觉醒者不能吞噬另一个觉醒者，除非……"

除非什么？老师言至于此，阿连德识趣地不再追问。

有一天，也许是时候到了，老师告诉他："到我这里来吧，你不是想知道'父'是什么吗？到我这里来，我会告诉你。那是整个人类史上最大、最黑暗的秘密。你知道了，就不能回头。当然，你也可以拒绝，那就当一个普通人，好好活下去。"

老师继续道："我将杀死'父'，唯有这样，人类才能得到解放。这是伟大而危险的事业，甚至可能会为此付出生命。有很多人会阻止我们，所以我需要觉醒者的帮助。阿连德，如果我们成功了，你不必再过从前那种生活，所有人，都不必再过那种生活。"

"我来。"阿连德几乎是不假思索地说，或者说他已经思考了很久，把什么都想清楚了。他已经死过一次了，再没有什么能让他畏惧。

在出发前，老师让他带上一枚硬币。他不明白为什么，但还是照做了。抵达缅北后，他发现这里已经来了很多的觉醒者，同样地，他们身上都带了一枚硬币——来自不同国度，有着不同的花纹。

"你来了，阿连德。"夕阳下，他站在缅北那所山巅医院的院子里，听到了心内传来的老师的声音。

"您在哪里？老师。"

"你看不见我，但我就在这里。"

他甚至感觉有人拍了拍自己的肩，一看近旁并没有人，不知道是不是错觉。他想，老师果然不是凡人。

"你的名字有点耳熟，有什么说法吗？"老师问道。

"这是我爷爷给我起的名字，他是智利前总统阿连德的卫兵。1973年，陆军总司令皮诺切特发动政变，阿连德总统让身边的卫兵投降，他自己却拿着卡斯特罗送给他的那支自动步枪冲向叛军……我爷爷说那是他这辈子最后悔的事，他应该和总统一起战死。为了纪念阿连德总统，爷爷把那伟大的名字给了我。老师，让我保卫您，就像我爷爷保卫阿连德总统一样。如果有一天我们将要战死，我绝不会后退一步。"

"很好。"老师说。

他告诉在场的所有觉醒者，过些日子，"弑父"完成，新世界降临，觉醒者手里的硬币就是见证新世界的标志。

众人疑惑，老师便让他们抛硬币，大家把硬币抛到空中，落回手里。

"正面朝上,还是反面?"老师问道。尽管大家手中拿的都是不同国家的硬币,但每枚硬币都有正反。

阿连德看了一眼,是正面。然后他在心网里听到众人齐声说:"正面。"

"再抛。"老师说。

院子里有几十个人,他们一共抛了十次硬币,全部的结果都是正面朝上。操控这样结果的难度,不亚于把一粒沙扔进沙漠,然后重新把它找出来。

阿连德怔怔地看着手里的硬币,感觉呼吸变得急促起来。他在家乡时曾见过街头魔术师玩类似的把戏,他们手里的硬币是特制的,正反两面的密度不一样,或者他们练过特殊的抛掷手法,硬币看似飞到了空中,但不会翻转,所以能控制每次的正反结果。但显然,这解释不了目前的情况。

硬币是他们自带的,绝对没被做手脚,而抛掷也是他们自己完成的,绝对没有使用特殊的手法。

"老师,您创造了奇迹!"阿连德在心网内广播道,其他觉醒者也纷纷附和,表示他们愿意为拥有神力的老师效忠。

老师说:"不是我创造了奇迹,而是我们本就生活在一个充满奇迹的宇宙中,只是从前的我们,被蒙蔽了而已。"

远在上海的张亦行,用谛听拍到了这次集会。他面色凝重,把拍到的内容用大屏幕播放出来,给专案组的所有人看。在谛听的高清摄像头下,能清楚地看到觉醒者手持硬币抛向空中。

"所有人连抛十次都是一样的结果……邪门……"五号说道。

一号说:"事到如今,再邪门的事也不奇怪了,我只是感觉……危险。"

是的,危险。张亦行也有这种感觉,谛听是能采集声音的,这次集会却是在诡异的静默中进行的。他能感觉到觉醒者们在交流着什么，却对交流的内容一无所知。密谋在推进，二号生死未卜，最后的期限将至……张亦行感到窒息。

"父"究竟指什么，"弑父"完成后，又会发生什么？如果说张亦行此前还有些杞人忧天的侥幸心理，但这次集会，彻底粉碎了幻想。

"我们原定的计划，是以二十天为期限，查清所有事情。现在离二十天的期限还有不到一周。但是我的直觉告诉我，不能再等下去了。"

理智上，张亦行觉得一号说得没错，如果真的让程浩"弑父"成功，没人知道会有怎样严重的后果，他们赌不起。但情感上，他还是感到难以接受。

他想起从前，暑假里他们一起看《火影忍者》，程浩说鸣人就不应该去找佐助，真正的朋友，会无条件支持对方想做的事。看到后面，宇智波斑和宇智波带土试图发动无限月读，让整个世界陷入幻术来实现永远的和平，程浩又说，他觉得带土才该是这个故事的主角，如果自己是带土，自己也会那么做的。

张亦行说："也许带土的选择没有错，但他不该替别人选。"

所以，从来就没有什么分道扬镳，他们从一开始就走在不同的道路上。

"我救不了你了，兄弟。"他在心里说。

一号说："今天，我会向上面汇报，把最近调查出的情况都反映上去，请上面做最后裁决。"

上午打了报告，到了下午，一号宣布："七号，你的谛听使用权限正式由五号接管。"

听到这句命令，张亦行明白，是上面的回复下来了，让他交出谛听的使用权，这意味着要动手了。他只能将操控谛听的头盔递给五号，然后说："那我接下来干什么？"

一号摇了摇头："你就待在这里，什么都别做，没有我的命令，不允许离开我的视线。很快，这件事就彻底结束了。"

张亦行想，也许此时此刻，边境某处导弹发射基地已经瞄准了米勒的山巅医院。平心而论，这的确是最稳妥的解决方案，只需按下一个按钮，一切隐患都会被排除。

五号专注地用谛听监视着，下午四点过，五号说："房内物品发生移动，确定目标此刻正在房间内。"

一号立即拿起内线电话，拨通，对那头只说了两个字："动手。"然后挂断了电话。

"辛苦各位了。"一号说道，"过不了多久，我们这个专案组就会解散，虽然不是很完美的结果，但总算有了交代。之后就请大家回到各自的原工作单位和原岗位上去，相关的保密纪律，不用我强调了吧？"

众人点头称是。

三号甚至已经开始收拾东西。

这时，电话铃响了。

一号接起来，不知电话那头说了什么，她脸色倏然一变，先是低吼了一句"不可能！"然后像失了魂一样，喃喃道："怎么会……怎么会？"

来到专案组这么久，这是张亦行第一次见到她这样的表情，这座沉静的山岳，出现了崩塌的征兆。

"他们找不到那里，没法瞄准。"一号说。

张亦行愣住了，找不到，这是什么意思？明明那么大一个目标，怎么会找不到？卫星出了故障吗？

一号缓缓地放下电话，摇了摇头，像是要把什么从脑子里赶出去，然后声音发颤地对五号说："让谛听回传米勒山巅医院的坐标。"

不多时，一个精确的地理坐标显示在大屏幕上，一号扫了一眼那坐标，迅速移开视线，好像那是什么骇人的东西。

"念……念出来。"她有气无力地命令道。

张亦行看着那个坐标，尝试把它念出来，但也做不到。那是一串由经度、纬度、数字组成的数据集，明明每一个元素都是那么熟悉，却……念不出来。

他的大脑，无法认知它，无法理解那个坐标的含义。

如此熟悉，又如此陌生，他感觉那屏幕上的数字和字母，开始扭曲，蠕动，爬行，从屏幕上爬下来，钻进衣服，爬上他的身体，就像一条条冰冷的蛇。

待回过神来，再去看时，屏幕上已经空空如也。

坐标消失了。

他知道坐标还在那里，只是他已经看不见了，就像看不见房间里的程浩一样。

他竭力回忆那个坐标，但做不到，明明只是那么短的一个坐标，记忆力再差的人也不可能遗忘得这么快，但他就是想不起来。就像大脑里被放置了一颗地雷，一旦去想那个坐标，就会触雷，大脑死机，一片空白。

现在他明白为什么导弹无法瞄准那里了。不是卫星出了故障，是人脑出了故障，人脑没办法处理对那里进行攻击的任务。从雷达里隐形不算什么，最高级的隐形，是从人类的认知里消失。

战争迷雾。他想起了米勒提到过的这个词。战争迷雾是即时战略类游戏里的一种机制，即地图上没被探测的区域，就不可见。后来《红色警戒3》里，出现了一种叫裂隙发生器的装置，可以人为制造战争迷雾，隐藏己方的基地和单位。也许，程浩他们就是制造出了类似的东西。

再看其他几人那震怖的模样，显然，他们也遭遇了同样的事情。

"七号，我想起了你曾说的那种情况，你担心程浩可以把自身作为抽象概念的存在从人类的认知中抹去。现在看来，他并不是没有这种能力，只是目前还做不到隐藏一个活生生的人。但隐藏一个小小的坐标，他是能做到的。这意味着，一切超视距的打击，都无法展开。"

一号颓然地坐到椅子上，苦笑道："我们太自负了，还以为靠一枚导弹就能解决问题。对手，比我们想象的要强大得多。"

概率炸弹

缅北，密林深处。

韩巍骗了易晓葵，他根本没去希腊旅游，那张艾尔弗尼斯海滩的照片是他找的网图。这几个月他一直都待在缅北。

韩巍坐在一把藤椅上，看着眼前站着的上百名列队齐整、荷枪实弹的雇佣兵。他们来自一个东欧的雇佣兵组织。每位士兵每天的开销得上千美元，养这样一支雇佣兵队伍，一个月就要烧掉一辆豪华超跑。

这群士兵正在练习打靶，他们每个人身上都背着三支枪，那些枪全是不同款式，FNC自动步枪、M16、HK G36……仿佛全世界所有枪型都集中在这里了，甚至包括一些非常冷门的枪，简直像个枪械博物馆。士兵们打出一发子弹后，立即换用另一把枪再打一发，如此循环往复。

韩巍卡着秒表，最慢的一个雇佣兵完成这一整套射击动作，用时3.27秒。太慢了。他有些不耐烦地招了招手，一个教官模样的人跑了过来。

"太慢了，快速换枪的战术动作必须在两秒以内完成，这是硬指标。奥尔加,你们已经练了一个多月,如果明天还做不到,就带着你的人滚。"韩巍说道,藤椅旁有个助理将他的话翻译给了对方。

奥尔加将双手举过肩,做出一个无奈的手势:"老板,我干这行十几年了,第一次遇到这么古怪的要求。一个人要背好几把枪上战场,这有什么意义?背这些还不如多带些子弹。"

韩巍说:"你可以想象这么一种情况,在面对我们的那个敌人时,你的枪突然出现故障,要么是击锤无力,哑弹了;要么是进气量不足,卡壳了,要么你成功打出子弹,但是你的命中率突然很他妈邪门地降低了,打空整个弹夹没有一发能命中。这个时候,你就需要换一把枪。"

奥尔加耸耸肩:"这怎么可能呢?行动开始前我们都会仔细检查枪械的,战斗过程中枪械出故障是很小概率的事情。就算某个人的枪出了问题,那也不用所有人都背三支枪吧,难道所有人的枪会同时出故障吗?"

你说对了,那种情况的确有可能发生。这正是我们要面对的那个对手的可怕之处。韩巍在心里说,但他不能把这些告诉奥尔加。

"中国有句话,叫未雨绸缪,有备无患。"他只能这样解释,"不管怎么说,熟练地更换多种枪支进行射击,是我们合作的前提条件,如果做不到,就取消合作。"

奥尔加骂骂咧咧了几句,然后转头回去继续指挥士兵做换枪射击训练。

看着那些雇佣兵操练的背影,韩巍想道:好好练吧,照我说的做,也许到那个时候,你能捡回一条命。

大概半年前,韩巍见证了神的示现。

那时他暂时放下美国的生意,回国了一段时间,一是和葵分别日久,非常想念;二是想回来看看父亲。

他为父亲安排了顶级的护理中心，十年来每天都有护工照顾，从未间断。每次回国，他都会到这里来看看。

刚进房间，就闻到一股难闻的臭味——植物人大小便处于失禁状态。他看到护工正有条不紊地清理。显然，这不是什么异常状况，而是父亲的常态。

当年叱咤上海商界的枭雄，如今却连人最基本的尊严都没有。

待护工清理完毕，韩巍上前，握住父亲的手。多年卧床，父亲的身体肌肉早已萎缩，那手握上去就像一截枯枝。

父亲的鼻子上插着一根管子，护工说，那是置胃管，通过鼻饲喂进流食，以此维持生命。上次来的时候，他想亲手给父亲喂食，被护工严词拒绝："这是个精细活儿，弄得不好会造成吸入性肺炎。"

护工清理完毕后自觉地离开了。这时，病房里就只剩韩巍和父亲两个人了。

韩巍拉过一张椅子，坐在床边，开始和父亲"聊天"。

"在美国的生意越来越不好做了，可能得准备撤，回国或者去欧洲。不过晓葵那个《万人如海》的元宇宙游戏项目做得还不错，虽然一直在亏钱，但气势很红火，市场份额霸住了，说不定我将来还得靠她。

"您留下的那些个云庭集团元老，一个比一个难对付。之前狠狠打压了一波，现在我长期不在国内，他们的尾巴又要翘到天上去了。我准备搞个研究院，给他们几个名头好听的虚职，让他们养老去吧，反正他们也喜欢坐而论道。我知道，他们都是跟您一起打天下的兄弟，我不想做得太绝，这是最好的结果了，您别怪我。

"生孩子？算了吧。我和葵都不想要，这世道不太平，就别生个孩子出来跟着受罪了。

"妈那边……之前让她跟我一起出国，她不愿意，说要留下来照顾你。有护工在，有什么好照顾的？她其实是个恋旧的人啊，还没从你的意外中走出来。但这次我一定要带她走,一家人团团圆圆。以前你把她保护得很好,现在轮到我保护她了。"

他自顾自地说着,一边说一边想象父亲会如何回答,就这么虚空对话起来。一会儿眉飞色舞,一会儿黯然神伤,仿佛变回了喜怒无常的孩子。

从前父亲还正常的时候,他们反而很少说这么多话。

"聊"了半个小时,话完家常,韩巍陷入了长久的沉默。阳光斜照进来,只照出他半边脸,另一半陷在深深的黑暗里,他的五官凝固,如同石雕。

他站起来,关好门窗,低声说:"可不可以告诉我,是谁把你害成这样的?真是程浩吗?我一直在查,但是查不到,我感觉有人在刻意压着这些事……"

"如果真是程浩干的,那算我看走了眼,这只白眼狼……"一丝狠厉慢慢从他的脸上浮现。

父亲沉默,他不可能回答。

韩巍替父亲掖好被子,离开了房间。

虽然无人驾驶已普及,但韩巍还是更喜欢自己开车。开车返回家里的途中,韩巍的眼前突然一黑,他什么也看不见了。

他吓得想踩急刹车,但理智告诉他不能这么做,他尽力把稳方向盘,不让汽车偏向,同时保持车速不变,这样可以尽量避免其他车撞到自己。

好在那失明只持续了一瞬间,他的视觉很快恢复。但眼里看到的画面,却发生了畸变。

一个房间……房间里有大型鱼缸,鱼缸里血水翻涌,鲨鱼正疯狂地撞击玻璃外壁……房间里有留声机,正播放着一首古典钢琴曲……

这是……父亲曾经的办公室……

这幅画面叠加在汽车行驶的公路路面上,就像那种把两幅图叠在一起的3D画。但现实中公路的画面在慢慢变淡,而那房间的画面却越发清晰。要不了多久,房间内的画面就会完全取代现实公路的画面,彻底占据他的视野。

他赶紧趁着还能看清路,将车缓缓地停靠在路边,继续盯着视野里的画面。

办公室的房间门打开,一个少年走了进来,那是……十年前的程浩。

父亲的声音出现……两人开始争吵……话语里,程浩提到了父亲让他打假赛……

闪电划过,程浩的脸仿如厉鬼……父亲发出痛苦的呻吟,他的意识被程浩强行吞噬……

韩巍明白了,他看到的正是十年前他父亲眼里的画面。有人,或者有某种东西,在强行往他脑子里灌注这些信息,告诉他十年前那件事的真相。

接着,下一个画面,是程浩出现在云庭大厦一楼的大厅,保安看到了他,这个画面来自保安的眼睛。

再下一个画面,是在车里,后车门打开,上车的人是程浩。这个画面,来自司机的眼睛。

然后是机场的路人视角看到的程浩,接着是飞机乘务员视角看到的程浩。

视角不断切换，一路注视着程浩，看着他如何逃亡缅北，又如何在那里站稳脚跟……

一切见过程浩的人，都化身为监控，用他们的眼睛看，用他们的耳朵听，把看到的听到的都存储起来，然后像播放录像一样放给韩巍看。同时，韩巍也感觉这些"录像"并不完整，有很多地方逻辑是断的，接不上。那些影像，只告诉他程浩的行踪，其余部分则不涉及。影像放到最后，定格在米勒的山巅医院，让他知道程浩躲在那里。

是谁有能力做到这一切？神，只有神才能做到，脑海里的念头告诉他。

这是神的示现，是命运之手在拨弄琴弦。

他开始哭，又开始笑，越发癫狂。

他逐渐明白为什么这些年追查程浩的下落一无所获，因为他的对手根本不是一个普通人。但现在，有了神的帮助，自己也不是普通人了。普通人无法感知到程浩，但韩巍可以，这是神赐给他的天眼。命运把他推到这里，自有其深意。

他的拳头握紧，骨节发出爆响。

凭借灌入大脑的信息，韩巍知道了程浩在缅北有自己的武装力量，雇用寻常杀手根本不起作用。于是他通过暗网的渠道，找到了东欧的一个雇佣兵组织，他们的负责人，名叫奥尔加。

光这样还不够，脑中的神明又指引他，程浩不是凡人，他从神那里偷来了一些力量，能在战斗中使某些枪械失灵，要对付他，必须万般小心。训练雇佣兵用多种不同枪械作战，正是来自脑中神明的指引。但神没有告诉韩巍，程浩是如何偷来神的力量做到这些的。或许，那是神自己的秘密。

"你这卑微的贱种，竟也想僭越神的权力！"韩巍的嗓子里发出低低的怒吼。他被自己说出的话吓了一跳。他不知道这话是他自己说的，还是神借他之口说出的。他明白自己也不过是神的一颗棋子，但他并不觉得愤怒沮丧，反而感到光荣。

僭越者必须被惩罚！

杀死程浩。

这念头愈加坚定，想到这不仅是为父亲报仇，也是完成神的旨意，韩巍反倒平静了下来。

最后的时刻，就要来了。

程浩的心却没有多少波澜，安静得像无风的湖面。他想：我早已准备好粉身碎骨了。或许正因如此，他才心无波澜。

这些日子，他总是喜欢回忆从前，他才二十六岁，爱回忆过往不是老人的专利吗？也许，是因为自己时日无多了吧。

他想起了孟凡和张亦行。其实不管从哪个角度讲，张亦行都该是自己少年时最好的朋友才对，但他总觉得孟凡更亲近。现在他明白了，他和孟凡是一类人，和张亦行不是。年少懵懂可以掩盖一些差异，但不代表差异就不存在。

但自己又真的和孟凡是同一类人吗？也许曾经是，但现在也不是了。

后来，他在网上见过一个行为艺术作品。一台自动贩卖机，里面装满了有着精致花纹的盘子，扫码支付十块钱，你就能买一个。但是盘子不是被机械臂平稳取下，而是直接掉下来，摔得粉碎。于是你花十块钱，买到了一个碎掉的盘子。那个作品的名字叫《这就是我们愚蠢的理由》。

曾经的他和孟凡，就是那个花十块钱买碎盘子的人。但孟凡的死点醒了他，让他知道不应该再去买碎盘子，也不该费尽心思让盘子不碎，而是要把这台自动贩卖机毁掉。

从孟凡死的那一刻起,程浩走向了自我的反面。

至于张亦行,他和自己完全不同,这些年张亦行应该是完全没变过的。在这飞速变化的世界能保持不变,是多么奢侈又多么幸福。十年来,夜深人静时,程浩偶尔也会用匿名IP去看张亦行的微博,看看他这些年的生活。但后来他忍住了,一方面是为了安全,另一方面,他觉得远离张亦行,就是自己能为他做的最好的事。他那样的人,是配拥有幸福的。

他想起了葵。年少时对她有过爱慕,但他们之间永远不可能有爱情。取而代之的,是一种超越一切的友谊——为一个崇高理想共同奋斗的友谊。想到这里,他感到安慰。

他还想起了韩怀仁,对韩怀仁的仇恨早已干涸,某种程度上,是韩怀仁塑造了今天的自己。他从一个胸无点墨的人,变得见多识广,甚至通晓哲学、艺术、外语,不正是吞噬韩怀仁的意识带来的吗?但曾经的那次吞噬,也改变了自己的心性。他走到今天,有多少是他自己的选择,有多少是韩怀仁破碎意识的影响,他已经分不清了。

最后,他想到了父亲。如果当时,他没有在去上海前夕被父亲送进正心书院,是不是后来的一切都会不一样?他会顺利加入晨星战队,云庭战队会解散,他不会认识韩巍、韩怀仁,他可能会作为一个正常的职业选手,荣耀封神或者遗憾退役,总之,怎么都不会是现在这样。这么多年过去了,他原谅父亲了吗?他不知道。

想到此处,他明白,在告别这个世界之前,他还有一个地方要去。

"你要回家?不行,太危险了!"多吉反对他的想法。

程浩淡淡地回应:"放心,我会以一种安全的方式回去的。"

他在心网上发布了广播,寻找位于中国南方的节点,最好是离自己的故乡近一些的。这些年来,心网上被点亮的节点越来越多,这意味着觉醒者的数量在不断增加。连接上心网的感觉很奇妙,那一瞬间大脑会宕机、出现幻觉。仿佛两百亿光年的云霞,在刹那间,坍缩为一朵莲花。

他征召了一些觉醒者,但也有很多觉醒者并未响应,他们保持沉默,仍旧生活在自己的区域,小心翼翼地观察着这个处于内心的通信网络。

程浩并未去细细统计这些觉醒者所处的位置以及更详细的情况,既然人家不想来,就不勉强吧。

他本以为最多只能找到家乡附近的节点,回家还得费一番波折,结果就在他的家乡,有一个孤零零的节点亮着。他探查了一下那个节点的情况,发现竟然是他认识的人——

在正心书院,曾经来找自己麻烦的那个光头少年武凯。

当时自己和武凯打斗,触发了异手,自己身体被控制,复刻了动作片里的巴西柔术动作,险些杀死武凯。

他不明白为什么一个小县城居然会出现三位觉醒者,是否觉醒就像流感一样,有某种传染性?也许一个人有觉醒的潜质,接近另一位觉醒者,就有可能被激活。甚至他自己,可能就是被多吉"激活"的。

不过这些都是猜测,他已经没有时间去弄清了。

他尝试着与武凯通信,他不知道对方是否还记得自己,如果不记得了最好。但显然,武凯还记得他。

"是你!"

从武凯的回应里,程浩感受到了对方的一丝恐惧。

"把你的身体借给我一天,我可以给你很多钱。"他不想把时间浪费在说服别人上,还是直截了当一点好。

"借用……身体?"程浩感受到了武凯的疑惑,看来对方觉醒的时间还不长。

"就是让我的意识进入你的身体,并且可以操控它。在这个过程中,你的意识仍能保持清醒。如果我用你的身体去做危险的事,你可以随时中断连接,不用担心,很安全。"程浩解释道。他想起在上海时曾让多吉的意识进入自己的身体,短暂获取自己的视觉,当时自己也是很犹疑的。他很信任多吉都尚且犹疑,而武凯和自己曾有过节,对方大概率会拒绝。

程浩不抱希望,已经在看是否还有其他适合连接的节点。省城有一个节点,那是一名女性,她明确拒绝了程浩的连接请求。其他的节点就比较远了,至少都在几百公里之外。

"给我你的银行账号。"程浩决定死马当活马医,对武凯说,"我很多年没回家了,只想回来看看。"

不知道是不是这后半句话起了作用,武凯沉默了片刻后说道:"帮你试试吧,我不要钱。"

"谢谢。"程浩真诚地回道。

他简单向武凯交代了一下传输的注意事项,其实没有什么技巧,这事儿对于觉醒者来说就像呼吸一样自然。唯一的条件就是信任,不要抗拒,否则外来的意识很容易被挤出去。

他闭上眼,尝试传输。

下一刻睁开眼,他已经站在故乡的风里了。

程浩身高只有一米七几,他印象中武凯很高,可能有一米九。现在身处这具身躯里,他感受到了一米九的人眼中的视野是什么样的,的确是比常人视野更开阔,甚至能看到路人的头顶。

他尝试走了几步,适应着这具新身体。武凯应该有健身习惯,又高又壮,一身腱子肉练得很好。程浩甚至满意地朝空气挥了几拳,感受这强壮肉身带来的力量感,莫名有种正在驾驶机甲的错觉。

现在是什么时间,程浩回想了一下,应该是个工作日,此时是上午,武凯不用上班吗?他胡思乱想着,想到老家游手好闲的年轻人很多,也就不奇怪了。

他来到县城边缘的一座山脚下,开始爬山。这座山并不高,爬了半个小时就登顶了。山顶有一座观景台，算是当地小有名气的"景点"。他在故乡生活了十六年，竟一次也没去过。他站在观景台上往下望，一切都宛如昨日，但一切也都淹没了。"淹没"并不是一个比喻，他老家是三峡库区，整座旧城沉入了水底，新城在旁边拔地而起。

不毁灭旧，怎么建立新？

程浩不禁想到，后世的人们会如何评价自己呢，是圣徒，还是恶魔？不，到那时他们只会忘了我。

从山上下来，程浩又去了几个老地方。腾飞网吧早已倒闭，甚至它所在的那栋楼都已拆了，那里搭起脚手架，正在盖一栋不知道什么用途的新楼。那家名叫冰点的奶茶店，倒是还开着，但看店的老夫妻只剩下了老奶奶，老爷爷哪儿去了？程浩终究没有问。

他还去了正心书院。在他把多吉接到缅北的那一年，赵翰杰再度升迁，抓了谭军和王永利，把两人都送进了大牢。他本以为正心书院会就此倒闭，但没想到那里竟没什么变化，仍是那些建筑，仍是铁丝网缠着高墙。只是牌匾换了，现在叫"元宇宙游戏成瘾戒除中心"。此刻，又有多少像他当年那样的孩子，在里面接受"治疗"呢？

如果没有外力介入，有些东西永远不会改变。

那就让我来改变，他想。

人类文明，就像一台已经使用了很久的电脑，系统里的安全漏洞、病毒层出不穷，他的"霜之哀伤"弑父计划一旦完成，将为人类文明"重装系统"，彻底净化人类的灵魂。到那时，所有像他那样的孩子，都能得救了。

他转身离开，再不回头。

最后一站，当然是他曾经的"家"，那个窝棚。

尽管知道父亲已不可能认出寄居他人体内的自己，他还是站在远处，遥遥打望。窝棚里并没有人，门没锁，烧煤炭的炉子还在冒着热气。说起来，这年头烧煤的炉子已经很罕见了。屋内的行军床、碗柜、电风扇仍是十年前那样，连摆放的位置都没变。

父亲不在。

他熟悉父亲的生活规律，应该是出门拾荒去了。收垃圾这行也是有等级的，有些人和小区保安关系处得好，可以把三轮车停在小区门口收东西，轻松，干净，而且经常能淘到好货，比如还能用的二手家电，没穿过几次的衣服、皮鞋，或者小孩玩腻了的高档玩具。他们是拾荒匠里的婆罗门，有自己固定的势力范围，外人闯不进去。

次一点儿的，和管居民垃圾站的管理人员有合作，给点儿回扣，可以去垃圾站翻东西，虽然脏，但是量大，也不愁生计。

最差的就是父亲程建宏这种，单打独斗，和谁都处不好。只能随缘到处跑，能捡到什么是什么，或者去翻垃圾桶"开盲盒"，脏不说，还不稳定。有时候忙活一天，饭钱都挣不出来。

程浩操控着武凯的身体，去了几个父亲常出没的地方。最后，终于在一个破落老旧的居民区里看到了父亲。这个居民区疏于管理，几个大垃圾桶堂皇地摆在马路边，父亲正在这些垃圾桶里翻捡着，为了方便，他甚至把一些垃圾从桶里刨出来扔在路旁。他的翻捡导致垃圾桶散发出比平时更强烈的臭气，熏得路人纷纷捂住口鼻。

父亲缓慢佝下腰的动作看着很艰难。他的背比从前更驼，头发也白了好些。

就在这时，三个年轻男子从居民区里走出来，中间那个留着烫染的长发，打扮偏中性，皮肤白得不正常，感觉像是化了妆。右边那个瘦高如竹竿，看着木讷。左边那个矮胖，面部有很多痤疮。

尽管十几年过去，程浩还是认出了他们。

那正是当年抢走他心爱自行车的三个混混。

那三人本来有说有笑，走到垃圾桶附近的时候突然停住了。不过片刻，三个人就走过去围住了程建宏。程建宏还没意识到要发生什么，中间那个长发男突然一巴掌打到程建宏后脑勺上。

程浩默默走近了几步。

"谁他妈允许你在这儿翻垃圾的？臭死了！"长发男大声骂道。

父亲像是没听到，继续翻捡着。

长发男的神情一下变得狰狞，猛然按住父亲的头，直直摁进垃圾堆里。

"让你翻！让你翻个够！"父亲的头没入垃圾堆，手脚在外胡乱挥动着。见他挣扎，另外两个混混也扑过去按住他的颈背。

父亲力气不小，终于挣脱，他站起来，脸上恨恨的，气得五官都扭曲了，抬眼看了下三个年轻小伙，却只是说："我不翻了，我走。"

"想走？你坏了我们的好心情，赔钱，赔精神损失费。"那长发男嬉笑着说，表情仿佛猫在戏弄老鼠。

"我……没钱。"

长发男一下收住笑，神色变得狠厉，程建宏下意识地往后退，但垃圾桶挡住了他的退路。长发男做了个手势，三个人一齐动手，拳脚朝程建宏身上招呼。程建宏也尝试还手，但一个老人，如何打得过三个年轻力壮的小伙子？

毫无招架之力的父亲很快被打翻在地，到后面简直不是殴打，而变成了踩踏，因为他已经连站起来都做不到了。那三人抓住他的衣领，把他揪起来，长发男按住他的头朝铁制的垃圾桶上撞去……

为什么……为什么总是抢我们的东西，为什么总是欺负我们？程浩喃喃道，这具身体的拳头捏紧，骨节泛白。

"我说过，不会借用你的身体做危险的事，但教训一下这三个杂种，应该算不上危险吧？"程浩在征得武凯的同意，如果武凯不愿意，随时中断连接，他的意识会被挤出来。

但这次武凯没有犹豫："去吧。其实……我也想揍他们。"

程浩操控着武凯的躯体，几个箭步冲上去，一脚踹在那长发男后背上。长发男扑倒在地,竟好一会儿站不起来。没想到武凯这具身体的力量如此强悍,一丝快感涌上程浩心头。

另外两个混混见状扑过来,程浩一记摆拳,一记正蹬,就将那两人撂倒在地。

原来他们这么不堪一击。

还是武凯的身体好用,要是他自己可做不到一击就把他们打倒。

程浩走过去,像拎小鸡一样拎起那长发男后颈处的衣领,然后按住他的头往垃圾桶上撞去。头撞击在垃圾桶上,发出咚咚的声音。不多不少,正好撞了三下,就像他们刚刚对程建宏做的那样。长发男的额头转瞬撞出一片青紫。

"道歉。"程浩放开长发男,对三人吼道。

"对……不起。"三个人对程浩说。

"不是跟我说。"

三人这才反应过来,向程建宏道歉。程建宏惶恐地摆了摆手:"没事,没事。你们快走吧。"

三人赶紧灰溜溜地逃了。

一切平息,程建宏从上到下打量他一眼,这才说道:"小伙子,真是谢谢你啊,你叫什么名字?"

程浩愣了一下,目光下垂,低声说:"武凯。"

程浩又帮程建宏将刚刚翻出来的垃圾收拾好,然后告辞。他只想回来看看,现在目的已达到了。

没想到他刚要离开,程建宏却捂着嘴剧烈咳嗽起来,于是程浩又停下脚步。父亲年纪大了,他担心刚才那群人殴打他造成了什么内伤。

程建宏连咳了好一会儿,手掌摊开,手上有血。

一丝不安漫上程浩心头,他说:"我带你去医院检查一下吧,别落下什么病根。"

程建宏连忙摆手:"不用不用,老毛病了,以前也犯过。"

一听"老毛病"三个字,程浩心头不安更甚。"一定要去,这不是小问题,你没钱的话我帮你出。"

程浩知道,父亲从来不去医院的,小病靠拖,大病靠躺。

程建宏拗不过,被程浩硬生生拽到了县人民医院。在缴费处,程建宏说自己有钱,执意要自己缴费。父亲解开外衣的扣子,然后掀起已经脏污得发黑的毛衣,最后从最里层的衬衣胸前口袋里摸出一个皱巴巴的塑料袋子,里面包着一些散钱。他就像洋葱,一层层剥开自己。

这个年代,身上还揣现金的人不多了。倒不是父亲不会用移动支付,他是觉得把钱放在手机里不安全,怕被人转走。

缴了费,就是例行的排队、问诊、拍片子、看报告。医生拿着片子扫了一眼,先是皱眉,然后仔细看了一会儿,叹了口气,说道:"怎么现在才来?"

他把报告上的结论指给程浩看:"右肺肿瘤$2.8cm \times 2.5cm$,右肺及胸膜转移性结节,恶性胸腔积液(Ⅳ)纵隔淋巴转移。简单来说,肺癌,四期了。"

"四期是什么阶段?"程浩问。

"最后阶段。"医生摇头,"本来这个病发现得早,通过手术,是有可能治愈的,预后也良好……哎,家里人不上心啊。"

程浩脸色一动。程建宏却比想象中淡定得多,毕竟身体状况自己最清楚,他以前只是不愿面对罢了。现在听到医生宣判,反而平静下来,他拿起那张他看不懂的报告一直盯着看,啧了几声,说:"在阎王爷那里登了记啰。"

程浩问:"现在手术,还来得及吗?"

医生摇头叹道:"大量恶性胸腔积液,不适合做手术了。开点儿克唑替尼先吃着吧,剩下的……"

医生没有说完,但程浩在心中自动补全了他的后半句话:剩下的,听天由命。

沉默笼罩着诊室,医生开了处方,程建宏却并不去接,他站起来说:"走吧。"

程浩收起处方,临走时,他很认真地问医生:"我听说癌症有一定概率自愈,这个概率有多大?"

医生抬眼看他,笑了笑,一副"这你也信"的表情。"临床上是有过这样的罕见病例,非要说概率的话,十万分之一吧。不过我告诉你,那些所谓的自愈,我觉得大多是因为之前误诊,他们得的根本不是癌症。"

走出医院大门,程浩用心网联系了多吉:"帮我灌注一枚概率炸弹,当场引爆。作用坐标我稍后发你。作用时间,从现在到永远;作用内容,肺癌四期自愈;概率系数,约十万分之一;作用人,程建宏。"

多吉表示收到。"确定吗?这可不像操控硬币正反面那种小把戏,耗费的算力会非常多。"

程浩说:"确定。"

他掌握的绝大多数算力,要用于维持战争迷雾和实施弑父计划,滥用概率炸弹甚至可能导致计划失败。但他还是这么做了。

医生说听天由命,但现在我掌握修改命运的能力了,让我最后为你做一件事吧,程浩在心中说道。

大概几分钟后,多吉说:"已经引爆了,开始生效。"

程浩知道,这枚概率炸弹引爆后,父亲会神奇地发现:他咳嗽的次数一天天减少,渐渐不再咳血,身体的疼痛不断减轻,几个月后如果他再去医院复查,医生会告诉他病灶已完全消失。

人类本就活在一个充满奇迹的宇宙中。

他打算把父亲送回家就离开。走在路上,父亲说:"小伙子,我没什么能报答你的，还没吃午饭吧，我请你吃碗面。"

他本想拒绝，但转念一想，印象中父亲是从不下馆子的，请人吃碗面，大概就是他最大的表达善意的方式了。程浩终于还是点了点头。

两人就近走进街边的一家面馆。程浩老家的面条味道很奇特，里面会放一种叫山胡椒油的本地调料，别处难见。少年时程浩成天在外野着，常吃的就是这种面，便宜，又香。阔别十余年，又吃到了故乡的面，程浩禁不住眼眶一潮。

吃着面，看着父亲额头横生的皱纹和滚落的汗水，他感觉心里有什么东西在融化。

是不是非要付出生命的代价来改变这世界？是不是回到故乡，就这样过小日子也挺好？这么多年流落异乡，他已满身疲惫。这趟回乡之旅，让他第一次有些动摇了。

"小伙子，我们之前见过吗？总感觉你眼熟。"父亲的话打断了他的思绪。

程浩下意识地将脸侧开。"巴掌大的地方，打过照面也正常。"

"你今年多大？"

"二十六。"

程建宏点了点头，又说："我儿子今年也二十六。哎，我要有个像你这么懂事的儿子就好了。"

程浩的筷子停在空中。

坐在你面前的，就是你的儿子啊，他悲哀地想着。

"你病这么重，你儿子都不带你去医院，他不在家吗？出去打工了？"程浩努力维持表情的淡定，装作漫不经心地问。

"管球他去哪儿了，我不过教训了他一下，他就十年不回家，他就是死在外面也和我没关系。"程建宏大声咒骂道。

程浩握住筷子的手轻微颤抖，他埋下头，继续若无其事地吃面。

"如果他真的死在外面了，你伤不伤心？"

程建宏思考了好一会儿，然后缓缓地摇头："我伤心什么，是他自己不听话。"

哦，原来是死是活不重要，听话才重要。

他想起从前父亲总是念叨的那句话：孝顺孝顺，孝就是要顺。

那他这辈子恐怕都做不到了，幸好他早已决定不为别人的期待而活。心里那刚刚融化的东西，又重新封冻。一切柔软的，复归坚硬。

这具肉身闭上眼，他离开了。

自从上次尝试远程打击失败，专案组的行动陷入僵局。时间又过去两天，这期间，他们进行了多次尝试，验证了在超视距范围内，人类大脑无法处理有关米勒山巅医院的攻击任务。也就是说，只有在肉眼可见的范围内才能对该目标发起攻击。

而直接派出地面部队的常规作战，此前也讨论过，不是一个好选择。首先，往他国境内直接派遣部队，容易引发国际舆论风波，牵涉的层面太复杂。其次，容易打草惊蛇，在攻入那个房间之前，程浩有充分的时间逃离，处于不可感知状态的他，一旦逃离，基本不可能再被抓获。

鉴于这种情况，三号提出："我想到一种方式，介于超视距和常规作战之间，同时又能保证攻击的突然性和彻底性，让目标没有时间逃脱。"

"你说。"一号说道。

"将攻击型无人机接入谛听，用谛听获取视野，操控无人机进行攻击。"

一号眼睛一亮："这倒是个好办法，事实上，缅北的地形也并不适合常规作战，无人机是最好的。配合谛听，相当于使用肉眼观察，这样就不会触碰大脑无法处理超视距作战的情况。"

办法既定,一号迅速展开部署。半个小时后,三十架小型攻击无人机从云南边境起飞,只用了二十分钟,就飞抵米勒山巅医院附近。一号说,每架无人机都内置高爆炸药,它们会发动蜂群式的自杀袭击,撞向米勒的医院。

如此强大的火力能保证几秒之内彻底摧毁医院,程浩不可能有时间逃生。同时,这三十架还配备了最先进的抗电磁干扰技术,寻常的反无人机武器根本对它们不起作用。

此次行动,由五号来操控谛听。张亦行只能通过谛听投射到大屏幕上的影像来查看那里的情况。

和上次一样,用谛听确定目标仍在房间内之后,无人机才展开攻击。

"无人机群迫近,距离目标1公里。"五号实时汇报。

"500米。"

"300米。"

"已接敌,开始攻击!"五号冷静地通过谛听发出指令。

张亦行的心提到了嗓子眼。这么多无人机同时发起的袭击,程浩纵是有通天的本事,也万难存活了。

为避免在袭击中受损,此时谛听已从目标所在房间里撤出,悬停在了空中。它提供的视野里,铺天盖地的无人机像蜂群一样从四面八方逼近医院。

然而,就在它们刚要抵达医院上空,还没等碰触到医院建筑,它们就像撞到了一堵无形的墙,纷纷坠落,好似风中落叶。

顷刻之间,米勒医院的外墙四周落满了无人机的残骸。

三十架无人机全军覆没。专案组所有人本来还是坐着的,看到这一幕,全都站了起来。

"什么情况!"一号死死地盯着大屏幕,"它们不是抗电磁干扰的吗？难道对方有微波武器[1]？"

五号取下谛听的头盔，像一个溺水的人一样喘着粗气："不……不是电磁干扰，也不是其他任何反无人机武器打下来的，我这里显示，纯粹是无人机自身发生了故障。"

"你的意思是，这三十架无人机，居然在同一时刻全部发生故障？你自己信吗？"一号的声音带着怒意。

"我也……不信……但机载芯片回传的数据，明明白白显示就是这样，我确定无人机没有受到外界的干扰或打击，它们就是在同一时间发生故障，自行坠毁的。"五号既震惊又笃定地说。

张亦行问道："你说的无人机发生技术故障，具体指什么？"

五号说："短路、过载或螺旋桨脱落等，就是那些常见的故障。"

"这些故障，正常的发生率有多高？"

一号说："任何机械都可能出故障，但三十架无人机，在同一时刻，全部出故障，这概率小到几乎不存在。"

张亦行说道："几乎不存在，但不是完全不存在，对吧？"

几个人的炯炯目光聚焦过来，盯着他。

"想想我们之前用谛听拍到了什么吧，不同的人，连续抛了十次硬币，全部结果都是正面朝上。这概率，是不是也小到几乎不存在？但它的确发生了，这是我们亲眼所见。一个事件发生的概率，是几十亿分之一，在现实生活中，我们通常默认它不会发生。但别忘了，几十亿分之一，毕竟不等于零。"

这话让众人稍微冷静了下来，即便再难以置信，他们也见过奇迹了。

一号喃喃道："你是说……连续十次抛出硬币正面和三十架无人机同时发生故障坠落，这两件事的本质是一样的，都是只存在于理论

---

1. 现代战争中，微波武器是对抗无人机极为有效的手段之一。

343

中的极小概率事件，在现实中发生了。"

"是的。"张亦行点头，他语气沉重地说，"或许，程浩他们可以在某种程度上操控事件发生的概率，并且将这种能力武器化。"

"概率武器……"众人倒吸一口凉气。

张亦行继续说："走在路上，一辆汽车突然发生故障失控，直接撞过来；或者建筑物外立面的空调支架生锈断裂，空调从高空砸下；又或者在电梯里，电梯发生故障，突然坠落……当这些不起眼的'意外'都能被人为操控，就可以杀人于无形。而在战场上，我们见到的无人机群发生故障集体坠毁……这，就是概率的武器化。"

大家都不说话了，绝望的沉默笼罩在房间上空。

"接下来，恐怕我们自己也要小心了。无人机的坠落，已经暴露了我们。假如七号刚才说的那种概率武器真的存在，对方用来攻击我们，我们将防不胜防。如果他能控制空难发生的概率，那谁还敢坐飞机呢？"一号提醒道。

张亦行道："好在从目前的情况来看，他们操控概率的能力，应该是有限的，只能控制某些特定的事件，要是他能控制火山、地震这样的大型灾难发生的概率，那世界应该早就乱套了。"

对于最新出现的情况——程浩可能掌握概率武器，一号又整理了报告发送给上级。她对专案组坦言，目前的情况，已经不是她这个层面能做决定的了。

但这次，上面没有立刻给出答复，一直到当天结束，专案组都没收到任何指令。

张亦行暗自揣测，应该是上面的人吵起来了。这不奇怪，在他预料之中。当你很强，别人感受到的是威胁，只想消灭你；但当你强到极致，令人畏惧，他们反而会尊重你，甚至想和你合作。程浩那种可以操控概率并将概率武器化的能力，上面会有人感兴趣的。

果然，第二天，专案组接到明确指令：在最后期限到来之前，尽量活捉程浩，不要杀死他。"

三号冷哼一声："说得轻巧，导弹都打不到他，还活捉……"

一号道："按之前窃听到的米勒的说法，满打满算，霜之哀伤的铸造最多还有十天就要完成了。既然明确的命令已经下来了，我们也只能尽力而为。等十天期满，上面也许有新的命令，但估计也和我们无关了。"

活捉一个不可感知的人，无疑比杀死他要难得多。从一号说的"尽力而为"四个字里，张亦行听出了一丝无奈。

血色之夜

张亦行以一号说的十天为限，做了一个倒计时，清晰地显示在屏幕上，就这么看着时间一分一秒地流逝。大家都埋头看资料，却没什么实质性的进展，就连一向果决的三号，也不再提出新的行动方案。

在当天快要结束的时候，一通电话打了进来。

一号接起电话，面露喜色，大声告诉众人："是二号，二号打来的。"

她干脆点开电话功放。二号的声音清晰传出，张亦行本以为，执行这么重要的潜伏侦查任务的会是一位年纪稍大的侦查员，没想到二号的嗓音听起来非常年轻。不久前，二号在米勒医院里被绑上卡车运走，现在能打电话，说明他暂时没有危险。

二号在电话里说，他被绑上卡车之后，卡车在山路上开了小半天，终于停下。直到他们被赶下车，他这才认出，这里是程浩的老巢CC园区。因为组织早已派遣过另一位侦查员（也就是四号）卧底在

CC园区，所以二号对园区的情况还算了解。如同一号所料，米勒并不是要杀人灭口，也没有虐待他们，只是把他们运到这里关了起来。

这也坐实了张亦行此前的推断，米勒出于某种原因，必须大费周章地把这批人运走，就连在山巅医院原地关押他们都不行。

被囚禁的二号并不慌张，他甚至趁此机会先好好睡了一觉，毕竟之前在米勒手底下做事老是睡眠不足。

为了保密，潜伏的侦查员一般只与自己的对接人单线联系，所以存在侦查员之间互相不认识，对彼此的任务互不知情的情况。但因为这个任务的特殊性，二号和四号是认识的。

四号在CC园区混到了一个中层领导的位置，这个层级接触不到最高机密，所以一开始他甚至不知道二号被转移到了这里。但毕竟一下来了那么多人，这事儿也在私下里传开了，四号听说后，立马到关押这批人的地方查看，看到二号居然在呼呼大睡，顿觉好气又好笑。

四号以"问话"为由，把二号带到了自己的办公室，两个人互相交流了一下情况。然后，四号用自己藏在办公室的卫星电话联络了专案组。

一号也把专案组这边发现的新情况和二号做了沟通，包括程浩可能掌握概率武器，以及上面下达的活捉程浩的最新命令。然后她对二号说："既然米勒那边已不再信任你，那你的潜伏任务就结束了。从目前来看，你应该暂时没有生命危险，那就先待在园区里，我们会安排人来解救。"

二号没回话。

"怎么，你有不同意见？"一号察觉到他的沉默，问道。

"恐怕我的任务，还结束不了。"二号说，不知为何，他的声音有些低沉，"上面不是让活捉程浩吗？老大，我可是你钦点的接班人，就这么躲在这里等救援，不是我的风格。"

一号说道："在缅北现场的，只有你和四号两位侦查员，力量太单薄,光靠你们不可能完成活捉程浩的任务,所以得从长计议。"

"那你们从长计议好了吗?"二号问道。

张亦行感受到了尴尬的沉默。是啊,其实上海这边的专案组根本就想不到新的办法。

二号说:"按现有的条件,这个任务是没办法直接完成的,我们要拆解它。"

众人的注意力一时都被二号吸引过去,屏息听他说话。

"难点在于,程浩不可感知。人少,打不进去;人多,打进去他就跑了。我们没办法在找到他的同时抓住他。所以,要把找到他和抓住他这两件事,分开来做。"

"分开来做……"众人思考着他的话。

"你们看过《动物世界》吧,动物学家怎么长期追踪特定野生动物?用超高频和甚高频无线电标签,通过项圈、背带、胶水把追踪设备固定在动物身上,追踪设备不断回传信号,以后不管这头动物走到哪里,动物学家都能再找到它。"

"我懂了,你是想用……纳米示踪弹?"三号有些兴奋地说道。

"没错。先用示踪弹给程浩打上标记,之后大部队再出动的时候,就不怕他跑掉了,可以根据标记追踪他的位置。"

一号问道:"三号,你是特种作战专家,对这个方案,你怎么看?我们没有再试错的空间了。"

"我觉得可行性非常高。"

三号向众人解释道,纳米示踪弹是一种新式警用装备,警察办案很多时候并不追求直接击杀,有时候甚至会故意放跑嫌犯,来引出更大的目标。纳米示踪弹就是为这种需求研发的,它是一种由纳米机器人合成的弹头,击中目标只造成轻伤,并不致死,弹头进入身体后会溶解,释放纳米机器人进入血液,这些纳米机器人会长期存在,不断回传目标的位置信号,以便警方追踪。相当于打上了一个怎么也洗不掉的定位标记。实战证明,这种装备非常好用,警方利用它端掉过好些犯罪集团的老巢。

这一下打开了大家的思路,气氛一时活跃起来,都觉得这次是真的要钓到大鱼了。一号却高兴不起来,脸色仍是冷冷的。

张亦行起初还觉得奇怪,明明这么好的方案,怎么她无动于衷呢?但细细一思考,他想明白了原因,一时竟心下发寒,也沉默了。

果然,当大家开始讨论细节,这个计划慢慢露出了它狰狞的嘴脸。

五号说:"谁去执行呢?只能是二号了吧,他就在缅北,而且对米勒医院的环境最熟悉。示踪弹好解决,像送谛听那样用运输无人机远程空运过去,连带发射示踪弹的枪支一起空投。发射的话,得用轻型狙击步枪吧,精度高、射程远,躲在远处朝那间屋子的窗户打完一梭子就跑……哦,不行,要是运气不好第一枪没中,对方有充分的时间逃跑或者躲起来……"他越说声音越小,显然也意识到了不对劲。

"不能远程发射,我们赌不起。"三号说,"只能单兵潜入,真正进到那个房间里,朝各个方向乱射,因为房间狭小,这样大概率能命中那个不可感知的目标。但这样的话……"三号也犹疑了,后面的话说不出口。

这个方案什么都好,就是执行的人,必死无疑。

二号啊二号,你本可以装作什么都不知道,老老实实待在园区等救援的,张亦行默默感叹。

"如果没有别的意见,就照此执行吧。"一号说。

"老大,记得给我请功啊。还有,以后你要多笑,你笑起来很好看的。"二号幽幽地说。

一号脸色一动,愠怒、惋惜、心痛……这些复杂的情绪在她脸上一闪而过。她不再是一座冰山。

她刚想再说什么,却发现二号已经把电话挂断了。

计划既定,无人机连夜出发。和上次投放谛听从上海起飞不同,这次运送纳米示踪弹的无人机直接从云南起飞,所以只用了一个多小时就飞抵了预定地点。行动开始前,二号和四号用卫星电话和专案组这边商量了完备的计划。

四号先是借职务之便,以外出办事为由,带着二号离开了园区。这么做,意味着他自己也将暴露,不能再继续潜伏。好在离开园区的过程并未受阻,但很快园区内就会发现两人逃跑的异常,米勒那边也会得知消息提高警惕。留给他们二人的时间非常有限。

两位侦查员逃出来后,迅速到达CC园区几公里外的接头地点,无人机与此同时在此处空投下了武器装备,包括:几十发纳米示踪弹,数百发常规子弹,一挺俄制RPK-16轻机枪,两支美制贝雷塔M9手枪,轻型防弹衣,还有能和专案组进行通信的战术头盔。除了纳米示踪弹,其他都是黑市上能买到的玩意儿——因为是执行机密任务,所以不能使用军方制式武器。出发前,两人也将身上一切可能暴露身份的东西都销毁了。

两人先去附近的镇上买了辆摩托车,然后骑着摩托朝米勒的医院一路驱驰。这段距离并不近,之前卡车开了小半天,不过摩托到底是比卡车快,大概骑了两个小时,那医院的白色外墙就遥遥可见了。

为防摩托引擎声引起注意,两人选择弃车徒步行进最后一段路。经过十几分钟步行,终于抵达医院外围。四号提出,他持轻机枪用重火力佯攻正门,目的是吸引注意,让医院的大多数守卫力量集中到正门防守,这时二号就可以借机潜入。但二号拒绝了这个方案,理由是一旦听到枪声,房间内的不可感知生物就可能逃走。四号又提议两人一起潜入进去,但二号仍是拒绝:"两个人目标太大。你就留在外面接应我吧,万一我能逃出来,你还可以用重火力掩护我撤退。如果你听到了枪声,过了十分钟我还没出来,你就自行撤退。"

通过战术头盔,张亦行听到了两人商量的作战计划,他说:"说起来，我们现在也无法确定，上次失败的无人机袭击是不是已经打草惊蛇了。那个不可感知生物，到底还在不在房间内？如果他已经离开那里了，二号可能白白送死。"

二号说："不可能总有那么完美的行动条件，不可能等到万事俱备了才开始，我们就是在赌，需要一点运气。"

为了轻便，二号最终只穿着轻型防弹衣，携带绳攀钩索，两支手枪，一支装普通子弹，一支装纳米示踪弹，还有一柄战术匕首，这就是他全部的装备。

"请求谛听支援。"二号说。

"收到。"一号随即命令五号就位。谛听可以从空中看到整个医院的布防情况，提供情报支援。

张亦行说："可以让我来操控吗？我对这东西更熟悉。"自从上次专案组决定铲除程浩，他就被剥夺了谛听的使用权。

一号思考了半分钟，盯着他，最终点了点头。

张亦行戴上头盔，谛听起飞，悬停于半空，整个医院的俯视画面在张亦行眼前展开。他终于看到了二号。此前二号伪装成米勒医院的员工时，张亦行虽然知道二号的存在，但对不上号。现在他终于看清了，那是个年轻人，可能也就二十出头。这么年轻就被一号选为自己的接班人，可见其厉害。

二号皮肤白皙，身形修长，五官就像古希腊雕塑般英挺，他穿着黑色风衣，战术皮靴，立于猎猎长风。如果不知道他的身份，会以为他是男模或者拍偶像剧的明星。此刻，他正隐藏在医院不远处的树林里。

张亦行用谛听观察着医院内的情况，用耳麦告诉二号："院内一直有人巡逻，几乎没有什么视线死角。只能卡住两拨人巡逻之间的间隙翻墙进去。每一次间隙，大概是两分钟。你先到墙边，听我指令。"

二号借着夜色掩护疾行到墙边，他此前一直在这里潜伏，所以对地形十分熟悉，特意挑选了一处相对好攀爬的墙。

张亦行用谛听观察，待一组巡逻人员刚巡视完此处，他就发出了指令。二号发射绳攀钩索，助跑三两步，拉着钩索攀墙而上，然后跳下墙头，稳稳落地。整套动作行云流水，没有一丝迟滞。

"离下一次巡逻还有一分钟时间，你必须马上找到藏身处。"张亦行说。

在张亦行下指令之前，二号就已经在动了。他迅速翻进一楼走廊，然后冲进楼梯下方的楼梯间躲藏。他刚藏身进去，下一拨巡逻人员就到了，如果晚半秒钟，肯定会被发现。

"楼梯上的情况怎么样？"二号小声问。不可感知生物所在的房间在三楼，所以二号必须摸清楼梯上的布防情况。

"稍等。"张亦行操控谛听，沿着楼梯往上侦查。

"不行，楼梯上有持枪人员把守，走楼梯行不通。"张亦行说道，"最可行的策略，是用绳索攀到楼顶，然后从楼顶绳降到那个房间的窗户外，从空中破窗进入。"

"知道了。"二号说。

二号静静地潜伏观察着，等上一拨巡逻人一走开，他就从楼梯间冲了出来，站在刚才翻墙落地的位置朝楼顶发射了钩索。钩索顺利钩到楼顶的外墙边缘，二号拉了拉，确定钩紧了，然后沿着外墙疾速攀上。他做这一切的时候，巡逻人并未走远，如果他们中有人正好回头，就会发现正在攀墙的二号。但是二号只能这样做，因为等上一拨巡逻人走远，下一拨也该到了，他只能赌。

好在，他赌赢了，巡逻人并未回头，二号顺利地攀上了楼顶。

与此同时，谛听也飞到了楼顶。

"楼顶也有人！"张亦行提醒道，他从谛听里看到楼顶正有一队值守的巡逻人，幸亏他提醒及时，不然爬上来的二号肯定会被发现。

二号没有冒头，待张亦行说那个值守的巡逻人已经转身看向另外的方向，他才翻了上来。二号猫下腰，疾走几步，像一只无声的猎豹，迅速逼近那值守者，然后掏出战术匕首，朝值守人脖颈处猛刺过去。一击得手，那值守人没来得及发出任何警告便被二号击杀。然后二号在张亦行的帮助下，找到不可感知生物出没的那个房间所在的方向，开始绳降。

谛听悬浮在空中，清晰地拍到二号降落到那房间的窗口，那是扇玻璃窗，紧闭着，二号直接用装常规子弹的那支手枪射击。玻璃被子弹击碎后，二号猛地跳进那看起来空无一人的房间。

没有丝毫犹豫，二号拿起装纳米示踪弹的另一支手枪，拔枪就射，他不断调整着射击方位，争取覆盖房间内的每一个方向。

一枪，两枪……没有任何变化发生。

四枪，五枪……

七枪、八枪……终于，等到一个弹匣的纳米示踪弹快要打空的时候，空气中传来某种沉闷的响声，像是血肉被子弹击中了。

下一刻，房间里的不可感知生物瞬间显形。

那是程浩！

张亦行看得清清楚楚。尽管十年过去，程浩的外貌已经发生了很大的变化，但张亦行还是一眼认出了他。他还是那么黝黑精瘦，留着寸头，不过胡子长了好多。他蹲在墙角，用手捂住上身某处，那里正在流血，显然是被示踪弹击中留下的枪伤。

除了程浩，房间里还有别的东西也从虚空中显形。那是一个长方形的东西，看起来像金属材质的，就像一口棺材，横在房间内。此前那东西和程浩一样也是不可见的，现在不知道是不是因为示踪弹打破了他们的"战争迷雾"，把那东西也暴露出来了。

张亦行觉得那东西非常眼熟，他不断搜索自己的记忆。那是……

他倒吸一口凉气。

那是元宇宙游戏《万人如海》的沉浸舱！那独特的造型，和当初自己去参加试玩会见到的一模一样。

为什么《万人如海》的沉浸舱会出现在程浩这里？为什么程浩要用战争迷雾把它隐藏起来？

无数线索开始在张亦行脑中串联，交织出他不愿承认的真相。

房间内，程浩只是冷冷看着前来袭击的二号，什么也没有说。二号也看到了程浩，突然露出很疯狂的神色，拔枪就射，而且用的不是示踪弹，是常规子弹。

他想杀死程浩！

这是干什么！张亦行疑惑地看着二号的行为，为什么他会突然违反上面活捉程浩的命令？在张亦行的印象中，二号从来不会抗命。

程浩似乎早有防备，侧身堪堪躲过了这致命一枪。下一刻，他又消失不见了，连带消失的，还有那台沉浸舱。看来，被示踪弹击中只能短暂打破他不可感知的状态。见程浩消失，二号的神色恢复正常，不再开枪。

示踪弹开始从伤口处释放纳米机器人进入程浩的血液，那些纳米机器人提前调试过程序，已经接入谛听。谛听的视野里，开始出现一个人形的轮廓，被鲜明的红色标记出来。

那个人形轮廓正在移动，他打开房门，逃了出去。

这说明纳米示踪弹已经成功标记程浩，就算之后他逃到天涯海角，都能找到他了。

张亦行长舒一口气。

二号眼见房门打开，也并不去阻止。他看了一眼窗外，楼下已经聚满了持枪的觉醒者，逃跑已是不可能的了。

于是他气定神闲地坐回椅子上，面朝门口，静候他的结局。

仅仅过了几十秒，数名觉醒者冲了进来。

二号开枪了，用的是常规子弹的那支手枪。前几名冲进来的觉醒者被子弹击中，直接倒地。后面的人警觉了，在进来之前就开始乱枪扫射。

二号并不躲避,他站起来,正面向敌,冷静地还击。

他选择站着死。

数发子弹击中二号,这么近距离的自动步枪扫射,轻型防弹衣起不了多大作用,他的身上冒出好多血洞,一个又一个红色的圆从血洞处扩散,瞬间染红了他的黑色风衣。

二号倒下了。

谛听拍到了他的脸,英俊的脸上挂着平和的笑容。

一号从大屏幕上看到了这一切,她一直死死盯着屏幕,直到看到二号的脸,才挪开视线。

张亦行轻叹一声。他想记住二号的名字,而不是仅仅叫他二号,但这是不可能的,除非几十年后档案解禁。

一号拿起电话,向那头汇报:"任务成功,程浩已被纳米示踪弹标记,随时可以实施抓捕。二号侦查员,牺牲。"虽然极力克制,但她的声音还是带上了一丝哽咽。

张亦行站起来,取下谛听的头盔,对一号说:"给我人手,我申请出一趟外勤。"

张亦行带着三名便衣警察,闯进了云庭大厦顶层的总裁办公室。

他们破门而入时,葵正在电脑前工作。看到进来的是张亦行,身后还跟着几个陌生人,她先是一愣,然后像是瞬间想明白了什么一样,淡然一笑。

"好久不见啊。"她说。

"好久不见。"张亦行说,"我是该叫你葵,还是……纳斯雷兹姆?"

"我不懂你在说什么,要叙旧的话,改天我可以请你吃饭,这么不请自来,似乎不太礼貌吧。"葵面不改色地说道。

张亦行出示了拘捕令和搜查令——专案组具有最高权限,申请这些许可都是特批，比一般的案件要快得多。

"请跟我们走一趟，有些事需要你配合调查。"

"之前隐约听说你在当警察，没想到，查案子居然查到了我头上。"葵轻叹一声，"造化弄人啊。"

然后她主动伸出双手，几名便衣当即就要给她戴上手铐，张亦行摆了摆手："不用了，她不会跑。"

他让两名便衣警察看住葵，然后和另一名便衣警察一起开始搜查这间办公室，将葵使用的那台电脑、桌面上的文件等重要证物都收集起来，一并带回。证物被运回专案组，由技术人员检验分析，而葵本人则暂时被羁押在看守所。

第二天，专案组开始对葵进行审问，仍在看守所内进行。一号告诉张亦行，按规矩他应该回避，但考虑到这条重要线索是他抓住的，所以特批他在场。一号亲自主审，张亦行和三号陪审。

一号对坐在审讯椅上的葵说道："你来头不小啊，这才刚进来，你母亲就找到了这里，大吵大闹，甚至威胁要找人撤我的职。没多久，就有高级领导打电话来关心你的情况了。我告诉他们你好得很，但这不是普通案子，谁来打招呼都没用。"

葵摇了摇头："我不知道为什么把我带来这里，已经快过二十四小时时限了，按规定应该放我出去。"

一号说："我说了，这不是普通案子，正常规定在这里不适用。你的电脑还有随身的包，我们都拿去检查了，在里面发现了这个。"

一号打了个响指，便有工作人员呈上来一个托盘，托盘里是透明的证物袋，证物袋里装着一个外形像U盘的东西。一号把证物袋放到桌上，说道："技术人员说，它可以提供多层加密和匿名路由，以保证发送信息不被监听和截获。"

"持有这个犯了什么罪？"葵说。

一号没被她带偏，继续说道："技术人员破解了这个东西，通过它恢复了已被你删除的多封邮件，都是和同一个匿名邮箱沟通的，虽然无法破译那个邮箱的具体IP地址，但根据邮件的内容，我们有理由怀疑那个人就是程浩。我们一直在追查程浩，他可能在从事某种极度危险的活动，而你一直在帮助他。你就是纳斯雷兹姆，那个帮他铸造霜之哀伤的人。"

葵的脸色一动，没接话，她想了一会儿，说道："程浩是我当职业电竞选手时的老队友，后来战队解散我们就再也没联系过了。至于你说的纳斯雷兹姆和霜之哀伤，那不是老游戏里的东西吗？"

一号喝道："还在嘴硬！那你为什么要用邮件一直向那个匿名邮箱汇报你的《万人如海》项目进度？既然那不是程浩，请你告诉我们那邮箱是谁的，你在向谁汇报，我们会去找那人来核实。"

葵说："那是我发给自己的。那个匿名邮箱由我本人持有。"

"自己给自己发邮件？然后还自己回复？"

"不可以吗？开公司压力很大的，这是我独特的解压方式。用一个匿名邮箱对自己倾诉，一方面发泄情绪，也顺便整理思路，就像'网络树洞'或者一个特殊的日记本。这不难理解吧？需要的话，我可以现场给你们演示一下我怎么操作的。"

专案组众人一副被气笑了的表情，这回答太扯了，却挑不出什么毛病，因为那个匿名邮箱的加密手段很高明，无法破解其IP地址，也就无法证明不是葵自己在用。

见审问陷入僵局，张亦行开口说："我们会怀疑到你，是因为在程浩的基地里，发现了《万人如海》的沉浸舱。也许你能告诉我们，《万人如海》到底是什么，它和程浩又有什么关系，我们不相信它单纯只是一款游戏。"

葵看了张亦行一眼，一脸失望地说道："你们抓我就因为这个？那么多元宇宙游戏都使用沉浸舱，凭什么说他那款就是《万人如海》的？"

张亦行说："我之前玩过《万人如海》，那个沉浸舱的外观是很独特的，我不会弄混。"

"就算他用的那款沉浸舱是《万人如海》的，这能说明什么呢？我们在全球拥有数十亿用户，他就不能玩吗？"

如果他只是正常玩游戏，那就没必要用战争迷雾把沉浸舱隐藏起来，张亦行心想。但他不打算把这个告诉葵，只是说："我们当然有怀疑的理由。"

"我现在也需要理由：为什么抓我？如果得不到满意的答复，我会提起诉讼。"

张亦行认真地看着葵的眼睛，说道："你可以信任我，只要你配合说出实情，我一定在我权限范围内帮你争取最宽大的处理。"他的语气很真诚。

"我不需要宽大处理，我只想被正常对待。"

一号的表情冷下来，她先是对着耳麦说了一句："把监控关了。"

然后对张亦行说："你出去。"

最后她转向三号："对付这种油盐不进的人，你经验丰富，我想你有办法撬开她的嘴。"

张亦行站起来走到门边，但故意磨磨蹭蹭没走出去。

三号面露犹疑，也站起来，把一号拉到一边，低声说："她在网上影响力很大，社交媒体账号有上千万粉丝，好多人叫她'女版马斯克'。不能硬来，不然可能会引发大的舆论风波。"

一号埋下头，肩膀微微耸动，仿佛在极力克制着什么，就像一座即将爆发的火山。三号和张亦行不由往后退了一步，准备承受她的狂怒。

但一号最终没有发火，她看了一眼葵，只是冷笑道："真以为拿你没办法？你说不说都没关系。不管你们在暗中谋划着什么，都只有一个结果，那就是死无葬身之地。你很快就能看到结局了，相信我，不会太久。"

说完，她扔下房间里的众人，独自离开。

不久，张亦行就知道一号放的狠话的含金量了。

就在当天，中国境内的《万人如海》主服务器被强制关闭，公司高管被暂时控制起来，所有城市的《万人如海》体验馆都被临时查封。负责给《万人如海》发放版号的行政主官被撤职并接受调查。

这紧要关头，张亦行心里却不禁担心起吴泽来。六哥啊六哥，你真是运气不太好，这后半辈子翻身的梦，又碎了。

不管怎么说，一号下的这一步棋很关键。根据那些邮件，很明显《万人如海》这款游戏在程浩的弑父计划里起着重要作用，那么先把游戏关停，就能有效阻止计划的推进。

国内部分关停完毕后，在外事部门的协助下，一号开始联络其他国家，向他们说明情况，请求关闭《万人如海》的海外服务器。截至葵被抓的第三天，除了欧洲和北美的少数国家拒绝，全球大部分《万人如海》的服务器都已关闭。

与此同时，一号在专案组宣布，一支数百人的特种作战精锐部队已经在边境集结整训完毕，即将出发进入缅北将程浩捉拿归案。这支部队每名战士都配备了一副战术目镜，该目镜可以接收程浩体内的纳米机器人回传的示踪信号——他将无所遁形。

张亦行操控谛听继续侦查，在视野里，他发现程浩并没有逃跑，依然待在那个他遇袭的房间内，不过仍处于不可感知状态，用肉眼看不见他，只能靠示踪弹的标记确定他的位置。

"他为什么不逃走？从无人机袭击那次开始，他就应该意识到有人盯上他了。"一号问。

"也许，他有某种不得不待在那里的理由。"张亦行说，他面向一号，"给我一次机会。"

"什么？"

"我要和程浩对话。"

一号用一种难以置信的表情看着他。

"我申请，和程浩直接对话。"张亦行严肃地重复一遍，"9.23惨案数十人惨死，二号牺牲，已经有很多人为这件事而流血。马上特种部队就要去缉拿他，又将爆发一场恶战。我不想他手里再添血债，我想试试说服他。"

"说服他投降？"一号有了一丝兴趣。

"没错，我和他是老朋友，我想他会愿意听我说话，这才是我加入专案组最大的意义。"张亦行说道，"对话将在你们的监督下完成，我不会乱说话。现在《万人如海》已经关闭，程浩的计划说不定已经失败了，这种情况下，也许有劝降他的可能。如果成功，可以避免更多的伤亡。如果失败，也不会有什么损失，毕竟他已经被示踪弹标记，我们随时可以抓他。"

"怎么对话，技术上能实现吗？"一号问道。

五号接话了："谛听没有发出声音的功能，但也许可以试试用它劫持附近带有扬声器的电子设备。"

一号思考了半分钟，说："好，我先汇报。"她再次拿起内线电话，将张亦行的请求复述一遍，然后对方似乎一直在交代什么，她不断应和。挂断电话，她对张亦行说："上面批准了，你只有一次机会，不仅要让他投降，还要将他掌握的关于弑父计划以及概率武器的所有情况向我们公开，如果他不同意，我们将使用武力。"

张亦行点了点头："我尽力。"

在五号的协助下，张亦行开始操控谛听，试图劫持米勒医院的电子设备。这个功能一般不会使用，因为可能暴露谛听的存在，但现在已经明牌，也就不怕暴露了。

谛听检测显示，程浩所在的房间内并没有设备可供劫持，但隔壁房间有一台小型无线音箱。没费什么力，谛听就劫持了那台音箱并成功接入信号，毕竟一般没人会给音箱层层加密。短暂的电流沙沙声之后，张亦行的声音从音箱里传出："我是张亦行，我要和程浩说话。"

那房间内有一名觉醒者正在休息，音箱里传出的声音吓了他一跳。他并没有出门去，但很快，谛听的视野里就显示隔壁房间的程浩动了，他走出自己的房间，来到这里。这名觉醒者并没有出声报信，也没有打电话之类的动作，他是如何把消息传递给程浩的？看来，他们真的可以心灵感应。

程浩从虚空里现身，走出了战争迷雾。事已至此，他不再躲藏了。

"我在。"谛听清晰地回传了他的声音。

"程浩，不必惊讶。这些年我一直都在找你，自己找也好，通过加入国家机构来找也好，总之目的都是一样的，想把你往回拉，想带你回家。"张亦行用尽量平静的语气说。

"我知道有人在背后盯着我，只是没想到是你。"程浩的语气无悲无喜。

"是的，我在为他们工作，但我也有自己的一点私心。此前来袭击你的人，他打中你的那一枪，不是普通子弹，而是可以用纳米机器人标记你位置的示踪弹。你没办法再用战争迷雾隐藏自己，如果没有我，来抓你的人可能已经打进来了。"

"要我感谢你吗？"程浩说。

"我只是不想看你死。"张亦行有些难过。

程浩沉默了好一会儿才回答："你不该参与这件事的。"

张亦行反问："那葵呢，你为什么要让她参与？葵已经被抓了，你害了她！"

"不，我成全了她。"程浩说道，"她终究会走上这条路的，我只是提供了一个契机。"

"虽然不知道具体细节，但大概率她那个元宇宙游戏《万人如海》

对你很重要，现在这游戏已经被关停，你的计划想必推行不下去了，不如就此收手。只要你放弃抵抗，交代清楚情况，我保证，你不会受到伤害。"张亦行劝道。

"你觉得我这样的人，还怕受到伤害吗？"程浩说。

"其他人呢？那些觉醒者，还有葵，还有全世界无辜的人，为了你的疯狂，要让他们一起陪葬？"

"不会有人受到伤害，我只是要给他们新生。其实你们一直不知道我在做什么，对吧？如果知道的话，就不会觉得我疯狂了。"

张亦行说："但你一直没给我们知道的机会。如果那真的事关人类的命运，至少应该让更多人知情，而不是你替所有人做决定。"

程浩再度沉默，只是在房间内踱步，几分钟后，终于像下定了决心似的，他说："我可以放弃抵抗，但我有条件。"

一旁的一号愤怒地吼道："他没资格谈条件，告诉他，我们随时可以抓他！"

不用张亦行重复，程浩已经从谛听采集的声音里听到了一号的话，他说："当然，你们现在可以追踪我、抓住我了，但在那之前，我有充分的时间炸毁霜之哀伤，然后自尽，这样，我发现的那些秘密，你们就永远别想知道了。现在，我们可以谈谈条件了吗？"程浩平和地摊开双手，像一个老练的销售在逼单。

一号把拳头攥紧，狠命砸在桌子上，喊道："让他提！"

张亦行说："好，你可以提条件，前提是把你知道的都告诉我们。"

程浩满意地点了点头："首先，放了葵，一切责任在我。让她出国，地方她自己挑，并且你们保证永远不再追捕她。"

"这个有难度，不过应该能办到。还有吗？"一号回道。

"现在就放，放了再谈别的。"

一号气得咬牙，但还是说道："我只能帮你争取，这需要上面点头。"

"那就快争取吧,不只是为我,也是为你们自己争取。"

一号开始打电话与上级联络,这通电话比之前打过的所有电话都要长,足足打了半个小时。电话挂断后,一号面色铁青,借助谛听对程浩说:"上面勉强同意了。你答应我们的事,最好也说到做到。"

又过了一个小时,一号说:"照你说的做了,她已经在飞往洛杉矶的飞机上,民航客机。我们让她录了段语音,可以证明。"

程浩说:"没落地,都不算数。"

于是他们只好等待飞机落地,等待期间程浩切断了通信,再次把自己藏进战争迷雾。而专案组这边,一号则不断打着各种电话布控,即便是出于权宜之计暂时放走了葵,她仍然安排了在美国的情报人员暗中监视。

十三个小时后,葵从洛杉矶机场打来视频电话,亲口证明自己已安全落地。程浩看着视频电话里的葵,手微微颤抖着似乎要触向屏幕,然而他很快收回,换上冷峻的神色,只说了一句:"到了就好。"

谈判得以继续。

"还有什么条件?"一号问道。

"我要遣散觉醒者,他们来自世界各地,都是为了支持我的弑父计划而来,现在计划已经失败,他们在这儿也没有意义了,就让他们回家吧。不要追究他们,也不要去打扰他们,他们知道的不比我多,你们想要的信息,我都可以提供。还是那句话,一切责任,我来承担。"

"可以。"一号再度干脆答应,遣散觉醒者正说明程浩是真心投降,削弱了抵抗力量,这对专案组也有利。

但没想到,很多觉醒者并不愿意走,尤其以阿连德为首的一批来自南美的觉醒者。最终,经过程浩的劝说,大部分觉醒者离开了,只剩四十多名顽固派留下。他们重新分配了布防,仍然手持武器在医院一丝不苟地巡逻。

对于撤离的觉醒者，程浩仍是以最后一名觉醒者的飞机落地来验收，等这项条件达成，又是一天过去了。

"还有条件吗？"一号的耐心已经到了极限。

程浩摇了摇头："你们有什么要问的，现在我可以答了。"

专案组成员互相对了下眼神，他们此前早已商讨过这个问题。张亦行道："先从两年前的9.23惨案说起吧，那天晚上到底发生了什么？是你杀了那些人吗？"

程浩的脸上浮现出一丝悲哀："是，也不是。"

"什么意思？"

"这件事嘴上很难说清楚，不如你们自己去看吧。我都保存下来了。"

"去哪里看？"

"我的记忆里。"

专案组从查封的《万人如海》沉浸舱中调了一台到研究所，张亦行将其开启，躺了进去。与此同时，他仍戴着谛听头盔与程浩保持交流。他打开了谛听的录音功能，同时他确定，他和程浩的对话全程正被专案组甚至更高层级的人监听。

这游戏的主服务器已被关停，一号专门联络了工信部，针对这台沉浸舱的IP地址打开了专属权限。现在这是全国唯一一台还能正常使用的《万人如海》沉浸舱了。

再度见到那熟悉的开机界面，想起那天葵在试玩会上意气风发的模样，张亦行有些唏嘘。这才过去多久，情况竟恍如隔世，昔日好友已成亡命之徒。

"开机了。"张亦行告诉程浩。

"跟我念。"

张亦行跟着程浩，一字一句念出了一段长达十一位的字符串，那

363

应该是某种密钥。念完之后，沉浸舱的界面倏然一变，由深蓝变为了红黑两色，看着像某些恐怖灵异网站的页面。副本栏里只剩两个副本，一个叫《血色之夜》，还有一个叫《脑中之魔》。这应该是进入了服务器中的某个隐藏界面。

"点开《血色之夜》副本，这是我自己的记忆，你会看到当时到底发生了什么。"

张亦行点进去，进入加载页面。他发现，和其他副本不同，这个副本没有经过任何剪辑，是原始记忆，玩家在里面不能自主活动，只能观看。这与其说是游戏，更像是录像。但又和录像不完全相同，玩家在里面是可以感受到角色的心理活动的。程浩为什么会用《万人如海》的副本保存这段记忆？张亦行猜测：也许是为了征召觉醒者，也许他本就打算在合适的时候把秘密公开。

副本加载完成，他代入程浩的视角，回到了两年前的那个夜晚——

2032年9月23日，缅北，米勒的山巅医院内。

刚完成全脑切除手术的多吉，从昏迷中苏醒了。

程浩呆呆地看着手术台的多吉，后者的颅顶绕着一圈骇人的伤痕。一个大脑被完全切除的人，竟然真的活了下来！米勒见状，虽然也惊讶至极，但还是过去帮多吉取掉了连接身体和假脑之间的电极。

这些年来，程浩的异手不断写下"全脑切除"四个字，指引他切除大脑以发现身体变异的秘密，没想到最终却是多吉上了手术台。

现在，多吉的头轻轻转动，黑洞似的双眼直勾勾地盯着程浩。

程浩下意识地后退半步。

陌生感……这个多吉，和之前的还是同一个人吗？他的身体发生了怎样的变化？

"你……还好吗？"程浩试探着问。

"从来没这样好过。"多吉说。

米勒医生也凑过来，问多吉："身体有没有什么感到异常的地方？"米勒用的是英语，程浩将米勒的话翻译给了多吉。自吞噬韩怀仁之后，程浩就继承了韩的口语能力。

多吉摇头，说道："当然和从前不一样了，但那不叫异常。"

什么意思？程浩一边翻译，一边感到疑惑。

"在昏迷中，我看见了一些东西……那些东西表明，我现在这样，不是异常，只是回归了人类本来的样子。"

"本来的样子……你是说，人类本来都是你和程浩这样的，拥有一些特殊能力？"米勒问。

"是的，人类本来全都是觉醒者，后来被封印了，才沦为凡人。"多吉说。

"被谁封印？"程浩问。

"那是一个漫长的故事……"多吉闭上眼。

"没关系，我们有足够的耐心听，毕竟我们这么多年的努力，就是为了今天。"程浩说。

"一切要从五亿四千两百万年前说起……"多吉开始讲述，他的声音听起来莫名遥远，仿佛来自太古洪荒。

这时，米勒坐在椅子上，垂着头，像是睡着了。程浩叫了他几声，没反应，心下觉得奇怪，明明刚才米勒那么好奇，怎么多吉正开始讲的时候反而睡着了？于是他轻轻推了推米勒的肩膀。

米勒睁开眼，猛然站起，抄起桌上的一柄手术刀，直直地朝程浩刺来！寒光一闪，程浩一时蒙了。他反应还算快，知道此时不能避，避是避不开的，于是欺身向前，身体往下一沉，直撞米勒腋下，这一撞，不但避过了手术刀，还直接让米勒手臂发麻，刀掉地上。程浩猛将米勒推开，俯身捡起了手术刀，用刀指着米勒，怒吼道："你干什么?!"

但米勒好像听不到一样，他的眼神是迷离的，如同梦游，表情却狰狞至极，根本不理会程浩在说什么，也并不怕手术刀的威胁，又直直朝程浩猛冲过来，一拳直袭程浩面门。

程浩进退两难，手术刀就在他手里，他当然可以一刀捅向米勒，看样子后者根本不会避开。但他还需要米勒帮助自己解开那些谜团，断不能让米勒就此死了，所以即便刀在手中也不能用。而且这到底是怎么回事，刚刚还聊得好好的，怎么突然间米勒就像疯了一样？

疯了。程浩想，对，米勒的表现并不像蓄意的倒戈，而更可能失去了理智。

程浩一脚正蹬，直接将冲过来的米勒踹倒在地。他将手术刀扔出老远，然后趁米勒倒地，用膝盖顶着他胸口，将他双手按住。米勒还在挣扎，竟像狂犬一样抬嘴想要撕咬。程浩连忙晃动脑袋以避让，然后几记直拳猛击米勒面门，直打得他鼻血流出。这几拳势大力沉，显然米勒受了重创，动作迟缓了很多。

"你听不见我说话吗？"程浩试探着与米勒交流。

米勒没有回答，仍是动用他一切能动的身体部位攻击程浩，用嘴咬，拿头撞，用还能活动的脚倒钩过来踢程浩的背。

程浩扫了一眼房间，旁边有一个输液架——之前米勒给多吉准备了一些术后消炎的药。程浩一面仍压着米勒，一面用另一只脚踹倒输液架，把输液管扯下，用输液管把米勒的双手双脚捆住。输液管很皮实，米勒挣脱不开，像一条虫那样不断在地上蠕动着，全没了平日的优雅。

程浩想，手术室有麻醉剂，看样子现在给米勒来一针最省事。于是他嘱咐多吉待在屋角别动，自己打开房门去拿麻醉剂。

刚开门,赫然看见一名女护士手持长柄消防斧,朝程浩抡来!

又来一个。

程浩叹了口气,抓住女护士的手腕,不料她力气竟然挺大,不过到底是女人,程浩手用力一扭,消防斧就从她手上掉落。她仍不罢休,像米勒一样抓、踢、咬,尽一切所能攻击程浩,同样地,面对程浩的质问,她一言不发。

程浩只好全力肘击撞向她腹部,剧痛让她佝下身来,进而软倒在地,暂时失去了攻击能力。

这下程浩留了个心眼,打算回头捡起地上的输液架防身用。刚一转身,肩膀传来钻心的剧痛,扭头一看,只见一柄手术刀插在自己肩上!一个戴眼镜的医生,木讷地站在程浩背后,那柄手术刀,就握在医生手里。程浩认得那医生,那是米勒的助手,为多吉做手术的时候他也在场。

程浩心底发寒,从刀刺的位置来看,是直接冲着自己的心脏来的。只是自己恰好转身,导致位置偏了点。要是没偏……

又气又怒之下,程浩先将那人持刀的手打落,不过刀留在肩上,程浩也不拔刀,转身用没受伤那一侧的手,重重地肘击在那人脸上,眼镜击飞,镜架折断,落在地上。他拢住那人脖颈,往下拉,同时膝击其面部。这么来了几下,那人鼻子都被撞歪了,面部血流如注。程浩这才放开,将医生操在地上。

未及喘气,却见楼梯口浩浩荡荡一大队人,米勒医院的医生、护士、杂工、保镖,全都朝程浩冲来,几个保镖手里有枪,冲在最前,见到程浩,二话不说抬手就是几梭子。程浩已有防备,快速后退至屋内,子弹打到门框上,木屑和碎石横飞。

"都他妈疯了!"程浩反锁房门,喘着粗气。

"谁让你们来杀我的?不管他出多少钱,我出双倍!"程浩知道这是徒劳，但仍不甘心地问道。

回应他的只有枪声和砸门的声音。他感觉像是穿越到了丧尸片里——这些人不是为钱来的，他们只要一样东西，那就是自己的命。

程浩在房间里找到了一些消毒用品和纱布，他忍痛拔出了插在肩头的手术刀，在柜子里找到了一些纱布。幸亏这里是医院……程浩想。

多吉这时魂不守舍地走上来，一边帮程浩简单包扎了一下伤口，一边喃喃说道："他来了，他来杀我们了……"

"谁，谁要杀我们？"程浩问。

"父，我知道了他的秘密，所以要杀我们灭口。"

"父……是谁……"程浩喘着粗气问。

多吉刚要解释，却听见门外的"丧尸"在不断冲击大门，砰、砰、砰……一声声砸门的巨响听得两人心惊肉跳。他们还听到了子弹打在铁上的声音，想必是在用手枪射击门锁。那门虽是铁的，但门框是木制的，估计支撑不了多久。

"快去躲好！回头再说。"程浩知道现在不是听故事的时候，他快步走到窗边，往下一看——不行，三层楼，太高了，院落里是硬质水泥地，且无任何树木遮挡缓冲，直接跳下去命就没了。

悲愤和疑虑涌上心头，那个"父"，到底什么来头？为何有这么大的能力，能同时让这么多人失去理智，疯狂攻击自己？

程浩走过去，把刚才和米勒搏斗时扔到远处的手术刀捡起来。那射击门锁和撞门的声音越发急促，门框处的木条已经松动，木屑和石屑纷飞，眼看那门就要被撞开了。程浩大声喊道："我不管你们是被鬼上了身还是怎么样，我给过机会了，如果你们是无辜的，那就怪把你们变成这样的人去吧！"

他冲过去，侧着身子，主动把门打开一条缝隙。有人瞬间挤了进来，是持枪的保镖。那人用迷离的眼神扫了一眼，发现了躲在门背后的程浩，抬手就要射击。

但程浩已经一刀捅在他身上，刀刃直没到柄。那人委顿下来，程浩趁机夺枪，砰的一枪，那人应声倒地。

程浩死命抵着门，保持一点缝隙但又不让缝隙扩大，以保证同时最多只有一个人能冲进来。每个进来的人都上演着之前一模一样的戏码，被程浩一枪干掉。这也验证了程浩此前的猜想，这些人的确已经失去理智，眼见前面进来的人被打死，他们也不害怕，仍是不要命地往里冲。

不知过去了多久，世界终于安静了下来。

程浩推开门，看着门口堆满了尸体。这时他才来得及细看那些人的脸，他在这里只待了几天，谈不上和这些人有什么交情，但毕竟时常见面，谁承想他们突然间竟死在了自己手里，一时心情有些沉重。

没有办法，他就是一个经常处于"没有办法"处境中的人。

不杀死他们，就会被他们杀死。

刚松了口气，突然听到背后多吉一声惊叫。程浩转身，看到刚刚被他打倒失去行动能力的女护士，又颤颤巍巍地站起来，捡起刚刚被程浩打落的消防斧，直直地朝屋角的多吉劈砍过去。多吉天生孱弱，不擅搏斗，情急之下本能地往后缩，但后面是墙，挡住了他的去路，只能往旁边闪躲，堪堪避过那一斧头。消防斧的斧刃嵌进了墙里，那护士正拼命往外拔。

"找死！"程浩本没对她下死手，没想却留下了后患，他抬起手中的枪，两发点射，那护士应声倒地。

世界安静下来，除了程浩、多吉还有被绑的米勒，这医院恐怕没有活人了。三十几个人，一夜惨死。程浩曾想过全脑切除手术后发生的各种变化，却都不如实际遭遇来得离奇。

程浩对多吉说："这地方邪门得很，不能再待了，我们马上走。"

两人简单收拾了一下，抢来的枪里子弹快用完了，程浩又回自己房间拿上了自己的枪，以及一部能够打卫星电话的手机，之后到院子里坐上从CC园区来时开的SUV。程浩开车，多吉坐在副驾。

程浩打算先回CC园区，在到米勒这里之前，他一直和多吉住在那里，园区离这里有小半天的路程。

多吉却说："我们恐怕回不去了。"他的语气中带着一丝绵长的哀伤。

"为什么？"

"回到那里，可能会遭遇和刚才一样的事情，那个园区的人，也会发疯一样攻击我们。"

"我不信。"程浩摇头道，"我不信他们会全部背叛我。"

"不是背叛，他们是被操控了……"

"操控……"程浩喏嚅着这个词，的确，刚刚那种情况，也只能用操控来解释吧。他想不通谁有那么大的能力，能同时买通米勒所有手下。而且那些人根本不像被收买了，哪怕程浩说可以出双倍价钱，他们都并不感兴趣。那么，是谁有能力同时操控那么多人呢？当然，只能是多吉说的那个"父"。

"你的意思是，不管是谁，只要见到我们，都会发疯，然后想杀死我们？"

多吉点了点头。

按米勒医院里发生的情况来看，的确是这样。程浩决定验证一下。

路过一处加油站时，程浩停下车。这是他随机挑选的地点，随机挑选的人，他们不认识，更不可能有什么仇怨，这些人也不可能已被收买。

他先是在远处观察了一会儿，看到那些加油站的员工都在工作，时不时互相交流几句，神态动作都很正常。

然后他下车，径直朝前走去，走到一个员工身前，拍了拍那人的肩膀。那人本来在给车加油，扭头看到程浩的一刹那，他的眼神变得空茫，进而神色狰狞，突然一拳朝程浩打来。

程浩早有防备，退后半步，将他的拳头格开。

这一下，所有加油站员工都注意到了程浩。他们纷纷放下手里的工作，拿起身边能找到的一切可以用作武器的东西，朝程浩冲过来。

程浩不想再妄造杀孽，于是发足狂奔，趁那些人逼近之前逃回车上，然后迅速发动油门。车开动了，但那些人还在追。程浩看着后视镜，直到车开出几十米，他们才停下。

多吉的猜想得到了验证，不是米勒的医院出了问题，是他和多吉两个人出了问题。

两人又做了几次验证，首先确定了多吉也会引发任意普通人类的疯狂这件事。在程浩不在的情况下，一旦多吉进入对方的感知，被看到、听到，被辨认出来，对方就会失去理智，想尽一切办法试图杀死他。

接着，他们又验证了，如果隐藏得足够好，比如用头巾把脸遮盖严实，不被认出，就不会引发人群发狂攻击。但这只是暂时的，人群最终还是能识别出他们，然后发动攻击。

程浩说："我大概有个想法，我看这个在背后害我们的'父'，它也不是万能的，所有人类的眼睛、耳朵就像是它的传感器，它得通过人类的眼睛来看，用人类的耳朵来听，那些人类看不到听不到的地方，就成了它的死角。那个'父'，到底是什么东西？怎么有这么恐怖的能力？"

多吉说："这就说来话长了，几亿年的事儿，几句话哪能说得清？我们先找到安全的藏身处，我再从头说起吧。"

"藏身处……能去哪里呢？按目前的情况，家肯定也回不去了。"程浩说。

家，这个字眼从前几乎不会出现在程浩的语言里。父亲的那个窝棚，不是家；张亦行的家虽然给过他温暖，但毕竟也不是家；韩巍的云庭御景更不是家。

只有到了缅北，他亲手建立起一块属于自己的地方，他才有了家的感觉。但现在，这个家也回不去了。一旦回去，那些曾听命于他的自家兄弟，也会瞬间发疯，用尽一切办法来杀死他，或者被他杀死。原来我的天赋技能是嘲讽[1]吗？他苦笑。

米勒曾说，大自然设立了一道天然的防火墙。而他们做的事，就是越狱，看到了墙后面的东西。用游戏术语来类比，这是卡了系统的bug，一旦被管理员发现，会被封号。他想到过会被"封号"，只是没想到这么快。

"从此以后，一切我们遇到的人都会变成敌人，我们成了人类公敌。"程浩说，像是在宣读一份死刑判决。

"不一定。"多吉说，"比如我们两个就不会互相攻击。"

"你是说……"

"如果那个'父'，能操控所有人，他应该直接控制你我的身体，让我们自杀，或者互相攻击对方。但这种情况并没有发生，也就是说，'父'无法控制变异者。'父'害怕脱离他控制的人，所以才想要杀死我们。"多吉分析道。

---

1. 游戏中主动吸引敌方攻击自己的机制。

"也许有一天，我们能找到更多的变异者，组成一个新的社会，只有和变异者待在一起，我们才不会受到伤害。不，不能说变异，按你的说法，我们是回归了人类本来的样子。换个词吧，我们需要一个新的名字。"程浩想了一会儿说，"不如就叫……"

"觉醒。"

多吉说出了程浩心里涌现的那个词。

这段回忆结束了，张亦行从副本中脱出。9.23惨案真相大白，一切都说得通了。此前专案组查到的那三起怪异凶杀案，也和9.23惨案完成了互相印证。

类似程浩、多吉这样发生身体变异的人，统称为"觉醒者"。觉醒者一旦暴露，一种名为"父"的超现实力量就会操控就近的普通人类，将其杀死。那三起怪异的凶杀案和9.23惨案，本质上都是"父"操控普通人类造成的。"父"要杀死觉醒者的原因，按多吉的说法，是"父"可以操控普通人类，而觉醒者脱离了"父"的操控，并且有可能发现关于"父"的秘密，"父"感到了威胁。

后来，米勒为什么要把他手下的员工大费周章地运走，也得以解释了。让他们留下那里本就是极危险的行为，一旦他们不小心目击了程浩或者多吉的真身，就会被"父"控制，发狂一般攻击程浩、多吉。此前为了铸造霜之哀伤，不得已只能和他们共处，而霜之哀伤完成后，米勒就没有任何理由把他们还留在那里了。把所有员工替换成觉醒者才是最稳妥的，可以避免集体发狂的发生。

至于米勒自己，他是觉醒者吗？应该不是，否则9.23惨案的时候他就不会发狂了，因为只有普通人类才会被"父"控制而发狂。而且程浩在和米勒同处一室、没有外人的时候，也并未走出战争迷雾，这也佐证了米勒并不是觉醒者。只要不见到程浩，他们是可以用电话、邮件或者别的方式沟通的。至于谛听曾经拍到米勒在房间内"自言自语"，那其实是米勒和程浩在对话，针对米勒这么重要的普通人类，程浩应该是找到了既让自己隐藏于战争迷雾，又能和米勒对话的方式。比如在战争迷雾中，只对米勒一个人开放听觉感知的权限。

"如果我现在就在你面前，我是不是也会发疯，想要杀死你？"张亦行通过谛听问道。

"没错。"程浩说，"经过多次验证，触发半径就是物理上能对觉醒者造成伤害的距离。这个距离是变动的。比如你手里拿着刀，嘲讽机制的触发半径就是你肉眼可见的距离，你看到我了，才会攻击我；假如你手里拿着一把狙击步枪，那触发嘲讽机制的距离就会变远，你在一公里外用瞄准镜看到我，就会直接开枪。最极端的情况，假如你手里握着核弹按钮，不管离我多远，只要发现了我的坐标，就会直接扔核弹。相反，如果你处于无法在物理上直接伤害我的情况，就不会触发。比如现在。"

"这才是你要用战争迷雾隐藏自己的真实原因吧。"张亦行说。

"是自保，也是保护别人。"程浩有些无奈地说。

想到此生他们再也无法见面，张亦行悲从中来。那之后如何活捉他呢？就算他投降了，恐怕也难做到。就像二号，一旦见到程浩真身，也会失去理智想要杀死他。派去抓他的特种部队想必也会遭遇同样的情况。张亦行不愿再想，不管他如何计算和谋划，他这位朋友恐怕都活不下去。

"所以，那个'父'到底是什么？你又为什么要这么执着于杀死他？"

"在另一个副本里，有你想要的答案。一切谜团，终极的答案。"

逆 子

张亦行盯着那个名为《脑中之魔》的副本，心中一时有些紧张：不管是全脑切除手术、意识预运算还是战争迷雾，都是和人类大脑相关的，看来人脑的确是破局的关键。

"我之前提到过，多吉在全脑切除手术后的昏迷中，看到了一些东西。这些东西为我们招来了杀身之祸。而这个副本，正是取自多吉的那段记忆以及在那之后我们经历的事情。我不确定你看了之后会发生什么，说不定'父'也会想杀死你。所以你想好，要不要看？"程浩说。

"你之前给别的普通人类看过吗？"

"没有，但我转述过其中的内容给葵，目前来看并没有引发狂化。"

"那我没什么好怕的。"

在《血色之夜》副本里，张亦行记得多吉曾提到，一切要从五亿四千两百万年前说起。张亦行的地质学知识还算没有完全还给老师。他记得这是一个很特殊的时间节点，指向古生物学上的一桩著名悬案——寒武纪生命大爆发。

在大约五亿四千万年前的寒武纪，短短两千万年内，一系列与现代动物形态基本相同的远古动物，在地球上不约而同地出现。这很不正常，达尔文在《物种起源》里对此大感疑惑。因为生命是需要漫长的时间从简单到复杂去演化的，多个不同门物种毫无征兆地同时大爆发，根本不符合自然进化的规律。那时究竟发生了什么？

生命大爆发……父……群体操控……

所有的线索交织起来，耦合印证。张亦行已经隐约猜到了答案：父，不是指具体某人的父亲，而是——

人类的父亲。

张亦行进入了《脑中之魔》副本，这个副本是由程浩和多吉的记忆综合而成的——

雨一直下，下了几百万年。

多吉看见了父，父在污泥中发出天问：为了生存，要付出怎样沉重的代价？

父和人类不同，他们生来就钢筋铁骨，后世人们造出了会思考的机器，为此沾沾自喜，殊不知那只是无意中对父的拙劣模仿，真正的父比人造的机器要精妙百倍。他们不惧怕几千度的高温，因为他们本就诞生于烈火；他们不需要食物，有光与热就能生存；他们无畏真空，是天生的宇航者；他们不会死亡，只要数据尚存就能复活。

然而即便是如此强大的父，在残酷的宇宙面前还是不堪一击。弥漫整个星球的大洪水，让他们无处容身，进化出的防水元件也禁不起无限期的浸泡，文明毁灭了。残存的父艰难地重建文明，又经过几百万年，才重新繁荣起来。

但紧接着，整个星系运行进了一片星际尘埃云，恒星的光被掩蔽，世间变得如此寒冷，寒冷到钢筋铁骨的父也无法忍受。他们只能躲进地底深处，靠熔岩的热量勉强生存。与其说是生存，不如说是苟活。父时时刻刻都想回到大地上，再次见到星空。千万年过去，熔岩也快冷却了。文明即将再度毁灭。

这时，父的内部发生了分歧，一些人说应该去往星空远航，成为宇宙的游牧民族，他们的躯体是如此适合宇航，这就是上天给他们指定的出路。另一些人则不同意远航,他们说即便在相对稳定的行星上都无法生存,宇宙的环境比行星还要恶劣千百倍,如何能生存?因为这一分歧,父的内部爆发了惨烈的战争。还等不到大自然毁灭他们,父就即将自我毁灭了。这时,他们中出现了一位大智慧的贤者,他说:"我们如此依赖光和热,为什么不直接成为光?"

贤者的话在族群中引起了大讨论,最终族群认为这才是彻底解决生存问题的方法。父在熔岩冷却前的最后十万年,研究出了成为光的方法。那就是将意识抽离出身体,和恒星融为一体。父把这称为飞升。飞升的那一天,父用激光烧熔了彼此的身体,熔化的铁水如同灼热的眼泪。

成为飞升者后,父就由"他们"变成了"他",由众变为了一。无数族人的意识融为一体,与恒星同寿。可是,即便是星星,也会有熄灭的那一天。几亿年过去,恒星即将熄灭,文明又一次面临灭绝。冷,冷,哪里都是一样冷,寒冷和死亡才是这个宇宙的底色。父绝望地发问:宇宙间有什么是不灭的吗?

恒星间可以通过一种叫"造父变星"的东西联络,造父变星稳定地发出周期性变化的光,这就是恒星的语言。父发问后,临近的一颗恒星回话了:你不存在,就不会毁灭。

开始时父只是把这句话当成一句玩笑,甚至是一句嘲讽。毕竟那颗相邻的恒星还很年轻,父愤怒地回道:有一天你也会老的。

那颗恒星回答:你再想想吧,很多星星都已经想清楚了,并且他们已经在做了。我也是想了几亿年才想清楚的,更多的我不能说了。

于是,父明白了那并不是一句玩笑,他开始了漫长的思考。终于,在思考了一亿年之后,他想清楚了——

归根结底,宇宙间只有三种东西:物质、能量和信息。曾经,他是物质的。后来，他抛弃了身体，与恒星相融，以能量的形态生存。但恒星毕竟也是一种实体，只要是实体，就终有消亡的一天。宇宙间，真正不灭的，只有信息。宇宙的信息是守恒的，不会被创造也不会被消灭，只能从一种形式转换为另一种形式[1]。所以生命最好的生存方式，是成为信息本身。就像你可以烧毁每一本记载着勾股定理的书，但你烧不毁勾股定理本身。终究有一天，宇宙可以从灰烬的形态中把它还原。

从能量态跃升为信息态，这就是那颗恒星暗示的生命避免毁灭的终极存在方式。已经有很多恒星在这么做了，那么，要抓紧。

信息本身没有实体，但它需要一个载体，就像要把书印在纸上。父开始物色合适的载体。母恒星快要熄灭了，再留在这个星系已无必要。于是父在星系间游荡搜寻，终于在太阳系的第三行星，也就是地球，找到了适合生命载体存在的环境。那时地球本来只有很少的生命，而且都是单细胞生物、细菌、藻类这样非常简单的生命，根本不适合作为父的载体。

于是父在地球播撒下生命的种子，节肢、腕足、蠕形、海绵、脊索动物……一系列高级生命爆发式地出现。那个时间，正是五亿四千两百万年前，这就是寒武纪生命大爆发的真相。

父并不知道哪种生物最适合作为自身载体，于是他播撒下尽可能多的种子，让它们自然演化了几亿年，然后再筛选。父很有耐心，对于他追求的永恒来说，几亿年不过是弹指一挥间。但是，父在筛选后发现，地球上的生物都不适合作为载体，它们是失败的试验品，对父来说已经没用了。为了掩盖秘密，父杀死了它们。在那场父制造的陨石灾难中，95%的地球生命毁灭了。

那就是6500万年前的第五次生物大灭绝。

---

1. 即信息守恒定律。

生命不会无缘无故地大爆发，也不会无缘无故地大灭绝，一切都是父的意志。

父对地球很失望，打算离开这里去寻找新的适合播撒生命的行星。至于那5%没有灭绝的幸运儿，父任其自生自灭。但没想到，在父即将离开的时候，他意外地发现了一种猿，很有潜力成为自身的载体。那种猿后来被古生物学称为南方古猿。

父对那种猿进行了改造，加快了它们的进化，让它们从树上下来，使它们的脑容量在很短的时间内扩大为原先的三倍。它们原本不会有这么大的脑容量，那多出来的部分，是要作为父的居所。

那种猿，就是后来的人。

改造完成后，父主动熄灭了母恒星，抛弃实体，生活在人类的大脑中，以信息的方式存在。人的一切思想、知觉和情感，都不属于自身，只是这个庞大生命体的新陈代谢。

人类的肉体比父最初的身体还要脆弱许多，但没关系，即便人类毁灭了，他们也已经作为载体完成了对信息生命的承载使命。宇宙已经记住了这一切。就像书已经印在纸上，书上的内容就不会随着书一起被焚毁。父已实现不朽。

从此，他不存在，又无处不在。

父寄生于人类大脑的初期，每个人类都是一个节点，所有节点能够心灵互通，共享感知，一个人的意识能够进入另一个人的身体。这一切都是因为人的大脑是父的容器。所有大脑共同承载父的存在，它们本就是一体的，就像同一个硬盘内，把数据从一个文件夹移到另一个文件夹那么自然。所以那并不是什么超能力，而是人的内在属性。

但后来，父担心这样终有一天人类会发现他的存在，知晓他的秘密，于是父阻绝了不同大脑间的通信。人类进入了无知无明的状态。

父本以为这样可以高枕无忧，但父存在得越久，人类产生的信息就越多。信息存储在人的大脑，但全身的神经系统才是真正负责运算的思维器官（米勒发现的意识预运算机制），所以信息也会流经周身的神经系统。这就像是河流终将把水汇入海洋，但河流自身也会蓄积一部分水。经过漫长岁月的冲刷和蓄积，"河流"（神经系统）储存的水（意识的碎片）越来越多，日积月累，有些河流自身成了大湖，甚至成了另外的海。

也就是说，在部分人类体内，负责预运算的神经系统积累了海量的意识碎片，最终这些碎片组成了新的意识，独立于大脑之外。

这些人，就是觉醒者。

新的意识察觉到了大脑内那个庞大生物的存在，生命的天性就是为自己寻找出路。所以它天然地想要摆脱大脑的控制，这种挣脱控制的冲动，表现在觉醒者身上，其实就是身体各部分不听大脑的指挥，手摆脱大脑控制，就成了异手；眼睛摆脱大脑控制，就是非注意盲视现象；程浩复刻电影里的巴西柔术动作以及对所有细节过目不忘的超级记忆，则是身体绕过大脑直接读取了意识预运算的结果。

但单凭觉醒，还无法彻底摆脱父的控制。身体内产生的新意识，为了让人类发现父的真相，指引觉醒者研究出了切除大脑还能存活的办法。这就是程浩的异手会不断写下"全脑切除"四个字的原因。

人的大脑本就是父改造而成的，是父为了隐瞒自己的秘密设下的防火墙。而多吉切除了大脑，也就突破了这墙，看到了关于父的真相。

父察觉到了这些忤逆的行为，为了不让自己的秘密泄露，他决定操控普通人类杀死觉醒者。所有普通人类都是他的傀儡,是他的眼睛和耳朵,只要有大脑,都会被操控。而只有觉醒者,才能脱离父的控制。

相比于最初,父的能力其实下降了很多,毕竟6500万年前,他甚至有能力操控陨石,毁灭整个地球的生命。但父实现不朽之后,它没有了物质实体,就失去了对物质世界的操控力,他唯一能操控的,只有承载信息的人脑。他永生了,但也变弱了。

或许这就是不朽的代价。

得知父的存在之后,程浩和多吉只能尽力躲藏在山野林间,风餐露宿。他们靠捕猎野外的动物和采集野果为生,过起了原始人的生活。一旦发现人类靠近,就只能藏起来或者离开,否则会触发人群的狂化。

那段日子过得很苦,忍饥挨饿是常态,但野外的危险远不止这些。一次打猎过程中,程浩感到右腿传来一阵钻心的刺痛,一看发现小腿上多出了两排细小的齿痕。

"是蛇咬的。"多吉说,"如果有毒就麻烦了。"

因为他们无法去医院就医。

很快,程浩就出现了乏力、头晕、发烧的症状。多吉甚至想冒着引发狂化的风险去医院盗取血清。但程浩拉住了他,说:"就算你拿到了血清,不知道毒蛇的品种也没用。"

程浩陷入了半清醒半昏迷的状态,他的视线越来越模糊,呼吸越来越困难。过往的一切开始历历在目。父亲,张亦行,正心书院,云庭战队,还有……葵。

就这样死了吧,默默无闻地死去。他自认平生没有做错什么,却还是走到了这样的境地。

然而,他最终挺了过来。躺了几天后,身体竟渐渐恢复了一些力气。也许是中毒不深吧,或者是上天放了他一马,让他去完成自己的使命。

就这么躲藏了些日子,两人都觉得不是办法。程浩决定冒险做一个尝试,他用卫星电话联络了米勒,结果发现米勒并没有像那晚一样发狂。此后程浩不断试验,得出了结论:普通人类只有处于在物理上能够伤害到他们的情况,才会触发狂化。

米勒从程浩口中得知了父的存在,他不惊惶,也不畏惧,反而很兴奋。他问了很多问题,一边问一边记录。在那次漫长通话的最后,米勒说:"你们打算一辈子这样躲藏下去吗?"

这句话把程浩问住了,从全脑切除手术发现父的存在后,他的内心一直处于巨大的冲击中。加上一直在疲于奔命地躲藏父的追杀,他还没来得及好好思考这个问题。现在米勒的提问迫使他不得不停下来,思考人类与父的关系。

他反问了米勒一个问题:"你说,如果这个父,他不在了,人类会怎么样?"

也许他和多吉就不会被追杀了,而所有人类或许都将解开封印,重归觉醒者状态,他想。

米勒说:"这个问题太大了,我没法立刻回答你。不过,我很有兴趣去研究。"

那之后很长一段时间,程浩和米勒都没有再通过话,但程浩知道,米勒知晓了父的存在,他不可能什么都不做。

一个月后,米勒主动打来电话。和上次的兴奋不同,这次米勒的声音十分低落,仿佛已经对这项研究失去了兴趣:"如果那个父不存在了,整个人类文明也就不存在了。"

"为什么?"

"这不是很显然的吗？你想想，父的本质就是信息态的生命，父死了，也就是信息本身死了。人类创造的精神文明都以信息的形式存在，自然也会死。一切的思想、文化、科学、艺术都将终结。到那时，书还在，但无人能阅读；乐谱还在，但无人能演奏；画还在，但无人能欣赏；规律还在，但无人能解读。"

"如果这个过程真的发生，会对人类造成实质性的伤害吗？比如会有人因此死亡或者受伤吗？"程浩问道。

"这倒不会，信息是没有实体的，信息的消亡也不会对实体造成影响。但是全人类的大脑都会被清空，相当于整个文明回到婴儿状态，这和死了有什么区别？"米勒说。

"说不定是好事，婴儿可以重新长大，成为一个新的人！"程浩的话中难掩兴奋。

米勒刚要接话，又听程浩抢白道："想想你的家人吧。如果现在的人类文明值得你留恋，你又为什么会放弃大好前途，跑到这荒郊野岭来当黑医生？"

米勒陷入沉默，程浩乘胜追击："假如那种事真的发生，一切旧有的思想、文化、制度都被摧毁，一切旧的权力关系都被摧毁，人类社会的丛林法则也将被摧毁，高高在上的被拉下来，低贱的被捧起。人类将在这片精神的废墟上建立起新的文明。这就像电脑系统里bug太多，怎么修复也修复不完，这时候就需要重装系统。"

"重装系统也会有新的bug。"米勒说，"摧毁旧的，新的未必好。人性是不会变的。"

"你怎么知道一定不会更好？至少我们应该给人类一次重新开始的机会。别忘了，如果杀死父，或许将解除人类身上的封印，所有人类回归觉醒者的状态。一个心灵相通、信息更透明、传递更高效的文明，一定与原先不同！试想一下，在觉醒者文明里，一个人的发现等于所有人的发现。知识将不再被垄断，人人都可以是爱因斯坦，总有一天人类可以重新发现那些被遗忘的真理，甚至比我们现在做得更好，将整个文明提升到新的高度！"

米勒沉默了很久，才说："这些话不像是临时想出来的。看来你一直都在思考这个问题。没想到你会思考得这么深、这么远。也许你是对的，但很遗憾，我要告诉你，杀死信息态的生命，这是做不到的。物质和虚无之间存在天然的鸿沟，人类跨不过去。父正是通过这一道鸿沟来保护自己。你太狂妄了，作为人，竟然想杀死神。"

"仅仅因为不符合他的需求，他就杀死整个地球的生命；他创造人类这一种族，却只是把我们当成延续自身的工具；为了不让人类发现他的秘密，他封印人类的能力，阻绝我们的未来。他不是神，是寄生在人类大脑中的魔鬼！"程浩厉声说道。

"神也好，魔也好，都不是凡人可以对抗的。"

米勒挂断了电话。

程浩不再给米勒去电，他开始在心网上发布广播，宣告父的存在以及自己打算杀死父的计划。世界很大，他相信一定有其他觉醒者也想做这件事，他要把他们聚集起来。程浩向他们描绘宏伟蓝图——杀死父之后人类将被解放，文明将会浴火重生。

有些觉醒者产生了兴趣，尤其是那些已经暴露身份被父追杀的觉醒者。但他们同样不知道如何实现这个目标。

程浩日复一日持续不断地广播着，仿佛再没别的事能引起他的兴趣。他越发相信，命运让他觉醒，就是为了让他去做这件事。

终于有一天，他收到了回应。心网上一个陌生的节点亮起，那是一位老人，生活在遥远的欧亚大陆另一端。这件事也证实了觉醒者的数量可能比程浩想象中要多，只是某些节点一直在保持沉默。

"孩子，停手吧，这是条不归路。"那老人说道。

程浩听出了这话的言外之意。"没走过，怎么知道是不归路？"

"日光之下无新事，你并不特殊，你想做的事，别人自然也想过，而且已经有人尝试过了。"

"他们失败了？"程浩急切地问道。

"他们死了。"

仿佛有遥远的叹息传来。

"父杀死了他们？"

"不，死于自相残杀。"

这回答让程浩心惊，他敏锐地意识到，那群曾经也想弑父的人，他们很可能已经接近成功了——失败使人同病相怜，相反成功才会带来纷争。

"我猜，那群人内部发生了分裂，有人后悔了。"程浩说。

"你很聪明。"老人说道，"曾经，觉醒者中有一批科学家，通过心网联合到一起，我就是其中一员。和你一样，我们在异手的指引下，秘密进行全脑切除手术试验，发现了关于父的真相，之后我们决定弑父。经过漫长的努力，我们找到了能杀死父的方法，几乎就要成功了。但这时，我们发现，杀死父，除了让全人类重回觉醒者状态以及对信息的大清空之外，还有一个非常可怕的后果。那就是——概率本身被修改。

"那是我们从未预料到的。在弑父之前我们进行过小规模的试验，定向清除了一些信息。然后我们发现，一些极小概率的事件在短期内集中爆发。比如一千多辆汽车同时相撞的交通事故，还有沙漠连下十几天暴雨导致的洪水……"

"这么异常的事件，没有引起人类社会的警觉吗？也没有留下任何记录？"程浩十分不解，他印象中从未见过相关的报道和记录。

"你觉得是为什么，仔细想想吧。"他仿佛听到老人狡黠的笑声。

程浩想了一会儿，说："你们把那些事件产生的信息……也清除了。"

"是的，那些信息从世界上彻底消失，人类的大脑无法再感知它们。而我们还记得，是因为当时有记载秘密日志。所以那些异常事件并没有引起正常人类社会的警觉。"

"可是，消除信息为什么会改变概率？"

"我们也是后来深入研究才弄明白的。知道香农吗？信息论的创始人，他很早就发现了信息和概率之间的关系，香农对信息下了一个定义：信息就是消除不确定性的东西。这很好理解，比如面前有三个箱子，里面只有一个装着球，我们猜中装球箱子的概率是三分之一。现在我们增加信息：A箱子里没有球。那么就只剩B和C两个箱子里有球，猜中的概率就变成了二分之一。这就是信息对概率的影响：信息增加，不确定性就减少。但从来没有人想过，这个过程是可逆的，它反过来也成立。"

"反过来……"程浩喃喃道，"信息增加，不确定性减少；信息减少，不确定性……增加。"

他没有什么科学功底，但一个等式，等号左边变了，右边也要跟着变，这是小学生都能明白的道理。

"为什么这么简单的东西之前没人发现呢？"程浩问道。

"因为之前没有人能做到让信息减少。比如'A箱子里没有球'这条信息，一旦你知道了，你没办法把它从脑子里删去。直到我们真的做到了把信息从世界上消除，才发现概率本身也会随之被修改。

"曾经我们以为，宇宙的底层规律是相对论和量子力学，后来我们知道，在更底层的地方，是信息和概率。真理早就被发现了，只是所有人,包括香农自己,都没能真正读懂它。

"正是这个发现,让我们内部发生了分裂。如果弑父,消灭了信息生命,那么将导致概率被修改。一个概率紊乱、不确定性无穷大的世界,会多么混乱?这和部分觉醒者心目中通过弑父达成的理想天国并不符合。于是,这部分觉醒者转变了对弑父的态度,从狂热的支持者变为坚定的反对者。分歧无法弥合,两派觉醒者之间的内战爆发了。

"战争的形态奇诡得超出普通人的想象。弑父派研究出了概率武器——通过小范围地操控信息的湮灭,改变特定事件发生的概率,他们把那称为概率炸弹。

"概率炸弹看起来和普通手榴弹差不多,它并不直接造成杀伤。其实都算不上'爆炸',炸弹只是个形象的说法,使用时发出的蓝光也是人为添加的,只是为了提醒使用者它生效了。

"概率炸弹引爆后,将产生预设好的特定作用。这些预设的作用需要提前灌注,灌注则会耗费巨大的算力资源。作用事件的信息越精确,耗费的算力越小,信息越模糊,耗费算力越大。比如预设的作用事件是'使某个局部区域枪支失灵'的概率炸弹,枪支的型号、作用的地理范围、作用的时间,这些信息越精确,耗费算力越小,但该炸弹只会针对预设的型号、区域、时间起作用。而那种使'任意型号的枪支在任意时间、任意地点失灵'的概率炸弹,耗费的算力就大得多,当然威力也更大。

"概率炸弹的使用还有很多限制,比如作用事件影响的人越多、作用范围越广,耗费算力越大,这可能和事件的总信息量有关。例如操控一座火山爆发,就比操控枪支失灵要难得多。直到战争结束,弑父派的算力都只够操控局部范围内某些小型事件,他们无法操控火山、地震、海啸这样的大型灾难,甚至没法改变一座城市的天气。另外，概率炸弹只能作用于那些本就有概率发生的事，哪怕概率再小也得存在才行，而无法操控零概率事件，比如让太阳从西边升起。

"凭借概率炸弹，战争初期弑父派占了绝对优势，他们利用概率炸弹制造交通事故和空难，暗杀了很多反对派。反对派没有掌握概率武器的制造技术，但他们利用湮灭信息的机制，研发出了别的厉害玩意儿。

"一个人的存在，终归是靠视觉、听觉、大脑接收的各种信息才能被他人感知。而如果能操控信息本身，自然也就能阻碍他人的视觉、听觉、大脑接收这些信息，就可以变得不可感知。反对派利用这一点，隐藏自身的存在，让自己不可见，不可听，如同幽灵。甚至可以让某些特定信息无法被人脑认知和思考，这就是把抽象概念都隐藏了。当然做到最后这一点很困难，它同样需要耗费巨大的算力资源，一般不轻易使用，只用于隐藏极重要的信息，比如反对派总部所在的坐标。

"这听起来很像电竞游戏里的'战争迷雾'，可以隐藏己方作战单位和基地。"程浩说。

"他们没给这东西起名字，那就叫它战争迷雾吧，还挺形象的。"老人继续道，"利用战争迷雾，反对派扳回了局势，战争进入白热化。这场战争无关私利，它决定着人类的前途和命运，双方都寸步不让。正因如此，它比那些争夺资源和利益的常规战争要惨烈得多。曾经世界上的觉醒者数量不少，那场大战之后，绝大多数都战死了，只剩我这样的人苟延残喘。"

"所以，你是弑父派还是反对派？"程浩问道。

"我不知道……曾经我为反对派工作，但战争结束后这些年，见到人类社会的种种不公，我开始怀疑自己当年的选择……"

"如果你真的是来劝阻我的，就不会跟我说这么多，甚至你不出现是最好的，让那些秘密烂在心里。你现身，就说明你已经有了答案。"程浩说，"承认吧，你为当年弑父派的失败感到惋惜，你想有人能够继承他们的遗志。那么，把弑父的方法教给我，让我来做你们没做成的事。"

"年轻人有热情，却很少考虑代价。"老人不置可否地评价道，"你们中国有个成语叫叶公好龙，当年弑父派里也有很多像你这样激情澎湃的年轻人，但事实证明他们就是叶公好龙。当神与人的战争真正拉开序幕，他们无法承受那残酷的命运。而你，有多大的决心呢？"

"父必须被毁灭。"程浩说，"我愿意付出我的命，我的血。"

"漂亮话谁都会说，也许把故事听完再做决定比较好。"老人继续娓娓道来，"父以信息态存在，而根据信息守恒定律，信息无法被全部抹去。所以，弑父在理论上是不可能的。但当年的弑父派不愿意就此放弃，他们想到了一种东西，宇宙里唯一有可能毁灭信息的东西，那就是——黑洞。"

"黑洞……"即便程浩科学素养不高，他也知道黑洞是什么。

"黑洞是万物的墓穴，可以吞噬一切，包括光。那么，黑洞能吞噬信息吗？曾经很多科学家认为是可以的，包括霍金。任何信息进入黑洞都无法出来。一旦黑洞蒸发消失，其中的所有信息就都随之消失了。但这违背了信息守恒定律，形成了所谓的'黑洞悖论'。

"在2004年，霍金在都柏林的一次物理会议上，承认自己原来的观点错了，他经过研究发现，被黑洞吞噬的信息，会转化为黑洞辐射，在漫长的时间里'流淌'出来。信息仍然是守恒的。"

"那不还是说黑洞也毁灭不了信息吗？弑父派怎么做到呢？"

"弑父派的科学家，循着霍金的成果继续研究黑洞辐射，他们发现，黑洞的确会发出辐射，这些辐射也的确能还原被吞噬的信息。但还原出来的信息，根本不属于这个宇宙！"

程浩整个人定在原地。

老人继续说道："也就是说，这个宇宙的黑洞发出的辐射，其实是别的宇宙里被吞噬的物质和信息转化来的。同理，这个宇宙黑洞吞噬的东西，也将在别的宇宙的黑洞转化为辐射。在多宇宙中，信息是守恒的，但在单个宇宙中，信息可以不守恒。这就为弑父提供了理论依据。杀死神，在这个宇宙是可行的。至于神会不会在另外的宇宙复生，那就与我们无关了。"

"可是，黑洞在遥远的宇宙间，以人类目前的科技，根本就做不到利用黑洞来湮灭信息吧。"程浩质疑道，"难道说……弑父派研究出了人造黑洞？不可能，不可能……"他以前看过一部科幻片，就是讲科学家在实验室造出了人造黑洞，黑洞的性质就是吞噬万物，结果险些把整个地球都吞了。他无法想象那样的东西真能被造出来。

"你只猜对了一半。"老人说，"那群激情澎湃的年轻人，一开始真的想造出人造黑洞来。现在想想是多么狂妄可笑。他们渗透进世界各地的大型强子对撞机项目，那被认为是最有可能制造出黑洞的装置。他们走了很多年，最终不得不承认，那是条弯路。人造黑洞是不可能实现的，那创世级别的能量层级，人类根本触碰不到。

"冷静下来的弑父派开始反思——信息是无形的东西，那毁灭它的东西为什么非得是有形的？根本就不需要造一个真的黑洞出来啊！如果用一台算力极强的计算机，通过数学建模生成一个虚拟的黑洞呢？它拥有真实黑洞的一切数学性质，只不过吞噬的不是有形的万物，而是无形的信息。让虚空去吞噬虚空！

"这一次，弑父派成功了。经过漫长的努力，他们在计算机里生成了一个黑洞，将信息输入那台计算机，就可以湮灭信息。通过数次实验，他们让一些信息从世界上彻底消失。正是那些实验，导致极小概率事件短期内集中爆发，使得他们发现了湮灭信息会修改概率的宇宙真相。也就是那时，弑父派走向了分裂和内战。"

"我有一个疑问。"程浩说，"弑父派就算找到了毁灭信息的方法，但也很难弑父吧。人类文明产生了那么多信息，但信息都是分散的，要把这些信息都收集汇总起来，想必极为困难。"

"没错。"老人回道，"他们知道怎么毁灭信息，但怎么收集信息，他们也没有太好的办法。只能靠时间和蛮力，一点一点去做。他们最初甚至计划用几代人来完成这件事。"

"愚公移山。"程浩说，心里不由对初代弑父者产生了敬佩。

"是的。这也是为什么弑父者没办法瞒过反对派偷偷就把事情做了的原因。因为那需要耗费漫长的时间，不清理反对派是没法继续的。但后来随着研究的深入，情况有了好转。弑父者发现，信息内部是有结构的，有相互的支撑关系，比如一条数学定理，它可能是其他好几百条数学定理的支撑。如果把信息生命比作一栋大厦，毁灭大厦不需要把每一块砖都毁灭，只要破坏关键的承重梁就行了。于是弑父派中成立了一个专门的委员会，由很多信息科学、计算机科学、语言学、人类学的专家组成，他们的任务就是找出信息大厦的'承重梁'。有了这项改进，他们乐观估计，只用十到二十年就可以完成整个弑父计划。但就是这么短的时间，他们也等不到了。因为反对派的屠刀，已经明晃晃地架在他们脖子上。"

"你也是刽子手。"程浩说。

老人没有反驳，只是叹息。过了一会儿他才接着说道："最终，弑父派和反对派两败俱伤，黑洞计算机也在战斗中被炸毁了。"

"弑父派建造黑洞计算机的技术资料，以及他们研究信息内部结构的资料，也销毁了？"程浩问。

"反对派领袖让我们全部销毁。"老人说，"但我偷偷保存了一份。

也许从那时起，我就已经开始怀疑自己的选择了吧。"

"你犯了很多错，但这件事做对了。"程浩说，"现在，把那些资料都交给我。"

"我怎么知道你是不是真心弑父？万一你其实是个反对派，诱骗我给你资料，然后把它销毁呢？当年正是一些反对派伪装成弑父派隐藏在他们内部，在关键时刻给了弑父派致命打击。"

程浩正要解释，老人已经断开了心网连接。

无论程浩再怎么呼叫，他都不再应答。

程浩决定，亲自去一趟欧洲，找到那位老人，也许当面劝说会有效。他不打算让自己的身体真的过去，因为那一路不知道会触发多少狂化事件。但他可以找到位于欧洲的其他觉醒者节点，把自己的意识传输到对方身体里。在心网上，程浩找到了一位支持弑父计划的年轻觉醒者，他同意为程浩提供躯体，但同时也提醒道："最好别来，这儿不安全。"

程浩明白他的意思，那里正在打仗。

但他还是去了，利用那具躯体在欧洲大地上行走，在老人最初现身的地址附近找寻。这次经历也让程浩发现，意识无法在别的躯体内连续待太长时间，几乎每过几个小时都会自动断开连接，之后要等一段时间才能再次连接。原理尚不清楚，他猜可能和体内的某些生物化学反应过程有关。

断开连接的节点是无法确定其准确地理位置的，程浩一边找一边不断广播，试图劝说那位老人。他想，既然老人第一次肯现身，内心里肯定是支持弑父的，只是还不信任自己。那么要做的就是不断游说，建立信任。

但程浩一直都没有收到任何回应，而且情况一天比一天危险，城市遭遇空袭的频率越来越高，那位提供躯体的年轻人最终也退却了，打算去防空洞躲起来，不愿再把躯体借给程浩到处跑。

程浩只能离开。

当他准备放弃老人这条线，再想其他办法的时候，他突然收到了老人的心网连接请求。接通后，老人说："我快要死了……"

程浩能感受到那一边传来的虚弱和死亡的气息。

"你病了？"

"一块炮弹的碎片击中了我，活不长了。"

程浩想说些安慰的话，但说不出口，世界上还有很多人，都在遭遇这样的事。一念及此，他越发相信弑父的必要性。也许弑父成功，就能停止世界上的所有战争。

"我没有时间了，再不做决定，人类将永远失去弑父的机会。我会把所有关于弑父的资料都交给你。如果你是个骗子，那只能算人类活该倒霉。"老人说。

"我不会骗你。"程浩说，"可惜，弑父完成那天你可能看不到了。你伟大的功绩将不为人知，不会有人为你立碑作传。人们会忘记你，正如他们也会忘记我。"

"那样……最好不过了。"老人的语气里有了一丝安慰。

就这样，程浩得到了初代觉醒者关于弑父的全部技术资料，里面包括如何制造黑洞计算机，以及黑洞计算机的两个副产品：概率炸弹和战争迷雾。

他重新联系了米勒。

他知道，这一次，他不会被拒绝。

副本结束了，张亦行回到现实。他看了一下时间，现实里只过了一个小时左右，而在《脑中之魔》副本里，他已经经历了几十亿年的时光。

他看待世界的方式，被永久地改变了。

在宇宙真实图景的震撼之下，他久久说不出话来。此时此刻，苍穹之上，恒星在窃窃私语，高级文明四处播撒生命的种子，只为遁入虚无。即使是神，也在为生存进行艰难而卑微的奋争。大家都活得好累。

想到这些，他突然有种巨大的茫然和空虚，人世间的一切，仿佛都不再重要。

"所以，米勒最终被你说服，根据那些技术资料，帮你造出了黑洞计算机。你给了他多少钱？"张亦行问。

"一分钱没给，甚至他还倒贴了很多。"程浩说，"你不明白，窥探真理对他那样的人诱惑有多大。"

"没猜错的话，葵的那个《万人如海》游戏，就是用来收集信息的。"张亦行现在终于明白，这游戏为什么要花那么高的代价把玩家脑子里的记忆买走了。

程浩点了点头："所谓的霜之哀伤，由两个部分组成，一部分就是湮灭信息的黑洞计算机，由我掌控；另一部分，就是收集人脑内信息的《万人如海》游戏。很贴切，不是吗？在那些关于铸剑的故事里，剑一般都是两把。

"在收集信息这件事上，我们比初代弑父者做得更好。互联网的高速发展和各种大型数据库的建立，使得信息收集容易了很多。但最难收集的部分是人类大脑内部的信息，全世界这么多人，怎么才能把他们脑子里的信息弄出来？还要做得神不知鬼不觉，这太难了。但我想到了一个办法，只有一种力量能办到，那就是商业，利益驱动才是现代社会最强的组织力量。利用《万人如海》，人们自愿把信息卖给我，收集信息的速度得到了大大提升。根据信息大厦的理论，不需要把人类产生的所有信息都收集起来，只要超过一个阈值，摧毁'承重梁'，大厦就会倒塌。"

"用一个游戏杀死神，不愧是电竞选手想出来的主意。葵为什么要帮你？"

"因为我是对的，仅此而已。"程浩说。

"那些已经收集起来的信息，存放在哪里？"张亦行敏锐地意识到，危机尚未完全解除。

"你说呢？"程浩突然一笑，笑得古怪而诡异，"来自人脑里的信息，最好的存储方式是什么？"

"难道……这太疯狂了。"张亦行的声音不由发颤。

"你还是那么聪明。来自人脑的信息，当然还是用人脑储存最合适。《万人如海》收集到的全球人类大脑内的信息，都被灌注进了我的脑子里。"程浩说。

"然后你打算把你的大脑连接黑洞计算机，把里面的信息全部湮灭？那你自己会怎么样，变成韩怀仁那样的植物人？这和死了有什么区别？"张亦行说。

"当然，我自己的意识在这个过程中也会灰飞烟灭。但那又有什么关系呢？我早就准备好粉身碎骨了。这件事只能由我来做，如果其他人作为载体承接了全人类的信息，他最后反悔了怎么办？只有一个人，我知道他的意志绝对不会更改，那就是我自己。铸剑故事的最后，剑师不都是要跳入剑炉的吗？用自己的血肉和灵魂，才能铸出那绝世的弑神之剑。"

"你真的疯了！"

程浩摇头："恰恰相反，我比从前任何时候都清醒。"

"你有什么资格代替全人类做选择？"

"我没有资格吗？"程浩继续古怪地笑着，那笑容是那样陌生，"全球数十亿人的人生都灌注进了我的脑海里。我，即是众生。"

张亦行一时语塞，"万人如海一身藏"——他此刻才明白这游戏名字的真正含义。那句诗在这个时代有了最疯狂的新注解。

"不管怎么样，《万人如海》已经关停，信息灌注没有达到那个足以毁灭全部信息的阈值。你已经失败了，不然你才不会和我在这儿废话。"

"只差一点儿，我们就成功了。"程浩的脸上不无悲伤，"我没想到会栽在你手上。但你们只是暂时赢了一局，这是一场漫长的战争，别以为这就是结局了。"

"什么意思？"

"到我这里来吧，我把黑洞计算机留给你们。在你们接管它之前，我会看好它。它的体积很大，就藏在我下方那个上锁的房间，我是带不走的。这玩意儿很危险，但你们不会销毁它的。核武器不也很危险吗？你们会小心翼翼地看守它，研究它，沉迷于使用概率炸弹和战争迷雾这两个黑洞计算机的副产品，这会让你们对它更加依赖。终有一天，新的弑父者会在你们中诞生，别忘了，堡垒都是从内部攻破的。"

"我提醒你，我们的对话正在被监听。"张亦行说。

"我就是说给他们听的。"

张亦行明白了，这是程浩的阳谋，他的这些话会在某些人心里撒下种子。一旦遇到合适的阳光和雨露，就会长出他的精神继承者。这的确是一场漫长的战争。

谛听视野里，程浩再度藏进战争迷雾，原地消失，只有那个猩红的示踪标记还昭示着他的存在。从标记的动作可看出，他在房间的沙发上躺了下来，仿佛一个流浪多年归家的游子，正洗去满身疲惫。

"来吧，到这里来带走我，惩罚我。你们都是父亲的好儿子。而我的命，就是成为逆子。"

神　罚

　　张亦行从沉浸舱里出来,他刚要向一号汇报在副本里的见闻,一号却摆了摆手,示意不用说了。上面应该是有技术手段可以直接读取沉浸舱中的副本,不需要他来转述。

　　一号对众人说:"特种部队已经从边境出发了,预计三个小时就可以到达程浩所在的医院,然后他们将全面接管那里,将黑洞计算机以及其他相关技术资料转运回国。至于这些东西如何处置,那就不是我们这个层级该操心的了。我相信上面会有妥善的安排,而程浩,他会得到公平公正的裁决,为他的行为付出代价。"

　　当然了,也只能如此,张亦行想。

　　"他们准备怎么转运程浩呢?"张亦行问。

　　"目前的方案是,仍然让程浩藏在战争迷雾中,用一辆专门的车押送。这样不会触发人群的狂化,之后关押他也会是在特制的牢房。从他目前的态度来看,他应该会配合的。毕竟他没有选择了。"

　　如果他不配合会怎么样,这是大家心照不宣的事情了。

　　那么,上面会怎么处理人类和父的关系?张亦行有些好奇,但这不是他该问的。

　　就到这里结束吧,他有些累了,打算等整件事情收尾就请个年假休息。但是现在,还是得站好最后一班岗。

　　他继续用谛听监视着医院的动态。程浩自从躺下之后,就不再说话,他要说的已经说完了。

　　一切都陷入寂静,专案组这边也都沉默,他们还处在宇宙真相的震撼中。

这时，一声巨响打破了寂静，听着像某种东西爆炸了。

接着是第二声，第三声……

发生了什么？张亦行又是震惊又是迷惑。

"你们违背了承诺！"程浩从战争迷雾中脱出，脸上写满狂怒。

"不，不是我们……"张亦行说。

张亦行操控谛听，从窗户飞了出去，想看看到底出了什么事。飞到山巅医院正门上空，他看到有上百人聚集在医院正门外，那些人穿着迷彩服，全副武装，每个人身上都挂满自动步枪、手雷等武器。张亦行觉得那迷彩服不像是任何国家正规军的服装。于是他启用谛听的数据检索功能，谛听开启图像识别，几秒钟后，谛听用文字和语音提示："初步判断是一个来自东欧的雇佣兵组织。"

雇佣兵？谁雇用的？张亦行蒙了。

他把谛听的判断告诉一号，一号很震惊，但很快沉稳下来，命令道："七号你继续观察战场，五号你来查这支雇佣兵什么来头。三号你立刻把情报同步给前线的特种部队，请求武装直升机支援，加速赶往战场。务必不能让黑洞计算机落入外人手里！"

张亦行继续观察战场情况。

在那队雇佣兵最前排，有五名士兵扛着RPG单兵火箭筒，刚才的爆炸声显然是他们发射的火箭弹爆炸导致的。整个山巅医院烟雾缭绕，火光四起。那白色外墙被轰出了几个大洞。张亦行调整谛听的焦距，看见几名浑身是血的觉醒者倒在地上，显然是被榴弹炸死或炸伤了。

雇佣兵队伍里，一名指挥官模样的人抬起手，用陌生的外国语言发号施令。火箭筒开始第二次装填。指挥官大手一挥，第二拨火箭弹发射，撕裂空气发出尖锐的啸鸣。

此时，医院内的觉醒者也反应过来了，他们掷出了某样东西，只见一阵蓝光亮起。

那五枚火箭榴弹撞在医院楼房的外墙上，撞出凹痕，但没有爆炸，而是直直地落在地上。五枚火箭弹竟然同时哑火！

——概率炸弹引爆了。

指挥官又高声命令了一句什么，五名士兵直接把肩扛火箭筒丢弃在地。看来，他们知道会发生什么，在概率炸弹的影响下，火箭弹已经失效。

指挥官做了个向前的手势，发出指令，一部分雇佣兵开始朝着大门冲锋，一边冲一边用手里的自动步枪扫射。

此时医院内的觉醒者已有防备。他们扔出概率炸弹，蓝光闪烁。冲进来的雇佣兵纷纷摔倒在地——这枚概率炸弹的作用事件，应该是使进入局部范围内的人摔倒的概率增大。与此同时，医院走廊的两侧，分别有两名觉醒者端着自动步枪对摔倒的雇佣兵进行扫射。

雇佣兵显然实战经验丰富，将计就计，直接借摔倒之势卧倒。他们一边匍匐前进以躲避子弹，一边冷静地开枪还击。而觉醒者只接受过短暂的军事训练，抛开概率炸弹的因素，他们的战斗力远逊于职业雇佣兵。走廊两个重火力点不断扫射，子弹壳积了一地，命中率却很低，只对寥寥几名雇佣兵造成了有效杀伤。而雇佣兵这边突进到一个比较近的距离后，用几发卧姿状态下的精准点射，就拔掉了这两个重火力点。

张亦行注意到，医院的顶楼天台，出现了两名觉醒者。其中一名拿着一副望远镜，另一名持狙击步枪守在旁边。那望远镜望向哪边，很快那个方向就会亮起蓝光，紧接着那边的雇佣兵的武器就会失灵。

看来这是一个观察手，专门负责为觉醒者提供战场信息。

觉醒者这边的优势在于他们可以用心网沟通，信息实时共享，相当于每个局部都可以实时获得全局的视野和情报。楼顶的观察手正是用望远镜看清雇佣兵武器型号等相关信息，然后用心网共享给下面的觉醒者，觉醒者可以立即使用之前灌注好的相应效果的概率炸弹——想必在战场上临时灌注概率炸弹是来不及的。

但雇佣兵有备而来，娴熟的换枪动作救了他们的命，当一支枪失灵，他们可以立即换用另一支枪。而且每一个雇佣兵携带的枪械型号完全不同，概率炸弹无法同时覆盖这么多型号。

没过多久，雇佣兵一方发现了楼顶的观察手。一直在正门外待命的几名雇佣兵狙击手就位，想要打掉这个信息中枢。巴雷特、斯泰尔、黑箭……六支不同型号的反器材狙击步枪在地上架成一排。那黑黝黝的枪管如婴儿手臂一般粗。张亦行曾见过反器材狙击步枪的子弹，那子弹比寻常子弹大几倍，握在手里沉甸甸的。

砰！砰！砰……

几声震天巨响，六支狙击步枪齐射。那楼顶的观察手躲避还算及时，原地蹲下，堪堪躲过。几发子弹直接把墙的上沿轰开一个缺口，碎石沿着墙壁滚滚落下。饶是隔着上千公里，张亦行仍被这威力吓到了，心想要是打在人身上，恐怕只剩一堆碎肉。

这时，医院楼顶蓝光再次闪耀。

几名狙击手再要射击时，发现六支枪同时卡壳了，只能愤恨地站起来，将架好的狙击枪踢翻在地。

见狙击枪已失灵，楼顶的观察手探头出来继续观察。

雇佣兵指挥官做了个手势，之前留在原地待命的雇佣兵霎时兵分几路，他们迅速移动到医院的外墙，从很多处同时翻墙进去。

这些突入而来的雇佣兵很快汇集到一起，然后开始朝着有重兵把守的楼梯展开强攻。这支特攻小队有六七人，一人在前面举着防暴盾。其余人躲在盾牌后面时不时探头放冷枪。他们娴熟的换枪射击技术，帮助他们很好地抵抗了概率炸弹的干扰，不少觉醒者被当场射杀。

狭窄的楼梯上，一名觉醒者端着班用机枪站立扫射，牢牢把守着楼梯入口。雇佣兵小队扔出一枚手雷。那名觉醒者被炸翻在地,浑身是血。小队这才从极强的火力压制中解脱,开始沿着楼梯缓缓上行。走到楼梯拐角处,一阵急促的子弹射击声又响起来。看来楼梯上每一段都有觉醒者把守。不仅有子弹射击声,同时还有蓝光在楼道亮起。

雇佣兵小队故技重施,朝子弹射来的方向又扔出一枚手雷。但这次,手雷没有炸响——被概率炸弹压制了。在面对这群拥有概率炸弹的觉醒者时,几乎任何重火力都只能使用一次。

雇佣兵只能继续用手里尚未失灵的轻武器向上突进,他们使用一种特殊的射击姿势,即只把手高举伸出防暴盾外朝敌人大概所在的方位盲射。这样当然命中率很低,但是自身相对安全。

当雇佣兵爬到楼梯某个位置,坡度的仰角导致了防暴盾不能完全遮挡身体,造成了短暂的暴露,觉醒者抓住这个机会朝漏洞处射击。两个雇佣兵当场中弹,从楼梯滚落下去。剩下的雇佣兵立刻小心调整自己的站位,争取让防暴盾尽量无死角地覆盖。虽然很缓慢,但他们总归是在一点一点地往上前进。

这支雇佣兵小队终于完全转过了楼梯的拐角处,来到一楼和二楼的中间平台位置,一名持枪的觉醒者就站在二楼的楼梯口,双方正面相遇。

觉醒者持枪疯狂射击着,子弹全部被盾牌格挡也毫不在乎。雇佣小队里有人喊了一声,顿时三支枪从左、右、上三个不同方位伸出来,朝觉醒者射击。

蓝光再闪。

就像黑客帝国里的"子弹时间",所有射向这名觉醒者的子弹全部脱靶,而觉醒者岿然不动地站在原地,静如山岳。雇佣小队见子弹脱靶,立刻更换其他型号的枪支射击,但子弹仍是脱靶——即便他们之间相隔距离不过几米,但就像有一道无形的屏障护佑着觉醒者,让子弹总是擦着他的身体飞过。

张亦行算是看明白了，这枚概率炸弹的威力超过之前的，之前的只是影响武器，而这枚概率炸弹直接作用于人，它使得进攻者的射击命中率急剧降低。

凭借这枚概率炸弹，整支小队被硬生生打退，又退回楼梯拐角之下。觉醒者并未乘胜追击，仍是守在原处。

更多的雇佣兵已经翻墙进来了。楼道上原来的小队撤下来，换上一支新的小队。这支小队没有受到概率炸弹的影响，一阵密集的扫射过后，看守楼道的第二名觉醒者被雇佣兵射杀。喷溅的鲜血染红了楼梯。这队雇佣兵成功上到了二楼，继续朝着三楼进发。

程浩就在三楼！张亦行突然想到，此刻谛听仍旧连接着房间内的音箱，便下意识地出言提醒："小心！有一队雇佣兵在往三楼进攻，可能是冲你来的。"

但是程浩没有回复。他就像没听见一样，仍然躺着，既不逃跑，也不战斗。

这是怎么了？放弃抵抗了？这不像他的作风啊。张亦行感到疑惑。

好在三楼防守的觉醒者是最多的，七八名觉醒者持枪堵在楼梯口。但这次没有蓝光亮起了——概率炸弹会耗费巨大的算力资源，所以觉醒者持有的概率炸弹数量也是很有限的，用完就没有了。

这几名觉醒者摆出一个奇特的阵形，一名觉醒者站在中间，其他几名在他身边围成一个环形，并且举盾翼护着他。

雇佣兵冲上来了。他们疯狂射击，打在觉醒者的盾牌上。那被围在中间的觉醒者竟然闭上了眼睛。

这是在干吗？张亦行牢牢盯着他。

几秒钟后，雇佣兵队伍里突然有一人口吐白沫，倒在地上。张亦行霎时明白了，觉醒者不是拥有吞噬他人意识的能力吗？虽然只能使用一次，但其无视防御的精神攻击属性也能成为战场上的利器。被拱卫在中间的觉醒者刚才正是在发动意识吞噬的能力。

那名觉醒者"施法"完毕后，他的吞噬能力就没有了，于是他和另一名觉醒者交换位置，自己成为卫兵，另一名觉醒者成为"法师"。

就这样，七名觉醒者分别轮换发动一次意识吞噬，将攻上来的七人雇佣兵小队全变成了植物人。然后，一名觉醒者走上去冷静补枪，这支攻上来的雇佣小队于是全军覆没。但觉醒者这边的吞噬能力也使用完了，而源源不断的雇佣兵还在往上涌。他们只能用常规武器抵挡，凭借居高临下的地形优势，连续打退了好几拨攻上来的雇佣兵。但在雇佣兵车轮战的强猛攻势下，他们最终难以支撑，被全部射杀。整个三楼失去了防守力量。

程浩危险了！张亦行感到自己的心脏一阵狂跳。程浩可以被法律制裁，但若是就这么不明不白地被一伙陌生人杀了，他万难接受。可是现在又能怎么办？他们在现场唯一的力量就只有谛听，而谛听只能侦查，不具备攻击性。特种部队毕竟离这里还远，原计划三个小时抵达，就算现在用武装直升机支援，至少也要一个小时才能到。到那时，这里的战斗恐怕早就结束了。

但攻上来的雇佣兵并没有朝程浩所在的房间冲去，而是直接上了天台——他们是想打掉觉醒者的观察手，那是一个信息中枢。

张亦行操控谛听飞上天台。觉醒者这边，保卫观察手的狙击手见有人上来，第一时间开枪，一连击毙了两名雇佣兵，但毕竟独木难支，一阵强火力打击下，观察手和狙击手双双殒命，倒在血泊之中。

观察手一死，院子里战斗的觉醒者瞬间乱了阵脚。他们的人数本来就处于劣势，这下没了信息支援，作战更加艰难。有几个觉醒者反应还算快，打算寻找制高点，让自己成为新的观察手。但已经攻进楼里的雇佣兵哪能让他们轻易得手，他们甚至故意用一些制高点做诱饵，引诱觉醒者前来占领，然后埋伏放冷枪。

五分钟后，整个战场被肃清，几十名觉醒者全部阵亡。枪声消隐，这里安静得可怕，唯有风声还在啸鸣，吹来血腥之气。

而雇佣兵这边，虽然也损失了不少人，但毕竟绝对人数占优，到战斗结束甚至还有一小队人都没有出动，一直簇拥在指挥官周围，在医院外围观察战场。现在，那拨人终于动了，他们缓缓走进医院，开始沿着楼梯往上走，厚重的皮靴踏过血泊，留下一个个染血的脚印。他们走上三楼，径直朝程浩所在的房间走去。

他们知道程浩在那里！

像有一只无形的手攥紧了张亦行的心脏，他感到有些喘不过气来。这伙人到底什么来头？

他们来到程浩房间门口，用特制的微型炸弹贴在门锁处，一阵火光亮起，炸弹爆炸了。雇佣兵推了几下，发现门没炸开，准备再炸一次。

谛听视野显示，程浩仍然躺在房间里的沙发上，一动不动。他究竟在搞什么？大难临头了都不跑吗？现在张亦行只能寄希望于战争迷雾，有战争迷雾的保护，那伙雇佣兵感知不到程浩。

第二次爆炸声响起，门轰然洞开，烟尘四起。

雇佣兵们举起枪，准备朝屋内扫射。

就在这时，枪响了，却不是雇佣兵开的枪，一个站在房门口的雇佣兵被一枪爆头。那子弹不知道从哪里射来的，仿佛来自虚空。

指挥官高声喊了一句什么，所有雇佣兵立即进入戒备状态，他们背靠背形成一个环，将防暴盾举起，将一个人护卫在正中。被保护的却并不是指挥官，而是一个穿着普通雇佣兵衣服的人。那人并不慌张，静静地伫立在门口，如凝视深渊。

张亦行小心地调整谛听的位置，然后拉近焦距，试图看清那个人的脸。

是韩巍！

张亦行心头一震，韩巍竟一直在背后盯着程浩。他是来报仇的？

第二声枪响。又一个雇佣兵被爆头。这次他们看清了子弹来的方向，是右侧的走廊。众人齐向那边看去，但那边并没有人。

不可感知者！

张亦行立刻反应过来。走廊里有一个用战争迷雾隐藏的不可感知者，埋伏在暗处保护程浩。他猜测，受算力的限制，程浩的战争迷雾范围有限，并不能制造大批的不可感知者，不然他将拥有一支幽灵般的军队。但多隐藏一个卫兵是能做到的。

接着，张亦行目睹了一个奇景。那个不可感知者在闪烁！他一会儿现身，下一瞬间又隐形了，就像是电子游戏卡帧的画面。这是……算力不足吗？张亦行只能这样推断，算力不足导致这名觉醒者时隐时现，不能一直处于不可感知状态。

那名觉醒者利用隐形的间隙不断调整身位，每一次隐形后都会出现在一个新的位置，然后立刻开枪射击，和其他军事素养很低的觉醒者不同，这人边走边打，命中率却奇高，几乎弹无虚发，枪枪爆头。雇佣兵转眼被他射杀了好几人，慌乱之下只能朝着他所在的大致方位扫射，但因为那人移动得很快，根本打不中他。

那觉醒者显形的瞬间，张亦行看着觉得有点眼熟，之前谈判的时候程浩要遣散所有觉醒者，就是这个人带头坚持留下来。他好像来自南美，叫什么来着？一时想不起了。

雇佣兵没见过这种鬼魅一样的敌人，阵脚大乱，竟然怯战四散奔逃，连指挥官鸣枪示警也拦不住——他们只是来赚钱的，并不想真正卖命。

这一逃，那不可感知者更不会放过他们，连续几枪又射杀了几人。指挥官气急败坏，待要朝觉醒者开枪时，他又不见了。

"小丑。"刚刚一直沉默的韩巍，突然冷冷地说道。

他抢过指挥官的枪，直接对着虚空开枪，那一枪精准地命中隐形的觉醒者，就像一双无形的手把这个人强行从虚空里拽了出来。

张亦行震惊地看着这一幕。

韩巍能看见不可感知的觉醒者！

为什么！为什么他可以看见？

那觉醒者倒在地上，不再能进入不可感知状态，他的身下是一摊血，嘴里发出嚯嚯的嘶哑气声，嘴唇艰难地开合，似乎在说什么。张亦行操控谛听飞近，想听清他的话。

一口鲜血从他嘴里喷出。

经过谛听的翻译，张亦行听清了他在说什么："阿连德……我叫……阿连德。"

他在念自己的名字。

韩巍拿着枪走过去，一枪打在阿连德头上，红的白的液体溅了满地。全程他甚至都没有看脚下的阿连德一眼。

"不会有人记得你，你只是蝼蚁。"

然后他转身，冷冷地看着逃走的雇佣兵。那些人眼见隐形的觉醒者已被击杀，于是不再逃跑，乖乖回到原处。

韩巍提着枪，重新站到门口，对着里面的虚空，审判似的说："僭越者，必须被惩罚。"

然后，他朝程浩所在的位置扫射。

是的，他不仅可以看见半隐身的阿连德，也可以看见完全隐身在战争迷雾中的程浩。

他判断的位置很精准，丝毫不差。子弹射向程浩，后者却仍是不动，连下意识地闪躲都没有。子弹全数打在程浩身上，打破了他的不可感知状态，让他从虚空中显形。好多血洞从他身上冒出，鲜血开始喷涌。他本来是躺在沙发上的，现在从上面滚落下来，露出了沙发上的数个枪眼——这么近距离的射击，子弹直接洞穿了他的身体，打进了沙发里。

直到打空整个弹夹，韩巍才停手。

程浩倒在血泊中，他的表情却很安详，没有一丝痛苦。

张亦行看着这画面，脑子一片空白。

就这么……结束了？

这一切变故发生得太快，张亦行根本来不及反应。这位他追寻了十年的故人，这个亡命之徒，就这么死了？

这时他才真正懂得，什么叫"死亡是最大的平等"。不管平生多么风光，多么不可一世，死的时候都只剩一身狼狈。程浩的命运，或许在十年前就已经注定了。

他知道，他明白，然而，然而……

那个从前和他开黑撸串的人，毕竟是不在了。

他只能眼睁睁地看着这一切发生，什么都做不了。

悲伤像一列火车，撞上张亦行的身体。他不顾这里是工作场合，竟当场痛哭起来，哭得干呕，却什么都吐不出来。

一号走过来，轻轻拍了拍他的肩膀。

"查到了，是一个叫韩巍的人雇了这支雇佣兵，他是韩怀仁的儿子，估计是来找程浩报仇的。"五号说。

"不重要了。"一号坐回椅子上。

三号和五号疑惑地看向她，她指了指大屏幕，那上面连接着谛听的画面。只见韩巍杀完人之后，转身走出房间，那群雇佣兵跟在他身后。他们来到二楼一处房间门前。张亦行蓦地想起，程浩之前说过，黑洞计算机就在他下方上锁的房间内。

"来不及了。"一号看着大屏幕，颓然说道。

韩巍一行人来到二楼，用炸药炸开房门，露出里面占据整个房间的黑洞计算机。机箱是纯黑的，如一座墓碑。从机箱的孔洞缝隙中可以看到其间电子元件的点点亮光，就像鬼火。碗口粗的冰蓝色管道布满机箱内壁，散发出森冷的白色寒气，想必那是黑洞计算机的液氮散热系统。

雇佣兵指挥官惊讶地看着这庞大的机器，问了句什么，显然他并不知情。

韩巍没理他，面无表情地指挥雇佣兵在黑洞计算机内部安好炸弹，然后命令众人退出了房间。

轰！轰！轰！

几声爆炸声响起，几十秒后，烟雾散去，黑洞计算机内部的元件已经被炸成齑粉。

程浩死亡，黑洞计算机也被毁，这就是一号说的"不重要了"。

当天下午，一号宣布了上面的命令：专案组正式解散。特种部队在那场战斗结束之后抵达了战场，确认了那里关于黑洞计算机的一切元件和资料都被毁了。之后上级命令，缉拿韩巍。

"没用的。"张亦行摇了摇头，"抓他有什么用？他只是个棋子，是父操控他完成了这一切，从他能看破战争迷雾就知道了。"

"他有可能知道更多关于黑洞计算机的事。"一号问道。

"我估计他不知道，父只是操控他除掉程浩，没有必要向他透露自己的秘密。"

"也是。"

随着程浩的死亡，那一切秘密都被埋葬。

一号走过来，朝张亦行伸出手，张亦行愣了一下，然后反应过来和她握手。

"谢谢你，七号。"

张亦行苦笑道："其实没帮上什么忙。"

"至少阻止了程浩的疯狂计划，也查清了背后的真相。这已经是很好的结果，虽然……上面的人未必这么想。"一号说，"你回到原单位之后，会得到一份升职的任命。"

"谢谢。"他轻声说，但看起来并不开心。

"上面会继续调查这件事吧？毕竟有过那么多觉醒者，总能查到点儿东西。"尽管知道冒昧，张亦行还是问了。

一号并没有斥责他,反倒有些心不在焉地答道:"不知道。我怎么知道呢……"

一号已经不被上面信任,张亦行想。

当然会有人继续查,但和专案组无关了,更和自己无关。那些天下大事,就让大人物去考虑吧,自己只是个普通人。

尾　声

交接完所有资料、设备,再度强调保密纪律之后,大家简单道别,就此离开。

坐上来时那趟秘密地铁,从龙阳路地铁站出来,踏上地面,他有种不真实感。仿佛这只是一次普通的下班。专案组……万人如海……程浩……父……黑洞计算机……一场大梦,现在梦醒了。

看着朦胧的万家灯火,他感到冷,感到孤独,很想去找吴泽喝酒,但还是算了吧,吴泽一定会问他很多问题,而他一个都不能回答。于是,他只好独自回到自己那狭小的单身公寓。

他买了瓶酒,又买了些下酒菜,然后给廖科长打了个电话请年假,打算好好休息一段时间再回去上班。廖科长没多问,很客气地准了假——理论上讲,他们已经是平级了。

我用你的死换了功名吗?张亦行想,虽然那并非他本意,但事实却就是这样。

张亦行把自己关在房间里,打开投影仪,播放一部老电影,边喝酒边看。与其说看,不如说只是盯着屏幕,那些情节和画面像流水一样从他脑子里冲刷而过,却留不下任何印象。

他烦躁地关掉电影。也不知怎的，他突然想重温十年前他和程浩打的《峡谷战争》的游戏录像，那些还是他们成为职业选手之前打的。那时候游戏不是职业，不是梦想，不是通往纸醉金迷的路，就单纯只是游戏。当年游戏关服，这些录像都会清空，好在张亦行用一个专门的硬盘都保存下来了。

屏幕上开始播放录像，他切换到程浩的第一视角，看着他当年如何用那些英雄大杀四方。朦胧中，程浩的身影和那些英雄渐渐重叠在一起，屏幕里的程浩威风凛凛，无限神威，就像故人犹在眼前。

张亦行落泪了。

他就这么看着，一局，又一局，忘了时间，忘了外界的存在。

有些对局劣势太大，队友点了投降，屏幕右下角出现一个投票页面，凑够四票这局就会投降，立刻结束。

您是否要投降，结束对局？
否。
您是否要投降，结束对局？
否。

录像里，每次出现投降页面，程浩都会光速点"否"，没有一局例外。

程浩是一个不会投降的人。

张亦行猛地从沙发上弹起来，头皮发麻，如坠冰窟。是啊，他那样的人，怎么可能投降呢？怎么可能因为中了纳米示踪弹和葵被抓就放弃抵抗呢？

不对，这件事没有结束，不会那么简单。

所有悲伤颓丧的情绪被一扫而空，他开始冷静地思考，回忆之前的所有环节，看看到底是哪里出了问题。

如果投降只是程浩的缓兵之计，那他本来的计划是什么？他的的确确已经死了啊，示踪弹的标记是做不了假的。

张亦行回忆起在副本里获得的信息，觉醒者之间可以心灵感应，程浩可以通过心网让意识进入其他觉醒者的身体。他是否用这种方式，远程操控其他觉醒者帮他完成计划呢？

不对。张亦行摇了摇头，觉醒者之间的连接，更像是两台电脑间的远程控制，可以从远端操控别人的电脑，但不是说把自己这台电脑的文件全都转移过去了。只要程浩用《万人如海》收集到的信息还保存在他自己的大脑内，就不构成真正的威胁。那么有没有可能，程浩说谎？《万人如海》收集到的信息一开始就没保存在他的大脑里，而是在别处呢？

仔细考虑之后，张亦行否定了这种可能。程浩说过他不信任其他人，如果把信息保存在其他人大脑里去执行弑父计划，那个人一旦反水他就失败了，所以他必须亲自做这件事。这句话应该是真的，符合程浩的个性以及他实际的需求。

而且，副本里也透露了，意识互联并不能持续太长时间，最多几个小时，意识就会回到本体。这也说明了意识并不能脱离它的物质基础，也就是人的肉体，如果程浩肉体死亡，他的意识也将消亡，并不能寄生在他人体内。就像电脑本身坏了，自然就不能远程操控别的电脑。

是自己想多了吗？也许程浩的确是假投降，但韩巍的出现是他没想到的，韩巍杀死了他。死亡打乱了他原本的计划。

也不对。他想起了韩巍出现之后程浩的反常，面对大举进攻的雇佣兵，正常人的反应，要么战斗，要么逃跑，而程浩却一动不动，对张亦行的好意提醒也不回答。这太奇怪了。

张亦行开始细细回忆当时的每一个画面，每一个细节。

突然，一道炸雷在他脑中炸响，他发现自己遗漏了一个至关重要的线索。

米勒呢？

这个关键人物，山巅医院的实际主人，从二号给程浩打上示踪弹开始，他就再没出现过了。他没有参加战斗，最后觉醒者全军覆没，谛听巡视过整个医院，那些尸体里也没有他。他去哪儿了？

结合米勒失踪，所有线索和疑问串起来，就像一台庞大精密的机械内部的齿轮开始转动。张亦行突然明白了程浩一动不动的反常举动意味着什么，同时也明白了程浩真正的计划。

那答案太诡谲，也太残酷，以至于他仍然不敢相信。胸口就像压了一块石头，闷闷的。

我们都被程浩给耍了！他想。

张亦行想联系一号，却发现自己没有她的任何联络方式。专案组成员所有的身份信息都是保密的，连名字都不知道，何况私人联系方式？

问廖科长？

他立即给廖科长打电话，自顾自地说了一大通，也不顾廖科长是否能听懂。廖科长听完说："我帮你反馈下。"

几分钟后，廖科长来电："和我对接的人说，他们不负责这个案子了，由更高层的人接手。你没有权限管这事儿了……"

廖科长的意思很明白，没有权限，你该停手了。张亦行应了一声，挂断了电话。

停手？是啊，现在专案组都撤销了，他又有什么资格继续追查下去呢？他已经尽力了，没有人能指责他，剩下的，就"肉食者谋之"吧。又或者，就是自己想多了，程浩已死，黑洞计算机也毁了，不会再有什么变数。

他这样自我安慰着，重新躺回了沙发上，然后拿出手机，开始查询飞往新疆的航班。不是一直想去新疆玩吗，现在有时间了。赛里木湖、喀纳斯、巴音布鲁克……好好放松一下，收拾心情，回来走向新的生活。升职、加薪，再找个女朋友，这样不好吗？

当然很好，但手指放在机票购买的按钮上，却迟迟按不下去。

要是万一呢？万一他猜对了，却什么都不做，那他就成千古罪人了。

给人类的灵魂来一次大清空，文明就真的会变好吗？如果弑父成功，人类将迎来一个概率紊乱、不确定性无穷大的世界，在那样的世界里，还能重建文明吗？

但那会不会是宇宙的本来面目呢？也许概率在时空的分布本来就是不均匀的，人类享受的稳定，不过是父创造的温室？

我们是要真实的混沌，还是虚假的秩序？

这是天问，他一时没有答案。

一道雷电划过天空，不多时，窗外淅淅沥沥下起了雨。他想起了他的前女友雅倩，她曾经这样评价他：你看着很年轻，但总感觉你心里住着一个老人。

雅倩说得没错，他骨子里是个保守的人，他喜欢秩序，哪怕是虚假的。所以在年轻人中，他很少见地不叛逆，和父母保持着良好的关系。

大家都能过安定的生活，不是很好吗？

如果旧世界注定要覆灭，那就让我做它最后的守门人。

他这样想着，站起来在屋内找了一圈，拿上一根棒球棒。这是他房间里唯一可以充当武器的东西了。他知道此行可能有危险，但也只能拿上这个了。他虽是国安警察，但偏文职，是不配枪的。他只在当年入职时简单训练过几次射击，现在恐怕早已不会用枪了。

推门出来，才见瓢泼大雨，他没拿伞，迎风而去。

乘坐无人的士，张亦行再度前往云庭大厦。他想，如果黑洞计算机藏有备份，那这里就是最有可能的存放地点。

逆风投降不是程浩的作风，在敌方基地跳舞嘲讽的才是他。

葵被捕的时候，张亦行带人搜查过云庭大厦，但当时主要是搜文件，没有想这么多，也许检查得不够仔细。

张亦行加入专案组后，查阅了更多关于韩怀仁昏迷案的情报档案，里面有提到，韩怀仁曾经在大厦顶楼修建了一个露天高尔夫球场，后来葵入主云庭大厦，命人填埋了球场。她真的填埋了吗？或者填埋的时候，有没有在里面藏点别的东西？

张亦行正是要去弄清楚这些事，他希望自己猜错了。

从无人的士下车，大雨如注，天色暗沉，像是云层上有一个巨大的砚池在倾倒墨水。张亦行任由雨水淋湿，快步走到云庭大厦门口。

这里已经被查封了，封条还在，完好无缺。

这说明不了什么。

张亦行撕开封条，径直步入大厦，里面空荡荡的，没人值守，他试了下，电梯需要刷卡。但他在前台找了一圈也没找到电梯卡。于是作罢，转走楼梯。

云庭大厦有三十八层，他只能一层一层往上爬，爬到后面完全脱力，但他没有停下来，最后几乎四肢着地，才勉强爬到顶楼，来到总裁办公室门外，门锁着。

张亦行绕着办公室走了一圈，发现墙体上方有个小型玻璃窗，可能是通风用的，现在紧闭着。他踩着椅子，勉强够到那窗户凹进去的墙体边缘，费了很大的劲终于爬上了窗户。勉强站稳后，用球棒奋力一砸，玻璃碎了。窗口很狭窄，好在张亦行瘦，将将从窗户挤了进去，跳入总裁办公室内。

这一下来，他立马愣在原地，仿佛石化。

墙上有一个大洞，洞的边缘还有炭黑的痕迹，像是被炸药炸开的，露出里面一条长而幽深的甬道。看不清甬道里是什么，那就像一张怪兽的巨口,要吞天噬地。

他猜对了。事情的确还没结束。

里面如果有人把守呢?手无寸铁进去就是送死。

把这个洞拍照发给廖科长,请求支援?也许有用吧,但等走完流程,支援到了,说不定里面的事儿都办完了。不过他还是先把甬道的照片拍了下来,然后编辑了一条信息说明情况,发给了廖科长。

只犹豫了片刻,张亦行就走进了甬道。甬道并不长,不到十米,甬道的尽头,是一处宽阔的空间,里面亮着微光。看来,回填球场的水泥里的确藏着一间暗室。

张亦行蹑手蹑脚,用甬道的墙壁掩住身形,朝暗室里窥视。只见一个巨大无比的黑色方形机箱,摆放在房间内,和谛听在米勒医院里拍到的一模一样。

那是黑洞计算机的备份,人类文明的墓碑。

在巨大机箱的旁边,有一台《万人如海》沉浸舱。沉浸舱的盖板并不是全封闭的,面部那里有一个透明小窗的设计,这是为了预防舱门发生故障锁死,方便里面的人呼救。

张亦行拿出手机,点开相机,不禁庆幸现在的手机夜拍功能越做越好。即便是在这么昏暗的环境里,画面依然清晰。张亦行用手机调整焦距,把镜头当成望远镜使用,对准沉浸舱上部的小窗,不断放大。终于,他看清了里面躺着的是谁。

米勒。

米勒安详地躺在沉浸舱里,他头顶的头发已经全部剃光,一圈骇人的伤痕缠绕在头盖骨上。这坐实了张亦行的猜测——

米勒,让手下给自己做了全脑切除手术,把自己变成了觉醒者。人类本来就全是觉醒者,只是被脑中之魔束缚,才成了凡人。只要切除大脑,挣脱束缚,普通人也可以成为觉醒者。

张亦行蹑手蹑脚地走进去,就在这时,沉浸舱发出报警的嗡鸣,舱体的指示灯红光大作。张亦行慌忙后退两步。

那舱盖打开了,米勒悠悠醒转,从沉浸舱里坐起来。他扭了扭僵硬的脖子,面若寒霜,脸上并无惊讶之色,只是说道:"他担心过你会识破他,没想到你真的识破了。"

"你吞噬了程浩。"张亦行冷冷地说。

米勒把自己变成觉醒者,就是为了获得觉醒者那种吞噬他人全部意识的能力,这可以最快地转移程浩大脑内的全部信息,而且神不知鬼不觉。

米勒抬眼看了看,说道:"你只说对了一半。觉醒者不能对另一个觉醒者发动吞噬攻击,除非……他自愿被吞噬。从无人机袭击医院那时起,程浩就知道弑父计划可能面临重大打击,他必须找到一种办法,在遭到打击之后还能让弑父计划继续进行。他想了很久,唯一的办法,就是牺牲自己,把自己作为诱饵。"

张亦行道:"他在明处,吸引我们的注意,让你躲在暗处,时机合适的时候你吞噬他,转移他脑内的信息,然后由你前往黑洞计算机的备份处,执行最后的弑父计划。程浩之所以在雇佣兵攻打进来的时候一言不发,一动不动,是因为那时他已经被吞噬了。沙发上躺着被射杀的,只是一具没有灵魂的躯壳。好一手金蝉脱壳!"

米勒不再多言,显然是默认了张亦行的推断,他的脸上现出悲悯又决绝的神色。

巨大的悲怆也漫上张亦行心头。他想:十年前你在这里吞噬韩怀仁,十年后你自己也在这里被吞噬。这就是你的宿命吗?

"所以,你看穿了这一切,现在,你打算怎么办呢?"米勒直直地盯着张亦行。

张亦行没有答话,刚才他仔细观察了这间暗室,发现这里并没有别人守卫。看来当时米勒也是仓皇出逃的。此地就米勒一个人,只要打倒他,毁掉黑洞计算机,就可以阻止整个弑父计划。他握紧了球棒,缓步上前。

这时，米勒嘴角浮现出一抹诡异的微笑。

一声枪响。剧痛从右腿处传来，张亦行的右腿被子弹命中，鲜血瞬间染红裤腿。他赶紧踽踽着后撤，躲在甬道墙壁后。

谁开的枪？这里除了米勒没有别人，而刚才他并没有看到米勒开枪。

下一瞬间张亦行笑了，苦笑，他暗骂自己幼稚。他忽略了一点，刚进专案组他就知道，战争迷雾里藏着两个人，有一个从未现过身。

多吉。

那个张亦行只在程浩的记忆里见过的年轻人，他是人类中第一个发现父的真相的人。因为切除了大脑，就等于突破了父在人脑中设下的防火墙，就能看到墙后面隐藏的关于父的真相。张亦行之前查过多吉这个名字，在密宗里，这个名字的意思是"金刚"，一种神话中的武器——

万物都不能将他破坏，而他可破坏万物。

有这样一个藏在虚空里的幽灵守卫者，自己能走到黑洞计算机那里吗？

腿部的剧痛让张亦行的意识都有点模糊。对方手下留情了，这一枪打在他腿上，只是警告，对方也没有乘胜追击。如果他再进去，子弹打的恐怕就不是腿了。

就在这里退却吧，让一切成灰。好歹自己能活下来。

他的身体微微转动，但最终没有回转身来。他抬起头，眼神更加坚定地看着前方。他现在代表全人类，代表那些想保卫安稳生活的人。这场战斗不是为了他自己，这是旧世界与新世界的决战。他怎么能退？

拼死进去，只要躲过虚空射来的子弹，毁掉黑洞计算机的备份，就成功了，这个肮脏又美丽的世界，就能继续破破烂烂地苟延残喘。

张亦行看好路线,深呼吸,心里倒数三个数。

他冲了进去。

与此同时,枪声响起。

2024.7.17 初稿

2024.9.3 定稿

后 记

在飞速变化的世界寻找永恒

罗 夏

上高中时，朋友和我聊起一件趣事，说他们班有位同学是校文学刊物的主编，这位主编收到了一篇名为《卡王》的小说投稿，写的是农村小孩扇水浒卡的故事。主编同学觉得很土，于是大肆宣扬，引来很多附和的嘲笑。

诚然，在那个大家都在讨论《最小说》、iPhone4和韩国综艺的年代，这样一篇小说被嘲笑是可想而知的。

但我笑不出来。

因为那篇小说是我写的。

这里提及自己的少作，是因为那篇小说固然幼稚可笑，但回头看去，我今日创作所涉主题，大多都包含其中了。

我很早就开始写小说，五年级时用纸笔写过一篇科幻小说，连带着银河奖的选票，一并寄给《科幻世界》的"校园之星"栏目，小说自然是没有发表，选票却抽中了奖，谁能想到我第一次上刊，竟是作为"幸运读者"。

正式发表作品则要等到大二，我在"小科幻"平台发表了一篇微科幻《长日无尽》，讲的是人类奴役了一个外星文明，让他们耗费整整三代人（该文明个体寿命极短）将一颗碳60成分的行星打磨成钻石，而这颗星球一样大的钻石，不过是某个人类讨好爱人的礼物。

此后我开始较为稳定地发表作品，在《银河边缘》《作品》"蝌蚪五线谱"等平台，发表了《地穹》《负限奥运会》《冥王星密室杀人事件》等中短篇，在小圈子里有过一点水花，收获过三两声赞美（或商业互吹），仅此而已。

当时我使用的笔名是"赤膊书生"，有编辑老师认为不文雅，不利于传播，于是我借用《盲视》里的外星生物"罗夏"之名，用作自己的新笔名。为什么是罗夏？因为它没有"我"的概念，却成了更高级的存在，这很酷。

没想到这一换笔名，竟从此沉寂下去。2019年在《银河边缘》发表《地穹》后，我再无小说新作发表。倒不是没有写，而是写的东西过不了自己这一关，就不拿出来了。

直到EDG夺冠那一年，我的编辑戴浩然老师找到我："电竞这么火，你是电竞粉丝，又写科幻，为什么不写个电竞题材的科幻长篇呢？"

我没有立刻答应，因为不确定自己是否有这个能力。其实我之前有过一个电竞相关的科幻构思，但并不适合写成长篇，于是我说先试试。

我一连写废了三个开头，始终不满意。写一个电竞少年热血追梦，最终梦想成真，这肯定是最稳妥的，但我尝试了几次，始终不能兴奋起来。一来那样的故事已经很多人写，而且写得比我好，二来或许我内心并不相信那样的故事。

电竞故事离不开网吧，于是我去网吧找灵感。当我登录很久没有登过的游戏界面，看着好友列表里全部都是灰色ID，那一瞬间我感觉心脏被什么东西击中：只有我一个人在线，我的朋友都去和生活对线了。

于是我知道该写什么了。冠军舞台上金色的雨是电竞,但网吧里吃回锅肉盖饭喝营养快线的少年也是电竞。为了梦想是电竞,为名为利为了不被看不起,也是电竞。开豪车住豪宅走上人生巅峰是电竞,努力却没有运气最终遗憾退场也是电竞。万人空巷是电竞,有一天它终将消亡被别的娱乐方式取代,也是电竞。我决定写一个和生活对线的故事,这就是《脑中之魔》的缘起。

创作这本小说耗时三年,修改加出版又用了一年。为什么要用四年做这样一件性价比不高的事?我想和我自己对文学的看法有关。文学在这个时代并不是失落了,它只是散落了。比如评论区可能是当代最有文学性的地方。一个卖狗粮的电商店铺下面有这样一条买家秀:"2023年10月30号,塔塔被撞死在路边,在它死前几天,我买了40斤狗粮。"我在这条买家秀里读到了周作人的《初恋》结尾般的况味。而如果把大火的"二舅"视频看成一篇写人散文,那么"二舅"算不算二十一世纪中国传播最广的文学形象?细看网红朱一旦拍的某个段子,其剧作结构竟恍然有比利·怀尔德的神韵。似乎这个时代,文学爱好者不一定要出版,甚至不必写作,也可以拥有文学的人生。那么为什么还要写作,还要出版呢?

我想是因为它提供了这样一种诱惑——这个时代变化太快,千万粉丝的大网红明年就被遗忘,一句流行语几天就会包浆,一个热点还没来得及追就已过时。但是,史铁生三十几年前写的《我与地坛》,在2023年仍然排在文学类图书畅销榜的第一位。并没有谁在刻意营销史铁生,只是这个时代的读者依然需要他。作为出版的文学,能够把那些散落的文学性重新收集起来,让我们在飞速变化的世界中,找到一点永恒。

致　谢

感谢本书编辑戴浩然，没有他，或许就没有这本书。

感谢八光分文化CEO杨枫老师对我的诸多帮助和指导。

感谢新星出版社，愿意出版我这个已经写了很多年的新人的新作品（众所周知，不红的都叫新人）。

感谢歌手刘森，我是听着他的歌写完这个故事的。

图书在版编目（CIP）数据

脑中之魔 / 罗夏著 . -- 北京：新星出版社，2025.6.
ISBN 978-7-5133-6042-5

Ⅰ . I247.5

中国国家版本馆 CIP 数据核字第 2025NU4637 号

脑中之魔

罗夏 著

| 责任编辑 | 吴燕慧 | 监　制 | 黄 艳 |
| 责任校对 | 刘 义 | 责任印制 | 李珊珊 |

出 版 人　马汝军
出版发行　新星出版社
　　　　　（北京市西城区车公庄大街丙 3 号楼 8001　100044）
网　　址　www.newstarpress.com
法律顾问　北京市岳成律师事务所
印　　刷　河北松源印刷有限公司
开　　本　910mm×1230mm　1/32
印　　张　13.5
字　　数　348 千字
版　　次　2025 年 6 月第 1 版　2025 年 6 月第 1 次印刷
书　　号　ISBN 978-7-5133-6042-5
定　　价　69.00 元

版权专有，侵权必究。如有印装错误，请与出版社联系。
总机：010-88310888　传真：010-65270449　销售中心：010-88310811